# 粵語語法講義

鄧思穎 著

商務印書館

# 粵語語法講義

作　　者：鄧思穎

責任編輯：李鎣娜

封面設計：黃誠傑

出　　版：商務印書館 (香港) 有限公司

　　　　　香港筲箕灣耀興道 3 號東滙廣場 8 樓

　　　　　http://www.commercialpress.com.hk

發　　行：香港聯合書刊物流有限公司

　　　　　香港新界荃灣德士古道 220-248 號荃灣工業中心 16 樓

印　　刷：美雅印刷製本有限公司

　　　　　九龍觀塘榮業街 6 號海濱工業大廈 4 樓 A

版　　次：2022 年 4 月第 1 版第 5 次印刷

　　　　　© 2015 商務印書館 (香港) 有限公司

　　　　　ISBN 978 962 07 0395 9

　　　　　Printed in Hong Kong

# 序

　　從二十世紀中期開始，漢語語法漸漸成為研究中國語言學的重要範疇。1969 年趙元任先生出版《中國話的文法》是眾多著作中的扛鼎巨著。在他之前有王力等先生的語法，開闢藍縷，在他之後有 Li & Thompson 等先生的研究，繼往開來。這些都是大部頭的著作，對漢語語法展開全面性的描述。前修未密，後出轉精。條分縷析，在理論層面建立語法研究的整體架構。80 年代以後，這樣綜合性的研究，並不多見。這不是說後來學者學養不精，功力不夠。倒過來說，是後來者的研究重點放在個別課題之上，鑽研越深，問題越多。宏觀論述，不及兼顧。其實前人所見，往往有所匱乏，這正是從未密走向轉精的路向。我們現在對漢語語法的認識，無論是在具體分析上還是在理論拓展方面，成績都是更上層樓。我們回頭看漢語方言語法的研究，也是呈現同樣的發展軌跡。

　　漢語方言眾多，各有獨特的語法現象，而其中粵方言最能引起學者的興趣。二十世紀曾出版一系列比較成系統的研究，包括 1972 年的《香港粵語語法的研究》、1980 年的《廣州方言研究》、和 1994 年的 *Cantonese: A Comprehensive Grammar*。近年來，粵語的研究更是蔚然成風。鴻文短製，遍見海內外各期刊學報。數十年的努力，碩果豐收，我們通過這許多精細微觀的分析，對粵語語法的操作和演變，有了更深刻的了解。但是我們更期待的是全面性的宏觀討論，讓我們可以把各種語法現象放在一個更新而且更有系統性的理論架構中加以觀察，一步步探索，以窺全豹。就在這關鍵時刻，鄧思穎先生編寫《粵語語法講義》，凡數十萬字，付印在即，我們深感慶幸。

　　《粵語語法講義》，全書分導論、詞法、句法、和理論四篇，共十三章。雖然全書以粵語為重點，但導論部分卻是入門台階，對什麼是語言學、什麼是語言和方言、如何界定粵語、如何研究方言語法等課題都有詳盡的解釋。只有掌握這些基本知識之後，才能進入探討粵語語法的堂廡。書後附錄包括粵語音系一節，對研究語法和語音之間的互動，也提供必需的音韻知識。就這一點來看，思穎先生的講義是為初入門的學子而編寫的。全書文字淺易清晰，所有專門術語都有所說明。討論語法變化，列舉例句，反覆說明所以，而且所舉粵語例句，都附有相對應的漢語句子，避免不必要的誤讀。導論之後，詞法和句法兩篇是全書重頭大戲，而最後一篇則採用形式語法理論觀點，簡單介紹句子的核心結構和邊緣層次。講義全書對詞的構成和類別，對句子的結構和變化，按各綱領逐一細細討論。先舉例說明現象，並交代前人是如何處理這些例子，然後再一點一點指出現象背後呈現的許多語法、語義、語用的問題，從而提出另一種處理模式，深化我們對現象的了解。有心者在小心閱讀之餘，自能體會到更重要的一點，這就是作者要讓我們知道語言分析並不是一家之言；只有從不同角度和層次切入，採用不同理論模式分析，我們才會有更大更有意義的發現。假如說作者討論問題是深入淺出，讀者的收穫則是淺入深出，從易處切入，滿載而歸。

思穎先生研究粵語多年，發表文章不能細數。書中各章都載有他的研究心得和發現。其中以動詞後綴和句子助詞兩章最能看到他許多獨特的看法。動詞後綴一章列舉 40 個不同的詞綴，分成六大類：體、事件、程度、變化、量化、情態。不同類型的詞綴可能共用一個標記符號，但功能迥異。例如 "親" 可以表變化、也可以表量化；"翻" 可以表事件、也可以表 "情態"。書中舉例具體說明兩者形同而事實相異的細微之處。助詞一章共開列 48 個助詞，分成事件、時間、焦點、情態、疑問、祈使、感情七大類。每一類用法又可以再按其他條件細分。形同實異的情形也並不罕見。我們且以

"先"為例。前人都認為這是副詞後置的典型例句。但作者舉出以下的例子，說明粵語有三個不同的"先"，語義極不相同，使用場合也很不一樣。

1. 佢行先。（他先走。）

2. 邊個最叻先？（到底誰最聰明？）

3. 等我歎翻杯茶先。（讓我先好好地喝一杯茶。）

第一句的"先"表示事件先後；第二句的"先"表示疑問，"帶有質問、不滿、不耐煩等味道"；第三句的"先"表示祈使。這種觀察，也許不是作者第一個提出，但是他確實是第一個把這種種現象很有條理地分立、剖析入微、處理得體。而且表示疑問的"先"句子，前邊常帶有"究竟"一類的副詞，表示祈使的"先"句子，前邊可以和祈使的副詞"不如"連用，表示事件先後的"先"有時候也可以和副詞"先"連用。例如：

4. 究竟邊個最叻先？（到底誰最聰明？）

5. 不如你搞掂呢啲嘢先。（不如你把這些事搞好…然後再說。）

6. 佢先行先。（他先走。）

這種前後搭配的句式，也就是作者提出的所謂"框式結構"，在漢語中屢見不鮮，在粵語中尤為常見。他專章論述，值得細讀。一般而言，語言貴精簡，忌冗疊。但是漢語不嫌前後配搭，自有一定的語法規範。思穎先生建立框式結構，在語法分析上意義重大。詞與句本來屬於兩個語法範疇，但在句式使用，語義表達上，詞和句層層相關，互為表裏。前後標誌分別屬於不同詞類，雖然語義相類似，但語法上並不重疊，在語用上更能加強表達語氣，更能清楚說明話語的意思。框式分析，對我們研究粵語或其他方言，無論在理論上、還是在實際操作上，都有很大的啟發。思穎先生在這一方面的貢獻，功不可沒。

我 1969 年寫成《香港粵語語法的研究》，半個世紀前的舊作，今天翻閱，不足之處，遍拾皆是。拜讀思穎先生的講義，別有領悟，得益良多。很多久思不得其解的問題，現在終於有了新頭緒，可以再繼續努力。思穎先生的大作，以"講義"為名，應該是根據課堂講授所得，撰寫成文。但細究內容，體大思精。徵引文獻包括幾十年來中外學者的著作，而且凡徵引部分，必有評述，言不虛發。語料部分既有舊日粵語，更多的是時下年輕人的話語，雋語妙句，另添趣味。尤其是新舊對照之際，更能看出粵語歷時的變化。助詞一章所舉的例子，我很多都沒聽過，更遑論如何理解，如何使用。我曾經研究過十九世紀粵語的語末助詞，無論從數量多寡、從使用變化來看，今天的粵語特別顯得繁複靈活。我們可以很肯定地說，香港粵語已經發展出自己獨特的語言生命力，在整個漢語方言的大園地中，生根吐葉，另放奇葩。這個活生生的語言，我們要是不好好掌握時機，深入探討，細細體會，實在可惜。思穎先生給我們提供最新的研究方法，具體示範如何切入問題，如何進行分析，如何把方言研究放在更大的語言理論架構中找尋根據，如何利用我們對一己方言的認識來進一步推動語言學的總體研究。西方有一句話，只有站在巨人的肩膀上才能看得更遠。思穎先生的研究，綜合前人各家之說，開發自己的路向，研究有成。今天他發表大作，我們也可以借用他的肩膀提升自己，開拓視野，更上層樓。

我認識思穎先生多年，對他的學養十分佩服。他 2010 年出版《形式漢語句法學》一書，榮獲李方桂學會 2012 年最佳學術論著獎，最能說明學術界對他研究成績的肯定。我和思穎先生也曾經共事，忝為同寅。今思穎先生大作付梓，索序於余。我不揣譾陋，略書數語，是為序。

張洪年
乙未年初春序於加州小山城

# 目錄

序　張洪年 ......................................................................... i

## 導論篇

### 一、語言學與粵語

1.1 語言學與語法學 ......................................................... 1

1.2 語言與方言 ................................................................. 4

1.3 粵語 ............................................................................ 7

### 二、研究入門

2.1 方言語法研究 ............................................................. 9

2.2 研究方法 ................................................................... 11

2.3 研究的課題 ............................................................... 15

## 詞法篇

### 三、粵語的詞語

3.1 詞的定義 ................................................................... 18

3.2 粵語詞的數量 ........................................................... 20

3.3 方言詞、社區詞、通用詞 ....................................... 22

### 四、詞類

4.1 劃分方式 ................................................................... 26

4.2 粵語的詞類 ............................................................... 27

4.3 名詞與其他體詞 ....................................................... 30

4.4 動詞與形容詞 ............................................ 32

4.5 區別詞 .................................................... 34

4.6 語氣詞與助詞 ............................................ 36

4.7 後綴 ...................................................... 40

4.8 小結 ...................................................... 41

五、實詞與虛詞

5.1 實詞——體詞 ............................................ 43

5.2 實詞——謂詞 ............................................ 48

5.3 虛詞 ...................................................... 51

5.4 其他詞類 ................................................ 53

六、詞的構造

6.1 語素 ...................................................... 56

6.2 單純詞 .................................................... 57

6.3 合成詞 .................................................... 59

6.4 複合詞的不對稱現象 .................................... 65

七、動詞後綴

7.1 定義與特點 .............................................. 70

7.2 動詞後綴的分類 ......................................... 76

7.3 粵語詞綴的特色 ......................................... 126

**句法篇**

八、基本的句法結構

8.1 短語與語法關係 ......................................... 138

8.2 主謂結構、小句、句子 .................................. 148

8.3 句型 ...................................................... 151

8.4 複句 ...................................................... 153

# 九、句式的特點

9.1 句式 .................................................................................. 158

9.2 名詞謂語句 ........................................................................ 159

9.3 連謂句 .............................................................................. 164

9.4 被動句 .............................................................................. 168

9.5 處置句 .............................................................................. 173

9.6 雙賓句 .............................................................................. 178

9.7 比較句 .............................................................................. 188

# 十、助詞

10.1 粵語助詞的分類 .............................................................. 193

10.2 事件 ................................................................................ 194

10.3 時間 ................................................................................ 200

10.4 焦點 ................................................................................ 206

10.5 情態 ................................................................................ 217

10.6 疑問 ................................................................................ 232

10.7 祈使 ................................................................................ 249

10.8 感情 ................................................................................ 279

10.9 助詞連用 .......................................................................... 280

10.10 非根句的小句 ................................................................ 287

# 十一、框式結構

11.1 粵語前後置成分的共現 .................................................... 291

11.2 框式結構的特點 .............................................................. 293

11.3 助詞組成的框式結構 ........................................................ 298

11.4 動詞後綴組成的框式結構 ................................................ 302

11.5 粵語與普通話的框式結構 ................................................ 306

**理論篇**

十二、句子的核心部分

12.1 句子核心的結構與詞序 ..................................... 308

12.2 粵語述語的移位 ........................................... 310

12.3 粵語與普通話述語移位的差異 ............................... 313

12.4 小結：綜合性與分析性 ..................................... 319

十三、句子的邊緣層次

13.1 邊緣層次 ................................................. 322

13.2 謂詞性助詞 ............................................... 326

13.3 助詞與聲調的關係 ......................................... 335

13.4 助詞與元音的關係 ......................................... 345

13.5 助詞與聯合結構 ........................................... 348

13.6 小結 ..................................................... 354


附錄　粵語的音

1. 粵語的音系 ................................................ 355

2. 粵語的音節結構 ............................................ 359

3. 粵拼 ...................................................... 362


參考文獻 .................................................... 371

粵語用例索引 ................................................ 387

後記 ........................................................ 391

# 一、語言學與粵語

## 1.1　語言學與語法學

　　我們離不開語言。無論是寫還是讀，無論是聽話還是說話，我們每天都使用語言，語言也伴隨我們成長，好像就是我們身體的一部分。語言甚至是人類獨有的能力，只有人類能擁有這種複雜的能力，表達複雜的概念。這種與生俱來的能力，成為人類的特點，跟其他物種有所區別。因此，我們對語言產生好奇心，是理所當然的。

　　甚麼是"語言"？根據《現代漢語詞典（第六版）》的解釋，語言就是"人類所特有的用來表達意思、交流思想的工具，是一種特殊的社會現象，由語音、詞彙和語法構成一定的系統"。這樣的定義，比較容易理解，從語言的構成（"由語音、詞彙和語法構成一定的系統"）到語言的功用（"用來表達意思、交流思想的工具"）這兩方面，說明了語言的本質。簡單來講，語言是一個系統，有複雜的組織，而這個系統可以用來溝通，作為傳情達意的工具。

　　根據這樣的定義，我們對語言有個初步的認識。要深入認識語言，需從多方面作科學的研究、系統的分析，才能做到認識語言，掌握語言知識。Chomsky（1986：3）曾提出過三個研究語言知識的基本問題：一、怎樣構成語言知識？二、怎樣獲得語言知識？三、怎樣使用語言知識？"語言知識的構成"，就是研究系統的組成，跟結構組織有關；"語言知識的使用"，顧名思義，就是研究怎樣用語言來溝通的問題；至於"語言知識的獲得"，就是探索這種知識在大腦中形成的過程，通過甚麼方法學來的。假如我們對這三個問題都能有充分的認識，就應該可以通過解開語言的奧秘，認識人類，回答簡單但深奧的問題："我是誰？"

"語言學"（linguistics）是一門研究語言的科學，包括研究語言知識的構成、獲得、使用等問題。更準確的說，語言學就是一門以系統的方式研究語言本質和使用的學科。

至於語言知識的構成，可謂作為語言學研究的"核心"部分。起碼我們要知道語言到底是怎樣組成的，知道它是甚麼樣子，對系統本質有基礎的了解，才容易回答語言知識的獲得、使用等問題。探索語言知識的構成，成為語言學研究的核心範疇，作為語言學之下的幾門重要學科，包括"音系學"（phonology）、"詞法學"（morphology）、"句法學"（syntax）等學科。

音系學（有些文獻也稱為"音韻學"）關心音和音的組合；詞法學（有些文獻也稱為"形態學"）主要研究語素和語素的組合、語素和詞的組合、詞和詞的組合等問題；句法學研究詞、短語、句子等成分的組合問題。這幾門學科，都着重組合的問題，通過組合的關係，找出語言規律。這幾門學科構成語言學研究不可或缺的部分，組合問題可謂形成語言系統的關鍵。由此可見，語言學的核心研究就是研究規律。研究語言知識的構成，就是嘗試回答一些跟組合相關的問題：到底我們掌握了一些甚麼規則？我們怎樣可以通過規則說出無窮盡的語句？怎樣通過規則理解、判別語言的正誤歧義？

詞法學和句法學可以統稱為"語法學"（grammar）。詞法學研究詞的內部構造，以語素作為基本單位；句法學則研究句子的內部構造，以詞作為基本單位。由詞法學和句法學組成的語法學，主要研究語言結構的問題，是一門關心語素、詞、短語等成分組合的學科。通過語法學的研究，找出語素、詞、短語等組合的規則，從這些方面了解人類語言複雜的一面。

朱德熙（1982：25）對詞法學和句法學的關係有個很清楚的表

述。根據他的表述，稍作修改，如（1）所示。[1] 詞法學所研究的對象是語素和詞，研究語素和語素的組合、語素和詞的組合、詞和詞的組合等問題；句法學所研究的對象是詞和短語、句子，研究詞、短語、句子等成分的組合問題。語法學就是研究詞法和句法的學科，詞法學和句法學的研究有分工，研究對象不一樣，但它們所研究的現象，都算是語法現象。

（1）

　　以下例子就是說明語法學研究的多樣性，也說明詞法學和句法學的區別。我們會感覺到例子（2）是粵語能夠接受的說法，可以稱為合語法的例子。（3）雖然不太符合大多數廣東人的生活習慣，但仍然是合語法的句子。從各個成分的組合關係來講，是完全可以接受，只是跟常識不符，但不屬於語言問題。（4）說起來非常奇怪，有違現實生活，但各個成分的組合關係沒有問題，仍然屬於合語法的句子。用語法學的術語來說，這個句子仍有三個部分組成，可稱為"主語"、"述語"、"賓語"，即作為主語的"海鮮"、作為述語的"鍾意"（喜歡）、作為賓語的"廣東人"。（5）和（6）讀起來相當彆扭，不能接受（星號"*"表示不能接受、不合語法）。雖然（5）仍可依稀分析為三個部分，各自由一個短語組成，但組成每個短語的詞的組合方式不正確，我們不說"*人廣東"、"*意鍾"、"*鮮海"，這些

---

1　朱德熙（1982：25）的句法部分只有"詞"和"句子"。（1）把"短語"加進來，更為全面。為了更清晰表示詞法和句法的關係，（1）把"語法"加進來。

詞違反了粵語的詞法。不合詞法要求，也就是不合語法。至於 (6)，它根本沒有辦法成句，不能分析為主語、述語、賓語等句法成分，無法形成合適的語法關係。即使每個詞的組成符合詞法要求，但違反句法要求，無法成句，因此 (6) 不合語法，無法接受。

(2) 廣東人鍾意食海鮮。廣東人喜歡吃海鮮。

(3) 廣東人鍾意食辣椒。廣東人喜歡吃辣椒。

(4) 海鮮鍾意食廣東人。海鮮喜歡吃廣東人。

(5) * 人廣東意鍾食鮮海。

(6) * 海鮮食廣東人鍾意。

綜上所述，語法學就是一門研究語素、詞、短語等組合規律的學科，可劃分為詞法學和句法學兩個範疇，分別研究詞法問題和句法問題。本書題為《粵語語法講義》，這裏所講的"語法"，就是以此為基礎，從語法學的角度，介紹粵語語素、詞、短語等的特點，並討論它們組合的規律。

## 1.2　語言與方言

從語法學的角度來研究粵語，就是利用一套科學、客觀的工具幫助我們了解粵語語素、詞、短語等成分所組合的結構。通過了解粵語真實的面貌，為粵語正確定位，證明粵語跟其他人類語言一樣，有嚴謹的組織，並從而揭開人類語言的奧秘。

根據漢語語言學慣常的分類，粵語是漢語的一種方言。所謂"方言"（dialect），按照方言學一般的理解，"方言是同一個語言的地方變體，特別是語音方面，往往是其他地方的人覺得難於聽懂的"（袁家驊等 2001：1）。方言是語言的"變體"（varieties），即"any particular kind of language"，而變體是"grammatically (and perhaps lexically) as well as phonologically different from other varieties"（Chambers and

Trudgill 1998：5）。沿着這種思路，不同的方言仍屬同一種語言，既然屬同一種語言，方言的差異只不過是同一種語言內不同變體的差異，並非不同語言的差異。

事實上，這種把方言與語言區分的考慮，並非純粹按照語言特徵來劃分，而是主要基於語言演變的規律，並且按照非語言的因素（例如政治、社會、地理、文化等方面）來劃分。正如趙元任（2002：83）所說，"平常說方言，是同一族的語言，在地理上漸變出來的分支；分到什麼樣程度算是不同的語言，這個往往受政治上的分支的情形來分，與語言的本身不是一回事ㄦ"，他（2002：84）最後總結認為"在中國，全國方言都是同源的語言的分支，雖然有時候分歧很厲害，我們認為是一個語言的不同的方言"。由此可見，有關方言的定義，所考慮的判別標準主要是非語言的因素（例如政治、社會、地理、文化等方面）。粵語跟漢語是同源，在歷時上有密切的關係，可以視作漢語的分支，再加上政治、社會、地理、文化等非語言因素的考慮，粵語因而應分析為中國境內的一種漢語方言。

語言學對"語言"的定義，一般理解為一個擁有音系、詞法、句法等的系統。只要完整具備這個系統的各個元素，就是一個語言。正如 Chomsky（1988：36）指出，語言是一種個人的現象，存在於每個人的大腦裏，在大腦裏形成系統（an individual phenomenon, a system represented in the mind/brain of a particular individual）。按照這樣的理解，定義語言的獨立性，純粹考慮系統的完整性，即是否齊全包含音系、詞法、句法等部分，有緊密的組織，而並非由社會政治和規範性因素（obscure sociopolitical and normative factors）來界定（Chomsky 1988：37），這是生成語法學（generative grammar）的觀點。既然粵語擁有齊備的音系、詞法、句法等部分，構成一個嚴謹的系統，按照這樣的定義，粵語毫無疑問是一個獨立的語言。

根據上述兩種不同的考慮、不同的定義，粵語既是獨立的語言，又是漢語的方言，兩者並沒有矛盾（鄧思穎 2003a）。

已知語言是一個擁有音系、詞法、句法等的系統。根據這樣的定義，系統內存在任何有規律的差異，都會形成不同的系統，也就是說，形成不同的語言。比如說，廣州話和蘇州話在音系有顯著的分別，在詞法和句法也有差異，它們顯然應該屬兩個不同的系統，而不是一個系統。按照上述的定義，廣州話和蘇州話既然分屬兩個不同的系統，就應該分屬兩種不同的語言，而不屬於同一個語言。從系統的角度考慮，廣州話和蘇州話的確是兩個不同的系統，是兩個不同的語言；按照非語言的因素（例如政治、社會、地理、文化等方面）考慮，廣州話和蘇州話有歷史的淵源，作為漢語的變體，同屬一個語言，是漢語的兩個變體，即兩個方言。

由此可見，所謂語言與方言劃分的問題，只是劃分標準的不同。廣州話既可以理解為漢語的一個方言，又可以理解為一個獨立的語言，這種想法並沒有矛盾。既然我們可以把方言理解為擁有完整系統的語言，方言比較也就是語言的比較，正可以把比較語言學的基本概念，套用到方言語法研究中（鄧思穎 2003a）。

語法學的研究，正是希望通過一套科學、客觀的工具，讓我們了解語素、詞、短語等的組合規律，描繪語言的結構，並尋找造成語言差異的原因。從語法學的角度思考漢語方言的特點，目的就是了解方言真實的面貌，為方言正確定位，證明方言跟其他語言一樣，擁有嚴謹的組織，也希望進一步窺探形成差異的原因，了解漢語的發展。比較方言語法的方法，其實跟比較不同語言語法的方法基本上是一致的，而方言語法研究實際上就是語法學的研究，只不過所研究的語料來自方言而已。

## 1.3　粵語

　　"粵語"一詞，是學術上較為通用的叫法。如果着重在漢語方言的定位，粵語也可稱為"粵方言"。事實上，"粵語"一詞的涵蓋面可以很廣，包括好幾個的方言片（李榮 1989a，b，余藹芹 1991，詹伯慧主編 2002a 等）。根據這樣的理解，"粵語"在英語可以稱為"Yue Dialects"。

　　在漢語方言學界，一般以"廣府片"（又稱為"粵海片"）作為粵語的代表。"粵語"一詞，在學術界裏因而有一個狹義的理解，就是專指廣府片。由於廣府片以廣州話為典型代表，"粵語"在學術文獻的用法幾乎跟"廣州話"、"廣府話"等術語等同。至於在日常生活裏，普羅大眾常用"廣東話"、"白話"等名稱，專指廣州話。按照這種狹義的理解，"粵語"在英語可以稱為"Cantonese"。

　　雖然"粵"是廣東省的又稱，但廣東省內除了有粵語外，還有其他方言，如客語、屬於閩語的潮州話、汕頭話等，而粵語也在廣西壯族自治區流通，不限於廣東省。因此，"粵語"跟"廣東方言"並非同義，前者是指以廣州話為代表的方言，而後者是指廣東省內的方言，包括粵語、閩語、客語等。"廣東方言"在英語可以稱為"dialects of the Guangdong Province"，跟上文提到的"Yue Dialects"和"Cantonese"都不一樣。

　　"粵語"跟"廣東話"嚴格來講並非等同，以"粵語"一詞專指廣州話（以廣府片為代表的粵語）在學術界已有認受性，而"廣東話"這種叫法則為普羅大眾所接受。然而，這兩個詞的唯一區別，就是前者是學術界的術語，而後者是社會上普羅大眾的習慣用語。本書是語法學學術著作，根據學術界的慣例，採用"粵語"一詞，而不用普羅大眾習慣的"廣東話"，就是這個道理。

　　廣州粵語和香港粵語雖然同屬廣府片，都算是粵語典型的代表，但由於地域上的不同，兩者始終在讀音、詞彙、語用等方面，有一定的差異（鄭定歐 1998a）。本書所研究的粵語語料是來自香港粵語，而所討論的粵語例子，也是以香港粵語母語者的語感為準。儘管本書所描述的現象也基本適用於廣州粵語或其他廣府片的方言，但難免會有差異。為了避免造成不必要的混淆，本書不用"廣州話"或"廣府話"的叫法，而採用"粵語"一詞，並以狹義的理解來定義這個名稱，即以"粵語"專指廣府片，以香港粵語為準，英語則稱為"Cantonese"。本書題為《粵語語法講義》，"粵語"就是指香港粵語，可以當作"香港粵語"的簡稱。

本書主要介紹粵語語法特點，還介紹語法學理論的基本原理。通過這些特點，領略語法學研究的樂趣。

# 二、研究入門

## 2.1 方言語法研究

　　目前漢語語法學的研究，焦點往往集中在現代漢語共同語，也就是普通話的研究，主要以普通話作為漢語語法學的研究對象。在學術研究的層面，一方面可通過普通話語法的研究，建構現代漢語語法學的理論體系，而另一方面可以通過普通話跟其他語言的比較，找出漢語的特點，甚至嘗試通過比較研究引介新的語言學理論，豐富漢語語言學的知識。作為中國境內民族共同語，普通話的研究有它的重要性，這是無可厚非的，社會上也普遍把普通話視作現代漢語的代表，作為規範、標準的依據，甚至給 "現代漢語" 一詞賦予狹義的理解，跟普通話等同起來。

　　重視普通話的研究，並不意味輕視方言。事實上，方言對漢語語法學研究有非常重要的貢獻。方言語法現象豐富複雜，跟漢語的發展息息相關，正是語法學研究的寶庫。[1] 朱德熙（1980）經典的 "的" 字研究，就是利用方言語料，通過方言比較，發現了新的現象，解開了困惑漢語語法學學界多年的難題。普通話副詞性、形容詞性、名詞性的後綴都讀成輕聲的 "de"，可寫成 "的"。到底是一個 "的" 還是三個不同的 "的"，在文獻上有不少的爭議，也有不少討論。事實上，這三種用法，一到了粵語，就非常清楚，絕不含糊。這三個 "的" 在粵語有清晰的分工：副詞性的後綴說成 "嘅"

---

（gam2），[2] 如（1）；形容詞性的後綴説成“哋”（dei2），如（2）；名詞性的後綴説成“嘅”（ge3），如（3），這三個例子都引錄自朱德熙（1980：162-163）。從粵語的例子所見，這三個後綴的形式不同，功能不同，絕不混淆。利用方言語料，正好可以用來解決漢語語法學或普通話不少令人困惑的難題。

（1）佢成日唔停噉講。他整天不停的説。

（2）呢個人高高哋，肥肥哋。這個人高高的，胖胖的。

（3）黑板上邊寫嘅字係白色嘅。黑板上寫的字是白的。

方言語法研究，無論對方言本身還是對作為共同語的普通話而言，都有重要的價值。方言語法研究越來越受到學界的重視，確實是一個可喜的現象。毋庸諱言，方言語法研究也面對不少困難，窒礙了初學者的興趣。

從認識的角度來看，相比起其他的語言特點，方言語法特點往往不太顯著，容易忽略。呂叔湘（1982：80）曾經指出：“方言的差別最引人注意的是語音，劃分方言也是主要依據語音。這不等於不管語彙上和語法上的差別。事實上凡是語音的差別比較大的，語彙的差別也比較大。至於語法，在所有漢語方言之間差別都不大，如果把虛詞算在語彙一邊的話。”不少方言學者也持這種觀點，例如詹伯慧（1985：9）認為：“方言之間的差異突出地表現在語音方面，詞彙方面的差別或大或小，語法方面也有大同中的小異。”

在漢語方言學界，方言語法研究相對不發達確實是一個事實。詹伯慧等（1991：240）早已指出：“漢語方言語法的調查研究工作，比起語音、詞彙方面要薄弱得多。”漢語方言語法的研究雖然在近年來較受重視，但在方言學界中還是屬“少數派”。比如説，1979 年

---

2　朱德熙（1980）原文寫作“咁”。不過，根據目前學界常用的慣例，“gam2”寫作“噉”，而“咁”用來代表“gam3”。

至 2002 年《方言》有關語法的論文只佔 22%（包括詞法、句法和其他）。在語法的論文當中，詞法佔了大多數，而句法只佔少數（張振興 2003b）。

就漢語語法學界而言，方言研究比較少，這是事實；就漢語方言學界而言，語法研究也比較薄弱，這也是事實。雖然方言語法研究在漢語語言學的研究中好像是"少數派"，但正好給我們一個重要的啟示，那就是方言語法研究有廣闊的探索空間，仍有不少有趣但不為人知的語言事實正等待挖掘、整理、分析，是一個極具挑戰性的研究領域。

## 2.2　研究方法

方言語法研究有甚麼具體的困難呢？從技術的層面來考慮，方言語法調查很難模仿語音調查那樣，用一個調查表就可以搜集大量語料。"一種方言的語法現象非常複雜，很難設計一種像《方言調查字表》那樣周密的統轄全域的語法調查表格"（游汝杰 2004：106）。"比起語音、詞彙來，語法處在語言結構較深的層次，因而也較為抽象。目前我們還缺乏成熟的語法調查表格。因此，方言語法的調查客觀上有一定難度"（李小凡、項夢冰 2009：102）。Yue-Hashimoto（1993）、黃伯榮等（2001）、劉丹青（2008）等學者所編製的語法調查手冊，對方言語法調查肯定有幫助。

不過，光靠表格所列的例子去調查方言語法，所得的語料仍然不足夠，不容易找到組合的限制、語法的規則，從而發現方言語法的特點。至於粵語語法的研究，調查手冊的作用顯然不能滿足需要。以助詞的研究為例，我們無法根據任何單一的表格，收錄所有粵語的助詞，並且找出助詞的語法特點，作準確的分類和分析。黃伯榮等（2001）按照功能把助詞（他們稱為"語氣助詞"）分為五個大類：陳述語氣、疑問語氣、祈使語氣、感歎語氣、其他語氣。根據這五個大類，我們實在難以窮盡粵語所有的助詞。劉丹青（2008）對於助詞（他稱為"語氣詞"）的調查方法，作了以下的介紹。

> 首先要確定一種語言、方言是否有語氣詞，然後再在搜集到的語氣詞用法的基礎上給特定語言、方言的語氣詞下操作性定義。語氣詞因為有依附性，較難獨立調查，最好有條件搜集相當規模的真實語料，在發音人的幫助下歸納其中的語義用法，並進而給出定義。有些語氣詞涉及語言行為類型（疑問、祈使等），可以從相關句類出發詢問，但很多更主觀的語氣詞必須在大量語料基礎上才能發現和描寫。（劉丹青 2008：283）

由此可見，語法研究離不開大量的語料，而語料的搜集不能光靠表格，需要通過語法學研究常用的途徑，如通過所謂"內省法"，憑母語者的語感，按照調查目的的需要，自造例子，或以田野調查的方式訪問母語者，直接檢查語感，或建立語料庫，從中總結規律。

李如龍（2007：217-218）詳細羅列了方言語法研究的五點困難：一、調查量大；二、調查語法材料必須先有方言語音和詞彙的對應規律；三、語法規律是抽象的；四、不同方言的語法範疇，形式和意義不一定是一對一的；五、還有許多理論、方法上的問題沒解決。總而言之，這些問題是方言語法研究所面對的困難，也是令人卻步的原因。

不過，值得我們深思的是：同樣的問題會出現在其他語言的語法研究嗎？以普通話語法研究為例，雖然我們對普通話有一定的認識，但語料數量之多，來源之複雜多變，搜集合適的語料用來做分析研究也不見得容易。不少普通話語法研究的"老問題"（如"把"字句），數十年來仍然有不同的語料、不同的語感，爭議不絕。至於語言比較的研究，例如漢英語法比較，我們更難為此設計一份簡單的語法調查表格，期望在短時間之內窮盡語法的語料。因此，這些問題不光是方言語法研究獨有的，而是語法學研究的共同問題。

　　要解決上述所提到的方言語法研究的難題，最根本的方法，就是要正確地為方言語法研究定位，意識到方言語法研究跟語法學研究的本質是一樣的，而比較方言語法的方法跟比較不同語言語法的方法也是一致的。方言語法研究實際上就是語法學的研究。

　　既然方言語法研究就是語法學研究的一部分，我們該用語法學常用的方法來研究問題，例如通過內省法，自造例子，憑母語者個人的語感判斷來搜集大量的語料，並輔以田野調查和語料庫以作補充。不僅要羅列合語法的例子，也要找出不合語法、不能接受的例子，用作驗證分析。

　　除了基本的語言學訓練以外，我們當然要系統地學習語法學的知識，包括基礎的語法學和當代的句法學理論，做好語法學研究的準備。在基礎語法學的框架下，掌握好基本的概念和分析，例如詞類劃分、各種基本的結構等，並且多思考問題，比較各家的異同，並嘗試了解異同的結果，從而加深對普通話語法特點的認識。

　　研讀粵語語法的入門別無他法，首先要學懂漢語語法學的基礎知識，尤其是對普通話語法的特點要有基本的認識，如閱讀朱德熙（1982）等語法著作。掌握好普通話語法之後，要知道怎樣認識粵語語法的基本全貌，如閱讀張洪年（1972/2007）、Matthews and Yip（2011）等粵語語法專著。

　　至於學習當代句法學理論，尤其是在生成語法學理論框架下提出的句法分析，初學者應研讀適合自己程度的參考書，從中了解理論的理念、所解決的問題，可先從影響力較廣的教科書、參考書入手，如 Fromkin, Rodman 和 Hyams（2011）所編的語言學教科書、Larson（2010）對生成語法學（generative grammar）由淺入深的介紹、Haegeman（1994）、Radford（2004）等暢銷的句法學導論、Huang, Li, and Li（2009）以生成語法學描述漢語句法的論著，還有介紹生成語法學的中文專書，如系統地介紹"管轄與約束理論"（government and binding theory）的徐烈炯（2009）、介紹生成語法學歷史沿革的石定栩（2002）、通過漢語語法學框架介紹形式句法學的鄧思穎（2010）等。學會一定的句法學理論後，帶着理論的問題去搜集語料，效果會很不一樣。

在閱讀的過程中，最好帶着具體的問題來思考理論的合理性。以粵語的"得"為例，表示"只有"的"得"（dak1）是粵語的後綴，黏附在動詞。如果是粵語母語者，可以用內省法問自己以下的問題；如果用田野調查的方式去訪問母語者，也可以提出以下的問題："得"跟前面的動詞在搭配上有甚麼語法限制？（4）可以說，（5）能不能說？如果（5）不能說（已標上星號"*"），怎樣區別（4）和（5）？後綴跟賓語有沒有關係？跟主語又有沒有關係？（4）的"得"指向賓語"一個蘋果"，可以接受，但（6）的動詞"食"後面沒有賓語，"得"能說的話，只表示"能夠、可以、允許"，但原來"只是"的意思消失了。為甚麼會這樣？根據總結得來的規律，我們又能否準確預測"得"的分布？從而通過語法學理論，能否合理解釋合語法的例子和不合語法的例子？

（4）佢食得一個蘋果。他只吃了一個蘋果。

（5）*呢個係得一個蘋果。這只是一個蘋果。

（6）呢一個蘋果食得。這個蘋果能吃/*只有一個蘋果吃了。

當我們掌握了一定的語法學理論以後，可以帶着理論來觀察粵語語法現象，反問自己：理論可以怎樣幫助我們考察某些詞類的分布，例如怎樣解釋（7）合語法，但（8）卻不合語法？只有這樣做，我們才能事半功倍，並能發現粵語有趣的語法現象。

（7）邊個講完咁滯呢？誰快說完呢？

（8）＊邊個講完呢咁滯？

除了具備基本的理論知識以外，我們還要培養對粵語的敏銳力、富有聯想的創造力、熱誠投入研究的活力。這是不同學科都應具備的基本條件，粵語語法研究和其他方言語法的研究也不例外。在研究的過程當中，我們要力求平衡承傳與創意這兩方面的要求，才能漸臻佳境，讓語法研究成為樂趣。

## 2.3　研究的課題

即使掌握了基本的知識，具備了敏銳力、創造力、活力，也不能保證找到好的研究課題。因此，找甚麼題目來研究往往成為粵語語法研究入門的頭號難題。

粵語語法研究不是字詞考源，跟考本字、寫掌故無關，也不是探究字詞的本義，語法研究不是編寫詞典。對於語法現象，我們應常問為甚麼，例如為甚麼一個句子這樣說？為甚麼不是那樣說？能否自造不合語法的“星號”例句？之後我們又能否解釋那些“星號”例句？從中找到規律？語法學研究的目的，就是尋找形成語素、詞、短語等組合的規律。

我們可以通過實詞來發現語法規律嗎？[3] 雖然不能說完全不可能，但不容易從實詞中找出語法規律。比如說，當比較粵語的名詞“雪櫃”和它的普通話對應詞“冰箱”時，能發現甚麼語法規律嗎？可以找到粵語和普通話對應的語法規律嗎？即使找到規律，我們可以推測粵語的名詞“雪耳”（銀耳、白木耳）在普通話該怎麼說嗎？“雪櫃”和“冰箱”的問題肯定是語言的問題，但只是詞彙對應的問

---

3　“實詞”包括名詞、區別詞、數詞、量詞、代詞、動詞、形容詞；“虛詞”一般包括副詞、介詞、連詞、助詞。

題，並非語法問題，也不存在甚麼組合規律。

相對而言，粵語的語法特點往往可以通過虛詞和表示語法作用的詞綴來顯現，虛詞、詞綴的研究是粵語語法研究的最佳入門途徑。

以粵語和普通話的語法對比為例，為甚麼粵語的後綴"嘅" (ge3) 和普通話的後綴"的"有異？為甚麼普通話的（9）能説成粵語的（10），但普通話的（11）卻不能説成粵語的（12）（鄧思穎 2008f，2009b，2010）？到底是"嘅/的"的問題還是其他的句法問題？由此引起興趣和好奇心，就是語法研究的開始。

（9）他的老師

（10）佢嘅老師 他的老師

（11）他的老師當得好。

（12）* 佢嘅老師做得好。他的老師當得好。

又例如為甚麼普通話的被動句（13）可以説成粵語的（14），但普通話的被動句（15）卻不能説成粵語的（16）（鄧思穎 2000b，2003a，Tang 2001a）？假如普通話的"被"跟粵語的"畀"一樣，為甚麼後面的"人"在粵語不能省略？到底是"畀/被"的問題還是其他的句法問題相關？討論普通話被動句的文獻多的是，現成的理論又能否解釋粵語的現象？粵語的現象能否對漢語被動句的分析有貢獻？粵語的分析又是否可以適用於其他的漢語方言被動句？沿着這些方向去思索，我們研究的範圍就可以跳出粵語，研究的視野也可以提高到一個新的台階。

（13）他被人罵了。

（14）佢畀人鬧咗。他被人罵了。

（15）他被罵了。

（16）* 佢畀鬧咗。他被罵了。

語言有共性的一面，也有個性的一面。生成語法學理論認為"原則"（principles）決定共性，"參數"（parameters）決定個性，而參數的差異往往體現在虛詞。事實上，粵語的後綴、助詞等成分數量特別豐富，形式較為複雜，正好可以作為研究粵語語法的切入點，從而發現更多有意思的語法現象。以粵語作為基礎，我們可以進一步去問：普通話和其他方言的後綴、助詞豐富不豐富？豐富的話，反映甚麼問題？不豐富的話，其他語言所缺少的成分，又怎樣體現出來？

除了豐富的詞綴、虛詞外，粵語所謂"後置成分"往往能夠找到對應的前置成分（如副詞），形成意義"冗餘"的"框式結構"（鄧思穎 2006c 等）。通過語言比較，我們可以思考為甚麼粵語有大量的框式結構？普通話和其他方言有沒有呢？其他的語言（如英語）又有沒有呢？有的話，反映甚麼問題？沒有的話，又反映甚麼問題？

以上的問題，都是語法學值得研究的課題。一方面，有扎實的粵語語法知識作為基礎，從粵語的視野，我們可以發現普通話、其他方言和語言所缺乏的現象，在比較之下，更容易發現其他語言的有趣現象，探索人類語言的共性和個性。另一方面，裝備好語法學理論，從一個宏觀的框架，我們以此描述粵語的語法現象，更清楚地觀察到粵語的特點，解釋問題，跟更多的現象連繫起來，加深對粵語的認識。

語法學研究的樂趣，就在這裏。

# 三、粵語的詞語

## 3.1　詞的定義

　　語法研究可劃分為詞法研究和句法研究兩部分，而詞無論在詞法和句法都有重要的地位。詞法研究當然離不開詞，以詞作為考察的焦點，而句法研究也從詞出發，以詞作為研究的基礎。

　　"詞"可以定義為"最小的能夠獨立活動的有意義的語言成分"（朱德熙 1982：11）。根據這樣的定義，"馬"有獨立活動的能力（如能單獨用來回答問題），又具有一定的意義（表示一種哺乳類動物），肯定分析為詞（稱為"名詞"）。這裏所説的"獨立活動"，可以理解為單説（如單獨成句）或單用（即單獨做句法成分）（黃伯榮、廖序東 2007a：218）。"馬拉松"的"馬"就不是一個詞了，既沒有獨立活動能力，不能單説或單用，又缺乏任何意義，"馬拉松"的"馬"只是用來對譯英語"marathon"的一個音節，跟動物無關，因此，"馬拉松"的"馬"不算是一個詞。至於"馬拉松"本身，它有獨立活動的能力，又有意義，應該分析為一個詞（名詞）。

　　上述對詞的定義只是一個參考，碰到一些具體的例子，我們還需要作適當的補充。有些語言成分，例如"喇"（laa3），雖然有一定的意義（如表示事件的變化、實現，還有一定的語氣意義），但活動能力有限，只能依附在別的成分之後，例如"食飯喇"（吃飯了），不能單説。不過，"喇"能單獨起語法作用，也算是能單用（黃伯榮、廖序東 2007a：218）。假如我們把"獨立活動"理解為單説或單用，"喇"也算是一個詞（稱為"助詞"）。

　　"馬場"是不是一個詞呢？按照上述的定義，"馬場"能獨立活動，能單說、單用，又有意義，肯定是一個詞（名詞）。"馬場"的"場"算不算是一個詞？"場"雖然有一定的意義（表示比較大的地方），但（在普通話裏）不能單說，不能單獨用來回答問題，又不能單用，"馬場"的"場"不擔任任何句法成分，也沒有起任何語法作用。嚴格來講，"馬場"的"場"（在普通話裏）不是詞，只是一個語素，一個不能成詞的語素。[1]

　　在這個例子"落咗一場雨"（下了一場雨）的"場"又算不算詞呢？這個"場"有意義，跟活動次數的意義有關，能夠單用，起語法作用（如量化活動次數）。按照上述的定義，這個"場"應該分析為一個詞（稱為"量詞"）。雖然書寫上"馬場"的"場"和"一場雨"的"場"都用相同的漢字，但它們有不同的活動能力、不同的意義，應該理解為兩個不同的語言成分、兩個不同的語素。

　　又例如"你鍾意咩"（你喜歡甚麼）的"咩"和"你鍾意佢咩"（你喜歡他嗎）的"咩"，雖然一般書寫上都用同一個字，但它們不是相同的。前者可以單說（如"咩？"），也可以單用（如作為"鍾意"的賓語），用來問事物（稱為"代詞"）；後者不能單說，只能單用，起語法作用，表示疑問語氣（助詞）。況且它們的讀音也不一樣，問事物的"咩"，元音拉長，甚至可讀成"me1 e3"，由兩個音節組成，可理解為"乜嘢"（mat1 je5）（甚麼）的合音；表示疑問的"咩"，讀成"me1"，元音較短。雖然一般書寫上都寫成"咩"，但語法、意義、讀音都不相同，應該分析為兩個不同的詞。

　　詞的劃分，不是光看漢字。上述"場"和"咩"這些例子顯示了一個漢字可代表不同的語素、不同的詞。也有些情況是同一個語素或

---

1　能成句的語素可稱為"自由語素"，不能成句的語素可稱為"黏着語素"（朱德熙 1982：9）。"馬場"的"馬"和"場"分別是自由語素和黏着語素。

詞用不同的漢字表示，例如"劮"和"癐"（累），這兩個字都可以用來表示粵語的"gui6"。雖然字有兩個，但只代表一個語素、一個詞。

## 3.2 粵語詞的數量

現代漢語到底有多少個詞呢？以《現代漢語詞典》作為參考，七十年代的第一版只有五萬六千條，九十年代的第三版收錄了六萬餘條，2005 年的第五版經過增刪後收錄了六萬五千條，2012 年的第六版擴展到六萬九千多條。雖然當中還包括了一些方言詞、文言詞，但六萬九千多條這個數字應該代表了目前普通話的詞彙量，反映了當前現代漢語共同語詞彙的基本面貌。

《現代漢語詞典（第六版）》收錄了一些方言詞，但為數不多。例如"埋單"一詞，是一個方言詞，表示"在飯館用餐後結賬付款，泛指付款"，並明確說明"原為粵語，傳入北方話地區後多說買單"。"埋單"普通話說成"máidān"，"mái"跟原來粵語"maai4 daan1"的"maai4"聲調不合。把"埋單"讀成"買單"（mǎidān），跟原來粵語的聲調比較吻合。因此，"買單"在北方話地區也流行起來。"埋單"是粵語詞彙，但"買單"卻不是。

又如"搞掂"一詞已被《現代漢語詞典（第六版）》收錄，是一個方言詞，表示"搞定"，該詞典也明確說明"原為粵語，傳入北方話地區後多說搞定"。"搞掂"粵語讀"gaau2 dim6"，普通話讀"gǎodiān"，讀音不一樣。"掂"在普通話意謂"用手托着東西上下晃動來估量輕重"，跟原來粵語"掂"表示妥當之義不符。改為"搞定"，"定"的普通話讀音"dìng"跟粵語"掂"的讀音"dim6"較為接近，也有妥當的意思，"搞定"較容易成為共同語詞彙。"搞掂"是粵語詞彙，但"搞定"卻不是。

《現代漢語詞典》所收錄的方言詞條不多，不少是已在北方話地區流行，又可能為共同語所接受。至於粵語獨有而還沒有在北方話地區流行的詞彙，一般不會收錄在《現代漢語詞典》，例如 "嘅"（ge3）（的）。[2] 有些收錄在《現代漢語詞典》的詞條表面上粵語也有，但這種例子粵語只是借用字形，而不算是粵語的詞彙。例如上述提到的 "咩"，《現代漢語詞典》只標註為 "形容羊叫的聲音"，並沒有問事物或表示疑問語氣的用法。嚴格來講，《現代漢語詞典》的這個 "咩" 不算是粵語的詞彙。[3]

　　《現代漢語詞典》所收錄的大部分的詞，在粵語也會使用，如活用在粵語口語的 "火車、打官司、解釋、大膽、如果" 等。有些屬於專業術語，例如 "電子書、海王星、主語" 等，也可算作粵語口語。有些雖然較為 "文"，一般在書面語出現，但在粵語口語也不是完全不用，例如 "夫妻、訴訟、變幻莫測、假若" 等。有些詞語，只屬於普通話的詞彙，粵語口語不說，例如 "打瞌睡（粵語說 "瞌眼瞓"）、"老半天"（粵語說 "成日" 或 "好耐"）等。《現代漢語詞典》的六萬九千多條當中，除了部分只用於普通話的詞彙、其他方言的方言詞、文言詞等以外，被粵語口語所接受的詞彙也應有不少，成為粵語的一部分。

　　事實上，有異於普通話的粵語獨有方言詞，數量也不少。我們不妨參考幾本較為常用的粵語詞典，出版年代由上世紀八十年代到本世紀初，編者有廣州的學者，也有香港的學者。根據我們的統計，饒秉才等（1981）約收五千多條，至於饒秉才等（2009）的修訂版，擴充至八千兩百多條；鄭定歐（1997）約收六千四百多條；張勵妍、倪列懷（1999）約收六千條；麥耘、譚步雲（1997/2011）約

---

2　雖然 "嘅" 也收錄在《現代漢語詞典》，但作為 "慨歎" 的 "慨" 的異體字，跟粵語的 "嘅" 毫無相關。"慨" 在粵語唸 "koi3"。

3　"咩" 在粵語可構成詞，例如 "羊咩"，表示羊，尤其是幼兒語（張勵妍、倪列懷 1999：171）。

收七千多條；劉扳盛（2008）收錄了九千多條；李榮主編（1998）收錄了一萬一千多條，是目前收詞最多的粵語詞典。[4]

當然，這六本粵語詞典，所收錄的詞語並不完全一樣，也不完全重複。我們曾就這六本詞典所收的詞條作整理工作（鄧思穎 2014a），合併重複的詞條，統計出粵語詞語的數量，一共得出23,472 個詞。在這兩萬多個詞當中，只有 944 個詞語同被收錄於這六本詞典中。這九百多個詞，應在粵語具有一定代表性的，為廣州、香港等地所接受，流傳時間也較久，較為常用，例如"尋日"（昨天）、"打交"（打架）、"乜嘢"（甚麼）等。至於兩萬多個詞，這個數字比較大，應可反映從上世紀八十年代到本世紀初粵語方言詞的總詞彙量。[5]

除了粵語詞典外，有些跟香港用語相關的詞典，也值得我們注意。吳開斌（1991、1997）這兩本詞典各收錄約四千條詞條；田小琳（2009）只收錄了兩千條。有些詞典，所收錄的是香港和台灣兩地的用語，例如黃麗麗等（1990）收錄近四千條；朱廣祁（1994）約收錄五千條。這兩本辭書，雖然包括香港和台灣兩地的用語，但跟地域用語相關，詞條的數量也值得我們參考。

## 3.3　方言詞、社區詞、通用詞

就這些有地區特色的詞語而言，我們還可以劃分為兩個類別："方言詞"和"社區詞"。上述提及的饒秉才等（1981）、李榮主編（1998）等工具書，屬於粵語詞典，所收的主要是方言詞；至於吳開

---

4　饒秉才等（2009）封底說該書收錄了九千多條；鄭定歐（1997）的凡例說該書收錄了八千條；張勵妍、倪列懷（1999）的凡例說該書收錄了七千餘條，但封底卻說六千餘條；劉扳盛（2008）說該書收錄了八千條。正文所列的數字以我們實際統計的為準。

5　即使是收詞最多的李榮主編（1998），也未及粵語詞彙量的一半，而至今還沒有一本全收錄這兩萬多個粵語方言詞的詞典。

斌（1991、1997）等工具書，屬於香港詞語詞典，所收的主要是社區詞。方言詞和社區詞的概念不完全一樣，前者"因地域不同而形成"，後者"因社會制度、社會背景的不同而形成"（田小琳 2009：1）。香港所使用的社區詞，進入書面語，呈現地方特色，可稱為"港式中文"，石定栩、邵敬敏、朱志瑜（2014：6）指出，"港式中文"具有"某些香港地區的特色"，"帶上濃郁的社區色彩"，成為"具有香港地區特色的漢語書面語"。

方言詞可用方言語素構成，有些例子跟共同語詞語不同，而社區詞基本上是以現代漢語的通用語素構詞，構詞方式跟共同語詞語相同（程祥徽、田小琳 2013：264）。例如，"馬騮"（猴子）是方言詞，而"馬會"是社區詞。有些方言詞，流通範圍較廣，例如"劏死牛"（攔路搶劫），但有些方言詞卻較有地域性，流通範圍有一定的局限，例如"劏房"（分間樓宇以作出租之用的單位）一詞，只在香港使用。當然，在有些情況下，方言詞和社區詞也不一定能截然劃分，也有重疊之處。

根據上述提及的概念，我們在研究粵語詞之前，應先對詞語的來源、使用情況有基本的認識，把詞的類別劃分好，如劃分為地域較窄的方言詞、地域較廣的方言詞、社區詞。除此之外，我們還應該把粵語口語能用的共同語詞語包括進來，共同構成粵語口語詞彙。這些借用共同語的詞語、跟共同語通用的詞語，為了方便討論，不妨稱為"通用詞"。

按照這樣的分類，我們不妨把這三種詞排列成（1）這樣。方言詞是方言獨有的詞彙，由方言語素構成，也是方言"典型"的詞彙；通用詞來自共同語，屬於共同語的詞彙；社區詞好像夾在兩者之間，既有地域的特色，也較容易進入共同語，慢慢成為通用詞。這三者的關係比較微妙，界線比較模糊，（1）這樣的表達，可方便我們認識粵語口語的面貌。

（1）方言詞 ↔ 社區詞 ↔ 通用詞

以香港的語言狀況為例，香港社會流行的所謂"潮語"（潮流用語），屬於地域較窄的方言詞，例如"升呢"（升級），是近年香港社會流行的用語，在上述提到的方言詞典或社區詞詞典都沒有收錄。地域較廣的方言詞就是一般的粵語詞，如"尋日"（昨天）、"打交"（打架）、"乜嘢"（甚麼）等，這幾個詞都收錄在上述提及的六本粵語詞典。社區詞有社區特色而且較容易進入共同語，可能成為規範詞語的一部分，如"立法會"，雖然屬於香港、澳門的詞彙，而《現代漢語詞典（第六版)》也沒有收錄，但應可被北方話地區所接受，能成為共同語的一部分。

粵語口語能用的詞語，除了方言詞和社區詞外，還包括不少通用詞，跟共同語通用，如來自共同語的基本詞語（如"大學、我、寫、打官司、大、一、二、三、如果"等）、成語熟語（如"何足掛齒、變幻莫測"等）、外來詞（如"幽默、奧林匹克、邏輯"等）。雖然這些通用詞不被粵語詞典、社區詞詞典所收錄，但確實活用於粵語口語，可用粵音讀出來，屬於粵語的一部分。

語言不斷變化，隨着社會的變化，詞彙會不斷增加，也會消失。要窮盡粵語詞彙，實際上是做不到的。我們只能就研究的課題，設定一個可以操作的範圍，搜集適當的詞彙，作為研究對象。如果研究對象只針對地域較窄的方言詞，詞彙量肯定不會太多。例如香港社會流行的所謂"潮語"，數量不多，只有兩百多個（鄧思穎2009d，2014a）。社區詞的數量可多可少，我們所見的香港社區詞詞典，所收的詞條就是由兩千到四千不等。地域較廣的粵語方言詞，大致上有兩萬多個，而較有代表性的方言詞約有九百多個。如果要涵蓋所有能用在口語的詞語（包括通用詞），詞條數量應該不少。以《現代漢語詞典（第六版)》的六萬九千多條為基礎，假設只有一半能為粵語口語接受，成為通用詞，也有接近三萬五千個詞，跟兩萬多個方言詞和幾千個社區詞加起來，估計粵語口語的總詞彙量達六萬多個。

　　粵語語法研究，不是編詞典，不必窮盡所有粵語的詞彙，也不必為每一條詞語下定義，找用例。實際上，我們也不太可能窮盡所有的粵語詞。以共同語的詞語為例，根據《現代漢語詞典》的出版說明，第六版增收了近三千條。從 2005 年到 2012 年這七年間，平均每年產生了四百多個新詞。如果比較饒秉才等（1981）和（2009）兩個版本的粵語詞典，兩者相隔 28 年，新增了三千多條，增幅達百分之六十幾，遠超《現代漢語詞典》八十年代第二版到 2005 年第五版的增幅（只有百分之十六）。按照這樣預測，詞典所收的詞彙量只會越來越多，不會越來越少。

　　然而，語法學的研究目的不是搜集詞語，不是編詞典，而是尋找規律。雖然不能窮盡所有例子，但粵語語法學所總結出來的規律，應該適用於兩萬多個方言詞，甚至是設想中的六萬多個口語詞彙，還有將來更多更多的例子。通過語法規律，我們能夠解釋例子所呈現的種種現象。

# 四、詞類

## 4.1 劃分方式

粵語的方言詞起碼有兩萬三千多個，加上社區詞、通用詞，粵語口語的總詞彙量肯定超過六萬個。要準確描述這數以萬計的詞，我們需要有客觀、科學的分類。認識詞彙的方法之一，就是考察詞類。

詞類（part of speech）就是詞的分類，也可以稱為詞的 "範疇" （category）。漢語語法學一般根據詞的語法功能來劃分詞類，屬於一種形式的劃分，而不是按照意義來劃分。所謂 "語法功能"，就是指 "詞在句法結構裏所能佔據的語法位置"（朱德熙 1982：37）。語法位置包括句法成分，例如主語、謂語、賓語等，也包括跟其他語言成分的組合能力，例如能不能受程度副詞修飾等。

漢語的詞可以劃分為實詞和虛詞。根據朱德熙（1982）所提出的標準，實詞是個開放類，能夠充任主語、賓語或謂語，絕大部分能單說（如單獨成句），位置不固定，可以前置，也可以後置，而意義上，實詞主要表示事物、動作、行為、變化、性質、狀態、處所、時間等。至於虛詞，是個封閉類，不能充任主語、賓語或謂語，絕大部分不能單說，位置是固定的，而意義上，虛詞只起語法作用，本身沒有甚麼具體的意義，有的表示某種邏輯概念。[1]

---

1　實詞和虛詞的劃分，跟 "詞彙詞"（lexical words）和 "功能詞"（functional words）的劃分差不多，詳見鄧思穎（2010：§3.4）的介紹。

　　實詞之下，可以劃分為"體詞"和"謂詞"。體詞的主要語法功能是做主語和賓語，一般不做謂語；謂詞的主要語法功能是做謂語，同時也能做主語和賓語（朱德熙 1982：40）。虛詞就沒有體詞和謂詞的區分。

　　朱德熙（1982）把漢語的詞類劃分為十七類，包括名詞、處所詞、方位詞、時間詞、區別詞、數詞、量詞、代詞、動詞、形容詞、副詞、介詞、連詞、助詞、語氣詞、擬聲詞、感歎詞。實詞包括名詞、處所詞、方位詞、時間詞、區別詞、數詞、量詞、代詞、動詞、形容詞這十種詞類，虛詞包括副詞、介詞、連詞、助詞、語氣詞這五種詞類。擬聲詞和感歎詞既不是實詞，又不是虛詞，屬於比較特殊的詞類。在這十種實詞詞類當中，名詞、處所詞、方位詞、時間詞、區別詞、數詞、量詞、體詞性代詞屬於體詞，而謂詞性代詞、動詞、形容詞屬於謂詞。

　　以粵語為例，按照朱德熙（1982）的劃分，"馬騮"（猴子）是名詞，名詞是個開放類，新的名詞比較容易創造。"馬騮"（猴子）能充任主語或賓語，也只能充任主語或賓語，如位於主語的"隻馬騮見到我"（那隻猴子看見我）、位於賓語的"我見到一隻馬騮"（我看見一隻猴子），也能夠單說，屬於實詞中的體詞。"發夢"（做夢）是動詞，新的動詞可隨意創造，是個開放類。"發夢"（做夢）能充任謂語，如"佢發夢"（他做夢），也能單說，屬於實詞中的謂詞。"食飯喇"（吃飯了）的"喇"（laa3）是助詞，助詞是個封閉類，新的助詞不太容易隨意創造。"喇"不能充任主語、賓語或謂語，不能單說，只能單用，即單獨起語法作用，屬於虛詞。

## 4.2　粵語的詞類

　　專門為粵語劃分詞類的專著有張洪年（2007）、高華年（1980）、李新魁等（1995）、徐芷儀（1999）。

張洪年(2007：§9-10) 把粵語的詞類基本劃分為十三種，[2]包括名詞、姓名詞、處所詞、時間詞、定詞、量詞、方位詞、代詞、謂詞、介詞、副詞、連詞、歎詞。雖然這兩章以"詞類"為題並沒有提到助詞，但另闢一章專門介紹助詞。按照他的分析，粵語應一共有十四種詞類。"定詞"（determinatives）是個大類，包括"呢（這）、嗰（那）"等"指示性定詞"、"每、今"等"特指性定詞"、"兩、三"等"數字性定詞"。從這些例子所見，"定詞"即一般文獻所說的指示代詞和數詞。

高華年（1980）所提出的粵語詞類一共有十二類，包括名詞、動詞、形容詞、數詞、量詞、代詞、副詞、介詞、連詞、歎詞、象聲詞、語氣詞。按照實虛的劃分，名詞、動詞、形容詞、數詞、量詞、代詞屬於實詞，副詞、介詞、連詞、歎詞、象聲詞、語氣詞屬於虛詞。

李新魁等（1995）為粵語詞類劃分為十二種，包括動詞、形容詞、名詞、數詞、量詞、代詞、副詞、助詞、介詞、連詞、歎詞、謂詞形尾。按照實虛的劃分，動詞、形容詞、名詞、數詞、量詞、代詞屬於實詞，副詞、助詞、介詞、連詞、歎詞、謂詞形尾屬於虛詞。

徐芷儀（1999）以 1984 年公布的《中學教學語法系統提要》為綱，把粵語的詞類劃分為十二類，包括名詞、動詞、形容詞、代詞、數量詞、副詞、介詞、連詞、助詞、語氣詞、歎詞、擬聲詞。

學者對粵語詞類的劃分，大致上得出十二、十三類詞類。朱德熙（1982）對普通話詞類的劃分最為細緻，一共有十七類。我們認

---

2　張洪年（2007）在"重版序"中提到"詞類"一章早在 1972 年出版前已經寫好。不過，"因為篇幅種種原因"，沒有收錄在 1972 年的版本中。

為以下（1）的分類，應該足以充分描述粵語的詞類，並且跟漢語語法學一般的分類有可比性，方便比較普通話和其他方言的詞類。

（1）粵語的詞類

名詞、區別詞、數詞、量詞、代詞、動詞、形容詞、副詞、介詞、連詞、助詞、擬聲詞、感歎詞

參考朱德熙（1982）對實詞、虛詞的劃分，粵語的十三類詞類可以重新整理如下：

（2）粵語詞類的架構

| 實詞 | 體詞 | 名詞、區別詞、數詞、量詞、體詞性代詞 |
|---|---|---|
| | 謂詞 | 動詞、形容詞、謂詞性代詞 |
| 虛詞 | | 副詞、介詞、連詞、助詞 |
| 其他 | | 擬聲詞、感歎詞 |

以下的表，總結了朱德熙（1982）的漢語詞類及張洪年（2007）、高華年（1980）、李新魁等（1995）、徐芷儀（1999）四種粵語詞類系統。本書所採用的分類，也加入這個表，方便讀者比較。

（3）詞類比較

| | 朱德熙 | 張洪年 | 高華年 | 李新魁等 | 徐芷儀 | 本書 |
|---|---|---|---|---|---|---|
| 名詞 | ✓ | ✓ | ✓ | ✓ | ✓ | ✓ |
| 姓名詞 | | ✓ | | | | |
| 處所詞 | ✓ | ✓ | | | | |
| 方位詞 | ✓ | ✓ | | | | |
| 時間詞 | ✓ | ✓ | | | | |
| 區別詞 | ✓ | | | | | ✓ |

| | 朱德熙 | 張洪年 | 高華年 | 李新魁等 | 徐芷儀 | 本書 |
|---|---|---|---|---|---|---|
| 數詞 | ✓ | 定詞 | ✓ | ✓ | 數量詞 | ✓ |
| 量詞 | ✓ | ✓ | ✓ | ✓ | | ✓ |
| 代詞 | ✓ | ✓ / 定詞 | ✓ | ✓ | ✓ | ✓ |
| 動詞 | ✓ | 謂詞 | ✓ | ✓ | ✓ | ✓ |
| 形容詞 | ✓ | | ✓ | ✓ | ✓ | ✓ |
| 副詞 | ✓ | ✓ | ✓ | ✓ | ✓ | ✓ |
| 介詞 | ✓ | ✓ | ✓ | ✓ | ✓ | ✓ |
| 連詞 | ✓ | ✓ | ✓ | ✓ | ✓ | ✓ |
| 助詞 | ✓ | | | | ✓ | |
| 後綴 | ✓ | 詞尾 | 詞尾 | 謂詞形尾 | 詞尾 | ✓ |
| 語氣詞 | ✓ | 助詞 | ✓ | 助詞 | ✓ | 助詞 |
| 擬聲詞 | ✓ | | 象聲詞 | | ✓ | ✓ |
| 感歎詞 | ✓ | 歎詞 | 歎詞 | 歎詞 | 歎詞 | ✓ |

　　根據（3）這個表的比較，有幾點值得我們注意，並將在以下各個小節討論。

　　一、名詞與姓名詞、處所詞、方位詞、時間詞的關係

　　二、動詞與形容詞的關係

　　三、區別詞的地位

　　四、語氣詞與助詞的關係

　　五、後綴的地位

## 4.3　名詞與其他體詞

　　按照朱德熙（1982）的分類，名詞、時間詞、處所詞、方位詞

是不同的詞類，不是名詞之下的小類。以普通話為例，時間詞的例子如"宋朝、一九三零年、立春、星期一、剛才"等。處所詞的例子如地名"中國、重慶、長安街"、地方機構"學校、公園、圖書館"、合成方位詞"裏頭、前邊、背後"等。方位詞分為單音節的單純方位詞，如"上、下、前、後、裏、外"，雙音節的合成方位詞，如"上邊，下面，前頭"。除了時間詞、處所詞、方位詞以外，張洪年（2007）還有姓名詞一類，如"張三、李四"。

　　雖然把時間詞、處所詞、方位詞、姓名詞劃分出來，能仔細描述語言現象，但是劃分的方式仍有問題。朱德熙（1982：43）認為時間詞"能做'在''到''等到'的賓語，並且能用'這個時候''那個時候'指稱的體詞"。至於處所詞，他（1982：42）認為"能做'在、到、往'的賓語並且能用'哪兒'提問，用'這兒、那兒'指代的體詞"。按照他的標準，時間詞和處所詞都能做"在、到"的賓語，例如"在今天"（時間詞）和"在圖書館"（處所詞），光憑語法功能難以區分這兩詞類的差異。如果以能否用"這個時候"、"這兒"指稱來判斷，這已經偏向意義的考慮。朱德熙（1982：43）甚至認為有些處所詞屬於"名詞兼處所詞"，作為政治單位或機構是名詞，作為地方是處所詞。這裏所說"政治單位、地方"，是意義的概念，不是語法功能的概念，有違漢語詞類劃分的大原則。姓名詞的考慮也差不多，朱德熙（1982）在名詞之下已設立了"專有名詞"一個小類，這個小類已可承載姓名詞、表示地名的處所詞，而不必另立姓名詞、處所詞了。

　　兼類的情況也顯示了設立這些詞類的問題。除了上述提到"名詞兼處所詞"以外，朱德熙（1982：43）把合成方位詞如"裏頭、前邊、背後"也歸入處所詞之內。由此看來，處所詞和方位詞是可以合在一起的。

　　至於單音節的單純方位詞，如"上、下、前、後、裏、外"，朱德熙（1982：44）明確指出它們是後綴，有些例子如"裏、上"，甚至可以任意在名詞後頭加上。既然它們是詞綴，就不是詞。嚴格來講，不是詞，就談不上詞類。

綜上所述，我們認為時間詞、處所詞、合成方位詞、姓名詞都屬於名詞，是名詞下的小類，而不是獨立的詞類；單純方位詞是後綴，不是詞。

## 4.4　動詞與形容詞

傳統漢語語法學都把動詞和形容詞區分開來，作為兩個獨立的詞類。張洪年（2007）卻把動詞和形容詞都歸入"謂詞"，形容詞只作為謂詞的一個小類，稱為"不及物性質謂詞"。把漢語的形容詞當作動詞來分析，Chao(1968) 早已提出，Li and Thompson(1981) 也持這種觀點，分析普通話語法。Matthews and Yip(1994，2011) 把形容詞併入動詞，方便解說這兩類詞在粵語的相似性。我們也曾從形式句法學的角度，說明合併動詞和形容詞的好處，並指出理論上的優點（鄧思穎 2010：§3）。

雖然我們贊同動詞和形容詞應合成一類，但為了方便跟大多數漢語語法學著作比較，也方便跟漢語方言的其他研究成果對照，本書還是沿用傳統的做法，把動詞和形容詞當作兩個獨立的詞類。

至於動詞和形容詞劃分的標準，我們認同朱德熙（1982）的做法，比較簡單，容易操作。他提出的標準，略作修改，可適用於粵語。

(4)　a.　凡受程度副詞修飾而不能帶賓語的謂詞是形容詞。

　　　b.　凡不受程度副詞修飾或能帶賓語的謂詞是動詞。

粵語的程度副詞，包括"好、非常、最"等，"好"等於普通話的"很"。用程度副詞"好"和能不能帶賓語做測試，可以有這樣的情況。我們可以說"好驚佢"（很好怕他）、"好憎佢"（很討厭他），"驚、憎"可以受"好"修飾，而"驚、憎"帶賓語。"唱、睇（看）"要帶賓語，如"唱一首歌、睇一本書"，但不能受"好"修飾，"*好唱一首歌、*好睇一本書"是不能說的。[3]"咳、喊（哭）"不能帶賓語，也不能受"好"修飾，"*好咳你、*好喊你"是不能說的。"靚（漂亮）、攰（累）"能受"好"修飾，但不能帶賓語，我們可以說"好靚"（很漂亮）、"好攰"（很累），但不能說"*靚你、*攰你"。[4]

　　根據（4）這兩條標準，我們可以得出以下（5）的四種情況。"＋"表示可以接受，"－"表示不能接受。

(5) 粵語的動詞與形容詞

|  | 加"好" | 帶賓語 | 例子 |
|---|---|---|---|
| 動詞 | ＋ | ＋ | 驚，怕，憎，鍾意，信，同意 |
|  | － | ＋ | 唱，睇，殺，買，講，食，寫，揀 |
|  | － |  | 咳，醒，飛，喊，死，游水 |
| 形容詞 | ＋ | － | 靚，大，紅，遠，肥，攰，飽，乾淨 |

　　如果從分的話，"靚"（漂亮）一類的詞是形容詞，其他三類屬於動詞；如果從合的話，這四類都屬於動詞，是動詞的小類。為了方便比較，本書從分不從合。

---

3　"你好睇書"（你應看書）是可以說的，但這個"好"是能願動詞，表示情態，跟程度副詞"好"不一樣。粵語能願動詞"好"的介紹，詳見蔣旻正（2014）。

4　"肥你"是可以說的，但這個"肥"是外來詞，即英語的"fail"，表示"讓你不及格"之義，是動詞，跟表示肥胖的形容詞"肥"不一樣，是兩個不同的詞。

## 4.5　區別詞

朱德熙（1982：52-53）把區別詞當作獨立的詞類，有異於形容詞和名詞，並提出以下的劃分標準：只能在名詞或"的"前邊出現；只能修飾名詞或在"的"字前頭出現；不受數量詞、程度副詞"很"修飾；不能做主語、賓語、謂語。從意義來講，區別詞所表示的是一種分類標準。以普通話為例，單音節區別詞不多，例如"金、銀、男、女、正、副"等，雙音節區別詞的數量比較多，例如"彩色、野生、法定、國產、外來、微型、初級"等。在其他漢語語法學著作裏，這類詞也稱為"屬性詞"（呂叔湘、饒長溶 1981）。由於它們顯著的特點是不能充當謂語，因此也稱為"非謂形容詞"（呂叔湘、饒長溶 1981，胡裕樹等 1995 等）。[5]

過往文獻從來沒有為粵語設立區別詞一類，也沒有討論過粵語到底有沒有區別詞。溫欣瑜（2013）對粵語詞類作深入探討，是研究粵語區別詞的首篇論文。她根據呂叔湘、饒長溶（1981）所列的四百多個普通話區別詞例子，把粵語口語能接受的例子（即"通用詞"）作為分析語料，共得 285 個。根據她的研究，我們認為粵語區別詞的劃分標準可以總結如下：

(6) 粵語區別詞的劃分標準

　　a. 能做定語

　　b. 不能與程度副詞"好"結合，充任謂語

　　c. 不能充任主語、賓語

　　d. 否定用"唔係"，而不用"唔"

根據這些標準，285 個例子當中，有 187 個確定為粵語的區別

---

[5]　我們曾根據理論的考慮，對詞類劃分重新整理，把漢語的形容詞併入動詞，而把區別詞稱為"形容詞"（鄧思穎 2010）。

詞，而其他的例子在粵語則用作形容詞、名詞、動詞、副詞。確定為粵語區別詞的例子，例如單音節的"正、副、單、雙、男、女"等、雙音節的"唯一、親生、國產、非法、舊式"等、三音節的"半自動、多民族、非正式"等。這些例子，在粵語只能做定語用來修飾名詞，例如"副校長、親生哥哥"，卻不能受"好"修飾，用作謂語，"＊個校長好副、＊哥哥好親生"都不能說，也不能充任主語、賓語，"＊副走咗、＊親生走咗"都不能說。只能用"唔係"否定，"唔係副、唔係親生"可以說，但"＊唔副、＊唔親生"不能說。

　　用相同的標準，溫欣瑜（2013）考察了饒秉才等（2009）所收錄的八千兩百多條粵語方言詞，發現這五個方言詞例子"過氣、疏堂、原盅、原裝、正牌"符合區別詞的定義，只能用作定語，例如"過氣老倌"（曾紅極一時的老藝人，引申指失去權勢地位的人）、"疏堂兄弟"（堂兄弟）、"原盅燕窩"（用瓷盅燉成的燕窩）、"原裝電腦"（由生產廠家裝配出廠的電腦）、"正牌貨"（真正原廠出品的貨品），都應該分析為粵語的區別詞。

　　我們發現"過氣、疏堂"這兩個詞都被饒秉才等（1981，2009）、鄭定歐（1997）、麥耘、譚步雲（1997/2011）、李榮主編（1998）、張勵妍、倪列懷（1999）、劉扳盛（2008）這幾本詞典所收錄，算是粵語方言詞最有代表性的區別詞。除了饒秉才等（2009）外，"原盅、正牌"也見於李榮主編（1998），"原裝"也見於張勵妍、倪列懷（1999）。

　　"過氣"作為粵語方言詞"最有代表性"的區別詞之一，有兩種用法值得我們注意。第一種用法是表示"用油煎、炸的食物涼後失去香味和鬆軟的口感"（張勵妍、倪列懷 1999：134，也見饒秉才等1981，2009）、"錯過了最佳時刻，多用於食物"（李榮主編 1998：50）；另一種用法是指"過時的、以前的"（張勵妍、倪列懷 1999：

134，也見饒秉才等 1981，2009），例如"過氣藥"，[6] 也指"過去流行而現在不流行的"（麥耘、譚步雲 2011：186）、"不時髦的"（李榮主編 1998：50），例如"過氣嘢"，並引申為"形容某人從事業的最高峰滑坡"（鄭定歐 1997：51），例如"過氣主任、過氣議員"。用於形容食物的"過氣"，除了定語的用法外，粵語詞典還收錄了可以做謂語的例子，例如"啲飯凍咗就過氣嘞"（飯涼了就沒有香味）（李榮主編 1998：50），"過氣"的"過"還可以加上"咗"（了），例如"過咗氣就唔好食嘞"（過時了就不好吃／不要吃）（李榮主編 1998：50）。不過，跟食物相關的"過氣"在目前粵語口語很少用作謂語，上述的例子其實有點彆扭。至於表示"過時的、以前的"的"過氣"，卻好像能做謂語，並受程度副詞"好"修飾，如"？個主任過咗氣、？個主任好過氣"，麥耘、譚步雲（2011：186）也舉了這個"過氣"作為謂語的例子："呢種褲而家過咗氣喇"（這種褲子現在過了時了）。因此，粵語應該有兩個"過氣"，一個是能充任謂語的形容詞，表示過時，多數指人；另一個是只充任定語的區別詞，多指食物。

## 4.6　語氣詞與助詞

"語氣詞"、"助詞"等術語，在漢語語法學的文獻裏常常有不同的定義，用來指稱不同的詞，往往引起讀者的混淆。

朱德熙（1982）所說的"語氣詞"，是指普通話句末的"了、來着、呢、嗎、吧、嚜、啊、欸、嘔"等虛詞。相比起來，粵語句末成分特別豐富，也特別引起學者的注意，有不少的研究。粵語句末成分的叫法有多種，例如"語氣詞"（袁家驊等 1960/2001，高華年 1980、徐

---

6　饒秉才等（2009：87）認為"過氣"能表示"藥物存放過久，失去效力"的意思。事實上，這個意思只用在"過氣藥"，而且可以按照"過時"一義去理解（張勵妍、倪列懷 1999：134）。

芷儀 1999 等）、"助詞"（張洪年 1972/2007，李新魁等 1995，彭小川 2010 等）、"語助詞"（梁仲森 2005 等）、"語氣助詞"（施其生 1995）、"句末助詞"（鄧思穎 2002b，2006b 等）、"句末語氣助詞"（方小燕 2003 等）。由於英語缺乏這種成分，沒有現成的術語可以對應，叫法也有多種，較為常見的如"particle"（張洪年 1972/2007）、"sentence-final particle"（Law 1990，Matthews and Yip 1994，2011，Fung 2000，Leung 2006，Sybesma and Li 2007，Wakefield 2010 等 ）、"sentence particle"（Kwok 1984，Matthews and Yip 1994，2011 等 ）、"utterance particle"（Luke 1990，梁仲森 2005 等）。

　　把粵語這種虛詞稱為"助詞"，主要描述它們不能自由運用的一面，較為中性。正如張洪年（2007：180）指出，"助詞是一種不能獨立的虛詞，只出現在句子或詞組的末端，和整個詞組句子結合"，用"particle"一語也可以籠統包含這類虛詞的特點。冠以"句末、sentence-final"，側重形式上的特點，強調這類虛詞出現在賓語之後的位置。冠以"語氣、utterance"，側重語用上的特點，強調這類虛詞所承載的功能。

　　朱德熙（1982）所講的"助詞"，跟上述的所講的句末虛詞不一樣。他的"助詞"是用來指普通話的"的"字結構的"的"、"所"、"得"、"似的"。

　　所謂"的"字結構，是體詞性成分或謂詞性成分加上"的"的用語，例如普通話的"木頭的、便宜的、看電影的"。徐芷儀（1999）把粵語表示領屬關係的"嘅"（的）和所謂"嘅"字結構的"嘅"都分析為結構助詞。我們認為所謂"的"字結構的"的"跟附加在定語之後的"的"（如"木頭的桌子"的"的"）都是一樣的（Tang 2011）。定語後的"的"當作後綴（朱德熙 1982，鄧思穎 2010），所謂"的"字結構的"的"也應該當作後綴。既然"的"是後綴，就不是詞。不是詞，就不應該分析為助詞。套用在粵語的情況，"高嘅、矮嘅"的

"嘅"（的）是後綴，不是助詞。

"所"加在及物動詞前頭，例如"我們所反對的"，是古漢語遺留的用法。朱德熙（1982）認為普通話的"所"是助詞，但也有學者認為是詞綴（張靜等 1980：90）、附着形式（clitic）（Ting 2003，2005，2008），甚至是副詞（張洪年 2007：298）。"所"在粵語口語基本上不用，即使能用，往往受到語體所限，通常用在較為接近書面語的語境。雖然"責備"和"話"（waa6）意義差不多，但"我所責備嘅人"和"* 我所話嘅人"有明顯的差別；"食"和"嚟"（leon1）（細細地啃）都跟吃有關，但"我所食嘅嘢"比"* 我所嚟嘅嘢"好得多。假如我們把"助詞"這個術語留給句末的虛詞，"所"這種較為特殊的用語則不稱為助詞，把它當作詞綴也有合理之處。

朱德熙（1982：125）把可能補語的"得"當作助詞，例如"看得見"的"得"。至於狀態補語的"得"，例如"看得多"的"得"，他當作動詞後綴。我們認為可能補語的"得"和狀態補語的"得"都應該分析為詞綴（鄧思穎 2010）。這兩種補語的"得"（dak1），粵語也有，而且形式上也有分別。"打得爛"是可能補語，"唱得好"是狀態補語。在否定式中，狀態補語"唱得好"說成"唱得唔好"，可能補語"打得爛"可以說成"打唔爛"或"打唔得爛"，但不能說成"* 打得唔爛"。[7] 此外，狀態補語"得"之後可以有個停頓，例如"唱得呢，幾好聽啊"，但可能補語"得"之後絕對不能有停頓，"* 打得呢，爛啊"不能說（張洪年 2007：132）。我們假設狀態補語的"得"是後綴（朱德熙 1982），依附在動詞之後，而"得"後面的補語（如"唱得好"的"好"），是一個短語，短語可以擴展（如加上否定詞），短語之前也可以有停頓；假如可能補語"打爛"本來就是一個詞（述補式複

---

7　"打唔爛"的"唔"、"打唔得爛"的"唔得"都應當作詞綴。

合詞），"得"是一個中綴（張洪年 2007：125），[8] 插進 "打爛" 的中間。[9] 既然"打得爛"的"爛"原來只是"打爛"這個複合詞的一部分，"爛"不是短語，無法擴展（如不能加上否定詞），也不能有停頓。作為中綴的 "得"，可以解釋 "打" 和 "爛" 之間的緊密程度，解釋更為合理。按照這樣推論，可能補語和狀態補語的 "得" 不同，前者是中綴，後者是後綴。"得" 是詞綴，不是詞，也不是助詞。

　　至於 "似的"，如用在 "像雪似的那麼白"、"彷彿睡着了似的" 等普通話例子，朱德熙（1982）把它當作助詞。我們假設普通話的 "……似的" 本來是一個包含動詞 "似" 的小句，再加上後綴 "的"，用來修飾後面的成分。進一步虛化後，"似的" 重新分析為一個後綴，就好像英語作為後綴的 "-like" 一樣（鄧思穎 2010：39）。粵語沒有"似的"，能對應的成分是"咁"（gam3）和"噉"（gam2），例如"像雪似的那麼白"在粵語可以説成是 "好似雪咁白"，而 "彷彿睡着了似的" 可以説成"好似瞓著咗噉"。"咁" 和 "噉" 的分工清晰，不能互換，如果上述兩個例子説成"* 好似雪噉白"、"* 好似瞓著咗咁"，都不能接受。徐芷儀（1999）認為 "咁"（她不區分 "咁" 和 "噉"）是粵語的比況助詞，本書把 "咁" 和 "噉" 分析為指示代詞，跟助詞無關。

　　經過我們的重新分析後，朱德熙（1982）所講的 "助詞"，其實都可以分析為詞綴，不構成一個獨立的詞類。因此，我們可以借用 "助詞" 這個術語，來指稱他所講的 "語氣詞" 而不會產生混淆。

　　粵語還有一些虛詞，出現在賓語之後，例如 "食飯先"（你先吃飯）的 "先"、"飲多碗添"（再多喝一碗）的 "添"。這些在賓語後的虛詞，往往稱為 "後置成分"，在普通話裏是找不到的，成為粵語

---

8　張洪年（2007：125）原用 "詞嵌" 一詞來對應 "infix"。

9　也可參考鄧思穎（2010：§7）從形式句法學的角度分析這個問題。

語法的一個特色。粵語這些"後置成分"在文獻上有不同的叫法，例如"助詞"（張洪年 1972/2007，李新魁等 1995，施其生 1995，張雙慶 1997 等）、"語氣詞"（徐芷儀 1999）、"副詞"（袁家驊等 1960/2001，高華年 1980），或冠以"後置"之名，稱為"後置副詞"（曾子凡 1989，蔡建華 1995a，鄧思穎 2006c 等）、"後置狀語"（曾子凡 1989，黃伯榮主編 1996，張雙慶 1997，張振興 2003a，李如龍 2007 等），以示跟一般前置的副詞、狀語不同。

我們認同張洪年（1972/2007）等的做法，把粵語這種所謂"後置"的虛詞和表示語氣的虛詞統稱為"助詞"。粵語的助詞是一個大類，之下可以按照句法、語義、功能、語用等因素，劃分為事件類、時間類、語氣類（鄧思穎 2008，2009a，Tang 2009 等），而語氣類再可以細分為五個小類：焦點、情態、疑問、祈使、感情。

## 4.7　後綴

"謂詞形尾"是李新魁等（1995）的術語，用來指稱依附在動詞後面的成分，例如表示體貌的"緊"（gan2）、"住"（zyu6）、"實"（sat3）、"咗"（zo2）、"起身"（hei2 san1）、"起"（hei2）、"開"（hoi1）、"過"（gwo3）；表示範圍的"埋"（mai4）；表示重複的"過"（gwo3）；表示程度的"得滯"（dak1 zai6）、"過頭"（gwo3 tau4）、"晒"（saai3）、"極"（gik3）；表示可能和必然的"得"（dak1）、"梗"（gang2）；表示結果的"親"（can1）。他們注意到這些所謂"謂詞形尾"跟助詞相似，但又略有不同，處理方法是置於虛詞的章節之下，當作一種詞類來排列。

施其生（1995）對粵語的"形尾"有比較清晰的討論，明確把"形尾"和屬於虛詞的"助詞"區分開來，前者屬於"修飾性虛詞素"，後者才算是詞，是詞類的一種。

　　除了"形尾"的叫法外，比較常見的叫法是"詞尾"（袁家驊等 1960/2001，張洪年 1972/2007，高華年 1980，徐芷儀 1999，鄧思穎 2000a，2006c）。所謂"詞尾"，就是英語的"suffix"（張洪年 1972/2007），"suffix"又稱為"後綴"。其實"詞尾"和"後綴"，所指的都是一樣，只不過是翻譯的不同。

　　把粵語"咗、緊、過"等成分分析為詞尾，或稱為後綴，正好符合朱德熙（1982）的分類，他把普通話的"了、着、過"當作動詞後綴，並非組成獨立的詞類。後綴是詞綴的一種，屬於附加成分，不是詞，不構成獨立的詞類。

## 4.8　小結

　　本書把粵語的詞類劃分為十三類，包括：名詞、區別詞、數詞、量詞、代詞、動詞、形容詞、副詞、介詞、連詞、助詞、擬聲詞、感歎詞。這些詞類，可以劃分為實詞、虛詞、其他三大類，名詞、區別詞、數詞、量詞、代詞、動詞、形容詞屬於實詞，副詞、介詞、連詞、助詞屬於虛詞，擬聲詞、感歎詞屬於其他。實詞當中，名詞、區別詞、數詞、量詞、體詞性代詞是體詞，動詞、形容詞、謂詞性代詞是謂詞。粵語的詞類可總結如下表，並附加例子作為參考。

（7）粵語詞類表

| 實詞 | 體詞 | 名詞 | 書　水　兄弟　自由　張三　香港　今日　上面 |
|---|---|---|---|
| | | 區別詞 | 正　副　唯一　親生　非正式　過氣　疏堂　原盅 |
| | | 數詞 | 一　二　兩　幾　百　半　零　第一 |
| | | 量詞 | 個　隻　班　公斤　啲　下 |
| | | 代詞 | 我　你　佢　呢　嗰　乜嘢　邊 |
| | 謂詞 | 動詞 | 憎　睇　咳　游水　係　有　應該 |
| | | 形容詞 | 靚　紅　企理　紅紅哋　論論盡盡　臭崩崩 |
| | | 代詞 | 咁　噉　點　幾 |
| 虛詞 | | 副詞 | 好　唔　仲　先　啱啱　差唔多　淨　唔通　究竟 |
| | | 介詞 | 喺　從　同　用　界 |
| | | 連詞 | 同埋　或者　定　因為　雖然　如果 |
| | | 助詞 | 先　添　咁滯　嚟　咋　啩　咩　嗝　罷啦　啊 |
| 其他 | | 擬聲詞 | 嘭　嘟　叮噹　時時沙沙　呼令嘭冷 |
| | | 感歎詞 | 咦　啊　嘘　喂　吓　嗬 |

# 五、實詞與虛詞

## 5.1　實詞——體詞

粵語的詞類可以劃分為實詞、虛詞、其他三大類。[1]

實詞是個開放類，能夠充任主語、賓語或謂語，絕大部分能單說（如單獨成句），位置不固定，可以前置，也可以後置，而意義上，實詞主要表示事物、動作、行為、變化、性質、狀態、處所、時間等（朱德熙 1982：39-40）。實詞之下，可以劃分為體詞和謂詞。體詞的主要語法功能是做主語和賓語，一般不做謂語（朱德熙 1982：40）。

粵語實詞包括：名詞、區別詞、數詞、量詞、代詞、動詞、形容詞。實詞當中，名詞、區別詞、數詞、量詞、體詞性代詞是體詞。

**名詞**　名詞可以受數量詞修飾，但不受副詞修飾，例如"三本書"可以說，但"＊很書"卻不能說。意義上，名詞主要表示人、事物、時間、處所、方位等。名詞可以劃分為以下幾個小類：

a. 表示人和事物：

| | |
|---|---|
| 可數名詞 | 書、衫（衣服）、飛機、馬騮（猴子） |
| 不可數名詞 | 水、牛肉、聲音 |
| 集合名詞 | 兄弟、父母、書本、詩詞歌賦 |
| 抽象名詞 | 自由、文化、恩怨 |
| 專有名詞 | 張三、阿張 |

---

1　本章所引錄的粵語例子大多數來自文獻（如張洪年 1972/2007、高華年 1980、李新魁等 1995 等），各詞類的定義和描述主要參考朱德熙（1982），或根據黃伯榮、廖序東（2007b）作適當的補充，不再一一註明出處。

b. 表示時間： 尋日（昨天）、而家（現在）、以前、立春
c. 表示處所： 中國、香港、香港中文大學
d. 表示方位： 上面、裏面、出面（外面）、前便（前邊）、中間

**區別詞** 區別詞只能做定語，不能與程度副詞"好"（很）結合，不能充任謂語、主語、賓語，否定用"唔係"（不是），而不用"唔"（不）。從意義來講，區別詞所表示的是一種分類標準。粵語區別詞的例子，有單音節的"正、副、單、雙、男、女"等；雙音節的"唯一、親生、國產、非法、舊式"等，還有屬於方言詞的"過氣、疏堂、原盅、原裝、正牌"等；三音節的"半自動、多民族、非正式"等。

**數詞** 數詞通常跟量詞結合。意義上，數詞表示數目、次序。粵語的數詞大致上可以劃分為兩個小類：基數詞和序數詞。基數詞表示數量多少，例如係數詞"一、二、兩、三、幾、半"；位數詞"十、百、千、萬"；概數詞"幾、零（leng4）"。序數詞表示次序，例如加上前綴"第"的"第一、第三"，由前綴"初"組成的"初一、初二"，由後綴"嚟"（lei4）組成的"一嚟（一來）、二嚟（二來）"列舉理由。

粵語的"零"稍作説明。"零"讀作"ling4"是係數詞，如用在"五百零八"；讀作"leng4"是概數詞，如用在"十零"（十來）。張洪年（2007：337）認為"'十幾'可以指十一至十九之中任何一個數值，但'十零個'就不會超過十五"。我們一般習慣説"無三不成幾"，"十幾"的數量最好是十三或以上，偏向多，而"十零"則偏向少。"千幾"和"千零"的差別比較明顯，"幾"代表的係數詞最好是三或以上，但所代表的數值是三百或以上，"零"所代表的係數詞偏向小，最好是一，甚至是零，即在一千一百以下。"鬆啲"（sung1 di1）是個更小的概數詞，"一千鬆啲"最好是一千零幾，比一千略多一點。這三個概數詞所強調的量不同，"千幾"偏向多，

"千零"較少，"千鬆啲"更少。此外，這三個概數詞的分布不同。"鬆啲"可直接在係數詞之後出現，如"五千三鬆啲"（李新魁等 1995：462），但"幾、零"卻不可以，"＊五千三幾、＊五千三零"是不能説的。"二千幾萬"偏向多，"二千零萬"偏向少，"二千萬鬆啲"是比兩千萬略多一點。

**量詞**　量詞出現在數詞之後。意義上，量詞表示計算單位。粵語的量詞可以劃分為幾個小類：個體量詞"一個人、一隻狗"；集合量詞"一班人、一對筷子"；度量詞"公斤、呎"；不定量詞"啲"（di1）（些）；臨時量詞"一碗飯"（比較"一個碗"）、"一枱人"（比較"一張枱"）；動量詞"睇一下、去一次"（專用動量詞）、"踢一腳"（借用名詞）、"睇一睇"（重複動詞）。

大多數的粵語量詞都是單音節，多音節量詞為數不多，主要是度量詞，如"公斤、公尺、公升、厘米、平方米"；由量詞組合而成的複合量詞，如"人次、架次"。高華年（1980：100-101）舉了三個雙音節的例子："一串聯珠仔"（一串小珠子）、[2] "一 kwaang3 laang3 豬肉"、[3] "一堆雷（deoi1 leoi1）蟲仔"（一堆小蟲）。麥耘、譚步雲（2011）還舉了"嚙溜"（gau6 lau6）（團）、"坺迾"（paat6 laat6/pet6 let6）（灘）、"排賴"（paai4 laai4）（排）、"半賣"（bun3 maai2）（較小的一份）。不過，這些例子已經不常用。

**代詞**　代詞有代替、指示的作用。有的代詞是體詞性，有的是謂詞性。代詞可以劃分為三個小類：人稱代詞、指示代詞、疑問代詞。人稱代詞是體詞性的代詞，語法功能跟名詞相似，例如"我、你、佢（他）"，複數形式加上後綴"哋"（dei6），例如"我哋、你哋、佢哋"。粵語沒有普通話的"您"，不過，香港粵語口語可以用"閣

---

2　按高華年（1980：100）的記音，"串聯"讀做"cyun3 lyun3"。

3　饒秉才等（2009：119）讀做"kwang3 lang3"，麥耘、譚步雲（2011：336）讀做"kwang3 nang3"

下"作為敬稱式。"閣下"只有單數形式,沒有複數形式。粵語沒有普通話"我們"和"咱們"之別,但"我哋"(我們)和"大家"有比較接近的效果,如在這個例子"你哋係山東人,我哋係廣東人,大家都係中國人","我哋"不包括聽話人在內,"大家"包括聽話人在內。其他的人稱代詞還有第三人稱的"人哋"(人家)、[4] 反身代詞"自己"。"人哋"既可表示單數又可表示複數,"自己"也可指單數和複數,不能加"哋","*自己哋"是不能說的。

 屬於體詞性的指示代詞有"呢"(ni1)(這)、"嗰"(go2)(那)。跟不同的量詞搭配,可以表示不同的意義,例如表示時間的"嗰陣"(go2 zan6 或 go2 zan2)(那會兒)、"嗰陣時"(go2 zan6 si4)(那個時候)、[5]"呢排"(ni1 paai6 或 ni1 paai2)(近來)、"嗰排"(go2 paai6 或 go2 paai2)(那段時間)"呢勻"(ni1 wan4)(這次)等;表示處所的"呢度"(這裏)、"嗰度"(那裏)。

 屬於體詞性的疑問代詞有"乜嘢"(mat1 je5)(甚麼)、"邊"(bin1)(哪)、"幾多"(多少)、"幾"。"乜嘢"也可以省略為 "乜",可以用來問人"乜嘢人、乜水"(誰)、[6]問事物"乜嘢嘢"(甚麼東西)、問時間"乜嘢時間"(甚麼時間)、"乜嘢日子"(甚麼日子)、問處所"乜嘢地方"(甚麼地方)。"邊"跟不同的量詞搭配,可以問人"邊個、邊個人"(誰、哪個人)、問事物"邊本書"(哪本書)、問時間"邊年"、問處所"邊度"(哪裏)、"邊處"(bin1 syu3)(哪裏)。單用"邊"也可以問處所,但只能放置在賓語位置,例如"去邊"(去哪)可以說,

---

4　張洪年(2007:354)還提到"第個"(dai6 go3)(別人)是人稱代詞。李新魁等(1995:467)認為這個"第"是"第二"(dai6 ji6)的合音。我們認為這個"第二"應為序數詞,引申有"另外"之義,跟人稱代詞無關。相似的搭配還有"第二件事、第二樣嘢"。

5　高華年(1980:123)還舉了"呢陣"(ni1 zan6)(這會兒)、"呢陣時"(ni1 zan6 si6)(這個時候)。現在香港粵語一般說"而家"(ji4 gaa1)或"依家"(ji1 gaa1),屬於時間名詞。比較舊式的說法還有"家陣"(gaa1 zan2)、"家下"(gaa1 haa2),都屬於時間名詞。

6　"乜水"(誰)較為俗,不能擴展為"*乜嘢水"。

但"＊邊有人"（哪裏有人）卻不能説。[7] "幾多"和"幾"都可以問數量。"幾多"通常跟量詞結合，也可省略為"幾"，例如"幾（多）個人"。"幾多"也可以直接和名詞結合，例如"幾多樹"（李新魁等1995：474）。在有些語境，量詞可以省略，"幾多"直接出現在主語或賓語，例如"幾多先至夠？"（多少才夠）、"要買幾多？"（要買多少）。這個時候，"幾多"不能省略為"幾"，如"＊幾先至夠、＊要買幾"是不能説的。在一般的度量詞前，"幾多"可省略為"幾"，如"幾（多）磅、幾（多）呎、幾（多）公升"。由度量詞組成的數量詞，用作狀語的話，只能用"幾"來問，不能用"幾多"，例如"幾高"（回答：六呎高），但不能説"＊幾多高"。[8] 序數詞只能被"幾"詢問，不能被"幾多"詢問，例如"第幾、初幾"可以説，但"＊第幾多、＊初幾多"不能説。"幾多年"和"幾年"，前者所問的是基數詞（如三年），後者所問的是年份，由可表示次序先後的數詞組成，屬於序數詞一種（如 1945 年），其他相似的情況如"幾多個月"（多少個月）和"幾月"（哪個月）、"幾多日"（多少天）和"幾號"（哪一天）。[9] 跟一些表示時間語素的結合，也只能用"幾"，例如"幾時"（甚麼時候）、"幾耐"（多久）、"幾大"（多大）。

　　由係數詞和位數詞所組成的數詞，可稱為"係位構造"，如"四千"；幾個係位構造可組成"係位組合"，如"四千三百二十一"（朱德熙 1982：46）。要詢問當中的係數詞，應該用"幾多"，也可省略為"幾"，如"四千幾多百二十一"。要詢問當中的係位組合，可用"幾多"，也可省略為"幾"，如"四千幾（多）"。如果有係數詞"零"

---

7　"邊有人吖"可以説，但"邊"表示否定意義。詳見 Cheung（2009）相關的討論。

8　"幾高"的"幾"也可能是謂詞性疑問代詞，可用謂詞性指示代詞"咁"（那麼）回答，如"咁高"（那麼高）。

9　問年份也可以説成"邊（一）年"（哪一年），當中的"一"快讀時可以省略。問月份只能説"邊（一）個月"而不能説"＊邊月"，問日子只能説"邊（一）日"而不能説"＊邊號"。

(ling4)，"四千零幾多"所問的數值可由 4001 到 4099，而"四千零幾"似乎傾向問 4001 到 4009，可能受到音節的制約，"幾"傾向問單音節的係數詞，"幾多"可問多音節的係位組合。

純粹用係數詞構成的數詞，如"四三二一"，要詢問當中的係數詞，只能用"乜嘢"（甚麼），不能用"幾多"，如"四乜嘢二一"可以說，但"＊四幾多二一"不能說。不過，"乜嘢"和"幾"都好像可以用來問最後一個位的數詞，如"四三二乜嘢、四三二幾"都可以，"？四三二幾多"的接受度稍差。詢問序數詞當中的數字，只能用"幾"或"幾多"，不能用"乜嘢"，例如"一九四幾年"能說，但"＊一九四乜嘢年"不能說。可能受到音節的制約，"一九四幾年"（用來問"一九四五年）可以說，但"＊一九四幾多年"不能說，因為"一九四幾多"超過了原來"一九四五"的音節數目。又如"一九幾多年"能說（用來問"一九四五年"），但"＊一九幾年"反而不好。[10]

## 5.2　實詞——謂詞

謂詞是實詞的一種。謂詞的主要語法功能是做謂語，同時也能做主語和賓語（朱德熙 1982：40）。

粵語的謂詞包括：動詞、形容詞、謂詞性代詞。

**動詞**　動詞常做謂語或述語，有些動詞可加"咗、緊、過"等後綴，有些能帶賓語。意義上，動詞表示動作、行為、心理活動或存在、變化、消失等。動詞可以劃分為以下幾個小類：

a. 動作行為：　唱、睇（看）、食（吃）、喊（哭）、游水（游泳）

b. 心理活動：　怕、憎（討厭）、鍾意（喜歡）、信（相信）

c. 存在變化：　喺（hai2）（在）、有、生、死、扯（走）

---

10　如果"一九幾年"用來問二世紀的年份，而不是二十世紀的年份，則沒有問題。

d. 判斷：　係（hai6）（是）、姓

e. 能願：　會、肯、好（應該）、應該、可以、可能、要

f. 趨向：　嚟（lei4）（來）、去、入去、出去

　　動詞也可以按照帶不帶賓語，劃分為及物動詞和不及物動詞。不帶賓語的動詞是不及物動詞，帶賓語的動詞是及物動詞。粵語的不及物動詞如"喊（哭）、郁（juk1）（動）、跳"。及物動詞可以分為兩類，一類是帶體詞性的賓語（如名詞短語），一類是帶謂詞性的賓語（如動詞短語）。帶體詞性賓語的動詞如"唱一首歌、睇雜誌（看雜誌）、食拉麵（吃拉麵）、憎你（討厭你）"中的"唱、睇、食、憎"，帶謂詞性賓語的動詞如"覺得好劫（覺得很累）、會去、應該去"中的"覺得、會、應該"。

　　**形容詞**　形容詞是受程度副詞修飾而不能帶賓語的謂詞。意義上，表示性質、狀態。形容詞可以劃分為性質形容詞和狀態形容詞，性質形容詞單純表示事物恆久的屬性，是靜態的，可以受程度副詞修飾，如"好靚"（很漂亮）、"幾企理"（挺整齊）；狀態形容詞有描寫性，表示短暫的變化，是動態的，不再受程度副詞修飾，"* 好紅紅哋、* 好論論盡盡"是不能說的。形容詞可以劃分為以下幾個小類：

a. 性質形容詞：

單音節　　　　　　　　靚（漂亮）、紅、慢

雙音節　　　　　　　　企理（整齊）、鬼鼠（鬼祟）、乾淨

b. 狀態形容詞：

單音節形容詞重疊式　慢慢（maan2 maan6）、紅紅哋 [11]

雙音節形容詞重疊式　論論盡盡、穩穩陣陣

---

11　高華年（1980：62）舉了三疊式的例子"白白白"（baak2 baak6 baak6），但他也指出這種說法"在日常說話裏用得不多"。

| 雙音節 | 雪白、冰涼、火熱 |
| 帶後綴的形容詞 | 涼浸浸（loeng4 zam3 zam3）、臭崩崩、靜英英 |
| 帶前綴的形容詞 | 閃閃烻（sim2 sim2 ling3）、攋攋烻（laap3 laap3 ling3）、卜卜脆（bok1 bok1 ceoi3）、浸浸涼（zam6 zam6 loeng4）[12] |

**代詞**　代詞有代替、指示的作用。有的代詞是謂詞性。謂詞性代詞只有指示代詞和疑問代詞兩類。屬於謂詞性的指示代詞有"咁"（gam3）（這麼、那麼）、"噉"（gam2）（這樣、那樣）。"咁"表示程度，如"咁高"（那麼高）。我們認為"好似雪咁白"（像雪似的那麼白）的"咁"也是屬於指示代詞。"噉"表示方式，如"噉講"（這樣講），也可以說成"噉樣講"。"好似瞓著咗噉"（彷彿睡着了似的）的"噉"跟"噉講"一樣，也是指示代詞，"好似瞓著咗噉"也可以說成"好似瞓著咗噉樣"。"慢慢噉行"（小心的走）的"噉"，也可以說成"噉樣"，也應該分析為指示代詞。

　　屬於謂詞性的疑問代詞有"幾"（gei2）（多）、"點"（dim2）（怎麼）。"幾"表示程度，如"幾高"（多高），可用"咁"回答，如"咁高"（那麼高）。"點"表示方式，如"點講"（怎樣講），也可以說成"點樣講"，可用"噉"回答，如"噉講"（這樣講）。"點"也可以跟"解"組成"點解"（dim2 gaai2）（為甚麼），用來問原因，如"點解講"（為甚麼講）。

　　代詞也可以用來替代整個謂語，如"噉嘅嘢"（這樣的東西）的"噉"、"呢本書，點呀？"（這本書，怎樣啊）的"點"都用來替代形容詞短語。"咪噉啦"（別這樣子吧）的"噉"、"佢鍾意點就由佢點啦"

---

12　高華年（1980：66）還舉了"閃閃光、卜卜脹、崩崩臭"，不過，這些例子現在已經不用了。

（他喜歡怎麼樣就怎麼樣吧）的"點"、"不如等我嚟啦"（不如讓我來吧）的"嚟"，都是用來替代動詞短語（張洪年 2007：358）。

## 5.3　虛詞

虛詞，是個封閉類，不能充任主語、賓語或謂語，絕大部分不能單說，位置是固定的；而意義上，虛詞只起語法作用，本身沒有甚麼具體的意義，有的表示某種邏輯概念（朱德熙 1982：39-40）。

粵語的虛詞包括：副詞、介詞、連詞、助詞。

**副詞**　副詞只能充任狀語，主要功能就是用來限制、修飾謂詞。副詞大致上可以劃分為以下幾個小類：

a. 方式：　一氣（一連）、起勢（拚命）、特登（特意）

b. 處所：　周圍（到處）

c. 程度：　好（很）、勁（非常）、太、至（最）

d. 範圍：　都、冚唪唥（全）、淨（只）、齋（只）

e. 時間：　先、仲（還）、再、啱啱（剛剛）、間中（偶爾）

f. 否定：　唔（不）、冇（沒）、未（還沒）、咪（mai5）（別）

g. 情態：　梗（一定）、實（一定）、直頭（簡直）

h. 語氣：　不如、唔通（難道）、乜（幹麼、難道）、究竟

朱德熙（1982：192）曾指出"副詞是黏着的，不能單獨成句"，不過，他也注意到普通話的"'不''也許'等是例外"。普通話的"不"可以單用回答問題，跟"不"對應的粵語否定副詞"唔"（m4）卻不能單用，如(1)的回答。有意思的是，"唔"後面加上助詞"喇"（laa3），就可以接受。至於其他的否定副詞，"冇"（mou5）（沒）和"未"（mei6）（還沒）可以單用，如回答問題，單用"咪"（mai5）（別）卻不能接受，無法形成祈使句。

(1)　甲：你去唔去啊？你去不去？

　　　乙：＊唔。不。

　　　乙：唔喇。不。

　　普通話的"也許"在粵語可以說成"或者"，光說"或者"好像不太自然，但加上助詞"啦"（laa1），感覺就好得多，如（2）。至於其他的情態副詞，如"梗"（一定）、"實"（一定）、"直頭"（簡直）等，都不能單用。

(2)　甲：你去唔去啊？你去不去？

　　　乙：？？或者。也許。

　　　乙：或者啦。也許吧。

　　**介詞**　介詞的作用在於引出與動作相關的對象以及處所、時間等。粵語的介詞有表示與動作相關對象的"同"、"對"；表示時間、處所的"喺"（hai2）（在）、"從"、"到"；表示方式的"用"；表示目的的"為咗"（為了）；表示終點的"畀"（bei2）（給）。

　　**連詞**　連詞起連接作用，連接詞、短語、分句和句子等，表示並列、選擇、遞進、轉折、條件、因果等關係。連詞可以劃分為兩類，一類連接短語，如"同埋"（和）、"同"、"或者"、"抑或"（或）、"定"（還是）；另一類連接小句，如"因為"、"雖然"、"如果"等。

　　**助詞**　助詞出現在句末位置，主要表示事件、時間、語氣等意義。粵語的助詞大致可以劃分為以下幾類：[13]

　　a. 事件：　先、添、乜滯（mat1 zai6）、嚟（lei4）、法、吓（haa5）

---

[13] 本書的分類可以跟鄧思穎（2010）對句末虛詞的分類對應：本書的時間助詞等於"時間詞"（T）、焦點、情態、疑問、祈使、感情這五類助詞都統稱為"語氣詞"（F），焦點助詞屬於"焦點類"、情態、疑問、祈使都屬於"程度類"、感情助詞屬於"感情類"。事件助詞是粵語獨有的，在鄧思穎（2010）沒有討論到。

b. 時間： 住、咁滯（gam3 zai6）、嚟（lei4）、喇（laa3）、未

c. 焦點： 咋（zaa3）、呢（ne1）、囉（lo1）、吖嘛（aa1 maa3）、
啦嘛

d. 情態： 啫(ze1)、之嘛、啩(gwaa3)、添、咧(le5)、嚊(be6)、
㗎喇、得㗎（dak1 gaa2）、定啦（ding2 laa1）

e. 疑問： 嗎(maa3)、咩(me1)、呀(aa4)、話(waa2)、嘅(ge2)、
先、嚱（he2）、哦嗬（o3 ho2）、吓話（haa6 waa5）

f. 祈使： 啦（laa1）、咧（le4）、喎（wo5）、噃（bo3）、先、罷啦
（baa2 laa1）、好過（hou2 gwo3）、好喎（hou2 wo3）、
係啦（hai2 laa1）、吖嗱（aa1 laa4）、喇喂（la3 wei3）、
啊嗄（a3 haa2）

g. 感情： 啊（aa3）、-k

　　事件助詞跟事件發生的先後次序、動作次數相關，如表示先後
的"先"。時間助詞跟謂語所表達的體、時相關，如表示過去時的
"嚟"（來着）。焦點助詞跟小句內某個範圍相關，跟句內謂語的關係
比較密切，如表示限制焦點的"咋"（只）。情態助詞、疑問助詞、
祈使助詞、情感助詞都籠統跟語氣、口氣有關。情態助詞表達了説
話人的主觀認定，有一個評價或一種認識，如表示揣測的"啩"。疑
問助詞和祈使助詞跟説話人的言語有關，表達實施一個行為，用説
的話來改變外界事物的狀態，即所謂"言語行為"（speech act），如
表示疑問的"嗎"（maa3）、表示祈使的"罷啦"。感情助詞與説話人
的態度、情感有關，如"啊"。

## 5.4　其他詞類

　　其他詞類包括擬聲詞和感歎詞。

**擬聲詞**　擬聲詞是模擬聲音的詞。擬聲詞可以做狀語、定語，可以單獨成句，也好像可以做謂語。粵語的擬聲詞可以按音節的數量劃分為幾個小類：

a. 單音節：嘭（paang4）、噹（dong1）、揼（dam4）、嘟（dyut1 或 dut1）、吱（zi1）

b. 雙音節：騎騎（聲）（ke4 ke4）、隆隆（聲）（lung4 lung4）、叮噹（ding1 dong3）、呼嘭（ping4 paang4）、池喇（ci4 caat4）

c. 三音節：汪汪汪（wong1 wong1 wong1 或 wou1 wou1 wou1）、叮叮叮（ding1 ding1 ding1）、查篤撐（caa4 duk1 caang3）[14]

d. 四音節：吱吱喳喳（zi1 zi1 zaa1 zaa1）、時時沙沙（si4 si2 saa4 saa4）、呼令嘭冷（ping4 ling1 paang4 laang4）

黃伯榮、廖序東（2007b：23）注意到擬聲詞跟形容詞有相似的功能，似乎可以歸入形容詞。以粵語的"吱吱喳喳"為例，能做定語，如"吱吱喳喳嘅叫聲"，能做狀語，如"吱吱喳喳噉叫"，能做謂語，如"啲雀仔喺度吱吱喳喳"（小鳥在叫）。不過，擬聲詞不受程度副詞修飾，"＊好吱吱喳喳"是不能說的。即使把多音節的擬聲詞當作狀態形容詞看待，作為不能受程度副詞修飾的原因，但單音節的擬聲詞也不能受副詞修飾，"＊好嘭、＊好嘟"是不能說的。擬聲詞能做謂語、狀語，跟名詞、區別詞又不一樣。擬聲詞不能作主語、賓語，雖然有些例子能做謂語，但能做謂語的例子不算很多。不能做主語、謂語、賓語這一點，把擬聲詞當作實詞好像不太合理。因此，把擬聲詞當作"其他詞類"也是一種權宜之計。

---

14 "查篤撐"在麥耘、譚步雲（2011：349）寫作"鏪督錚"，意謂"鑼鼓聲（一般指唱戲的鑼鼓聲）"。高華年（1980：191-192）還列舉了"嘻哈哈"（ki1 haa1 haa1）、"呼嘭彭"（ping1 paang1 paang1）、"時沙沙"（si4 saa4 saa4）等從四音節"壓縮而成"的三音節例子。不過，四音節比較順口："嘻嘻哈哈、呼呼嘭彭、時時沙沙"。

**感歎詞**　感歎詞是用來表示感歎和呼喚、答應的詞。粵語的感歎詞大致上可以劃分為以下三類：

a. 疑問：　吓（haa2）

b. 祈使：　喂（wai3）、嗱（naa4）、呢（ne2，ne1）、噓（syu4）

c. 感情：　啊（aa3，aa4）、哎喲（aai3 jo3，aai3 jo4）、哎呀（aai3 jaa4）、嗯（ng4）、哦（o4）、嘶嘶（s s）、唉（aai3）、唔（m4）、嘩（waa3，waa4）、咦（ji2）、咦（ji5）、哼（hm1，hng1）、嘖（z）、嘖嘖（z z）、啤（ce1）、扯（ce2）、呸（pei1）、啋（coi1）、哈（haa1）、哈哈（haa1 haa1）、嘻嘻（hi1 hi1）

感歎詞不做主語、賓語。雖然感歎詞往往指向説話人，但感歎詞前面不能補上主語，如"* 我哎喲"是不能説的，説明了感歎詞不是在謂語的位置。既然感歎詞不能做主語、謂語、賓語，不符合實詞的定義。感歎詞可以出現在句首，跟狀語相似，但也能單説，獨立性很強，有"代句"的功能（Chao 1968，張洪年 2007，劉丹青 2011 等），這又跟副詞和其他虛詞有異。因此，把感歎詞當作"其他詞類"是有道理的。

# 六、詞的構造

## 6.1　語素

　　詞由語素所組成。語素是最小的、有意義的而且具備形式的語言成分，是最小的語法單位。所謂"形式"，可以體現為語音，也就是文獻一般所說語素是"最小的音義結合體"。[1] 由一個語素構成的詞，稱為"單純詞"。由兩個或以上的語素構成的詞，叫做"合成詞"。

　　以粵語例子"馬"為例，"馬"是一個語素，包含了形式（即語音部分"maa5"）和意義（如定義為"哺乳動物，頭小，有四肢，每肢各有一蹄"等意義）。當我們說"馬"的時候，這個符號就是粵語的一個語素。雖然每個語素都包含形式和意義兩個成分，但它們的關係不能割裂，而每個部分不能再進一步切割。如果我們光說"maa5"這個音而沒有賦予這個音任何的意義，它仍然不算是一個語素。從語音學的角度來看，"maa5"這個音可以進一步切割為雙唇鼻音"m"（[m]）和開元音（低元音）"aa"（[a]）這兩個成分，還有低升調（陽上聲）"5"這個聲調（[13] 調），"馬"在語音上可以分割為三個部分，但每個部分卻不代表任何意義，"m"沒有意思，"aa"沒有意思，低升調"5"也沒有意思，它們在這個例子都不算語素。"馬"的意義可以分解為"哺乳動物，頭小，有四肢，每肢各有一蹄"等元素，但每個元素沒有對應的形式，如"哺乳動物"這個

---

1　詞法術語的定義主要參考朱德熙（1982），或根據黃伯榮、廖序東（2007b）作適當的補充，本章所引錄的粵語例子大多數來自語法專書和詞典，不再一一註明出處。

元素在粵語不能發音，讀不出來。雖然"哺乳動物"算是"馬"的最小意義單位，卻不算是語素。

## 6.2　單純詞

　　粵語的語素絕大部分是單音節的。單音節語素，例如"天、地、行（走）、佢（keoi5）（他）、搵（wan2）（找）、咗（zo2）（了）、唔（m4）（不）、咩（me1）"等。有些語素是多音節的，例如"囉唆、laau2 gaau4（或讀作"laau2 gaau6"）（亂七八糟）、騎呢（ke4 le4）（奇怪）、茄喱啡（ke1 le1 fe1）（無關重要的小角色）、烏哩單刀（糊裏糊塗）"等，"laau2 gaau4"是所謂有音無字的例子，詞類上屬於形容詞，"laau2"和"gaau4"拆開後就沒有意義。雖然口語有時可以説"laau2 咁 gaau4"，表面好像加上"咁"（那麼），讓"laau2"可以成為狀語，用來修飾"gaau4"。事實上，疑問代詞"幾"（多）不能用來問"laau2 咁"這部分，"* 幾 gaau4"是不能説的（試比較用"雪咁白"來回答"幾白"）。此外，"laau2 咁"也不能用來修飾別的形容詞，"*laau2 咁亂、*laau2 咁忙"都不能説。[2] "騎呢、茄喱啡"或許有歷史來源，原來由不同語素組成，但從共時的角度來考慮，以現代的粵語為標準，"騎呢、茄喱啡"不能分拆，分拆後就沒有意義，"騎呢、茄喱啡"只能當成是一個多音節的語素。四音節的"烏哩單刀"不是一種刀，裏面的"刀"完全沒有意義。

　　多音節的音譯外來詞只能當做一個語素，例如"琵琶、梳化（so1 faa2）（沙發）、朱古力（zyu1 gu1 lik1）（巧克力）、雲呢拿（wan6 lei1 laa2）、奧林匹克"等。"琵琶"是早期西域傳入的樂器，是音譯外

---

2　這裏的"咁"應該是個中綴，插入"laau2 gaau4"中間，相似的例子如雙音節單純詞"le2 he3"（狼狼），可説成"le2 咁 he3"。"咁"也可插入合成詞"晨早"（一早），如"晨咁早"。見歐陽偉豪（2012）的介紹。

來詞，跟其他幾個例子一樣，拆開以後，每個音節（或每個字）都沒有意義，跟整個詞的意義無關。

單純詞由一個語素構成。合成詞由兩個或以上的語素構成。粵語單音節語素又能成詞的如"佢、搵、咩"等，多音節語素能成詞的如"laau2 gaau4、梳化、朱古力、烏哩單刀"等，這些例子都屬於單純詞。

根據我們所統計的六本粵語詞典（饒秉才等 1981，2009，鄭定歐 1997，麥耘、譚步雲 1997/2011，李榮主編 1998，張勵妍、倪列懷 1999，劉扳盛 2008），在他們所收錄的 23,472 個詞條當中，粵語的單音節的單純詞一共有 3,067 個。此外，我們根據《粵語拼音字表（第二版）》的音節表統計，粵語的音節數量有 667 個（不考慮聲調），這 667 個是能成為語素的音節。當中 213 個音節是入聲字，即以塞音作為音節尾（韻尾），454 個是非入聲字。假如每個入聲字音節有三個聲調（即陰入、中入、陽入），[3] 而每個非入聲字最多有六個聲調（即陰平、陰上、陰去、陽平、陽上、陽去），按照這樣推算，入聲字有 639 個音節，非入聲字有 2,724 個音節，兩者加起來，理論上粵語一共有 3,363 個不同的音節可以使用。跟粵語單音節詞的數量相比，粵語可提供使用的音節數量比單音節詞還要多。當然，3,067 個單音節詞只是方言詞，還沒有包括通用詞。《粵語拼音字表（第二版）》收錄了一萬一千多個字，《現代漢語詞典（第六版）》收錄了一萬三千多個單字。假如這一萬多個字大部分是單音節語素，並且成為粵語單音節通用詞，粵語三千多個音節還是不夠用，同音詞應該不少。

---

3　有些入聲字（中入和陽入）還允許高升變調（如"刷"讀"caat2"、"鹿"讀"luk2"），入聲字所提供的可能音節數量應不止於 639 個。

## 6.3  合成詞

　　合成詞由兩個或以上的語素構成。合成詞有三類：附加式、重疊式、複合式。

　　附加式由"詞根"和"詞綴"構成。詞根（root）表示詞的基本意義，意義較為"實"的詞彙意義，是詞的"核心"部分。詞綴（affix）表示一些附加的意義，例如一些較為"虛"的語法意義，形式上詞綴有黏着的特性，不能單獨使用，必須跟別的語素合成一個詞。把詞綴黏附在詞根上的構詞方式，叫做附加式。詞綴可以按照出現的位置分為三個小類：黏附在詞根前的詞綴叫做"前綴"（prefix），黏附在詞根後的詞綴叫做"後綴"（suffix），[4] 插入在詞根中間的叫做"中綴"（infix）。

　　以粵語為例，"第一、第二"的"一、二"是詞根，表達數這個基本意義，"第"黏附在詞根之前，屬於前綴，構成序數詞。"食咗（吃了）、喊咗（哭了）"的"食、喊"是詞根，表達行為動作這個基本意義，"咗"表達體的概念，不能單獨使用，只能黏附在詞根之後，屬於後綴。可能補語"打得爛"的"打爛"是詞根，"得"插入詞根之中，屬於中綴。

　　按照詞根的詞類，粵語部分詞綴的例子羅列於下，方便參考：

前綴

阿　　阿陳、阿哥哥、阿主任（名詞）；阿邊個（代詞）

老　　老陳、老千（名詞）

第　　第一、第二（數詞）

初　　初一、初二（數詞）

所　　我所責備嘅人（動詞）

---

4　後綴在有些文獻也稱為"詞尾"。

XXA　卜卜脆（形容詞）

## 後綴

哥　　鼻哥、膝頭哥（名詞）

頭　　膝頭（tau4）、鋪頭（tau2）（名詞）

仔　　煙仔、歌仔（名詞）

度　　枱度、圖書館度（名詞）[5]

處　　枱處、心處（名詞）

嚟　　一嚟、二嚟（數詞）

哋（dei6）　我哋、你哋、佢哋（代詞）（按："哋"在本書也寫作"地"）

嘅　　哥哥嘅（名詞）；正牌嘅（區別詞）；我嘅（代詞）；飛嘅（動
　　　詞）；高嘅（形容詞）

咗　　去咗（動詞）；靚咗（形容詞）

過　　去過（動詞）；靚過（形容詞）；再做過（動詞）

緊　　去緊（動詞）

住　　帶住副眼鏡（動詞）；食住飯等（動詞）

實　　望實幅畫（動詞）

起上嚟 講起上嚟（動詞）

起　　講起呢件事（動詞）

吓（haa2）食食吓飯、行吓行吓（動詞）

吓（haa5）睇吓、讀過吓（動詞）

兩　　做兩做（動詞）

翻　　睇翻本書（動詞）；高翻一吋（形容詞）

親　　嚇親、郁親就痛（動詞）

---

5　張洪年（2007：325）認為"呢度、嗰度、邊度"的"度"也屬於後綴。不過，"度"之前
　　可以加上數詞，例如"呢一度、嗰一度、邊一度"。我們認為代詞後的"度"是量詞，不
　　是後綴。同樣的分析也適用於"呢、嗰、邊"後面的"邊、面、點"。

| 埋 | 食埋（動詞） |
|---|---|
| 開 | 食開呢隻藥（動詞）；嚟開沙田（動詞） |
| 極 | 做極都唔識（動詞），貴極都有限（形容詞） |
| 著 | 識著你（動詞） |
| 定 | 做定（動詞） |
| 落 | 煮落飯、食落（動詞） |
| 晒 | 走晒（動詞）；黑晒（形容詞） |
| 嘅 | 食嘅一個（動詞）；鹹嘅啲（形容詞） |
| 得 | 唱得好（動詞）；食得一碗（動詞）；食得龍蝦（動詞）；<br>煮得飯嚟我都做好（動詞） |
| 到 | 行到好劫（動詞） |
| 硬 | 贏硬（動詞） |
| 梗 | 贏梗（動詞） |
| 得滯 | 高得滯（形容詞） |
| 過頭 | 熱過頭（形容詞） |
| 吓（haa2） | 幾靚吓（形容詞） |
| 哋（dei2） | 高高哋（形容詞） |
| AXX | 臭崩崩（形容詞） |
| AXY | 圓咕碌（形容詞） |

## 中綴

| 得 | 打得爛（動詞） |
|---|---|
| 唔 | 打唔爛（動詞） |
| 咁 | laau2 咁 gaau4（形容詞）；晨咁早（名詞） |
| 鬼 | 黐鬼線、走鬼咗（動詞）；是鬼但（形容詞）[6] |

---

6　粵語粗話 "lan2、gau1" 的分布跟 "鬼" 差不多，都可分析謂中綴。可參考歐陽偉豪（2012）的介紹

乜鬼嘢　奶乜鬼茶（名詞）；鍾乜鬼意（動詞）；麻乜鬼煩（形容詞）[7]

重疊式由相同的詞根語素重疊構成。粵語通過重疊式構詞的詞類主要是名詞、量詞、動詞、形容詞。[8]

粵語重疊式名詞主要是親屬稱謂，例如"爸爸"是由"爸"這個語素重疊構成。[9]其他的例子還有"媽媽、哥哥、姐姐、弟弟、妹妹、爺爺、嫲嫲（奶奶）、公公、婆婆、叔叔、伯伯、姨姨"等。有些例子，當重疊後，第二個音節變調，讀成高平調，而第一個音節讀成低降調，如"爸爸、媽媽、哥哥、姐姐、公公、婆婆"；也有些例子，第二個音節讀成高升調，而第一個音節讀成低降調，如"弟弟、妹妹、爺爺、婆婆"；有些例子則不變調，如"嫲嫲、叔叔、伯伯、姨姨"。也有些人會把重疊式的兩個音節全讀成高平調，如"姐姐、妹妹、爺爺"，不過，全讀成高平調後，或有辨義作用，讀做"ze4 ze1"的"姐姐"指胞姊，而讀做"ze1 ze1"指家庭女傭。讀做"mui4 mui2"的"妹妹"指胞妹，而讀做"mui1 mui1"可泛指小女孩。[10]人名也可以通過重疊的方式表示暱稱，例如"珊珊、盼盼、敏敏"。如果本調是低降調（陽平聲），第二個音節高升變調，如"琳琳（lam4 lam2）、玲玲（ling4 ling2）"。有些人也喜歡把重疊後的兩個音節都讀成高平調，如把"美美"讀成"mei1 mei1"、把"玲玲"讀成"ling1 ling1"。其他重疊式名詞不多，如"星星"。成人對幼兒說話時常常習慣把單音節名詞重疊，如"波波（球）、杯杯、車車、船船、貓貓、水水、奶奶（naai1 naai1）、mam1 mam1（食物）"等，有些可以變調讀成高平調，如"魚魚"（jyu1 jyu1），或把第二個音節高升變

---

7　"乜鬼嘢"也可以省略為"乜鬼、乜嘢"，或把"乜嘢"合音成為"咩"（me1e3）

8　粵語缺乏重疊式副詞，普通話的"常常、稍稍、漸漸、恰恰"都不說。粵語"啱啱"（ngaam1 ngaam1）（剛剛）雖然是副詞，但"啱"其實是形容詞。

9　如果"爸"加上前綴"阿"形成"阿爸"，就是通過附加式構詞。

10　"婆婆"可以兩讀"po4 po1"或"po4 po2"。在文讀的語境，"爸爸、媽媽、哥哥、公公"全讀成高平調。

調，如"牛牛"（ngau4 ngau2）、"蟲蟲"（cung4 cung2）。這些重疊式名詞，只對幼兒説的，成人之間的談話是不用的。[11]

重疊式量詞表示全稱量化的意思，如個體量詞"個個人"、集合量詞"對對筷子"、度量詞"呎呎地方"、臨時量詞"碗碗飯"、動量詞"次次"。這些例子都可以改説成"每個人、每對筷子、每呎地方、每碗飯、每次"。至於不定量詞"啲"（di1）（些）和通過重複動詞形成的動量詞"睇一睇"，就不能形成重疊式量詞，"＊啲啲書、＊睇睇"都不能説（比較：也沒有"＊每啲書、＊每睇"的説法）。至於通過借用名詞而成的動量詞，有些可以重疊，如"拳拳都打得好"（"打一拳"的"拳"），有些比較勉強，如"？腳腳都踢得好"（"踢一腳"的"腳"），有些則不能説，如"＊眼眼都睇"（"睇一眼"的"眼"）。雙音節量詞不能重疊，"＊公斤公斤、＊嚿溜嚿溜"（gau4 lau4 gau4 lau4）（團）是不能説的。

重疊式動詞只有單音節動詞的重疊式。動詞重疊表達動作時間的短暫，如"睇睇"，也可以當作"睇一睇"的省略。重疊後中間加上"呀"（aa3），表示多次的動作（高華年 1980：55），如"洗呀洗"（洗了又洗）、"睇呀睇（看了又看）"。重疊後中間加上"兩"，表示嘗試體，並引出負面或出人意料之外的結果（鄭定歐 1996），如"行兩行"（走了一下），第一個動詞後也可以加上後綴，如"讚兩讚（表揚了兩句）、做得兩做（幹了不大一會兒）"（鄭定歐 1997：304）。在重疊後加上"…嚟…去"，表示動作的反覆多次（高華年 1980：55），如"搵嚟搵去（找來找去）"。在重疊後加上"吓"（haa2），表示動作的進行，如"行吓行吓"（走着走着）。粵語沒有雙音節動詞重疊式，普通話

---

11 "猩猩"的"猩"在粵語不單説，"猩猩"屬於音節的重疊，不是語素的重疊（朱德熙 1982：26），仍屬於單純詞，可稱為"疊音詞"（黃伯榮、廖序東 2007a：222）。相似的例子還有"pu1 pu4"（大便），來自英語的"poo poo"，只對幼兒説的，也可以做動詞，如"pu1 pu4 咗"。

的"ABAB"式（如"活動活動、高興高興"）在粵語是不能説的。

重疊式形容詞可劃分為幾類：單音節形容詞重疊，第一個音節變調，讀成高升調，表示形容的程度，如"慢慢（maan2 maan6）、細細（sai2 sai3）、紅紅（hung2 hung4）"。另一種方式，單音節形容詞重疊後，第二個音節變調，讀成高升調，並加上後綴"哋"（dei2），如"紅紅哋（hung4 hung2 dei2）、凍凍哋（dung3 dung2 dei2）"。如果形容詞的本調是高平調，就沒有高升變調，如"光光哋、黑黑哋"。這兩種重疊方式意義不同，"紅紅（hung2 hung4）"是"很紅"，而"紅紅哋（hung4 hung2 dei2）"表示"略、稍微"的意思（袁家驊等2001:215）。雙音節形容詞可重疊形成"AABB"形式，如"論論盡盡（笨拙）、穩穩陣陣（穩當）"。雙音節形容詞重疊後沒有變調，這種重疊式表示略微較強形容詞的程度（袁家驊等2001：215）。就程度而言，"好論盡"好像比"論論盡盡"的程度較高。不過，如果把這種"AABB"重疊式的第二個音節的讀音拉長，如"論論盡盡"（加底線表示拉長），也有一種加強程度的效果。這種拉長，往往帶有一點貶義，"論論盡盡、麻麻煩煩"可以説，但"？穩穩陣陣、？整整齊齊"則有點彆扭。

複合式由兩個或以上的詞根結合而成，由這種方式產生的合成詞稱為"複合詞"。複合詞內語素所組合的關係，可以用語法關係的術語來描述，包括主謂式、述賓式、述補式、偏正式、聯合式五種。粵語的複合詞，主謂式如"火滾（惱火）、口痕（嘴巴癢癢）、眼瞓（睏倦）"等；述賓式如"拜山（掃墓）、爆肚（臨時編台詞）、搏懵（佔便宜）"等；述補式如"吹脹(奈何)、打沉(打敗)、睇死(看扁)"等；偏正式可分為"定中式"（即被修飾的詞根是體詞性）和"狀中式"（即被修飾的詞根是謂詞性），定中式如"波裇（球衣）、暴雨、尿片（尿布）"等，狀中式如"粗著（平日穿的衣服）、倒扱（下巴前突，下齒比上齒更靠前）、好瞓（睡得香）"等；聯合式如"茶芥（茶和芥末的合稱）、蠢鈍（愚鈍）、斤兩（份量）" 等。

## 6.4　複合詞的不對稱現象 [12]

　　複合詞的五種類型，即主謂式、述賓式、述補式、偏正式、聯合式，是組成複合詞的基本詞法結構，也構成句法層面的基本語法關係。雖然這五種類型都是常見的複合詞，但它們的分佈卻並不平均，呈現不對稱現象。湯廷池（1989）指出，主謂式的數量較少，遠遠比不上其他四種結構。他分析普通話新造複合詞時，發現普通話常以偏正式和述賓式來造新詞，並傾向以偏正式來創造名詞，以述賓式來創造動詞，主謂式、述補式、聯合式造新詞的機會較少。周薦（2004）統計《現代漢語詞典》的 "雙字格" 複合詞，發現除了述補式以外，主謂式屬於 "少數派"。朱彥（2004）對《漢語水平考試詞典》、《現代漢語新詞詞典》和《現代漢語詞典》的雙音節複合詞作了詳細的分類，發現主謂式較少，而述賓式的數量就多得多。主謂式和述賓式的差異，正好反映了普通話複合詞主賓語不對稱的現象。

　　我們根據饒秉才等（1981，2009）、鄭定歐（1997）、李榮主編（1998）、張勵妍、倪烈懷（1999）、劉扳盛（2008）、麥耘、譚步雲（1997/2011）六本詞典所整理出來的 23,472 個粵語方言詞詞條，剔除了短語、小句等例子後，餘下的詞條有 19,791 個，發現複合詞佔了大多數，有 13,750 個，佔百分之七十。當中雙字格一共有 9,301 個，佔複合詞的總數約 67.6%。按照詞根之間的語法關係，雙字格複合詞的分佈總結在表（1）。

---

12　本節內容主要引錄自鄧思穎（2014a），並作適當的修改。

（1）粵語雙字格複合詞的構詞類型和例子數目（共 9,301 個）

| 構詞類型 | 例子數目 |
|---|---|
| 主謂式 | 219（2.4%） |
| 述賓式 | 2,569（27.6%） |
| 述補式 | 388（4.2%） |
| 偏正式（定中） | 4,924（52.9%） |
| 偏正式（狀中） | 470（5.1%） |
| 聯合式 | 731（7.9%） |

從上述的數字所見，偏正式佔大多數，述賓式次之，而主謂式是極少數。主謂式的所謂主語，其實也可理解為定語，如"天旱"（很長的時間不下雨）的"天"、"鼻塞"（鼻子不通）的"鼻"，以"天"修飾"旱"，以"鼻"修飾"塞"，或理解為狀語，如"口痕"（嘴巴癢癢）的"口"表示"痕"的處所、"肚餓"（餓）的"肚"表示"餓"的處所。如果這樣的理解是對的話，複合詞的所謂主謂式也有重新分析為偏正式的可能性。

我們也發現有些疑似施事主語的主謂式例子，例如"鬼打、鬼迷、鬼責、天收、蛇脫、蟬蛻、人話、羊咩、蚊瞓"。不過，這些詞的分析值得斟酌。

"鬼打"一詞，饒秉才等（2009：84）認為是"罵人的話，近似'活見鬼'、'鬼迷心竅'等意思"；"鬼迷"一詞，饒秉才等（2009：84）認為是"罵人糊塗"。這兩個用語的用例如下（引自饒秉才等2009：84）。從這些用例來看，（2）和（4）明顯可以補上賓語"你"，因此"鬼打"和"鬼迷"有可能是主謂短語的省略，不一定是真正的複合詞。罵人話一般指向聽話人，在語境清晰的情況下，賓語"你"可以省略，形成貌似複合詞。

（2）鬼打你咩，一下就整爛咗。真活見鬼，一下子就給你弄壞了。

（3）鬼打呀，嗽都唔識計！鬼迷了你心竅嗎，這樣都不算貴！

（4）鬼迷你咩，搞成嗽！你中了魔了嗎，弄成這個樣子！

至於"鬼責"，表示"魘"的意思，即"夢中驚叫或覺得有東西壓着身體，不能動彈"（饒秉才等 2009：84）。粵語的"責"（zaak3）是動詞，即普通話的"壓"。"鬼責"一般用於被動句式，例如"畀鬼責"，即普通話"被鬼壓着"的意思。"鬼責"本來是短語，通過省略形成。

"天收"的情況跟上述的"鬼打"差不多，按李榮主編（1998：344）的解釋，"天收"是罵人話，表示"天殺"的意思，如"我唔收你天收你"（我不懲罰你，天來懲罰你），這個例子可以補上賓語"你"，形成完整的主謂句"天收你"，"天收"應該是主謂短語的省略。

"蛇脫"一詞，按照麥耘、譚步雲（2011：54）的解釋，是"蛇蛻（蛇脫下的皮）"；"蟬蛻"一詞，按李榮主編（1998：304）的解釋，是"蟬的殼"。按照這種解釋，"蛇脫、蟬蛻"的"脫／蛻"轉喻為脫下的皮，[13] 已成為名詞，"蛇脫、蟬蛻"因而可重新分析為偏正式。

李榮主編（1998：332）把"人話"理解為"人家說，據說"，並舉了"人話南園幾好喎！"（人家說南園很好）。"人話"有可能分析為短語，而"南園幾好喎"是動詞"話"的賓語。如果這個分析是正確的話，"人話"應該是短語，不算是複合詞。

"羊咩"一詞，李榮主編（1998：397）理解為"羊的俗稱"。"咩"雖然是羊叫，但也可以理解為羊叫的聲音。如果是這樣的話，"羊咩"可以分析為偏正式，即羊的叫聲，再從羊的叫聲轉喻為羊的統稱。

至於"蚊瞓"，饒秉才等（2009：154）指出："字面上是'蚊子

---

13 《現代漢語詞典（第六版）》也把"蛻"標註為"蛇、蟬等脫下的皮"。

睡'的意思，用來指人行動過分緩慢，有'太晚了'、'太遲了'等意思。"不過，在特定的語境裏，副詞"都"可以插進"蚊瞓"，擴展成為"蚊都瞓"，即"連蚊子也睡着了"。既然可以加入副詞，"蚊瞓"有可能在句法層面形成，應分析為短語，而並非真正的複合詞。

粵語複合詞的特點，可以通過跟普通話的比較，突顯出來。以下普通話例子的統計，來自周薦（2004）雙字格複合詞的研究，他的例子從《現代漢語詞典》收集得來的，我們選擇了 30,431 個例子作為比較（鄧思穎 2009d）。[14] 普通話雙字格複合詞的分布，總結表（55）。

（5）普通話、粵語複合詞構詞

| 構詞類型 | 普通話 | 粵語 |
|---|---|---|
| 主謂式 | 380（1.2%） | 219（2.4%） |
| 述賓式 | 5,030（16.5%） | 2,569（27.6%） |
| 述補式 | 300（1%） | 388（4.2%） |
| 偏正式 | 16,411（53.9%） | 5,394（58%） |
| 聯合式 | 8,310（27.3%） | 731（7.9%） |

根據上述的比較，普通話和粵語複合詞的相同之處，都是偏正式佔大多數，而主謂式是極少數，其他的分布都差不多。[15] 不過，聯合式的數字值得我們注意。聯合式在普通話複合詞約佔三分之一，但粵語的聯合式不到百分之十。

我們對粵語的語料作進一步的整理，抽取了同時被那六本粵語詞典收錄的詞條，作為粵語的"常用詞"，共得 316 個"常用"雙字格複合詞。雖然數量不多，但都被那六本粵語詞典共同收錄，有一

---

14　周薦（2004）原本收集了 32,346 個例子，為了方便本文的比較，我們把當中的 1,915 個所謂"遞續格"、"重疊格"和"其他"沒有包括在內。他所講的"陳述格、支配格、補充格"即本文的"主謂式、述賓式、述補式"。

15　有興趣的讀者，可參考鄧思穎（2008a，b，2009d）從形式句法學的角度分析主謂式貧乏的原因。

定的代表性，在粵語地區的使用應有普遍性，能反映一些重要的語言事實。各類複合詞的分佈重新統計，數字總結在表（6）。

（6）粵語"常用"雙字格複合詞的構詞類型和例子數目（共 316 個）

| 構詞類型 | 例子數目 |
| --- | --- |
| 主謂式 | 11（3.5%） |
| 述賓式 | 108（34.2%） |
| 述補式 | 8（2.5%） |
| 偏正式（定中） | 151（47.8%） |
| 偏正式（狀中） | 8（2.5%） |
| 聯合式 | 30（9.5%） |

　　從表（6）所見，主謂式與非主謂式的不對稱現象依然可見，仍然以偏正式（包括定中和狀中）和述賓式佔大多數。至於聯合式，數字稍為增加了，約佔"常用"複合詞的十分之一。這些"常用"的聯合式例子包括名詞的"坑渠"（溝渠）、動詞的"找贖"（找換）、形容詞的"安樂"（舒服、美滿）、"陰濕"（陰險狡猾）等。根據這個"常用"複合詞的數字，粵語聯合式始終比普通話的少，跟普通話聯合式佔複合詞總數近三分之一的數字相比，仍然有一段距離。[16]

---

16　我們曾從另一個角度重新分析普通話和粵語的複合詞，認為聯合式也屬於"廣義"偏正式的一種，而普通話和粵語"廣義"偏正式數量上也差不多，沒有甚麼分別（鄧思穎 2014a）。

# 七、動詞後綴

## 7.1　定義與特點

　　動詞後綴就是黏附在動詞後的語素，以動詞作為詞根，構成附加式合成詞，例如"食咗"的"咗"、"嚇親"的"親"。本章所討論的"動詞後綴"，也包括黏附在形容詞之後的後綴，如"高得滯"（太高）的"得滯"；有些動詞後綴也可以黏附在形容詞之後，如"靚咗"（漂亮了）。

　　張洪年（2007：148-149）舉了六個有關粵語動詞後綴的特點：靈活性、黏附性、虛空性、互排性、能性式、述賓和述補結構。[1]

　　**靈活性**　　動詞後綴差不多可以跟任何的動詞結合，甚至可以根據後綴的能否出現，作為判斷詞類的參考。"食"能加"咗"，因此"食"是動詞。"一架車"不能加"咗"，因為在量詞後的"車"是名詞，不是動詞。如果我們說"我車咗佢"，這個能加上"咗"的"車"應該是動詞，表示接載的意思。"一架車"的"車"和"我車咗佢"分屬兩個不同的詞類。當然，動詞後綴的出現也不是完全自由，動詞甚至是謂語的選擇也許要考慮，如"咗"能加在動作動詞之後（如"食"），但不能加在判斷動詞（如"係"）和能願動詞（如"會"）之後。況且，動詞後綴的靈活性跟述補式複合詞的情況有些交叉之處，粵語的"完"也可以跟不少動作動詞結合，跟"咗"相似，如"食完、

---

1　張洪年（1972/2007）原文用"謂賓和謂補結構"，本書改稱"述賓和述補結構"，跟本書所用的術語一致。

唱完、睇完（看完）、喊完（哭完）”。因此，光憑靈活性這一點很難準確地把後綴從其他成分區別出來。

**黏附性**　後綴不能單說，必須黏附在詞根之後，這是判斷後綴的重要標準。“咗”不能單說，必須跟動詞結合，組成合成詞（如“走咗”）。試比較粵語這兩個“得”：“寫得一個字”（只寫了一個字）的“得”，表示範圍，黏附在動詞“寫”之後，是後綴；“我得五分鐘”（我只有五分鐘）的“得”，表示只有，能充任謂語，是動詞。這幾個“得”，雖然讀音一樣，又用同一個字，而意義又很接近，但屬於不同的語素，前者是後綴，後者是動詞。

**虛空性**　動詞後綴缺少較為實在的意義。所謂“實在意義”，應該理解為詞彙意義。“食咗”的“咗”表示體的概念，“嚇親”的“親”表示受影響的概念，“郁親就痛”（一動就痛）的“親”量化事件的次數、頻率，都屬於語法的概念，不是詞彙意義。跟述補式複合詞比較，“食完”的“完”表達了詞彙意義（如結束、完結），甚至可以改寫為謂語，用謂語的形式來表示，如“食完”的“完”可以說成“呢件事完咗喇”（這件事情完了）；“打爛”的“爛”可以說成“呢樣嘢爛咗喇”，但“食咗、嚇親、郁親就痛”不能用這種方式把後綴改寫為謂語。

**互排性**　張洪年（2007：149）認為動詞後綴“大部分是互相排斥的”，並以此區別由後綴形成的附加式（如“食咗”）和複合詞的述補式（如“食完”），前者不能加其他後綴，但後者可以（如“食完咗”）。不過，我們注意到以下的例子，(1) 的“過”表示體，“晒”有全稱量化的作用；(2) 和 (3) 的“親”表示受影響意義；(4) 的“埋”表示擴充範圍；(5) 的“翻”表示回復本有性狀，這些成分，都屬於動詞後綴。然而，“過晒、親晒、親咗、埋晒、翻晒”的連用是可能的，(5) 的“翻”出現在述補式複合詞“洗乾淨”之後，甚至呈現了“補語＋後綴＋後綴”這樣的排列。除了“晒”外，張洪年

（2007：175）注意到"吓"（haa5）能出現在"過"和"咗"之後，如（6）和（7）。"吓"表示嘗試的意思，跟"過、咗"一樣都是動詞後綴。（8）和（9）"兩"應分析為後綴，表示嘗試的意思。跟"吓"一樣，也能緊貼另一個動詞後綴。

(1) 佢地去過晒北京。他們都去過北京。　　（李行德 1994：131）

(2) 佢嚇親晒我地。他把我們都嚇倒了。　　（李行德 1994：131）

(3) 你嚇親咗佢。你把他嚇倒了。（Matthews and Yip 2011：262）

(4) 佢睇埋晒啲嗽嘅書。他偏偏看那些（不應該看的）書。

(5) 佢洗乾淨翻晒啲衫。他把衣服都重新洗乾淨。

(6) 讀過吓英文。曾經唸過一點兒英文。　　（張洪年 2007：175）

(7) 佢諗咗吓先至話……。他想了想才說。　　（張洪年 2007：175）

(8) 瞓咗兩瞓就有電話嚟。剛躺下不久就有人打電話來。

（鄭定歐 1996：16）

(9) 瞓得兩瞓就天光。才睡一會兒天就亮。　　（鄭定歐 1996：16）

反觀粵語其他的後綴，連用的現象也能找得到的。如"膝頭"（膝蓋）的"頭"是名詞後綴，後面可以再加上後綴"哥"，說成"膝頭哥"，甚至再加上表示方位的"度"，說成"膝頭哥度"，形成後綴連用的現象。名詞前綴也允許連用，如"老陳"的"老"是前綴，前面可以再加上"阿"，說成"阿老陳"（高華年 1980：18）。理論上，詞綴是可以連用的，互排性好像不能作為判斷粵語動詞後綴的一個標準。

**能性式**　張洪年（2007：149）提出了"得、唔"的插入可以區分附加式和述補式合成詞，如"寫緊"（在寫）不能說成"＊寫得緊、＊寫唔緊"，但"寫完"可以擴充成"寫得完、寫唔完"，因此"咗"是後綴，"完"構成可能補語。不過，有三個問題值得注意。一、有些後綴允許"得"的插入，如（10）的"親"、（11）的"晒"、（12）的"翻"。雖然張洪年（2007：149）認為（10）的用法"比較少見"，是"一種例外"，但黃富榮（2009）在香港的報刊上找到大量"唔親"的例子，如"餓唔親、飽唔親"。[2] 二、有些述補式複合詞不接受"得、唔"的插入，如"改良、激冇（氣壞）、嚇窒（嚇呆）、陰乾（慢慢減少）"不能說成"*改得/唔良、*激得/唔冇、*嚇得/唔窒、*陰得/唔乾"。[3] 三、"得、唔"作為中綴，它們的插入與否並不能顯示合成詞內各成分的緊密度。同屬中綴，"鬼"卻可以插在後綴前，如"寫鬼咗"，也可以插入在部分述補式複合詞，如"激鬼冇、嚇鬼窒"。由此可見，有些情況"得、唔"的插入不能準確區分兩類合成詞，也不能證明合成詞的緊密度。

（10）你估你嚇得親我咩？你認為你可以把我嚇倒嗎？

（張洪年 2007：149）

（11）佢食得晒碗飯。他能把那碗飯吃完。

（12）佢飲得翻水。他能再喝水。

**述賓和述補結構**　張洪年（2007：149）指出只有述賓或述補整個"當複合詞使用時"，後綴才可以黏附在後面，如"留心咗、失望過、餓壞過、搞掂埋（辦妥）"等。嚴格來講，這一點是後綴的應用，跟述賓和述補的性質有關，而並非作為定義後綴的標準。

漢語述賓式複合詞和述賓結構之分，即劃分詞和短語的界線，歷來是個頭疼的問題，在漢語語法學界裏是一個不容易解決的問題。以粵語"咗"作為測試，有些成分的組合關係比較密切，應分析為複合詞，除上述的例子外，還有"擔心咗、注意咗、投資咗、

---

2　從 1998 到 2008 年的報刊 "V 得親" 黃富榮（2009：441）只找到 1 例 "V 得親"、48 例 "V 唔親"。

3　有些複合詞卻只有可能補語的形式，"得/唔"都不能省略，如"對得/唔住（對得/不起）、受得/唔住（能消受/吃不消）、受得/唔起（能消受/吃不消）、衰得/唔起（承擔失敗/不能承擔失敗）、頂得/唔順（頂得/不順）、叻唔切（迫不及待地表現自己）、趕得/唔切（趕得上/來不及）、嚟得/唔切（來得/不及）、做得/唔過、諗得/唔過（划算/划不來）、制得/唔過（划得/不來）、睇得/唔出（看得/不出）、合得/唔嚟（合得來）、做得/唔嚟（有能力做/不會做）、差唔多（差不多）、大唔透（還沒長大）"等，這些補語成分主要跟"住、起、順、切、過、出、嚟"等有關。這種形式可稱為"詞語性的能性補語"（張洪年 2007：128）。

動員咗"等，這些例子不算很多，而且都是從書面語借過來的；有些例子裏，"咗"的位置好像有自由，如"出版咗/出咗版、出席咗/出咗席、列席咗/列咗席、畢業咗/畢咗業、比賽咗/比咗賽"等。Matthews and Yip（2011：229-230）還舉了這些例子："回流咗/回咗流、移民咗/移咗民、退休咗/退咗休、升呢咗/升咗呢"。陳曉錦（2008：27）注意到"咗"在海外的粵語能放在述賓之後，跟廣州粵語、香港粵語不同，如"出身咗、炒魷魚咗"（吉隆坡粵語）；"判刑咗"（曼谷粵語）。但大多數的例子，"咗"還是放在述語之後。[4] 通過語碼混合（code-mixing）（即所謂"中英夾雜"）進入粵語口語的雙音節外來詞，"咗"一般黏附在整個詞之後，如"submit 咗（提交了）、design 咗（設計了）、copy 咗（拷貝了）"等。不過，"present"（報告）比較特殊，"present 咗"和"pre 咗 sent"都可以說。

　　述補式複合詞的情況本來比較簡單，後綴基本上黏附在整個複合詞之後。不過，"翻"卻是一個問題。文獻一向把粵語動詞後"翻"當作虛詞（詹伯慧 1958 等），不是實詞，不構成述補式複合詞。假定"翻"是後綴，（13）的"翻"在複合詞"醫好"之後，符合規律。然而，（14）的"翻"卻可以在"好"之前，跟一般的後綴有異。除了"醫翻好"之外，"整翻靚（重新美化）、寫翻整齊（再寫得整齊）、行翻壞（腿再走壞）、托翻高（再提高）、煮翻熱（再煮熱）"等都可以說。[5] 如果有"咗"，"咗"只能出現在"好"之後，如（15）。除了"咗"以外，"晒、埋"等後綴也只能黏附在複合詞之後，如（16）和（17）。表示可能的"得"可以插入，出現在"翻"之前，如（18）。

---

4　"過"的情況也差不多。張洪年（2007：383）舉了這個例子"都貪過靚嘅（也曾經愛過漂亮）"。"貪靚"是述賓式複合詞，目前粵語口語只能說"貪靚過"。

5　雖然這些例子都可以說成"整靚翻、寫整齊翻、行壞翻、托高翻、煮熱翻"，但好像以"翻"字放在前比較順口。有些例子沒有這種自由變換的可能，如"救翻生（救活）"不能說成"*救生翻"。至於"搓翻勻"（搓均勻）說成"搓勻翻"，有些人能接受，有些卻不能。

（13）呢隻藥醫好翻個病人。<small>這種藥救活那個病人。</small>

（14）呢隻藥醫翻好個病人。<small>這種藥救活一個/那個病人。</small>

（15）呢隻藥醫翻好咗個病人。<small>這種藥救活了那個病人。</small>

（16）佢洗翻乾淨晒啲衫。<small>他把衣服都重新洗乾淨。</small>

（17）等我搞翻掂埋啲嘢。<small>讓我繼續把事情搞妥吧。</small>

（18）呢隻藥得翻好個病人。<small>這種藥可以救活那個病人。</small>

　　解釋方法一，把"翻"當成實詞，構成述補式複合詞或述補結構。不過，漢語的補語一般只有一個，[6]允許超過一個補語的可能性不大。因此，這個解釋方法並不可取。解釋方法二，維持"翻"作為後綴的分析，[7]只不過在特殊情況下可以黏附在述補式複合詞的第一個語素，貌似中綴。好處是把"翻"和可能補語"得"的解釋辦法統一起來：可以加入"得"的述補式複合詞，都允許"翻"提前，如"縮細"（縮小）："縮得細、縮翻細、縮得翻細"；不可以加入"得"的述補式，"翻"的提前都不允許，如"改良"："*改得良 *改翻良、*改得翻良"，只能説"改良翻"。

　　綜上所述，粵語動詞後綴的六種特點："靈活性、黏附性、虛空性、互排性、能性式、述賓和述補結構"，只有"黏附性"才是最重要的特點，作為判斷後綴的形式標準。"虛空性"是動詞後綴的語義特點，説明它們跟比較抽象的語法概念有密切關係。粵語動詞後綴的特點，跟人類語言的詞綴的特點差不多，那就是形式上有黏着的特性，不能單獨使用，必須跟別的語素合成一個詞；表示一些附加的意義，如較為"虛"的語法意義。

---

6　這裏説的單一補語包括述補式複合詞和"黏合式述補結構"的情況（朱德熙1982）。這個"翻"跟方向補語"行翻落去"的"翻"不同（張洪年2007：122）。

7　這種"翻"的用例，張洪年（2007：129-130）把它稱為"回復補語"，而"翻"是回復補語的"標誌"。他所説的"標誌"，應可理解為詞綴。

## 7.2　動詞後綴的分類

　　粵語的動詞後綴的數量比較多，比普通話的動詞後綴也豐富得多。常見於粵語語法學文獻的加起來近四十個。按照意義和功能，粵語動詞後綴大致可以劃分為六類：體、事件、程度、變化、量化、情態。事實上，動詞後綴往往有多種功能，表示多重意義，身兼多類，很難純粹根據意義把它們截然區分。這只是一個粗略的分類，讓讀者對粵語動詞後綴有個整體的認識。

（19）粵語動詞後綴

| 體 | 咗、過、落、定、緊、吓（haa2）、住、實、生晒、衡晒、起上嚟、起、得、落、開 |
|---|---|
| 事件 | 翻、過、嚟…去 |
| 程度 | 吓（haa5）、兩、得、得滯、過頭、極、呲 |
| 變化 | 親、著、到 |
| 量化 | 埋、晒、親、極、嚟…去、喇、得 |
| 情態 | 得、硬、梗、翻 |

### 7.2.1　體

　　體（aspect），也稱為"動貌、體貌、動態"等，就是通過特定的形式，表示說話者如何觀察事件的內部結構，着眼點是行為動作的開始、進程、結束。表達體的粵語動詞後綴主要有："咗、過、緊、吓（haa2）、住、實、起上嚟、起、落、定、開"。體可劃分為完成體（perfective）和未完成體（imperfective）兩大類，前者常指動作的完成，後者表示動作持續，不指明完成。粵語的完成體可通過"咗、過、落、定"等來表達，而未完成體可通過"緊、吓（haa2）、住、實、起上嚟、起、落、開"等來表達。這些動詞後綴，可命名為"體類"。

　　咗（zo2）　"咗"所表達的體一般稱為"完成體"（袁家驊等

1960/2001，張洪年 1972/2007，高華年 1980，植符蘭 1994，李新魁等 1995，張雙慶 1996，徐芷儀 1999，彭小川 2010 等），表示動作的完成、實現，屬於完成體，跟普通話的動詞後綴"了"（一般稱為"了<sub>1</sub>"）差不多。"咗"黏附在動詞或形容詞之後，如（20）和（21）。

（20）佢寫咗一本書。他寫了一本書。

（21）佢靚咗。她漂亮了。

**過**（gwo3）"過"所表達的體一般稱為"經歷體"（袁家驊等1960，張洪年 1972/2007，高華年 1980，李新魁等 1995，張雙慶1996，徐芷儀 1999，彭小川 2010 等），表示動作曾經發生、完成，也表示了經驗、經歷的意思，跟普通話的"過"差不多。"過"黏附在動詞或形容詞之後，如（22）和（23）。

（22）佢坐過飛機。她坐過飛機。

（23）佢曾經靚過。她曾漂亮過。

**落**（lok6）"落"表示動作的實現，結果能有延續性，可稱為"實現體"（鄭定歐 1998b）。"落"黏附在動詞之後，表示事件早已實現、完成。可加在動作動詞，如（24）的"煮"，言談動詞，如（25）的"教"。有些動詞所表示的事件沒有結果，或結果沒有延續性，"落"就不能出現，如"*睇落書（看書）、*學落英文、*聽落歌"都不能説。不過，"落"不能黏附在能表示結果的述補式複合詞，"*蒸熱落條魚（煮熟那條魚）"是不能説的。事實上，"落"能附加的動詞選擇不多，限制也比較大。

（24）我煮落飯。我早已煮了飯。

（25）老竇教落……。爸爸早就教訓説……。（鄭定歐 1998b：88）

**定**（ding6）"定"有"預先"（饒秉才等 2009：47）、"（預先準備）妥當"（張勵妍、倪列懷 1999：46）、"預先做好某事"（劉扳盛2008：79）等意思，如（26）。這個"定"的用法，跟上述的"落"有點相似，都表示事件早已實現、完成，"落"比較"抽象"，而

"定"比較"具體"（鄭定歐 1998b）。上述（24）的"落"也可以換成
"定"，說成（27），表示準備妥當的意思。

（26）行定出嚟。提早出來。

（27）煮定飯。預先煮好飯。

"定"的分佈比"落"比較自由，"睇定呢本書（先看這本書）、
學定英文（先學英文）、聽定呢首歌（先聽這首歌）"都可以說。"定"
也可以加在述補式複合詞，如（28）和（29）。雖然有點囉嗦，但可
以接受。

（28）蒸熱定條魚。先煮熟那條魚。

（29）拆走定個書架。先拆走那個書架。

"定"所強調的是事件的實現，不一定是完結。"睇咗呢本書"
（看了這本書）和（30）的"睇定呢本書"（預先看這本書）相比，
前者看這本書已完成，後者可以完成，也可以是開了個頭。（31）的
"跑步"是沒有完結的事件，加上了"定"以後，（31）只表示提早
做跑步這件事，卻沒有說跑步這件事完成了沒有。由此可見，"定"
跟事件的完結與否沒有關係。[8]

（30）睇定呢本書。預先看這本書。

（31）跑定步先。先跑步。

粵語的"坐定"是有歧義的，"定"可理解為動詞後綴，表示預
先，如"坐定出嚟"（先出來坐好）；也可以是述補式複合詞的一部
分，表示穩定、固定，如"坐得定（坐得安靜）、坐定定（坐得穩穩）"。

**緊**（gan2）　"緊"所表達的體一般稱為"進行體"（袁家驊等
1960/2001，張洪年 1972/2007，高華年 1980，植符蘭 1994，李新魁
等 1995，周小兵 1995，張雙慶 1996，張世濤 1998，徐芷儀 1999，
彭小川 2010 等），表示動作行為正在進行中，屬於未完成體，功能

---

8　有關後綴"定"的語法特點，可詳見黃誠傑（2015）的討論。

跟普通話的"在、正在"相似。"緊"黏附在動詞之後，如（32）。

（32）我寫緊一本書。我正在寫一本書。

吓（haa2）"吓"表示正當某動作進行之際，突然發生了另一件事，黏附在重疊的單音節動詞之後（張洪年 2007：172），如（33），在這種分句內的"VV 吓"，所表達的體可稱為"進行體"（張雙慶 1996），也有稱為"短時體"（高華年 1980，植符蘭 1994）、"持續體"（彭小川 2010），甚至稱為"持續進行"（李新魁等 1995）。（33）的"食食吓飯"也可以換成"緊"，如（34），意義差不多，都屬於進行體。"VV 吓"可換成"緊"，但並非所有"緊"都能換成"VV 吓"。只有在表示動作進行之際的從句內，"緊"才可以換成"VV 吓"。

（33）食食吓飯，忽然有人嚟揾我。正在吃飯，忽然有人來找我。

（張洪年 2007：172）

（34）食緊飯，忽然有人嚟揾我。正在吃飯，忽然有人來找我。

"VV 吓"也可以出現在主句，如（35）。跟從句的"VV 吓"不同，主句的"VV 吓"不能帶賓語。主句的"VV 吓"還可以根據語境，突顯了謂語所隱含的情狀意義，如（35）有種四處張望之意，而（36）有種隨意之意（彭小川 2010：92），帶點"玩世不恭"的味道。

（35）有個伯爺公響度望望吓。有個老爺爺在那兒張望着。

（李新魁等 1995：427）

（36）佢只不過玩玩吓。他只是玩玩而已。

至於"V 吓 V 吓"，跟主句的"VV 吓"差不多，兩者基本可以互換，如（35）可說成（37）。"V 吓 V 吓"所增加的意義，是一種"相對緩慢些的感覺"（彭小川 2010：93），（35）原來那種四處張望的意義在（37）通過讀音的拉長更為明顯；假如（36）說成（38），那種"玩世不恭"的味道仍然存在，但（36）的"玩玩吓"強調態度，可指單一事件，但（38）的"玩吓玩吓"強調多次事件的重複。就這個特點而言，"V 吓 V 吓"也可以表示事件的次數。

（37）有個伯爺公響度望吓望吓。有個老爺爺在那兒張望着。

（38）佢只不過玩吓玩吓。他只是玩玩而已。

順帶一提，一說單音節動詞重疊加"貢"（gung3）表示"動作正在進行"（高華年 1980：45）、"動作不斷重複"（李新魁等 1995：428），屬於進行體的一種，並有責備之意，如"郁郁貢"（老動個不停）。張雙慶（1996：149）指出，跟"VV 貢"模式相似的，還有"搞搞震（胡鬧）、跳跳扎（活潑亂跳）"，並認為不宜把這些例子都當作進行體。除了"郁郁貢"外，"跳跳貢（跳來跳去）"（高華年 1980：46，李新魁等 1995：428）、"踢踢貢（踢來踢去）"（李新魁等 1995：428）等例子，在香港粵語已經不說。"跳跳貢"在香港粵語說成"跳跳扎"或"扎扎跳"。比較"VV 吓"和"VV 貢"兩者，"VV 吓"仍然常用，但"VV 貢"的用法幾乎消失，"貢"已失去它的詞綴地位。

**住**（zyu6）"住"所表達的體可稱為"存續體"（張洪年 1972/2007，張雙慶 1996，徐芷儀 1999），也可稱為"持續體"（詹伯慧 1958，袁家驊等 1960/2001，彭小川 2010）、"進行體"（高華年 1980，植符蘭 1994）、"保持體"（李新魁等 1995）等，表示行為動作保持一種存在、持續的靜止狀態，黏附在動詞之後。出現在表示可均質持續進行的動詞之後，"住"表示行為動作所形成的狀態的存在、持續，如（39）；[9] 出現在有附着意義的動詞之後，"住"表示動作完結後所遺留的狀態的存在、持續，如（40）；"住"黏附在靜態動詞，所表達的是行為、情狀的存在、持續，如（41）（彭小川 2010）。[10] 除了時間的概念外，（41）的"住"所強調的更偏向空間方面（嚴秋燕 2001）。

---

9　所謂均質是指動詞所表示的情狀，在整個過程內的各個點，所呈現的性質都是完全一樣的。

10　粵語動詞後綴"住"與動詞的分類，可參考嚴秋燕（2001）、彭小川（2010）。

（39）佢攞住一本書。他拿着一本書。

（40）個花樽插住好多花。花瓶插着很多花。

（41）間屋對住個海。房子對着海。

　　有些動詞表示的行為動作有時間過程的變化，"住"本來不能出現，如（42）的"食飯"（吃飯）有時間的推移，並非一種均質持續進行的動作（彭小川 2010：25），但加上助詞"先"，如（43）（張洪年 2007：160），或加上一個動詞短語，如（44），就能説了。"住"這裏的用法其實跟事件類動詞後綴的功能差不多，即連接兩個事件，一先一後，或以第一個謂語的事件為先，作為修飾後面的謂語，或表示兩個事件的同時並行，加上"一路……一路……"（邊……邊……），如（45），更能突顯這個意思。

（42）＊你食住飯。

（43）你食住飯先。你先吃飯。

（44）你食住飯等我。你邊吃飯邊等我。

（45）一路食住飯一路等。邊吃邊等。　（張雙慶 1996：160 fn11）

　　**實**（sat6）"實"跟"住"差不多，都表達存續體。張洪年（2007：161）注意到粵語的"實"已經"由實轉虛"，常跟"住"交換使用，如（46）。不過，"實"仍保留作為形容詞那種堅實、牢固之意，不少"住"的用例不能替換為"實"，如上述的（39）、（40）、（41）、（43）、（44）。[11]

（46）佢望實幅畫。他盯着那幅畫。

　　**生晒**（saang1 saai3）"生晒"黏附在動詞之後，表示"動作正在進行，並繼續進行着"（植符蘭 1994：156）、"動作不斷重複，令人厭煩"（饒秉才等 2009：196）、"動作不斷重複，令人生厭"（張勵妍、倪列懷 1999：287）、"表示對該動作的延續感到厭煩"（劉扷盛

---

11　動詞後綴"實"和動詞的分類，可參考黃卓琳（2007）。

2008：329），如（47）。"生晒"是一個後綴，當中的"晒"不能丢失，（48）是不能說的。

（47）個細路仔喺度嘈生晒。<small>那個小孩子在吵個不停。</small>

（48）＊個細路仔喺度嘈生。

植符蘭（1994：156）認為"生晒"好像表示"正在進行"，但動作其實不一定正在進行。（49）所描述的警鐘不一定每天二十四小時在響，而說這句話時警鐘也不一定在響。"生晒"所強調的是發生頻率之高，而且不斷重複。

（49）個警鐘成日嘈生晒。<small>警鐘經常響個不停。</small>

能帶"生晒"的動詞不多，除了"嘈"外，還有"講生晒"（說個沒完）（饒秉才等 2009：196，張勵妍、倪列懷 1999：287）、"喝生晒"（瞎吆喝）（劉扮盛 2008：329）、"嗌生晒"（瞎叫喚）（劉扮盛 2008：287）、"催生晒"（老催着）（饒秉才等 2009：196）、"彈生晒"（亂指責）（劉扮盛 2008：368）、"唱生晒"（瞎嚷嚷，到處散播）（劉扮盛 2008：36）、"鬧生晒"（在罵人）（植符蘭 1994：156）、"攪生晒"（搞亂）（李榮主編 1998：179）等，動詞所表示的動作基本上跟說話有關。"攪生晒"比較特別，不一定跟說話有關，李榮主編（1998：179）指出，這個例子也可以說成"攪住晒"，可見"生晒"跟表示存續體的"住"也有點關係。不少例子在香港粵語已經很少用，如"喝生晒、彈生晒、鬧生晒、攪生晒"。

**衡晒**（hang4 saai3）"衡晒"黏附在動詞之後，表示"動作正在進行，並繼續進行着"（植符蘭 1994：156）、表示"動作正在緊張地進行着"（饒秉才等 2009：96）、"動作正緊張地、持續地進行"（張勵妍、倪列懷 1999：142）、"表示動作正在緊張進行"（劉扮盛 2008：172），[12] 如（50）。

---

12 "衡晒"也寫作"捥晒"（劉扮盛 2008：172）。

（50）佢喺度衝衡晒。他在極緊張地趕着。

"衡晒"跟"生晒"有點相似，但兩者的側重不同。"衡晒"沒有"生晒"的貶意，也沒有令人厭煩的意思，而"衡"的詞彙意義仍然保留，尤其是強調緊張之意。粵語的"衡"（hang4）是形容詞，表示繃緊、拉緊的意思，麥耘、譚步雲（2011：297）甚至認為"衡晒"跟形容詞"衡"是一樣的，而"晒"表示非常。（50）的"衝衡晒"也可以説成"衝到衡晒、衝到衡"，以狀態補語的形式出現。可見"衡晒"目前仍游離於形容詞（補語）和後綴之間。

除了這個例子外，能帶上"衡晒"的還有"催衡晒"（老催着）（饒秉才等 2009：96，張勵妍、倪列懷 1999：142，劉扳盛 2008：172）、"逼衡晒"（緊緊地逼着）（饒秉才等 2009：96，張勵妍、倪列懷 1999：142）、"車衡晒"（儘吹牛）（饒秉才等 2009：96）、"嘈衡晒"（老在説）（植符蘭 1994：156）、"跟衡晒"（緊跟不捨，亦步亦趨）（劉扳盛 2008：172）。

**起上嚟**（hei2 soeng5 lei4）　又可以省略為"起嚟"，所表達的體一般稱為"開始體"（袁家驊等 1960/2001，張洪年 1972/2007，高華年 1980，植符蘭 1994，李新魁等 1995，張雙慶 1996，徐芷儀 1999），表示動作或變化的開始，跟普通話的"起來"差不多。"起上嚟"黏附在動詞或形容詞之後，如（51）和（52）。[13]

（51）佢喊起上嚟。他哭起來。

（52）最近嘅天氣熱起上嚟。最近的天氣熱起來。

張洪年（2007：162）注意到如果有賓語的話，賓語在"起"和"上嚟"之間出現，如（53）。不過，這個例子好像不完整，還沒説

---

13　李新魁等（1995：556）還提到"起身"能表示開始體，如"兩公婆打起身喇"（兩口子打起來了）。饒秉才等（2009：95）、麥耘、譚步雲（2011：145）還收錄了"起身嚟"。表示開始體的"起身"，在香港粵語已經不用，不過，仍保留在某些粵語方言裏，如廉江話（林華勇 2014：§3.1）。

完，多加一句會比較好，如（54）。[14]

（53）我嬲起你上嚟。我生起你的氣來。　　　（張洪年 2007：162）

（54）我嬲起你上嚟，就乜都唔理。我生起你的氣來，就甚麼都不管。

**起**（hei2）　"起"的用法跟"起上嚟"有點相似，也可表示開始體（植符蘭 1994），如（55）。這個"起"是動詞後綴，黏附在動詞之後，後面有賓語（高華年 1980：45）。這種加"起"的用法往往表示每次的意思，動詞前也可以加上"一"，如"一講起"，賓語後也可以補上"上嚟"。"起"所黏附的動詞很有限制，除了及物動詞外，最好是跟言談（如"講"）、心理（如"諗"（想））有關。[15]黏附在不及物動詞的"起"，表示時間和處所的開始（張洪年 2007：171，李新魁等 1995：422），如（56）。如果是及物動詞，後面不能再帶賓語，比較（57）和（58）。這種"起"後面不能加"上嚟"。

（55）佢講起語言學就唔停得。他一講起語言學就停不下來。

（56）響呢處掘起。從這兒挖起。　　　（李新魁等 1995：422）

（57）呢本書，我從第一頁睇起。這本書，我從第一頁讀起。

（58）＊我從第一頁睇起呢本書。

**得**（dak1）　"得"黏附在複句內的從句動詞之後，屬於動詞後綴，跟助詞"嚟"一起出現，跟開始體相關。加上"得"的部分不能單說，後面一定要帶上一個小句，如（59），意思是等你把事情做好的時候，已經太晚（張洪年 2007：129）。如果有賓語的話，賓語出現在"得"和"嚟"之間，如（60）（張洪年 2017：129）。單韻鳴（2012）注意到有賓語的時候，只要把賓語的最後一個音節稍微拉長

---

14　高華年（1980：47）、李新魁等（1995：422-423）把"落嚟、落去"分析為動詞後綴。我們同意張洪年（2007：163-164）的看法，"落嚟、落去"應為趨向補語，不是後綴。

15　張洪年（2007：170）認為這個"起"表示談及、想起，不過，高華年（1980：45）曾舉出"佢開起工就龍精虎猛嘅"（他一開工就像生龍活虎似的），可作參考。

（以 "—" 表示），形成一個停頓，"㗎" 可以省略，如（61）。[16]

（59）做得㗎就遲喇！等把事情做完，就已經遲了。

（張洪年 2007：129）

（60）食得飯㗎，就冇時間睇戲。把飯吃了，就沒有時間看電影。

（張洪年 2007：129）

（61）食得飯—時間啱啱好。吃完飯的時候，時間剛剛好。

（單韻鳴 2012：260）

歐陽偉豪（2012）認為（62）的 "得" 側重於動作的完成階段，以（62）為例，燙衣服和炒牛肉這兩個動作哪個先完成，卻不容易分辨。"得" 側重完成的說法值得斟酌。"得" 要求黏附的動詞必須是動態，靜態動詞不能說，如（63）。動態事件必須有過程，表示瞬間的達成事件，除非事件理論上可以重複，如（64）的 "爆"，否則不能說，如（65）的 "死"。即使有過程，述補式複合詞可以說，如（66）的 "改良"，所謂黏合式述補結構卻不能說，如（67）的 "寫完"。除了 "改良" 和 "寫完" 在形式上不一樣外，"良" 和 "完" 的詞彙意義也不一樣，"完" 表示結果，但 "良" 不表示結果，甚至可以加上表示結果的 "好"，如 "改良好"。"得" 所側重的並非事件的完成階段，表示結果的（67）不能說，反而沒有結果的活動事件能說，如（68）的 "散步"。"得" 所側重的應該是從句動作的開始，屬於開始體的一種，跟 "起上㗎" 和 "落" 相似。（66）表示改良的開始，並非完成階段，（68）則表示散步的開始。

（62）佢燙得啲衫㗎你就炒好碟牛肉。

　　當他燙衣服的時候你就把牛肉炒好。　　（歐陽偉豪 2012：103）

（63）＊佢係得學生㗎我都走咗。當他是學生的時候，我已離開了。

（64）個炸彈爆得㗎我都走咗。當那個炸彈爆炸的時候，我已經離開了。

---

16　從形式語義學的角度分析 "㗎"，可參考 Lai（2014）。

（65）＊佢死得嚟我都走咗。當他死的時候，我已離開了。

（66）個方法改良得嚟我都走咗。當那個方法改良的時候，我已離開了。

（67）＊本書寫完得嚟我都走咗。當那本書寫好的時候，我已離開了。

（68）佢散得步嚟我都走咗。當他散步的時候，我已離開了。

至於從句和主句發生時間的先後問題，可以是從句在先，主句在後，如粵語慣用語（69）；也可以主句在先，從句在後，如（70）；但好像不能同時發生，（71）是不能說的。這個動詞後綴"得"，一方面承載開始體的功能，一方面用來表示複句和主句兩個事件的先後關係。有些慣用語好像用來指兩件同時發生的事情，如"顧得頭嚟腳反筋"（劉扱盛 2008：144）、"顧得優鞋又甩髻"（麥耘、譚步雲 2011：176），都好像有難以兼顧、捉襟見肘的意思，但嚴格來講，兩件事情不是同時開始，從句應該在先，主句在後。雖然單韻鳴（2012：260）注意到（72）的上班和讀書兩件事情好像同時做，[17]但側重點在兼顧兩件事情的能力，而不是說兩件事情同時進行，跟（71）的情況不同。

（69）上得牀嚟掀被冚。得寸進尺。

（70）你開得槍嚟佢已經死咗。當你開槍的時候，他早已死了。

（71）＊佢唱得歌嚟亦都喺度跳舞。當他唱歌的時候，也正在跳舞。

（72）翻得工嚟又讀到書，佢真係叻仔啊！

　　　既能工作，又能讀書，他真厲害！

落（lok6）　除了表示實現體外（如（24）、（25）），"落"還可以表示開始體，跟"起上嚟"有點相似。"落"不僅表示動作的開始，還引介一種主觀判斷（鄭定歐 1998）。"落"之前的部分有話題的功能，而後面的部分好像有評價的作用（譚雨田 2013）。（73）的"諗"（想）和（74）的"摸"都是及物動詞，後面的賓語，要麼省略（如

---

17　原例句為"上得班嚟"，今改為"翻得工嚟"，更符合香港粵語的習慣。

（73）），要麼移前（如（74）的“呢停布”）。“落”不能黏附在不及物動詞，如（75）。如果不及物動詞能帶上賓語（處所賓語），句子就能接受，如（76），而（77）和（78）的差異更能突顯這一點要求。這種句子的主語不一定是無生命，（79）就是最好的例子。

（73）諗落好牙煙。想起來很可怕。　　　　　　（鄭定歐 1998b：88）

（74）呢停布摸落幾軟熟。這種布摸起來很柔軟。

（鄭定歐 1998b：88）

（75）*佢喊落好得人驚。他哭起來很可怕。

（76）呢個地方住落都好舒服。這個地方住起來很舒適。

（77）*我瞓落唔錯。我睡起來不錯。

（78）呢張牀瞓落唔錯。這張牀睡起來不錯。

（79）佢睇落幾好。他看起來挺好。

譚雨田（2013）認為粵語這種有“落”的句子跟英語的“中動句”（middle construction）有點相似，如（80），形式上是主動句，動詞“reads”是主動形式，但意義上又好像是被動句，主語“the book”是受事，是被讀的對象，所以這種句式稱為“中動”。上述（78）的主語“呢張牀”、（81）的“呢本書”跟（80）的“the book”確實有點相似。

（80）The book reads easily.

（81）呢本書睇落幾好睇。這本書讀起來很好看。

“落”後面評價的部分不能缺少，就好像英語的中動句一樣（譚雨田 2013），如粵語的（82）和英語的（83）都不能說。

（82）*呢本書睇落。*這本書看起來。

（83）*The book reads.

開（hoi1）“開”所表達的體可稱為“持續體”（張洪年1972/2007，張雙慶 1996），也有稱為“進行體”（袁家驊等 1960/2001，高華年 1980，植符蘭 1994）、“始續體”（李新魁等 1995），或區分為“始續體"和"慣常體"兩類（彭小川 2010），甚至分析為"類指量化詞"（generic quantifier）（P. Lee 2012）。"開"的意思是"動作已經開了頭，並且有繼續下去的趨勢"（李新魁等 1995：423），可理解為"向來"的意思。所謂繼續下去的趨勢，不是維持現狀，跟存續體的"住"不同；不是動作的進行，跟進行體的"緊"不同。以下三個例子所表達的意思是不同的，(84) 強調向來有吃血壓藥的習慣，(85) 強調處於吃藥的狀態，達到把血壓降低的目的，(86) 強調吃藥的動作正在發生。

(84) 佢食開血壓藥。他一向吃血壓藥。

(85) 佢食住血壓藥。他不斷吃血壓藥。

(86) 佢食緊血壓藥。他在吃血壓藥。

Yue-Hashimoto（1993：73）提到"開"表示慣常體（habitual），彭小川（2010）認為"開"能表示始續體和慣常體兩種意思，前者是"動作行為在此前已開始並持續了一段時間"，而後者是"動作行為或情況在過去一段時間內經常發生"，不同之處，是前者"具有希望持續下去或必須持續下去的傾向"。彭小川（2010：80）認為（87）是始續體，(88) 是慣常體。事實上，那種所謂"具有希望持續下去或必須持續下去的傾向"並非由"開"所承擔，而是通過句子的其他部分表達出來。如果只考慮"著開件新衫"和"著開長裙"，是無法辨別兩種體的差異。因此，"開"只有一個，所謂始續和慣常之別，只是通過別的方法（如語用）表達出來。

(87) 個細路女著開件新衫就唔肯除落嚟。

那個小女孩穿上了新衣服就不肯脫下來。

(88) 著開長裙，你而家叫佢著超短裙，佢點會習慣啊？

一向穿長裙子，你現在讓她穿超短裙，她怎麼會習慣呢？

"開"還有一種用法，較為側重動作的開始，應算做開始體，如（89）。歐陽偉豪（2012）認為"開"表示炒菜動作一開始，煮魚就接著進行。(90) 的"開"也表示了回來校園的想法在先，找我在後。這兩個例子都跟上述持續體"開"的向來、習慣無關。(91) 是粵語的慣用語，意謂"說起來、話說回頭"。細心分析，第一個"講"所表示的動作一開始（說第一件事情），第二個動作就接着來（說第二件事情）。饒秉才等（2009：79）收錄了"講起又講"，跟（91）應可互換，足見"開"這種用法，跟"起"差不多，都表示開始體。Matthews and Yip(2011：242) 認為（91）的"開"表示"progressive-inchoative"的意思。

(89) 你炒開啲菜就蒸埋條魚。你開始炒菜的話也把魚煮好。

（歐陽偉豪 2012：103）

(90) 你翻開嚟校園就順便搵我。你回來校園的話就順便來找我。

(91) 講開又講，…… 説起來呀，……

## 7.2.2　事件

有些動詞後綴跟事件發生的次數有關，表示事件的重複發生。主要的例子有："翻、過、嚟…去"。跟這種功能相關的動詞後綴，稱為"事件類"。不少文獻把這一類後綴的意義當作體，不過，這類後綴所觀察的着眼點並非事件的內部結構，跟行為動作的開始、過程、結束沒有關係。因此，這一類還是獨立於體類動詞後綴。

**翻**（faan1）　"翻"黏附在動詞或形容詞之後。[18] 文獻的分析很多，有分析為表示回復體的"詞尾"（袁家驊等 1960/2001，高華年1980）、"回復補語"（張洪年 1972/2007）、"助詞 / 補語"（饒秉才等1981/2009，張勵妍、倪列懷 1999）、表示"多回體"的後綴（植符蘭1994）、"回復體"的助詞（彭小川 2010）。詹伯慧（1958）把"翻"的用法描述為五點：一、放在動詞的後面，表示某項已經中斷或者暫時停止的動作、行為恢復或者繼續進行，例如（92）；二、放在動

---

18　"翻"有寫作"番"，應來源自動詞"返"，"翻"或"番"只不過是同音假借。

詞後面，表示動作的結果使得某種事物恢復另外一種狀態或者回到原來的處所，如（93）；三、放在形容詞的後面，表示形容詞所表達的性狀過去曾經失去過，現在又恢復了，如（94）；四、放在形容詞的後面，表示"再、更"的意思，如（95）；五、可有可無的"口頭禪"，如（96）和（97）。

（92）　你仲係教翻書好。你還是再教書好了。

（93）　畀翻十個銀錢過佢。還給他十元錢。

（94）　我嘅病好翻啲嘞。我的病好一些了。

（95）　呢條褲長翻一吋就啱嘞。這條褲子再長一吋就合適了。

（96）　今晚我要睇翻齣戲。今天晚上我要看一部電影。

（97）　得閒嚟傾翻幾句啦。有空來聊幾句吧。

基於詹伯慧（1958）的觀察，張洪年（2007：131）把"翻"進一步總結為兩類，一類表示"回復本有性狀"，即回復到一種本有的動作或者情態，包括（92）、（93）、（94）三種情況。在（92），他本來教書，中斷後再恢復。另一類表示"回復應有狀態"，如（95）（見本章（280）的討論），也應包括所謂"口頭禪"的用法。表示回復本有性狀的"翻"屬於事件類動詞後綴，表示恢復應有狀態的"翻"屬於情態類動詞後綴。所謂回復本有性狀，就是比較兩個事件，一個是過去發生的事件，另一個是回復發生的事件。"翻"就是表示這兩個事件的關係。

詹伯慧（1958）、張洪年（1972/2007）等學者認為"翻"的第三種用法有表示回復本有性狀的意思。不過，"翻"黏附在形容詞後其實有兩種不同的情況（鄧思穎2001：52）。（98）隱含着那條柱子原來是高的，不過後來可能給砍短了，現在又恢復它的高度；(99) 卻沒有這個意思，那條柱子原來不高，不過可能根據某些建議，現在把它加高了，達到應有的高度。按照張洪年（1972/2007）的分類，（98）表達了本有性狀的意思，而（99）表達了應有狀態的意思（又見本章（288）和（289）的討論）。

（98）呢條柱高翻囉嘑。這條柱子高了。

（99）呢條柱高翻啲囉嘑。這條柱子高了一點了。

除了本有性狀和應有狀態兩種意思外，"翻"還有一種比較特殊的用法，如（100），能黏附的動詞相當有限，一般只有"得、剩、剩低、留、留低"。彭小川（1999：66，2010：99）認為"翻"的這種"回復"意義只是"純主觀的一種意念活動"，假設說話者的錢包原來有一筆錢，需要消費時，已做好支出的準備。錢用了後，剩下的又回復到他原來所有的。這種一來一回的回復概念比較虛，因此她稱為"意念上回復本有"。不過，方秀瑩（2007：290）指出，假設（101）本來有三隻杯子，現在剩下一隻杯子，似乎沒有一來一回的回復概念。她認為"翻"所比較的好像是多於一隻杯子的"本有狀態"和只有一隻杯子的"現有狀態"。本有狀態的數量比現有狀態的數量多，但具體的數字，並非"翻"所關心。以（102）為例，說話者根本忘記或者不知道本有狀態應有多少天，只知道現有狀態只剩下一天。"翻"所比較的，就是多於一天的本有狀態和只有一天的現有狀態。這種用法，似乎有比較兩個事件的功能，應屬於事件類動詞後綴。

（100）我個銀包得翻三蚊。我的錢包只剩下三塊錢。

（101）張枱上面得翻一隻杯。桌子上只剩下一隻杯子。

（102）吓？得翻一日咋？甚麼？只剩下一天？

**過**（gwo3）　黏附在動詞之後的"過"，除了之前提及過作為體類後綴之外，還可以表示"重新再做一遍"（張洪年 2007：156）、"重新做某事"（李新魁等 1995：561）、"重新、再次做某事"（酈永輝 1998：167）、"重做一次"（徐芷儀 1999：114）、"表示整個動作過程從頭重複"（陳曉錦、林俐 2006：119），如（103），聽話者被要求重新再寫。這個例子，動作是重複，兩次的主語都是相同的人，而又有相同的經歷；而（104）兩次買書的主語是不同（別人買第一次，說話者買第二次），但買書的經歷卻是相同（張雙慶 1996：156）。嚴麗明（2009：136）進一步提出認為這個"過"不是純粹表示動作的重複，還表示"對相關動作行為不如意結果的修正"。"過"的作用，確實聯繫了兩個事件，一個是帶出不如意結果的事件，一個是被修正的事件，由此引伸出那種"重新再做"的意思。

（103）唔該你寫過佢啦！請你把它再寫一遍。（張洪年 2007：156）

（104）借畀我嘅書唔見咗，我買過一本畀翻你。

借給我的書不見了，另外買一本還給你。（張雙慶 1996：155）

**嚟…去**（lei4…heoi3）"嚟…去"黏附在重疊式動詞，"嚟"在重疊式動詞的第一個音節後，而"去"在第二個音節後，形成"V 嚟 V 去"的形式，可當作一種特殊的複合詞，稱為"並立式複合詞"（朱德熙 1982：36）。表示"動作的反覆多次"（高華年 1980：55）、"動作的多次重複"（李新魁等 1995：430），甚至可稱為"多回體"（高華年 1980：55，植符蘭 1994：158），如（105）。"嚟…去"對動詞的詞彙意義也有一定的要求，重複的動作，最好是能左右往返、來回擺動等動態動作。（107）和（106）比較，太陽跟魚不一樣，太陽不能擺動。嚴格來講，"喊"（哭）只是流淚和發聲，並不隱含身體的搖動，（108）還是不能說。"嚟…去"有動作上的要求，應來自表示往返的動詞"嚟、去"的本義，跟普通話"來去"的情況一樣。

（105）我搵嚟搵去都搵唔到。我找來找去也找不到。

（高華年 1980：55）

（106）條魚喺度游嚟游去。那條魚在游來游去。

（107）＊個太陽升嚟升去。＊太陽升來升去。

（108）＊佢喊嚟喊去。＊他哭來哭去。

加上"嚟…去"的及物動詞，不能再帶賓語，也不能單獨成句，可比較（109）和（110），後面必須接上另一個部分，如（105）的"都搵唔到"（都找不到）。跟不及物動詞比較，如（106）的"游"和

（111）的"跳"，及物動詞和不及物動詞兩者明顯有異。賓語也可以另一種方式出現，如（112）的話題。

（109）＊我揾嚟揾去嗰本書。＊我找來找去那本書。

（110）＊我揾嚟揾去。＊我找來找去。

（111）佢跳嚟跳去。他跳來跳去。

（112）嗰本書，我揾嚟揾去都揾唔到。那本書，我找來找去也找不到。

加上"都"的例子，"嚟…去"的理解跟量化類動詞後綴"極"好像差不多，如（113）（可見本章（211）的討論）。雖然（112）的"嚟…去"和（113）的"極"都有全稱量化的功能，表示"每"的意思，但"嚟…去"所量化的對象是動作的次數，而"極"所量化的對象是方法，（113）的意思是指說話者用盡各種方法也找不到那本書。（114）和（115）比較，前者所量化的是吃麵包的事件；後者所量化的是吃的方法，必須有多種吃的方法。由動作的量化，可引申出排他的意義，如（114）表示他只吃麵包，不吃別的。

（113）嗰本書，我揾極都揾唔到。那本書，我怎麼找也找不到。

（114）佢食嚟食去都係麵包。他吃來吃去都是麵包。

（115）佢食極都唔飽。他怎麼吃也吃不飽。

跟不及物動詞的情況不同，能加上"嚟…去"的及物動詞不一定要跟重複來回的動作有關，如（116）的"信"（信仰）是比較靜態的事件。當然，這裏所說的信仰也可理解為立場搖擺，是來回的引申義。

（116）佢信嚟信去都係啲噉嘅教。他信來信去都是這樣的宗教。

黏附在不及物動詞和及物動詞的"嚟…去"應屬於兩個不同的類，前者是典型的事件類，表示動作的反覆來回，可以單獨成句；後者屬於量化類，表示動作的次數，後面必須緊接另一個部分，構成複句。

### 7.2.3　程度

跟程度相關的動詞後綴包括："吓（haa5）、兩、得、得滯、過頭、極、啲"。這些動詞後綴，主要跟動詞或謂語所表示的程度、狀態有關。這種功能相關的動詞後綴，簡單命名為"程度類"。

**吓（haa5）**"吓"黏附在動詞之後，如（117）。"吓"所表達的體可稱為"嘗試體"（張洪年 1972/2007）、"輕量體"（李新魁等 1995）、"短時體"（彭小川 2010）等。"吓"由"一下"省略而來，"一下"的"下"本來是動量詞，用來量化動作的次數。雖然（117）的"吓"可以説成"一下"，但有些用例，如（118），"吓"不能被"一下"替換，説明粵語的"吓"已成為一個獨立的語素，而不是在語音的層面由"一下"省略而來。粵語的"V 吓"跟普通話動詞重疊的作用差不多，（117）的"睇吓"可以對應為普通話的"看看"，都表示嘗試意義（Chao 1968，張洪年 1972/2007）。這種嘗試意義應來自原本"一下"所表示的動量之小，或時量之短而來（李新魁等 1995：425）。（119）的"郁吓"（動動）不一定只動一下，也不一定指很短的時間，這裏的用法，其實是指行為動作的程度之輕，"吓"有稍微之意。

（117）睇吓呢本書。看看這本書。

（118）我間中都睇吓報紙㗎。我有時候也看看報。

（張洪年 2007：174）

（119）我要郁吓。我要稍微動一下。

**兩（loeng5）**粵語單音節動詞重疊後，中間可以加入"兩"（鄭定歐 1996），表示嘗試體，形成"V 兩 V"，如（120）。"V 兩 V"跟"V 吓、V 一下"有點相似，形式上有個數詞，意義上，都表示嘗試體。第一個動詞後也可以帶上其他後綴，如（121）的"咗"和（122）的"得"。（122）的"得"應該理解為構成狀態補語的"得"（見（126）

的討論），説明"做"表達了一種狀態，而"兩做"就是用來描寫這種狀態。鄭定歐（1996：17）把"兩"當作"中嵌"（即中綴），不過"＊做得做"不成詞，還是把"兩"分析為後綴比較合宜，黏附在光桿動詞（如"瞓"）或帶上後綴的動詞之後（如"讚咗、做得"）。"兩"後的動詞是所黏附的動詞的重疊形式，該重疊形式可當作由重複動詞形成的動量詞演變過來。

（120）瞓兩瞓就趷起身。<small>還沒有怎麼睡就坐了起來。</small>

（鄭定歐 1996：16）

（121）畀人讚咗兩讚就飄飄然。<small>讓人表揚兩句就忘乎所以。</small>

（鄭定歐 1997：304）

（122）做得兩做就話攰。<small>才幹不大一會兒就説累。</small>

（鄭定歐 1997：304）

跟"吓"不同，加上"兩"的謂語只能用於複句內的分句，單獨使用是不能説的，只能從屬於後面的小句，如（123）。鄭定歐（1996）認為包含"兩"的從句和後面的主句跟"預期性"相關，（120）的"V 兩 V"強調動作的方式，而"V 咗兩 V"和"V 得兩 V"側重短時動作，由這幾種方式形成的從句都能引出意料之中或意料之外的結果，甚至是負面的結果，由主句表示，並由語境決定。

（123）＊佢做兩做。

加上"兩"的謂語，所表示的意義不止於時間之短，還表示程度之淺，並由此引申出嘗試的意思。"篤"（duk1）的意思是"戳、刺"，動作過程本來就很短，這裏的"兩"所強調的是動作的程度，有稍微之意，（124）的"輕輕力"和（125）的"大大力"突顯了程度之異。

（124）佢輕輕力篤兩篤就好翻。<small>他輕輕的戳一下就好了。</small>

（125）？？佢大大力篤兩篤就好翻。<small>他用力的戳一下就好了。</small>

**得**（dak1）"得"是黏附在述補結構的述語之後的後綴，構成狀態補語的一種。狀態補語表示由動作、性狀而呈現出來的狀態，可以進一步劃分為"描寫補語"和"結果補語"兩類（Huang 1988，鄧思穎 2010）。（126）的補語"幾好"（挺好）屬於描寫補語，跟述語"瞓"（睡）之間有一種情狀的關係，"瞓"表達了靜態的狀態，"幾好"就是用來描寫這種靜態的狀態（Li and Thompson 1981：624-625）。

（126）我瞓得幾好。我睡得挺好。

**得滯**（dak1 zai6）"得滯"表示過分的程度，程度極深，相當於普通話的"太"（袁家驊等 1960/2001，饒秉才等 1981，麥耘、譚步雲 1997，鄭定歐 1997，李榮等 1998，張勵妍、倪列懷 1999 等）。"得滯"的語法性質，學者曾提出過不同的分析，有認為是副詞（袁家驊等 1960/2001，高華年 1980，蔡建華 1995a，Peyraube 1997）、補語（張洪年 2007，黃伯榮 1993）、後綴/詞尾（李新魁等 1995，張雙慶 1997，鄧思穎 2006a，Tang 2009）。我們把"得滯"分析為後綴，只黏附在形容詞之後，如（127），不能黏附在動詞上，例如（128）。當"得滯"黏附在形容詞之後，程度副詞（例如（129）的"好、太、幾"）、否定詞（例如（130）的"唔"）不能再修飾形容詞。"得滯"是一個表示程度的後綴，跟其他同樣表示程度的成分有互排作用（鄧思穎 2006a，Tang 2009）。

（127）佢惡得滯。他太兇惡。

（128）＊佢笑得滯。

（129）＊佢好/太/幾惡得滯。

（130）＊佢唔惡得滯。

**過頭**（gwo3 tau4）"過頭"，表示程度過分（李新魁等 1995：561），相當於普通話的"太"（高華年 1980：145），黏附在形容詞之後，如（131），或當作副詞看待（蔡建華 1995a）。李新魁等（1995：561）認為"過頭"跟"得滯"意義相近，兩者一般可以互換。不過，我們覺得"過頭"不光表示"太"，而且有超越預設標準的意思。（132）只是描述她太漂亮，不一定有貶義，只是有點誇張；但（133）所説的漂亮好像有點不正常，超出了標準。"過頭"也可以説成"過龍"。[19]

（131）佢飽過頭。他太飽了。

（132）佢靚得滯。她太漂亮。

（133）佢靚過頭。她漂亮得太過分了。

**極**（gik6）　"極"主要黏附在形容詞之後，部分動詞也可以，[20]表示"性質或狀態達到任何高限度"，而後面的謂語用作"對此限度作貶抑"（李新魁等 1995：562），如（134）和（135）的"都有限"用作限制"叻"（聰明）和"鍾意"（喜歡）的程度，表示"叻、鍾意"所達到的最高程度。限制程度這部分不能少，"極"不能單獨成句，（136）是不能説的。"極"也可以黏附在雙音節動詞和形容詞之後，如（135）的"鍾意"和（137）的"論盡"（笨拙）。加了"極"以後，形容詞不再受其他表示程度的成分修飾，如（138）的程度副詞"好"（很）和否定副詞"唔"（不）。所黏附的動詞必須表示程度，不表示程度的動詞，"極"是不能出現的，如（139）的"踢"。當"極"黏附在不表示程度的動詞之後，則屬於量化類（見（211）的討論）。

（134）佢叻極都有限啦！他再聰明也是有限的。

（135）佢鍾意極都有限啦！他再喜歡也是有限的。

（136）＊佢叻極。

（137）你論盡極都冇佢咁論盡。你怎麼笨拙都沒他那麼笨拙。

---

19　李新魁等（1995：562）認為"行過頭"的"過頭"是補語，跟形容詞後綴不同。我們認為"行過頭"是"行＋過頭"的"緊縮形式"，跟普通話的"抽上癮了"的組合方式差不多（朱德熙 1982：139），可重新分析為"行過＋頭"。如果有"咗"，只能説"行過咗頭"。"頭"也可以省略，可光説"行過咗"。"過龍"的分佈跟"過頭"相似。

20　這個"極"應有別於作為補語的"極"，如"靚極"（極美）（張洪年 2007：115）。

（138）＊佢好/唔叻極都有限啦！

（139）＊佢踢極都有限。

哋（dei2）　"哋"黏附在單音節形容詞重疊後所形成的詞根，是形容詞後綴，表示"略、稍微"的意思（袁家驊等 2001：215），如"紅紅哋（hung4 hung2 dei2）、凍凍哋（dung3 dung2 dei2）"。單音節形容詞重疊後，第二個音節變調，讀成高升調。

除了形容詞外，袁家驊等（2001：218-219）還舉了"佢會會哋打波"（他有點兒會打球）、"我敢敢哋食辣椒"（我有點兒敢吃辣椒），顯示了"哋"也能黏附在重疊的助動詞之後。[21] 張洪年（2007：172）也舉了"哋"黏附在動詞之後的例子，如"會會哋游水"（有點會游泳）、"食食哋辣"（能吃點辣）、"傷傷哋風"（有點傷風）。除了"會"以外，曾子凡（1989：366-367）還舉了一些助動詞重疊的例子，如"敢敢哋、識識哋、肯肯哋"，表示減弱的程度。除了助動詞外，這種例子局限在述賓式複合詞，述賓短語是不能接受的，如"＊食食哋呢碗辣椒麵"。此外，這種例子很例外，一般能表示程度或隱含能力的述賓式複合詞也不能加"哋"，如"＊發發哋燒、＊煮煮哋飯（煮菜）、＊唱唱哋歌"不能說。張洪年（2007：172）指出"偶爾也會聽到"表示程度的雙音節動詞（非述賓式複合詞）和形容詞能加入"哋"的例子，如"鍾鍾哋意、乾乾哋淨"。除了這兩例，我們覺得"火火哋滾（惱火）、牙牙哋煙（危險）、麻麻哋煩、論論哋盡（笨拙）"等也好像勉強可以接受。

## 7.2.4　變化

有些動詞後綴表示事件的參與者有變化，受動作的影響。因事

---

21　袁家驊等（2001：218-219）認為重疊後的助動詞也要高升變調。"敢"本調是高升調"gam2"，本來已是高升調，看不出變化；"會"的本調是低平調"wui6"，他們把"會會哋"的讀音標為"wui6 wui2 dei2"。現在香港粵語把"會"讀成低升調"wui5"。

件的出現或變化受影響的參與者，可稱為"感事"（experiencer）或"蒙事"（affectee）（以下統稱"蒙事"）。跟蒙事有密切關係的動詞後綴有"親、著、到"，稱為"變化類"。

親（can1）　"親"黏附在動詞之後，表示"一種被動動作和行為，多少帶有動作、行為雖已結束，但是動作、行為的影響卻還存在着的意思"（詹伯慧 1958：119），"動作在比較急遽的情況下完成，完成後仍繼續存在。帶這個'親'的動詞多數是表示感受"（袁家驊等 2001：217），"謂詞所引起的一種不如意的感受"（張洪年 2007：165），"動作已經完成……'親'往往用於表示感覺的動詞後面"（高華年 1980：51），"表示動作、行為有某種後果或影響，而這後過或影響總是不好的"（李新魁等 1995：565），如（140）的"我"是蒙事，受"嚇"的影響。如果有主語和賓語，"親"指向賓語，如（141）的"我"才是蒙事，主語"隻狗"不能是蒙事。在（140），不及物用法的"嚇"屬於"非賓格動詞"（unaccusative），在（141），及物用法的"嚇"屬於"使役動詞"（causative）。"親"不能黏附在其他不及物動詞，如（142）的"喊"（哭）（但比較（206）），屬於"非作格動詞"（unergative）（Gu and Yip 2004）。

（140）我嚇親。我給嚇了一跳。

（141）隻狗嚇親我。那隻狗嚇了我一跳。

（142）＊我喊親。我哭了。

張洪年（2007：166）認為，如果賓語是無生命的話，"親"就指向主語，如（143）和（144）。事實上，這兩個例子非常例外。無生命的賓語換成有定的話，"親"只能指向賓語，並得出很奇怪的意義（用"？？"表示），如（145）。即使沿用無定賓語，換成別的名詞，"親"也只能指向賓語，不是主語，如（146）。詹伯慧（1958：119）所用的例子是（147），賓語是光桿名詞"石頭"，並認為"親"後面的賓語除了是"影響者"外，還可以是"接觸者"。袁家驊等

（2001：217）描述為"所觸及的物體"。不過，賓語換成別的光桿名詞，如（148）和（149），語感依然不好。

（143）我撞親道門。我撞到一扇門。　　　　（袁家驊等 2001：217）

（144）佢踢親舊石。他踢到一塊石頭。　　　　（張洪年 2007：166）

（145）？？我撞親呢道門。我撞到這扇門。

（146）？？我撞親架車。我撞到一輛車。

（147）佢撞親石頭。他碰着了石頭。　　　　（詹伯慧 1958：119）

（148）＊我撞親門。我撞到門。

（149）＊我撞親車。我撞到車。

"親"所指向的賓語，不能成為話題。（150）是話題句，原本是賓語的"我"移到句首，成為話題，而原來位置只剩下一個空位"＿＿"。移位後，這個例子不能接受。不過，相比之下，被動句的接受度明顯好得多，（151）是被動句，"嚇親"後面的"＿＿"是指向"我"的空位，而"親"能指向這個空出來的賓語。[22]

（150）＊我啊，隻狗嚇親 ＿＿。我啊，那隻狗嚇了我一跳。

（151）我畀隻狗嚇親 ＿＿。我被那隻狗嚇了一跳。

**著**（zoek6）"著"黏附在動詞之後，表示結果（歐陽偉豪 2008，2012），如（152）。[23] 當中的"玩"（難倒、作弄），有一種致使意義，事件呈現變化。"著"除了表示事件變化的結果外，還指向賓語"我"，"我"受動作的影響，是蒙事。"玩著我"也可以用另外一種方式表示，如（153）。在（153），致使意義仍然存在，只不過用了動詞"攞"（拿）來承擔，"著"所黏附的對象是"攞"，不是"玩"。"我"是"攞"的賓語，"著"指向賓語。"著"能黏附的動詞，除了"玩"外，還有"搞"，但為數不多。

---

22 形成話題句和被動句的方式有分別，詳見鄧思穎（2009e）的討論。

23 高華年（1980）認為"點著火、瞓著覺"的"著"表示繼續體，張雙慶（1996：155）認為這個"著"應該是補語。意義上，這個"著"跟這裏的變化類動詞後綴"著"不同。

（152）你噉樣即係玩著我啫。你這樣做把我難倒了。

（歐陽偉豪 2012：106）

（153）攞著我嚟玩。把我難倒了。

　　另一個"著"，也黏附在動詞之後，不過指向主語，主語才是蒙事，如（154）的"我"。跟（155）比較，差異很明顯，在（154），不幸的是説話者；在（155），不幸的是聽話者。這種"著"能黏附的動詞比較多，除了"識"外，還有"買、嫁、娶、做、教、住"（歐陽偉豪 2008，2012）。

　　（154）我識著你，真係唔好彩。我認識你，是我的不幸。

　　（155）你識著我，真係唔好彩。你認識我，是你的不幸。

　　"著"的出現表示事件有變化（如從無到有），不能黏附在形容詞和靜態動詞之後，如（156）和（157）。（154）的"識"有動態的理解，可當作"交朋友"的意思，跟純粹靜態的心理活動動詞是不同的，如（158）的"怕"。動作動詞當中，"著"黏附在及物動詞，如上述的"識"，不及物動詞不能説，如（159）。不及物動詞後有表示處所的補語，"著"能説，如（160）；如果沒有處所補語，則不能説，如（161）。及物動詞當中，賓語應能提供一個清晰的範圍，光桿名詞"字典"和無定名詞"兩本字典"是不能説的，如（162）。這些特點都説明"著"黏附的動詞，所表示的事件，都必須是動態、有變化的，而主語就是事件變化的蒙事。這個"著"的用法，還往往隱含一個巧合的時空意義，如表示一個機會、一個偶然的情況、漫不經意的行為，如（154）、（155）的認識，可能是機緣湊巧；（160）坐在垃圾桶旁，絕對不是悉心安排的，只可能是一個意外；（162）的所查的字典，也可能是偶然、不經意的發現，而不是故意的。加上副詞"咁啱"（gam3 ngaam1）（湊巧）和"特登"（故意）的（163），更能突顯"著"的偶然意思。

　　（156）* 我肥著，……。

（157）＊你姓著陳，⋯⋯。

（158）＊我怕著你，⋯⋯。

（159）＊我喊著/＊我嚇著，⋯⋯。

（160）我坐著係個垃圾桶隔離，⋯⋯。<small>我坐在一個垃圾桶旁邊，⋯⋯。</small>

（161）＊我坐著/＊我坐著三分鐘，⋯⋯。

（162）我查著＊字典/＊兩本字典/呢兩本字典，⋯⋯。

（163）我咁啱/＊特登查著呢兩本字典，⋯⋯。

<small>我湊巧/故意查這兩本字典，⋯⋯。</small>

**到**（dou3）"到"是黏附在述補結構的述語之後的後綴，構成狀態補語的一種。狀態補語表示由動作、性狀而呈現出來的狀態，可以劃分為"描寫補語"和"結果補語"兩類（Huang 1988，鄧思穎 2010）。在（164），"跳"的動作到了某一點後，呈現出一個狀態，即動作所產生的結果，"好攰"（很累）就是表達了這種結果狀態的補語"好攰"（很累），這種補語表達了事件到了某個程度後而呈現的結果狀態（Li and Thompson 1982：626），屬於結果補語。"我"是事件的參與者，受"跳"的變化而影響，是事件的蒙事。"到"的使用，表示了事件的變化，也引導出蒙事的出現，跟受影響意義有密切關係。

（164）我跳到好攰。<small>我跳得很累。</small>

## 7.2.5　量化

有些動詞後綴跟謂語內的成分有密切關係，有量化的作用。量化的概念，包括範圍擴充、全稱量化、部分量、限制焦點等。跟量化概念相關的動詞後綴，如"埋、晒、親、極、嗮、得"，前文提及的"嚟⋯去"，黏附在及物動詞之後的（見（105）），都應該屬於量化類。跟這種功能相關的動詞後綴，稱為"量化類"。

**埋**（maai4）"埋"黏附在動詞之後，用來表示"擴充範圍"（詹伯慧 1958，袁家驊等 1960/2001）。詹伯慧（1958：121-122）把"擴充範圍"分為兩種，一種可理解為普通話的"連……也"，另一種是"把某項進行中的動作、行為進行完畢"。前者指"指行為動作所及的事物、面積"（張洪年 2007：168）、"範圍擴大至某一對象"（李新魁等 1995：559），後者指"動作本身而言，把已在進行中的動作，繼續進行直至完畢為止"（張洪年 2007：168）、"動作等待繼續完成"（高華年 1980：48）、"將動作或變化進行到底"（李新魁等 1995：559）。擴充事物的"埋"如（165），完成動作的"埋"如（166）。[24]（165）所比較的，可以是張三、李四，最後擴充至聽話者。（166）的"食埋碗飯"除了指這個動作本身，表示繼續完成的意思，也可以指賓語，如比較好幾道菜，如前菜、湯、肉，最後擴充至飯。"埋"也可以指謂語所代表的動作，如（167）比較講故事、唱歌，最後擴充至跳舞。這兩種用法的"埋"也可以統一分析為"加添量化詞"（additive quantifier）（P. Lee 2012）。

（165）唔啱你去埋啦！不如你也去吧。　　　　　（詹伯慧 1958：121）

（166）你食埋碗飯就嚟㗎。你吃完這碗飯就來吧。

（詹伯慧 1958：121）

（167）唔單止要講古仔、唱歌，仲要跳埋舞。

不僅要講故事、唱歌，還有跳舞。

"埋"黏附在表示取得義的動詞後，表示"動作使得所及的對象積聚增加"（李新魁等 1995：559），如（168）。不過，他們所説的"積聚增加"，意義來自"咁多"（那麼多）。如果換成（169）"呢本書"，就只有擴充事物範圍的意思，沒有增加之意。其實（168）的"埋"也屬於擴充事物範圍一類，所比較的對象，除了原來已有的物件外，還擴充至更多同類的物件。

---

24　詹伯慧（1958：121）原例子作"來"，今統一寫作"嚟"。

（168）要埋咁多做乜啫？要下那麼多幹甚麼？

（李新魁等 1995：559）

（169）要埋呢本書做乜啫？要下這本書幹甚麼？

"埋"也可以表示"動作的範圍只及於某一對象"，而"所説行為多為説話人所不贊同"（李新魁等 1995：560），如（170），好像表示動作限於某個範圍，跟期待的情況有異，有"專門、偏偏"的意思。這種所謂"專門、不贊同"的意思，引申自"埋"原本擴充事物範圍的功能。通常擴充範圍的對象，是最後的一個可能性，而可能性一般不高。如果這個最低的可能性一般人不做，由此容易引伸出説話者的主觀評價，或帶有貶義。其實上述的（167），跳舞的可能性是最低的。在特定的語境下，跳舞並非一般人所為的話，説話者可對跳舞作出負面的評價。

（170）你條友乜做埋啲噉嘅事啊？你這小子怎麼專幹這樣的事？

（李新魁等 1995：560）

如果賓語包含了負面色彩的成分，如（170）的指示代詞"噉嘅"（這樣的）、（171）的"隔夜飯"（剩飯），"不贊同"義比較容易突顯。只説"飯"，"不贊同"義消失了，如（172）。複數量詞"啲"（些）也起作用。沒有"啲"的（173）只表示普通的擴充事物範圍或繼續完成的意思。換成無定"一啲"（一些）和有定"呢啲"（這些），都缺少了"專門、不贊同"的意思，如（174）和（175）。如果"連"把賓語提前，如（176），"不贊同"義消失了，只剩下範圍擴充的意思。

（171）佢食埋啲隔夜飯。他連剩飯也吃/他吃完剩飯/他專門吃剩飯。

（172）佢食埋啲飯。他連剩飯也吃/他吃完剩飯。

（173）佢食埋隔夜飯。他連剩飯也吃/他吃完剩飯。

（174）佢食埋一啲隔夜飯。他連剩飯也吃/他吃完剩飯。

（175）佢食埋呢啲隔夜飯。他連剩飯也吃/他吃完剩飯。

（176）佢連啲隔夜飯都食埋。他連剩飯也吃。

“埋”的所謂“專門”義，應跟“啲”有關。“啲”除了表示複數外，還可以表示類指（Au Yeung 1997，Cheng and Sybesma 1999）。（171）“啲”和（174）“一啲”有別，前者表示類，後者表示無定的複數。連一般人所不為的類都去做去選擇的話，就容易引申出一種排他意義，即排除了其他一般人所為的類，得出“專門”義。“晒”表示全稱量化，“埋”加上“晒”的話，如（177），動作的重複致使賓語的量得到積累（莫華 1993），更容易突顯由全稱意義而引申出的排他意義（李新魁等 1995：502），即只吃剩飯，不吃別的，得出那種“專幹某事，又表示這個行為全部及於某一對象”之意（李新魁等 1995：560）（又見本章（194）的討論）。只有“晒”沒有“啲”，如（178），雖然比不上（177）順口，但還是有那種“專門”義。（179）的“連”把賓語提前，“專門”義消失了，“晒”的全稱意義跟“埋”的擴充事物範圍不兼容，“晒”的完結義又跟“埋”的繼續完成不兼容，結果（179）不能說。

（177）佢食埋晒啲隔夜飯。<small>他專門吃剩飯。</small>

（178）佢食埋晒隔夜飯。<small>他專門吃剩飯。</small>

（179）* 佢連啲隔夜飯都食埋晒。

加上“埋”的動詞還可以重疊，形成“V 埋 V 埋”和“VV 埋埋”的形式，都表示動作行為的重複和量的積累（莫華 1993：82）。李新魁等（1995：430）認為這兩種形式所表示的多次反覆過程，“V 埋 V 埋”側重於“過程的長時間持續”，“VV 埋埋”則側重於“過程的完成及動作對象的全部聚攏”。動作的重複通過“V 埋 V 埋”和“VV 埋埋”的形式表達出來，能使賓語的量得到積累，效果跟“晒”差不多（莫華 1993），也能突顯上述提到的排他意義，如（180）和（181）。

（180）佢食埋食埋啲隔夜飯。<small>他專門吃剩飯。</small>

（181）佢食食埋埋啲隔夜飯。<small>他專門吃剩飯。</small>

**晒**（saai3）“晒”黏附在動詞和形容詞之後，表示“全盤概括，一體皆然"（張洪年 2007：169），相當於普通話的"全、都、光、完"，跟粵語"冚唪唥"（ham6 baang6 laang6）意義相近（袁家驊等 2001：222）。李新魁等（1995）把"晒"分為兩類，一類表示"範圍涉及全部對象，即所涉及的對象有周遍性"（李新魁等 1995：502），如（182），另一類表示"程度深，或者某種狀態達到完全、徹底的地步"（李新魁等 1995：562），有"加強語氣的作用"（饒秉才等 2009：193），如（183）。就第一類用法而言，"晒"表示概括、全部的"周遍性"意義，意思是説（182）的那三個蘋果全被吃光，"晒"可以視作謂詞演算裏的"全稱量化詞"（universal quantifier）（李行德 1994，Tang 1996a，b，P. Lee 2012，李寶倫 2012 等），而（182）"晒"的量化對象是賓語"嗰三個蘋果"。

（182）佢食晒嗰三個蘋果。他把那三個蘋果都吃光了。

（183）多謝晒！非常感謝！

"晒"的量化受語法條件的限制，可總結為以下幾點：可分割性、有定限制、謂語制約、量化方向（莫華 1993，李行德 1994，Tang 1996a，b）。被"晒"所量化的名詞必須可以分割，如（182）的複數"嗰三個蘋果"，雖然（184）的"杯水"不算是複數，但一杯水可以分割為若干等分，"晒"就是量化一杯水的各等分。被"晒"量化的名詞必須是有定，如（182）的"嗰三個蘋果"；如果是無定，接受度稍遜，如（185）。

（184）我飲晒杯水。我把那杯水喝光了。

（185）？佢食晒三個蘋果。他把三個蘋果都吃光了。

"晒"所出現的謂語，必須表示變化的事件，包括完結事件（如（182））和達成事件（如（186）），沒有自然終結點的活動事件（如（187））和狀態（如（188））都不能説。[25]"晒"的量化方向是"先賓

---

25　如果（187）理解為由不哭到哭，事件有變化，則可以接受。"喊晒"也能用來形容傷心的程度，表示極度之深，而並非表示每個人都在哭。

後主"，先指向賓語（如（182））；如果句法上沒有賓語，才可指向主語（如（186））。（189）之所以不能說，是因為賓語不符合可分割性和有定限制的要求，但在有賓語的情況下，"晒"又不能指向主語。[26]

（186）佢地死晒。他們死光了。

（187）＊佢地喊晒。他們都在哭。

（188）＊佢地係晒大學生。他們都是大學生。

（189）＊佢地摘晒一朵花。他們都摘了一朵花。

"晒"不僅量化名詞，還有一種把事件和事件參與者的匹配作用（Tang 1996b）。（190）和（191）這組例子突顯了"晒"的匹配作用。假設"呢兩個人"指張三和李四，在（190），張三可跟李四結婚，但在（191），張三不能跟李四結婚，他們只能分別跟別的人結婚。"晒"量化"呢兩個人"，根據可分割性的要求，把"呢兩個人"分割為張三和李四兩個成分，每個成分各跟一個結婚事件匹配，最終得出兩個不同的結婚事件。由於每個結婚事件都包含兩個人，結果產生兩對不同的組合：第一個組合是張三和某人結婚，第二個組合是李四和另一個人結婚。

（190）呢兩個人結婚。這兩個人結婚了。

（191）呢兩個人結晒婚。這兩個人都結婚了。

"晒"還有一種排他意義（Tang 1996a，b）。（192）好像有一種排他意義，即小明只挑選蘋果，沒有挑選別的。"晒"這種用法其實隱含了一個時空成分，這個時空成分作為"晒"的量化對象（Tang 1996b）。以（192）為例，"晒"預設了一個空間，並量化這個空間，分割為若干份（如一個袋子的所有容量、一百元的每分每毫），每份都匹配到一個挑選蘋果的事件。窮盡了所有匹配的可能，都是挑

---

26　文獻對"晒"的量化方向問題有不少的討論，可見歐陽偉豪（1998）、彭小川、趙敏（2005：337）、彭小川（2010：59）、李寶倫、潘海華（2007）、P. Lee（2012）等。

選蘋果，因此產生出只挑選蘋果的排他意義。(193) 也有相似的情況，"晒"預設了一個時間，並量化這個時間，分割為若干份（如一天的二十四小時），每份都匹配到一個逛街的事件，由於每個小時都用來逛街，得出只逛街而沒做別的的排他意義。"埋"和"晒"的連用，更能突顯這種排他意義，(194) 的"晒"預設了一個時間，每段時間（如每天）都匹配到吃剩飯的事件，結果好像只吃剩飯而不怎麼吃別的（又見本章 (177) 的討論）。

（192）小明揀晒蘋果。小明只挑選蘋果。　　　　　（Tang 1996b：318）

（193）佢去晒街。他把時間都用來去逛街。

（194）佢食埋晒啲隔夜飯。他專門吃剩飯。

　　加深程度的"晒"主要黏附在形容詞之後，如 (195) 的"凍"（涼），也可以黏附在表示程度的動詞，如 (183) 的"多謝"，跟程度的量化相關 (P. Lee 2012)。"晒"雖然能表示程度深，而詞典一般用普通話的"太、非常"等來對應（饒秉才等 1981/2009，鄭定歐 1997，麥耘、譚步雲 1997/2011，李榮主編 1998，張勵妍、倪列懷 1999，劉扳盛 2008 等），但不是所有受"太"修飾、表示程度深的例子都可以隨意替換為"晒"。(196) 不能説，不能用來表示綠的程度。(195) 和 (196) 的分別，就是前者有變化的過程（由熱變涼），但後者沒有，因為海本來就是綠色。(197) 的"得滯"和"過頭"都表示程度深（見本章 (127)、(131) 的討論），跟"晒"不同之處，是"得滯"和"過頭"描述靜態的程度，而"晒"側重變化的過程。

（195）碗湯凍晒。這碗湯都涼了。

（196）* 個海綠晒。海太綠了。

（197）個海綠得滯/過頭。海太綠了。

　　表示程度的動詞，也不一定能加"晒"，能加的為數不多，如 (198) 和 (199)。(200) 是不能説的，其他不能説的例子還有"驚、怕、鍾意、同意"等。

（198）我服晒佢。我非常佩服他。

（199）我信晒佢。我非常相信他。

（200）＊我憎晒佢。我非常憎恨他。

　　述賓式複合詞的情況較為特殊，不少能加上"晒"。有些能表程度（受程度副詞修飾）如"擸晒命"（要命），有些不表程度（不能受程度副詞修飾）如"拍晒手、笑晒口"（歐陽偉豪 2008：51）。徐芷儀（1999：38）認為述賓式複合詞的"晒"屬於中綴。Matthews and Yip（2011：256-257）則認為"離晒譜、抓晒頭、踢晒腳"等例子屬於慣用語（idiom）。

　　根據歐陽偉豪（2008：50-51）所羅列的 25 個例子，我們重新整理，發現"晒"在述賓式複合詞的出現有一定的規律，並非無跡可尋。構成這種複合詞的名詞都跟人體部位有關，如頭、五官、四肢、身軀等，所發出的動作，理論上都是能看得到的情狀，如"搣晒頭、反晒面、咪晒眼、眨晒眼、反晒白眼、笑晒口、拍晒手、踢晒腳、起晒槓、拍晒心口、拗晒腰、烏晒身、喘晒氣、扯晒火、擸晒命"。"槓"（gong6）是螯，人雖然沒有螯，但也是肢體的一部分。"氣"和"火"雖然比較抽象，但一般認為可通過五官散發出來。"命"跟整個身體都有關。至於"拍晒枱、擺晒地、騰晒雞、發晒癲、發晒爛渣、發晒狼戾"，雖然跟身體部位沒有直接關係，但也可通過手（"拍晒枱"）和整個身體（"擺晒地、騰晒雞、發晒顛、發晒爛渣、發晒狼戾"）的動作體現出來。這些複合詞主要用來形容"形諸外"的動作情狀，有用力、起勁的意思，也帶點誇張色彩，而且往往可以加上指示代詞"噉"（gam2）（那樣），如"笑晒口噉"（面露微笑那樣），有一定的指稱能力。至於"離晒譜、痴晒線、轉晒軚、硬晒軚"的"譜、線、軚（方向盤）"，都跟身體無關的，算是"特殊"的例子，可用來形容較為抽象的情況，並非用來形容動作。

　　除了這 25 個例子外，我們還找到不少能加上"晒"的述賓式複合詞，如"擰晒頭、開晒口、開晒聲、O晒嘴、伸晒脷、流晒口水、起晒痰、標晒汗、舉晒手、耍晒手、反晒肚、瞓晒身、擺晒甫士、作晒狀、扮晒嘢"等，"甫士"（pou1 si2）來自英語"pose"，跟"作狀"（做作）的"狀"、"扮嘢"（裝樣子）的"嘢"的意義都差不多，跟姿勢有關。"收晒火"的"火"跟上述"扯晒火"的"火"一樣，是身體內較為抽象的成分，"搭晒糖"的性質跟上述"拍晒枱"差不多，都是通過身體動作體現出來。這個"晒"跟用力、起勁等情狀有關，而且往往帶點誇張的之意，應該是形容程度的一種引申用法。

"晒"還能黏附在所謂"表示感謝意義的動詞"（饒秉才等2009：193）或"抱歉意義的動詞"（莫華 1995：63）後面，如"多謝、唔該（謝謝）、多得、麻煩、滾攪、失禮"等（李榮主編 1998：106），有"太、非常"的意思，用來加強語氣。歐陽偉豪（1998）認為事情完成後這種"晒"才可以，並舉出（201）的對話來說明。當甲開始提出請求時，搬走桌子的事情還沒出現，他不能說"唔該晒"，只能待乙答應後或事情完成後，甲才可以說"唔該晒"。[27] 彭小川、趙敏（2005：337）、彭小川（2010：59）也認同"晒"的感謝內容應已實現。

（201）甲：唔該你幫我搬走張枱，好唔好呀？

　　　　請你幫我搬走這張桌子，好不好？

　　　乙：好呀！好啊！

　　　甲：唔該晒！謝謝！　　　　　　　　　　（歐陽偉豪 1998：62）

"晒"這種用法，應該理解為感歎，跟動詞構成感歎句，甚至跟動詞重新分析成為感歎詞的一種。由於句類的限制，"晒"不能進入祈使句。（201）甲說的第一句話是祈使句，所以"唔該晒"不能說；

---

27　石定栩（2010：90）認為"唔該晒"不宜只感謝一件事情。（201）的語境所示，"唔該晒"所感謝的顯然只有一件事情。

甲的第二句話是感歎句，能用"唔該晒"。

即使乙已答應搬桌子，或搬桌子已完成，（202）還是不能用來複述（201）所發生的事情。（202）是陳述句，跟只用於感歎句的"唔該晒"句類不符，因此不能説。（203）是疑問句，不能接受的原因也跟句類有關。

（202）＊阿甲唔該晒阿乙。甲非常感謝乙。

（203）＊係唔係失禮晒啊？＊是不是不成敬意呢？

莫華（1995：63）認為這個"晒"所黏附的動詞是一個"封閉系統"。事實上，跟感歎相關的"晒"，所黏附的動詞不止於所謂"感謝動詞"或"抱歉動詞"，凡説話者表示感歎的謂詞，尤其是跟感覺、身體狀況相關的，"晒"都能出現，如"順晒、爽晒、掂晒、舒服晒、安樂晒"等，往往是正面的謂詞，負面的也有，不過為數不多，如"散（saan2）晒"（太累了）。

這個表示感歎的"晒"，可能從時空量化引申到表示程度之深。文映霞（2010：96）根據"晒"具時空量化的特點（Tang 1996b），進一步假設"晒"用了"時間"線上的持續，表示"程度"線上的加強，並引述有些粵語母語者會用"好耐都唔該"來表達"唔該晒"的意思，用"好耐"（好久）來對應"晒"，正好證明了這種所謂加強程度的"晒"與時空量化的關係。如果這個思路是正確的話，加強程度的"晒"也跟量化有關。

親（can1）　"親"黏附在動詞之後。除了表示事件的變化和蒙事不如意的感受外，"親"還表示一種一經發生，馬上就會引起的某種相應後果（詹伯慧 1958：119，袁家驊等 2001：217，張洪年 2007：166），短暫的動作（植符蘭 1994：159），某種結果的動作實現（李新魁等 1995：564），有"每次、每當"的意思（詹伯慧 1958：120，袁家驊等 2001：218，張洪年 2007：166，高華年 1980：54），如（204）。"親"在這種句子的用法，表達了事件的次數，有全稱量化的作用，也就是"每次、每當"的意思。

（204）佢郁親就痛。他一動就痛。

除了靜態動詞之外（如（205）），"親"能黏附在大多數的動態動詞，包括及物動詞和不及物動詞，如（206）和（207）。雖然"親"在這些用例仍然帶有一點不如意的意思（見（140）和（141）的討論），句中的主語"佢"（他）可理解為蒙事，但"親"也可以跟無生命的主語一起出現，如（208）的"個窗"，甚至在無主句出現，如（209）。"親"所量化的對象是事件，事件必須能反覆出現，"死"只能發生一次，因此，除非（210）是用來描述演員角色，否則是不能説的。

（205）＊佢係親學生都……。他每次是學生，……。

（206）佢喊親就好痛。他一哭就很痛。

（207）佢睇親呢本書都好唔開心。他每次讀這本書都很不開心。

（208）個窗滲親水都會爛。那個窗每次滲水都會爛。

（209）落親雨都唔停。每次下雨都不停。

（210）？？佢死親都好慘。每次他死都死得很慘。

極（gik6）"極"黏附在動詞之後，表示"竭盡全力或用盡任何辦法做某事"，後面的部分"對此努力或辦法作貶抑"（李新魁等1995：563），一般帶"都"和"唔"（不）（高華年1980：145），如（211）表示無論用甚麼辦法教他，他也不會。"極"有一種全稱量化的作用，指向隱含教他的方法，可理解為普通話"無論怎麼、無論用甚麼方法"的意思。"極"後面的謂語或小句不能缺少，"極"不能單獨成句，（212）是不能説的。"都"一定出現，但卻不一定要有否定副詞，（213）是可以説的。跟黏附在形容詞和表示程度的動詞之後的"極"不同（見（134）和（135）的討論），動詞後的"極"，後面的部分不表示程度的限制，而是表示動作的結果。"極"所量化的是方法，不是事件本身，（214）不是説他死了很多次，而是説他用了很多方法去死。

（211）佢教極都唔識。怎麼教他也不明白。

（212）＊佢教極。

（213）做極都係芝麻官嘅喇。再怎麼做，也只是當芝麻官了。

（李新魁等 1995：563）

（214）佢死極都死唔去。他無論用甚麼方法去死也死不去。

“極”一般黏附在單音節動詞之後，雙音節的稍為彆扭，（215）的“傾”（談）和（216）的“討論”意義差不多，都有討論之意，但兩者還是有些差別。“極”可以黏附在述補式複合詞，如（217），但形容詞構成的黏合式述補結構，有些可以，如（218），有些不可以，如（219）。“縮細”（縮小）和“煮熟”的差別是形容詞“細”（小）可以有不同程度的小，但“熟”只有一個絕對的程度，要麼是熟，要麼是不熟。動詞構成的黏合式述補結構，“極”都不能出現，如（220）。

（215）我地傾極都傾唔完。我們怎麼談都談不完。

（216）我地討論極都討論唔完。我們怎麼討論都討論不完。

（217）個辦法改良極都冇用。那個辦法怎麼改良都沒用。

（218）張紙縮細極都唔啱標準。那張紙怎樣縮小都不符合標準。

（219）＊碗麵煮熟極都唔好食。那碗麵怎樣煮熟都不好吃。

（220）＊佢殺死極都冇事。怎麼殺他都沒事。

“極”縮黏附的動詞，可以是及物動詞，如（211）的“教”，也可以是不及物動詞，如（214）的“死”。受事可放在動詞之前，如（211）的“佢”（他），也可以在原來賓語的位置，如（221）。如果同時有主語和賓語，“極”後面的謂語只能指向賓語，在（221），不明白的是賓語“佢”，不是主語“我”。（222）的“唔劫”（不累）只能指向賓語“呢個波”（這個球），不能指向主語“我”。然而，語用上，人才會累，球不會累，結果（222）不能接受。（223）“極”後面的謂語換成“唔爛”（不破），可以指向賓語，也只能指向賓語，可以接受。如果要指向主語，賓語必須省略，如（224）。"極"也隱含受影響的意義，"極"後面的謂語，所指向的論元，其實就是蒙事。下列例子的謂語"唔識（不明白）、唔爛（不破）、唔劫（不累）"，就是動作"教、踢"出現後所產生的結果，這個結果指向與"極"相關的蒙事論元，如（221）的賓語"佢"（他）、（223）的賓語"呢個波"（這個球）、（224）的主語"我"。

（221）我教極佢都唔識。怎麼教他也不明白。

（222）＊我踢極呢個波都唔劫。我怎麼踢這個球也不累。

（223）我踢極呢個波都唔爛。我怎麼踢這個球也不破。

（224）我踢極都唔劫。我怎麼踢也不累。

**噉**（gam2）　"噉"黏附在動詞和形容詞之後，如（225）和（226），[28] 有一種"完成"、"達到某種程度"的意思（饒秉才等1981/2009，陳慧英 1994，張勵妍、倪列懷 1999），表示一種跟量化有關的概念，如"部分量"（partitive）（Yue-Hashimoto 1993，鄧思穎 2003b）、"部分完成"（張雙慶 1996）、"數量減少"（麥耘、譚步雲 1997/2011）。"噉"的用法頗為靈活，甚至可以黏附在從英語借來的外來詞，如（227）的"send"（送、寄）。

（225）佢食噉一個蘋果。他吃了一個蘋果。

（226）杯咖啡熱噉啲。那杯咖啡熱了一點。

（227）你最好 send 噉啲嘢。你最好把這些東西送出去。

"噉"有量化的功能，核心意義是表達了現狀跟預設的數量或跟預設的程度不一致（鄧思穎 2003b）。表示預設數量和預設程度的"噉"，分佈是有條件性的，黏附在動詞後，受量化的成分是預設集的一個子集；黏附在形容詞後，隱含了一個應有的、理想的預設程度，而現狀則偏離了這個預設的程度（鄧思穎 2003b）。以（225）為

---

28　"噉"也可以讀作"gan2"，音節尾的雙唇鼻音變化為齒齦鼻音。

例，説話者在心目中基本上有一個預設的集（set），而受量化的成分是"嗽"後面的賓語"一個蘋果"，屬於該集的子集（subset）。實際上隱含着從一堆預設的蘋果中吃掉了其中的一個，受量化的名詞短語"一個蘋果"就是預設的蘋果的一個子集，得出所謂部分量的意思，可對應為普通話的"其中"。當"嗽"黏附在形容詞後，説話者隱含了一個應有、理想的預設程度，而"嗽"則表"嗽"的量化受語法條件的限制，可總結為以下幾點：量化方向、數量要求、無定限制、謂語制約等（鄧思穎 2003b）。"嗽"只能量化後面的成分，如（225）的賓語，不能量化主語，只有主語的（228）是不能説的。雖然形容詞謂語只有主語，不能帶賓語，但（226）的"啲"不能缺少，（229）是不能説的。這個"啲"表示了形容詞所描述的程度，作為補充形容詞的功能，（226）的"嗽"實際上就是量化"啲"，即形容詞所描述的程度。

（228）＊啲細路仔笑嗽。（部分）小孩子笑了。

（229）＊杯咖啡熱嗽。那杯咖啡熱了一點。

受"嗽"量化的成分必須是有數量的體詞，如上述（225）的"一個蘋果"；表面上沒有數詞的（230），可以理解為是數詞"一"的省略；（226）的量詞"啲"也可以理解為"一啲"的省略，仍包含了數量；除了"啲"，其他表示數量的成分也可以在"嗽"後出現，如（231）；（232）的光桿名詞"蘋果"是不能説的。受"嗽"量化的體詞必須是無定，（233）的指示代詞"嗰"（那）表示有定，不能接受。

（230）佢食嗽個蘋果。他吃了個蘋果。

（231）小明矮嗽兩吋。小明矮了兩吋。

（232）＊佢食嗽蘋果。他吃了蘋果。

（233）＊佢食嗽嗰個蘋果。他吃了那個蘋果。

跟"嗽"搭配的謂語往往表達了一個有時空變化的事件，（225）的吃那個蘋果是一個有過程、有變化的動態事件；雖然（234）和

（235）的事件都有過程，但前者沒有終結點，沒有變化，後者的終結點通過"走"來表示，屬於有變化的事件。靜態的（236）不能接受。形容詞謂語的要求不一樣，仍屬於靜態的事件，不需要表示動態的變化。

（234）＊佢揸嘅一架車。他開了一輛車。

（235）佢揸嘅一架車走。他開了一輛車走。

（236）＊佢似嘅一個人。他像一個人。

"嘅"不能跟否定詞共用，如（237）的"冇"（沒有）和"未"（還沒有）、（238）的"唔"（不）。"冇、未"是用來否定事件的發生的。假設"嘅"強調事件的結果，從功能角度來考慮，從沒發生的事件就根本不可能有結果，因此（237）不能接受。"唔"基本上是用來否定狀態。假若"唔"所否定的不是形容詞所表示的狀態，而是由一個聽不見的助動詞所表示的情態的意義，（239）就沒有問題。這個聽不見的成分也可以補出來，如（240）的"肯"。

（237）＊佢冇/未食嘅一個蘋果。他沒有/還沒有吃一個蘋果。

（238）＊佢唔瘦嘅啲。他不瘦。

（239）如果你唔瘦嘅啲，就會連條褲都著唔落。

　　　　如果你不肯瘦一點兒，就會連這條褲子也穿不下。

（240）如果你唔肯瘦嘅啲，就會連條褲都著唔落。

　　　　如果你不肯瘦一點兒，就會連這條褲子也穿不下。

**得**（dak1）　"得"黏附在動詞之後，表示"只有"的意思（T. Lee 1995，陸鏡光 1999，鄧思穎 2000a，Tang 2002，李寶倫、潘海華 2007），有一種量化的作用，表示限制焦點，如（241）。[29]

（241）佢睇得一本書。他只看了一本書。

---

29　出現在句首的"得"，如"得一本書佢睇咗"（只有一本書他看了），雖然也表示"只有"的意思，但屬於動詞，跟這裏的後綴形式不同。詳見鄧思穎（2003b）、Tang（2002）的討論。

　　"得"的量化受語法條件的限制，可總結為以下幾點：量化方向、數量要求、謂語制約等（鄧思穎 2003b，Tang 2002）。"得"的量化方向受制約，（242）的"得"只能量化賓語，不能量化主語，這個例子只表示"只有兩份報告"，卻沒有"只有三個學生"的意思；（243）沒有賓語，但"得"不能量化主語，因此不能接受。[30]（244）的"一次"表示動量，（245）的"三個鐘"表示時量，嚴格來講，不屬於賓語，或稱為"準賓語"（朱德熙 1982），但它們在"得"之後，仍可被"得"量化。"得"只能量化表示數量的體詞。無論是有定（如（246）的"嗰一本書"）還是無定（如（241）的"一本書"），都能受"得"的量化。

（242）三個學生寫得兩份報告。<small>三個學生只寫了兩份報告。</small>

（243）＊嗰三個學生去得。<small>只有那三個學生去。</small>

（244）佢去得一次。<small>他只去了一次。</small>

（245）佢瞓得三個鐘。<small>他只睡了三個小時。</small>

（246）佢睇得嗰一本書。<small>他只看了那一本書。</small>

　　"得"要求謂語能表示有變化的事件，如（241）的看一本書，或事件有個範圍，（247）的"喊"（哭）所表達的雖然是沒有自然終結點的活動事件，但"半分鐘"為哭的過程標示清晰的範圍。（248）的形容詞"紅"並非表示靜止的狀態，該句隱含花朵曾經紅過但現在已不再紅的意思，經歷了變化，有動態的理解。（249）並非說小明只有三呎高，而是只長高了三呎，形容詞"高"表達了動態的事件。

（247）個啤啤喊得半分鐘。<small>那個嬰兒只哭了半分鐘。</small>

（248）朵花紅得兩日。<small>那朵花只紅了兩天。</small>

（249）小明高得三呎。<small>小明只長高了三呎。</small>

---

30　假如（243）能說，"得"只表示可以的意思，屬於不同的語素。

## 7.2.6 情態

有些動詞後綴表示情態、能願意義，跟允准、必要、可能、能力、評價、意願等概念相關。這類動詞後綴有"得、硬、梗、翻"。跟這種功能相關的動詞後綴，稱為"情態類"。

**得**（dak1）"得"黏附在動詞之後，表示"事件或動作發生的可能性"（張洪年 2007：125），表示動作是"可能實現"，包括"有主觀能力、有客觀可能、客觀情勢許可"（李新魁等 1995：563），如允准、能力/功能/性能、可能、準備就緒、條件已具備或條件成熟等各種意義（陸鏡光 1999）。這些意義都算是情態意義（鄧思穎 2000a，Tang 2002，Cheng and Sybesma 2004），如（250）的"得"，可表示允准，也表示可能；(251) 的"得"，能力的意義比較明顯。事實上，"得"的各種情態意義不容易截然區分，一般由語境決定，正如陸鏡光（1999：219）所說，"在某語境中，當說話人有權允許或阻止對方做某件事的時候，'V＋得'往往可以理解為'准許'的意思。反過來說，如果說話人無權允許或阻止對方做某件事的時候，而當時的情況讓我們想到主體應有能力去做某事時，就有'能力'義"。以語境作為標準，(250) 的吃飯有可能被阻止，"得"偏向允准義；(251) 的吃辣不需得到別人的允許，"得"則偏向能力義。

（250）我食得飯。<small>我可以吃飯。</small>

（251）我食得辣。<small>我能吃辣。</small>

語法條件對"得"的理解有一定的作用。如果賓語是有定，如(252)，"得"可表示允准或可能。在特定語境下，(252) 的"得"也可以表示能力（如有錢可以吃飯）；如果賓語是無定，尤其是有數詞的出現，如 (253)，情態意義減弱，焦點意義則比較明顯（陸鏡光 1999，鄧思穎 2000b，Tang 2002）。粵語的量名短語（"量詞＋名詞"組合），既可表示有定，又可表示無定。如果賓語是量名短語，如

（254），似乎只能理解為有定，而"得"的允准義和可能義比較明顯。

（252）我食得呢碗飯。我可以吃這碗飯。

（253）我食得一碗飯。我只吃了一碗飯。

（254）我食得碗飯。我可以吃這碗飯。

至於光桿名詞，"得"的理解比較自由，可以表示允許、可能、能力等（如（250）和（251））。在粵語熟語中，一般是類指意義的光桿名詞，表示可能的（255）、表示能力的（256）和（257）。

（255）泥水佬開門口──過得自己過得人。

　　　　自己過得去，也讓人家過得去。

（256）入得廚房，出得廳堂。形容女子既美麗又能操持家務。

（257）食得鹹魚抵得渴。做好承受後果的準備。

"得"也可以黏附在動詞之後，而後面沒有賓語。張洪年（2007：127）把這種"V得"分為兩類，一種表示"可以"，如（258），一種表示"能夠"，如（259），可以指那個人不能玩，玩玩就累，玩玩就不想玩，或不能跟他開玩笑。

（258）呢啲嘢，唔玩得！這些東西，玩不得。（張洪年 2007：127）

（259）呢個人，唔玩得。這個人，不能玩兒。（張洪年 2007：127）

除了意義不同外，這兩種"V得"應該由兩個不同的"得"所構成：一個"得"黏附在動詞之後，維持動詞的詞類，也維持原來"可以"的意義（為方便討論，寫作"得$_V$"）；另一個"得"黏附在動詞之後，但能改變詞類，由原來的動詞變為形容詞，只表示"能夠"的意思，並且可表示程度（為方便討論，寫作"得$_A$"）。如果把賓語補回去，（260）維持原來"可以"的意思，（261）也只有"可以"的意思，"能夠"的意思消失了。（261）帶賓語的"V得"是動詞，不是形容詞。

（260）唔玩得呢啲嘢。這些東西，玩不得。

（261）唔玩得呢個人。不能跟這個人開玩笑。

張洪年（2007：127）也注意到表示"能夠"的"V得"可被程度副詞修飾，"用法有點像形容詞"，如（262）。受副詞修飾的"V得"是形容詞，不能帶賓語，（263）是不能説的。表示"可以"的"V得"不表示程度，不能被副詞修飾，如（264）。及物動詞加上了"得$_A$"以後，原來的主語可繼續做主語，如（265），原來的賓語也可以成為主語，如（266），（267）的"佢"有歧義，可以是原來的主語（能打人），也可以是原來的賓語（能捱打）。

（262）呢個人好玩得。這個人很能玩。

（263）＊好玩得呢個人。

（264）＊呢啲嘢好玩得。這些東西很能玩。

（265）佢好食得。他能吃。

（266）呢本書好賣得。這本書賣得很好。

（267）佢好打得。他很能打。

不少動態動詞都能加"得$_A$"，改變詞類，表示"能夠"的程度，如"行得、生得、踢得、洗得、賣得、睇得、講得、飲得"，來自英語的外來詞如"sell得、talk得"也能加"得$_A$"。不過，有些動詞雖然意義接近，但還是不能受副詞修飾，如"去得、死得、喊得、殺得、掃得、買得、望得、聽得、聞得、吞得"等，這些例子的"得"都是"得$_V$"，不改變詞類，只表示"可以"的意思。音節數量也可能是一個限制，雙音節動詞只能加"得$_V$"，如"報告得、處理得"等，來自英語的雙音節外來詞也不例外，如"copy得（可以拷貝）、present得（可以報告）"等，也只能加"得$_V$"。加上"得$_A$"的動詞，由於已改變詞類，不能再帶賓語，例外的例子不多，如"幾見得人（能出大場面）、幾講得笑（能開玩笑）"。

至於出現在狀態補語的"得"，如"打得爛"（打得破）的"得"（為方便討論，寫作"得$_{VV}$"），雖然也表示情態意義，但跟上述的"得$_V$"和"得$_A$"都不一樣。"得$_{VV}$"的否定式是"打唔爛"或"打唔得爛"，

"得 $_V$" 和 "得 $_A$" 的否定式都是 "唔去得、唔打得",而不是 "*去唔得、*打唔得"。"得 $_{VV}$" 應該是一個中綴,插進 "打爛" 的中間,[31] 跟後綴的 "得 $_V$" 和 "得 $_A$" 在詞法上不一樣。

**硬**（ngaang6）"硬" 黏附在動詞之後,表示 "必然"（鄭定歐 1997：259）,如（268）,跟情態意義有關（Tang 2003）。（268）這個例子通過 "硬" 可表達兩個意思,一個是指主語 "佢"（他）本人對事情的評價,有肯定的決心;另一個意思是指説話人對 "佢做"（他做）這個事情的評價,認為這個事情的發生是無可避免的。把主語換成無生命的 "條鐵路"（那條鐵路）,如（269）,歧義消失。由於無生命的鐵路不能作評價,"硬" 只表示説話人對興建鐵路的評價。

（268）佢做硬。他一定做。　　　　　　　　　（Tang 2003：245）

（269）條鐵路起硬。那條鐵路一定興建。　　　（Tang 2003：246）

"硬" 的分佈受語法條件的限制,對謂語所表達的事件有一定的要求。基本上,"硬" 要求事件有過程,有變化（Tang 2003）。（268）的 "做" 和（269）的 "起"（興建）,所表示的事件都是有過程,並呈現變化。（270）和（271）不能説,"慢慢行"（慢慢走）雖然有過程,但沒有變化;"係總統" 是靜態謂語,沒有過程,也談不上變化。（272）來自香港特區政府的宣傳口號,"take 嘢" 指吸食毒品,形容詞 "衰" 本指倒霉、糟糕,這裏所表達的意思是動態的,理解為因吸食毒品而變壞,有過程,也有變化,能跟 "硬" 搭配。相比之下,（273）的 "高" 是靜態的,不會有變化,不能跟 "硬" 搭配。

（270）*佢喺校園度慢慢行硬。他一定在校園裏慢慢走。

（271）*佢係硬總統。他一定是總統。

---

31　Cheng and Sybesma（2004）嘗試用統一的方法分析 "得 $_V$"、"得 $_A$" 和 "得 $_{VV}$" 的句法結構。

（272）Take 嘢衰硬。吸食毒品一定沒有好下場。

（273）＊呢座山高硬。這座山一定很高。

**梗**（gang2） 粵語還有一個表示情態意義的動詞後綴"梗"（gang2），如（274），跟"硬"的意義和用法差不多（Tang 2003，Wong 2009，2012），（274）和（275）兩句基本上能互用。"梗"也受制於相同的謂語制約，上述（270）和（271）不能説，以下的（276）和（277）也不能説。唯一的不同，主要是語用上的細微差異，"硬"比"梗"較為口語化。對某些人來説，"硬"的説法比較新。

（274）佢贏梗。他一定贏。

（275）佢贏硬。他一定贏。

（276）＊佢喺校園度慢慢行梗。他一定在校園裏慢慢走。

（277）＊佢係梗總統。他一定是總統。

**翻**（faan1） "翻"黏附在動詞之後。詹伯慧（1958）把"翻"的用法概括為五點，包括恢復進行中斷的動作、恢復另外一種狀態或者回到原來的處所、恢復過去的性狀、"再、更"的意思、可有可無的"口頭禪"。所謂"口頭禪"的用法，如（278）和（279）兩例，袁家驊等（2001：217）認為回復意味"微乎其微，幾乎令人察覺不出"，甚至把它當作動詞的一個"形態標誌"。植符蘭（1994：159）也同意這個"翻"只作為動詞的"形態標誌"。高華年（1980：56）也有類似的看法，他認為這種"翻"的用法"並沒有'回復'的意思，也不表示甚麼語法意義"。張雙慶（1996：157）也認為這種用法的"翻"已經"虛化得很徹底，沒有回復的意味"，甚至認為是一種"添音"的作用。

（278）今晚我要睇翻齣戲。今天晚上我要看一部電影。

（279）得閒嚟傾翻幾句啦。有空來聊幾句吧。

事實上，（278）和（279）的"翻"並不是"可有可無"，好像有一種表示"理想"的味道，說明了看電影和聊聊天是很理想、很合適的事情。張洪年（2007：131）把（278）和（279）的"翻"和（280）表示"再、更"的"翻"分析為同一類："回復應有狀態"，彭小川（1999：67，2010：99）稱為"意念上回復應有的"，劉叔新（2003：122）認為有微弱的"補上進行"意思，稱為"動作補性支配體"，Matthews and Yip（2011：247）則稱為"attainment of a desirable state of affairs"，這種分析是有道理的。

（280）呢條褲長翻一吋就啱嘞。這條褲子再長一吋就合適了。

這種帶有"理想"意義的"翻"在下面句子的對比更為明顯（鄧思穎 2001：51）。沒有"翻"的（281），喝藥、出汗和寫文章不一定很理想，可能是例行公事，也可能是受苦；（282）加了"翻"以後，喝藥、出汗和寫文章就變得是理想、享受的事情。由此可見，"翻"並不是"可有可無"的成分。

（281）朝早起身之後，我飲碗藥、出身汗、寫篇文，然後出門口。早上起牀之後，我喝一碗藥、出一身汗、寫一篇文，然後出門。

（282）朝早起身之後，我飲翻碗藥、出翻身汗、寫翻篇文，然後出門口。

這種理想、享受的味道可以進一步在下面的一對例子裏顯示出來。（283）表達了一種享受的意思，而（284）的不能接受是因為表示享受的"翻"跟"慘"聯用，語用上不搭配。

（283）最好就係飲翻杯咖啡。最好就是喝一杯咖啡。

（284）？？最慘就係飲翻杯咖啡。最慘就是喝一杯咖啡。

本有性狀和應有狀態的"翻"，分佈條件由後面的成分所決定。應有狀態的"翻"（情態類動詞後綴），後面的成分必須是無定的體詞；如果"翻"的後面沒有無定的體詞，"翻"只能表示回復本有性狀的意思（事件類動詞後綴）（鄧思穎 2001），如（278）的"齣戲"（一部電影）、（279）的"幾句"、（282）的"碗藥、身汗、篇文"

等，都是無定的。應有狀態的"翻"後也可以有表示無定的準賓語，如（280）的數量詞"一吋"、（285）的動量詞"一陣"和（286）的時量詞"一日"。"啲"在形容詞謂語句也扮演一定的角色（彭小川1999，2010，鄧思穎2001）。（287）的"啲"屬於無定的量詞，在句中表示謂語的程度，滿足了"翻"的要求。"啲"的作用，正好解釋（288）和（289）的差異：沒有"啲"的（288）隱含着那條柱子原來是高的，不過後來可能給砍短了，現在又恢復它的高度，表達了本有性狀的意思；有"啲"的（289）卻沒有這個意思，只不過把柱子加高，達到應有的高度，屬於應有狀態。

（285）我要歇翻一陣。我要歇一會兒。

（286）瞓翻一日。睡一天。

（287）紅翻啲。再紅一點。

（288）呢條柱高翻囉噃。這條柱子高了。

（289）呢條柱高翻啲囉噃。這條柱子高了一點了。

如果"翻"的後面沒有無定的體詞，"翻"就只能表示回復本有性狀。（290）的賓語"呢篇文"是有定，（291）的光桿名詞"文"是類指，（292）的"翻"後面沒有任何成分，"翻"在這些例子都只能表示回復本有性狀的意思。（293）是個歧義句，如果"件衫"是無定，即說話者沒有一件特定的衣服，"翻"則表示應有狀態的意思；如果"件衫"是有定，指一件特定的衣服，"翻"則隱含着說話者曾經穿過那件衣服，現在穿回那件衣服，表示了回復本有性狀的意思。

（290）佢寫翻呢篇文。他繼續寫這篇文。

（291）佢寫翻文。他再寫文。

（292）佢瞓翻。他又睡覺。

（293）等我着翻件衫。讓我穿一件衣服／讓我再穿這件衣服。

"翻"還可以出現在述補結構的中間，如（294）（又見本章（14）的討論）。這裏的"翻"指向表示結果的"好"，表示病人經過治療後回復到好的狀態，而並非指醫治的動作中斷後又再回復，表示"狀態的回復"（彭小川 2010：95-96），跟詹伯慧（1958：121）所講的"形容詞所表達的性狀過去曾經失去過，現在又恢復了"的一種用法差不多，屬於回復本有性狀的意思（見本章（94））。無論（294）的賓語"個病人"理解為有定還是無定，回復本有性狀的意思都沒改，（295）和（296）兩例更明顯。不過，這個"翻"的應有狀態意思並不明顯，（297）的"翻"還是表示回復本有性狀。在這幾個例子裏，緊接在"翻"的後面沒有無定的體詞，只是形容詞"好、乾淨"，"翻"就只能表示回復本有性狀，也是意料之內。

（294）呢隻藥醫翻好個病人。這種藥醫治好一個/那個病人。

（295）呢隻藥醫翻好呢個病人。這種藥醫治好那個病人。

（296）呢隻藥醫翻好一個病人。這種藥醫治好一個病人。

（297）最好就係洗翻乾淨啲衫、醫翻好個病人。

　　　　最好就是把衣服再洗乾淨、醫治好病人。

"翻"還有一種比較特殊的用法，表面上好像沒有甚麼回復的意思，如（298）和（299）（方秀瑩 2007：287）。方秀瑩（2007：287-288）注意到這個"翻"的使用一般黏附在有說話性質的動詞，如"講、問、宣傳、討論、報告、介紹、探討"等，這個說話動作是從未發生的，通常作為打開話題、開場白、提出重點，轉換話題，有引起聽話者注意的作用，並認為這個"翻"作為日常會話中一個"過度性的音節"。

（298）等我介紹翻隻面霜畀你搽……。讓我介紹一種面霜給你用。

（299）依家我地宣傳翻中文系個送舊晚會……。

　　　　現在我們宣傳中文系的送舊晚會。

事實上，對於說話者而言，介紹、宣傳，行為動作本身有一定的意向性，表達說話者的想法，達到特定的目的，而介紹、宣傳的內容，都應該是說話者所推介的，應有一定的"理想、享受"的味道。"最好"一詞可加在（298），如（300），就是最好的證明。"翻"
的出現就是突顯這種帶有"理想"味道的情態意義。從句法來考慮，
（298）和（299）這些例子的結構可簡化為（301），當中的"說"就
是跟說話性質相關的動詞（如"介紹、宣傳"），而"一個信息"就
是"說"的內容（如一種面霜給你用、中文系送舊晚會等），也作為
"說"的賓語。換句話說，（298）的意思可以詮釋為：我想給你介紹
一個信息，這個信息就是有一種面霜給你用。"一個信息"這個部分
不妨理解為無定的成分，出現在"翻"之後，符合應有狀態"翻"的
要求。因此，對說話者而言，（298）和（299）可引導出一種"理想"
的意思，也不足為奇。這個"翻"不再是沒有意義的"過度性的音
節"，而是屬於情態類動詞後綴。

（300）最好等我介紹翻隻面霜畀你搽……。

　　　最好讓我介紹一種面霜給你用。

（301）我＋説＋翻＋一個信息

## 7.3　粵語詞綴的特色

　　動詞後綴所體現的粵語特色，可總結為三點：一、數量豐富；
二、句內的嚴謹關係；三、句外的相連。

　　**數量豐富**　根據本章的討論，粵語動詞後綴有三十多個，意義
涵蓋體、事件、程度、變化、量化、情態這六個範疇。光是體這一
個範疇，按照後綴的不同，就起碼可以劃分為完成體、經歷體、實
現體、進行體、存續體、開始體、持續體等。這些複雜的意義，都
可以通過這三十多個後綴一一體現出來，分工井然，形式和意義的
配合十分巧妙。

　　相比普通話而言，粵語動詞後綴的數量顯然多得多。根據朱德
熙（1982）的分析，普通話的動詞後綴只有五個，如表示體的"了、

着、過”、在述補結構出現的“得”、黏附在個別動詞後的“兒”(如“玩兒、火兒”等)。除了比較特殊的“兒”外，普通話的“了、着、過、得”在粵語也找得到對應的成分，如粵語的體類後綴“咗”跟普通話的“了”差不多，粵語的體類後綴“緊、吓、住”的部分用法可用普通話“着”來表達，表示經歷的體類後綴“過”可跟普通話的“過”對等，構成狀態補語的程度類後綴“得”和變化類後綴“到”基本上跟普通話的“得”一樣。

至於“咗、住、緊、過、得、到”這幾個例子以外的二三十個後綴，就沒有對等的普通話後綴。有些可能跟普通話的補語比較相似，如表示實現體的“落”和普通話的“好”、體類後綴“住、實”和普通話的“住”、體類後綴“生晒”和普通話的“不停”、表示開始體的“起上嚟、落”和普通話的“起來”、體類後綴“起”和普通話的“起”、事件類的“嚟…去”和普通話的“來…去”、變化類後綴“親”和普通話的“着”、量化類後綴“晒”和普通話的“光”。有些跟普通話的準賓語相似，如程度類後綴“吓、兩”和普通話的“一下、一會兒”、量化類後綴“啲”和普通話的“一點兒”。至於情態類後綴“得”，跟普通話的助動詞“可以、能夠”和構成複合詞“懂得、認得、記得”的“得”相似。普通話這些作為補語、準賓語、謂語的成分都由實詞組成（如動詞、形容詞、數量詞等），詞彙意義較強，跟動詞的搭配不太自由，比不上粵語的後綴那麼靈活。

此外，粵語不少動詞後綴的意義和功能可由普通話的副詞承擔，通過狀語的方式表達。比如說，體類後綴方面，“定”和普通話的“早已、預先”、“緊、吓”和普通話的“正”、“生晒、衡晒”和普通話的“老、緊緊”；“開”和普通話的“一向”；事件類後綴方面，表示回復本有性狀的“翻”和普通話的“再”、“過”和普通話的“重新”；程度類後綴方面，“得滯、過頭”和普通話的“太”、“極”和普通話的“再、怎麼”、“吔”和普通話的“稍為”；量化類後綴方面，

"埋"和普通話的"連⋯⋯都、還、專門、偏偏"、"晒"和普通話的"都、全、太"、"極"和普通話的"再、怎麼"、"親"和普通話的"一、每次"、"得"和普通話的"只";情態類後綴方面,"硬、梗"和普通話的"一定"。副詞屬於虛詞(朱德熙1982),意義較虛,能起語法作用,能承載粵語動詞後綴的不少功能,也顯示了動詞後綴和副詞在功能上某些相似之處。

動詞後綴數量上的豐富,成為粵語的一個顯著特色。跟普通話比較,粵語動詞後綴的功能主要由普通話的副詞承擔,也可通過普通話的謂詞在補語、謂語等位置體現出來。

**句內的嚴謹關係** 動詞後綴黏附在動詞之後,對動詞本身或對謂語所表示的事件,有一定的要求。有些後綴對詞根有音節數量上的要求,如體類後綴"吓"(haa2)、表示"能夠"意義的情態類後綴"得"只黏附在單音節動詞後,而量化類後綴"極"一般黏附在單音節動詞之後等。有些動詞後綴要求謂語所表達的事件,必須是動態的、有變化的、有範圍的,如變化類詞綴"親"只能黏附在表示變化事件的非賓格動詞、使役動詞之後、量化類後綴"晒"和情態類後綴"硬"和"梗"要求事件要有變化、量化類後綴"得"要求事件有個範圍。動詞後綴的分佈,往往受謂語條件所制約。

除此以外,動詞後綴跟句內的其他成分有微妙的關係,有些只能指向賓語,如量化類的"得、嘅";有些只能指向主語,如表示"巧合"的變化類後綴"著";有些呈現所謂"先賓後主"的現象,如變化類後綴"親"、量化類後綴的"埋、晒、極";有些則受後面成分的影響,如情態類後綴"得、翻"、表示"專門"的量化類後綴"埋"和"埋晒"的連用等,後面成分的指稱能力(如有定、無定、類指),對這些後綴的理解也有密切的關係。

理論上,詞綴是合成詞的構成部件,屬於詞的內部結構,是詞法的現象。至於所謂賓語指向、主語指向、"先賓後主"等現象,跟句法結構內的論元相關，都屬於句法的概念，在句法結構裏操作。詞法和句法，在語法體系裏，應該屬於兩個不同的層次。粵語動詞後綴的特色，就是它們所影響範圍不止於一個動詞，超越詞法的層次，在句法的層次發揮作用，跟謂語甚至整個小句內各個成分構成複雜而有規律的關係，並受句法的成分所制約，作為詞法和句法兩者互動的橋樑。

在六類動詞後綴當中，有些類別明顯與謂詞以外的成分連繫較多，跟句法有較為密切的互動關係，如變化類、量化類、情態類。這些動詞後綴所表達的意義，往往指向句內的論元，如變化類的"親、著"指向蒙事，事件的變化離不開事件的參與者；量化類的"得、嗮、埋、晒"選擇句內的論元作為量化對象,[32] 量化類的"親、極"雖然量化的對象是事件本身，但也往往隱含了一個蒙事；情態類"得、翻"的理解，則往往受句內成分的指稱能力所影響。至於體類、事件類、程度類動詞後綴，所關注的對象，主要跟謂詞所表達的事件內部結構、事件次數、程度等概念相關，大致上在一個相對較"窄"的範圍裏施用。跟變化類、量化類、情態類動詞後綴相比，體類、事件類、程度類動詞後綴與句內論元的連繫好像沒那麼顯著，也較少受句內成分（如指稱能力）所影響。

體類/事件類/程度類和變化類/量化類/情態類這兩大類的分野，從句法學來看，也有一定的理論意義。事件的體、狀態的程度等概念，都屬於謂語的"核心"元素，離不開動詞、形容詞等謂詞的固有特質。意義較"窄"的成分，在句法結構應處於一個較"低"

---

32　我們曾根據 Partee, Bach 和 Fratzer（1987）所提出的"A 類量化"概念分析粵語的"晒"（Tang 1996a, b）。"A 類量化"是指副詞（adverb）、助動詞（auxiliary）、詞綴（affix）等都以英文字母"A"開頭的成分，在句中起量化作用，在不少語言都找得到，並跟典型的體詞類量化詞（如"every"）各有千秋。有關"A 類量化"，可詳見 Bach, Jelinek, Kratzer, and Partee eds.（1995）收錄的論文，以及 P. Lee（2004，2012）在粵語的進一步應用。

的層次。事件類動詞後綴主要關心事件次數的計量,計量事件,一般把事件作為一個整體來看待,而不考慮組成事件的內部成員,就好像計算物件的數量時(如"張三的書和李四的書"),一般只考慮名詞所代表的量(如"書"),而跟修飾名詞的部分無關(如定語"張三、李四")。變化類雖然也跟整個事件有關,但事件的變化離不開對參與者所產生的影響,甚至在有些情況下,參與者會隨着事件的發展、時間的推移而產生變化。從句法結構的角度來講,變化概念通過謂詞和各論元的結合而形成。被量化的論元,明顯就是指謂詞之外的成分,而情態更是施用於整個謂語甚至是整個小句,在句法結構處於一個很高的層次。通過粵語動詞後綴的特點來認識這兩大類的分野(體/事件/程度和變化/量化/情態),對人類語言的謂語和句子的組成方式,也有一定的啟發作用。

粵語動詞後綴的數量由於比較多,正好給我們提供很寶貴的語料,用來研究詞法和句法的互動關係,還有謂詞和論元的組合方式、謂語和句子的句法結構等。粵語動詞後綴所呈現的搭配情況,複雜多變,都反映了粵語句法結構的精密和巧妙,也體現了粵語語法嚴謹的一面。

**句外的相連**　粵語動詞後綴,施用層面不光能超越謂詞,跟論元和整個謂語相關,它們的影響力甚至能超越小句,跟句外的成分相連,別具特色。

不少學者早已注意到有些動詞後綴往往以連謂句、複句、話題句等較為複雜的形式出現(統稱"複雜句式"),表示兩個事件的關係,表面上起連接的作用。帶上這些動詞後綴的謂語不能單獨使用,光說帶後綴的謂語而不說後半部分是不能接受的。詹伯慧(1958:119)研究量化類動詞後綴"親"時,就注意到(302)第一個動作完成後,"馬上就要引起了一個相應的後果。這類句子在'親'的後面一定要跟着'就……'或'都……'"。"郁親"(一動)

是不能單獨說的，一定要以複雜句式的形式出現，這是事件類動詞後綴"親"的特點。

（302）郁親就痛。<small>一動就痛。</small>　　　　　　（詹伯慧 1958：119））

張洪年（2007：159）在討論存續體"住"的時候，就發現"住"常出現在連謂句的第一個謂語部分，這個位於用來修飾第二個謂語，說明"動作進行的方式"，如（303）。他（2007：128）在介紹"得……嗓"的時候，注意到"後面一定要加上一個別的句子"，如（304）"就遲喇"這部分。

（303）佢望住我笑。<small>他看着我笑。</small>　　　　（張洪年 2007：159）

（304）做得嗓就遲喇！<small>等把事情做完，就已經遲了！</small>

（張洪年 2007：129）

高華年（1980：45）介紹體類動詞後綴"起"時，指出後面必須"和其他動詞或形容詞構成複雜謂語"，如（305）。他所講的"複雜謂語"就是帶上"就"的複句，顯示了"起"這類後綴對複雜句式的要求。

（305）佢開起工就龍精虎猛嘞。<small>他一開工就像生龍活虎似的。</small>

（高華年 1980：45）

李新魁等（1995：562）比較程度類動詞後綴"極"和量化類動詞後綴"極"時，就指出它們都用於"緊縮句"，而後半部則對前面的謂語作貶抑，如（306）和（307），光說前半段而不說後半段是不行的。

（306）文化高極都有限啦！<small>文化再高也是有限！</small>

（李新魁等 1995：562）

（307）話極都唔得。<small>怎麼說也不行。</small>　　（李新魁等 1995：562）

鄭定歐（1998b：88-89）討論表示開始體的體類動詞後綴"落"的時候，如（308），就注意到"落"所形成的句法框架，是一種"主題與陳述的評估關係"，實現在前（即先期事件"嗒"），評估在後（即後續事件"有味"），而"兩者不能缺一"，並明確指出這種框架是"廣州話甚具特色的句式"。粵語動詞後綴能形成這種由前後部分組成的複雜句式，並提升為有特色的句法框架，鄭定歐（1998b）這個主張，值得注意。

（308）嗒落有味。嚥起來很有味道。　　　　　（鄭定歐 1998b：88）

單韻鳴（2012）認為粵語的"得……嘅、極、親"等，附加在小句內，有一種"連接句子"的功能，並稱這些成分為"後置連接成分"。

歐陽偉豪（2012：105）綜合表示開始體的"開"（如（309）），還有上述提過的"住"（如（303））和"得"（如（304））三者的特點後，認為它們所處的複雜句式，構成一個"完整的時間系統，讓句子的兩個動作產生微妙的時間關係"。他從時間的角度，分析這種複雜句式內兩個小句的關係。

（309）你炒開啲菜就蒸埋條魚。你開始炒菜的話也把魚煮好。

（歐陽偉豪 2012：103）

這一類的動詞後綴，以連謂句、複句、話題句等複雜句式的形式出現，黏附在第一個謂語，表示兩個事件的關係。根據本章所討論過的例子，構成這類複雜句式的動詞後綴計有：體類的"吓、住、起上嚟、起、落、開、得嚟"；程度類的"兩、極"；變化類的"著"；量化類的"親、極、嚟…去"。構成複雜句式的動詞後綴，數量不少，值得注意。誠如鄭定歐（1998b）所言，由動詞後綴所組成的複雜句式，形成一個特別的框架，可謂粵語語法的一個特色。為了方便比較和參考，這些能構成複雜句式的動詞後綴例子經重新整理後，羅列於下。（311）的句式一般當作連謂句，以"唱住歌"修飾後面的"跳舞"；（314）的"都"可有可無；（310）和（319）的第二個小句不加"都、就"，可分析為複句；至於其他的例子，"都、就"是不能省的，可當作複句、話題句。

（310）佢唱唱吓歌，忽然跳舞。他正在唱歌之際，忽然跳舞。　（體）

（311）佢唱住歌跳舞。他唱着歌跳舞。

（312）佢唱起歌上嚟就乜都唔理。他唱起歌來，就甚麼都不管。

（313）佢講起呢隻歌就好激動。他一說起這首歌就很激動。[33]

（314）呢隻歌唱落都幾好聽。這首歌唱起來挺好。

（315）你唱開呢隻歌就唱埋嗰隻。你唱這首歌的話，也順便唱那首。

（316）你唱得歌嚟我都走咗。當你唱歌的時候，我已經離開了。

（317）佢唱兩唱就走咗。他唱一下就走了。　（程度）

（318）呢隻歌好聽極都有限。這首歌再好聽也是有限的。

（319）我唱著呢隻歌，真係唔好彩。我唱這首歌真不幸。　（變化）

（320）佢唱親歌都好唔開心。他每次唱都很不開心。　（量化）

（321）佢唱極都唱唔識。他怎麼唱都唱不會。

（322）佢唱嚟唱去都係呢隻歌。他唱來唱去都是這首歌。

粵語還有些例子，單音節動詞重疊後，由該謂語所形成的部分，不能單獨使用，必須構成複雜句式，效果跟上述的動詞後綴相同，如 "V 呀 V"。"V 呀 V" 中間加上 "呀"（aa3），表示多次的動作（高華年 1980：55），可稱為 "多回體"（植符蘭 1994：158），如（323），光說（324）是不能接受的，後面的部分 "睇到唔記得食飯"（看得忘了吃飯）不能缺少。"睇呀睇"（看了又看）本身也可以重複，加強動作多次進行的次數，如（325），但重複之後的句子仍然不完整，仍需要補上一句，表示多次動作之後的結果，產生一定的影響，如（323）的忘記吃飯。

（323）佢睇呀睇，睇到唔記得食飯。他看了又看，看得忘了吃飯。

（高華年 1980：55）

（324）＊佢睇呀睇。

---

33　"＊唱起呢首歌" 不能說，"起" 只黏附在言談動詞或心理動詞。

（325）佢睇呀睇、睇呀睇……。他看了又看、看了又看……。

除了"V呀V"外"，粵語可通過動詞重疊，中間插入"係（是）、就、就係"，形成複句（張洪年 2007：286），如（326）。單說（327）是不行的。

（326）話就話個個都係自己嘅事頭，其實係唔係人人都做得到呢？雖然說每個人都是自己的老闆，其實是不是每個人都能做到呢？（張洪年 2007：286）

（327）＊話就話個個都係自己嘅事頭。

粵語重疊的動詞中間還可以加上"還"，表示"讓步"（張勵妍、倪列懷 1999：380），如（328），組成轉折複句。有"還"的部分不能單說，如（329）。由此可見，複雜句式的要求並非動詞後綴的專利，其他的構詞方式，如重疊式的"V呀V"、"V就/係V"、"V還V"，也會有同樣的要求。

（328）去還去，我唔做嘢㗎。去就去，我可不幹活。（張勵妍、倪列懷 1999：380）

（329）＊去還去。

單韻鳴（2012：261）注意到粵語的"不特止"（不僅）也有一種構成複句的功能，[34] 如（330）。這個例子也可以說成（331），把"不特止"放在謂語前面，成為典型的副詞/狀語。光說有"不特止"的小句，是不能接受的，如（332）和（333）。

（330）佢唔幫我不特止，仲打我添。他不但不幫我，還打我呀！

（331）佢不特止唔幫我，仲打我添。他不但不幫我，還打我呀！

（332）＊佢唔幫我不特止。＊他不但不幫我。

（333）＊佢不特止唔幫我。＊他不但不幫我。

---

34 "不特止"的"特"讀做"dak6"（張勵妍、倪列懷 1999：10），跟連詞"不特"（饒秉才等 2009：7）應有關係。單韻鳴（2012）把"不特止"寫成"不突止"，估計有些人把"特"讀成"突"（dat6）。（330）引自單韻鳴（2012：261），但句中的"突、重"改寫為"特、仲"。

　　粵語動詞這些較為豐富的構詞方式，如加後綴的附加式、重疊式，影響力超越謂詞的層面，甚至超越謂語、超越小句，呈現一種所謂"句外相連"的現象。雖然表面上粵語的構詞方式（如附加式）好像可以左右句法操作（如小句的選擇、複句的形成），但鑒於詞法和句法的分野，理論上，構詞方式粵語動詞後綴表面上的所謂"句外相連"的現象，應由"完句現象"（陸儉明 1986，1993，胡明揚、勁松 1989，孔令達 1994 等）所導致。每個謂詞都需要被約束，作為完句條件。不被約束的話，就不合語法，句子就顯得不完整（Tang and Lee 2000，Tang 2001c，胡建華、石定栩 2005 等）。[35] 以普通話的例子"他吃飯"為例，光桿動詞"吃"必須被約束。約束的方法可以加上助詞"了"，如"他吃飯了"；或加上助動詞"可以"，如"他可以吃飯"；或加上"喜歡"一類的詞，如"他喜歡吃飯"；或加上另一個小句，與此對照，如"他吃飯，我吃麵"。如果甚麼都不加，"他吃飯"的感覺是不完整的。至於形容詞謂語句，以"他高"為例，光桿形容詞需被約束，約束的方法可以加上程度副詞，如"他很高"；或以重疊的形式出現，如"他高高的"；或加上另外一個小句，與此對照，如"他高，我矮"。如果甚麼都不加，光說"他高"是挺彆扭的。

　　普通話動詞謂語加上的助詞、助動詞、表示慣常意義的動詞等，能起完句作用，都跟時間、情態相關；形容詞謂語加上的副詞、重疊式等，能起完句作用，都跟程度相關；而以對照的方式來滿足完句條件，借用句外的成分來約束謂詞，已超越了句子的層面。

　　文獻早已注意到，加了動詞後綴"了"的普通話例子"？他吃了飯"其實不太能說，這個"了"不能起完句作用，還需要加添其他

---

35　按照句法學理論，謂詞引介一個"自由變項"（free variable），跟事件的時間、程度相關。包含自由變項的謂語不能成為完整的句子，變項得到約束才算完句。

的成分，才能完句，如加上助詞"了"，説成"他吃了飯了"；或後面加上另一謂語，如"他吃了飯去找你"，形成複雜句式（即連謂句或複句），使"吃飯"作為從屬成分。用複雜句式滿足完句條件，就這一點而言，普通話的動詞後綴"了"，跟上述提及的粵語動詞後綴的確又有點相似，表面上動詞後綴"了"好像可以跟謂語以外的成分建立聯繫，也呈現了所謂"句外相連"的現象。

從完句的角度來考慮，粵語動詞後綴所謂"句外相連"的現象，也不算非常奇怪。加上動詞後綴的謂詞，無論是粵語的"親"還是普通話的"了"，跟光桿動詞一樣，都需要被約束，只有得到約束的謂詞才可構成完整的句子。粵語和普通話的謂詞都需要約束，滿足完句條件，就這一方面而言，沒有差異。

不過，粵語"親"和普通話"了"的最大差異，就是像"親"這類"句外相連"的粵語動詞後綴，所形成的謂詞，只能通過複雜句式來約束，而基本上不能通過別的方式來約束；至於普通話加上"了"的謂詞，約束的方式相對比較有彈性，不一定通過複雜句式來滿足完句條件，如在特定的語境下，光説"他吃了飯"還可以接受，但光説"*佢食親飯"就絕對不能接受。因此，像"親"這類動詞後綴，只能在複雜句式中出現，呈現所謂"句外相連"的現象，好像能跟句外的成分有關係，跟粵語其他的動詞後綴和普通話的動詞後綴不同。這就是差異之處。

普通話不是沒有所謂"句外相連"的現象，只不過不是通過動詞後綴體現出來。普通話的某些成分，如用作狀語的數詞"一"，表示兩個緊接發生的動作情況（呂叔湘主編 1980：526），如"一吃就哭"，受"一"修飾的謂語，也不能單獨使用，"*一吃"是不能説的，必須出現在複雜句式中，跟粵語"親"相似。又如修飾形容詞的"再"，用於讓步的假設（呂叔湘主編 1980：570），形成複句，如"天再冷，我們也不怕"，光説"*再冷"是不行的，跟粵語的"凍極都有限”的“極”相似。粵語這類“句外相連”的動詞後綴數量上較多，形成複雜的系統。粵語這類後綴，是普通話所缺乏的，它們的功能可由普通話的狀語或句中的其他成分承擔，成為粵語這類後綴的特色。後綴和狀語在語法如何分工，我們正好可以通過粵語這些有特色的現象，作深入探討，從中認識漢語語法的精密、人類語言複雜的一面。

# 八、基本的句法結構

## 8.1 短語與語法關係

　　語法研究劃分為詞法研究和句法研究。句法研究以詞為單位，由詞組成短語，由短語組成小句和句子，即研究句子內部的構造。

　　詞以上的單位是短語（phrase），也是詞和句子之間的一個層次。短語的"短"是相對於句子來說，嚴格來講，跟長短（音節數量）無關，只有三個音節的"我來了"是句子，但有十二個音節的"一本有趣的粵語語法學專書"卻叫做短語。"短"應重新理解為句子之下的一個層次。事實上，"phrase"的準確譯法應該是"詞組"，即"詞的組合"，朱德熙（1982）就是採用"詞組"一詞。不過，"短語"一詞在漢語語法學界已普遍接受，較為通用，本書就仍然沿用"短語"這個術語。

　　相對於詞而言，短語的結構不一定比詞複雜，一個短語可以由詞和多個短語組成，也可以只由一個詞組成短語。[1] 如"寫論文"的"論文"是詞，這個詞也能組成短語，再跟"寫"組成另外一個短語"寫論文"。這個例子就有兩類的短語，一類比較"複雜"，由多於一個成分所組成，如"寫論文"；另一類比較"單純"，只由一個成分所組成，如"論文"。詞法允許有單純詞的存在，即由一個語素組成的詞，句法也允許"單純"短語的存在，即由一個詞組成的短語。短語的概念就好比分組一樣，而詞的概念就像成員，小組由成員組

---

1　以下所介紹的是形式句法學的一些基本概念（鄧思穎 2010：§4），有異於朱德熙（1982）。

成。一個小組可以只有一個成員（如“論文”），也可以包含一個以上的成員（如“寫論文”）。短語是詞上一級的語法單位，純粹是一個層次的概念，跟結構的複雜性沒有必然的關係。

語素可以單獨成詞，語素和語素的組合、語素和詞的組合、詞和詞的組合，也可以構成詞，屬於詞法研究的層面；詞可以單獨成短語，詞和短語的組合、短語和短語的組合，也可構成短語，屬於句法研究的層面。詞和詞組合成為詞（即複合詞）而不直接成為短語，詞和短語的組合才可以成為短語。以粵語為例，“寫”是詞，“好”是詞，“寫好”組合成為詞，而不是短語。加上動詞後綴“咗”（了）的話，“咗”黏附在“寫好”之後，如“寫好咗”，證明“寫好”是詞（複合式合成詞），而整個“寫好咗”也是詞（附加式合成詞）。“寫得好”就不一樣，“好”是詞，這個詞可以單獨成為短語，“寫”是詞，加上後綴“得”之後也是詞（附加式合成詞），“寫得”跟短語“好”組合，成為另一個短語。“寫好”的“好”跟“寫得好”的“好”地位不一樣，前者是詞，作為構成複合詞的一部分；後者是短語，作為構成一個更大的短語的一部分。由於地位不一樣，因此我們可以解釋為甚麼“寫得好”的“好”可以擴展，說成“寫得非常好”，但“寫好”的“好”不能擴展，“*寫非常好”是不能說的。雖然實際上漢語的詞（尤其是複合詞）和短語往往有些“模糊”地帶，並引起不少爭議，但理論上詞和短語的劃分是很清晰的。

詞和短語、短語和短語都可組成短語，短語內部組成成分之間可構成“語法關係”，包括主謂關係、述賓關係、述補關係、偏正關係、聯合關係。根據語法關係，短語可劃分為幾種類型，稱為“結構”，包括主謂結構、述賓結構、述補結構、偏正結構、聯合結構。這五種結構是漢語最基本的句法結構，表達了五種基本的語法關係。[2] 構成語法關係的成分，可稱為"句法成分"。有兩個句法成分才能構成關係，只有一個詞所組成的短語談不上語法關係，如"寫得幾好"的內部成分可用各種語法關係來描述，並分解為不同的結構，即"寫得"是述語，"幾好"是補語，兩者構成述補結構。"幾好"可以再進一步分解，即"幾"用來修飾"好"，構成偏正結構。

五種基本結構當中，主謂結構和述賓結構是作為組成句子核心部分的結構，形成粵語"主語＋動詞＋賓語"的基本詞序（即"SVO"詞序）。主謂結構是所有句子都不可缺少的結構。除了不及物動詞、形容詞做謂語外，粵語大多數的句子基本上都有述賓結構。至於述補結構和偏正結構，前者主要說明動作的結果或狀態，後者肩負起修飾、限制等功能，這兩種結構都好像給核心部分提供一些"額外"的信息，以補充、修飾的方法表達。

**主謂結構**　主謂結構由主語和謂語兩部分組成。主語是"陳述的對象，即說話的人要說到的話題"。謂語是"對於主語的陳述，即說明主語怎麼樣或是甚麼"（朱德熙 1982：17）。以粵語為例，以下有底線的部分都是主語，（1）的主語由代詞組成，謂語由不及物動詞組成；（2）的主語是由代詞、數詞、量詞、名詞組成的短語"呢一個學生"（這一個學生），謂語是一個比較複雜的結構"睇緊本語法書"（在看一本語法書），當中包含一個及物動詞"睇緊"；（3）的主語由名詞組成，謂語是一個比較複雜的結構，由形容詞"得意"（可愛）組成；（4）的主語是表示時間的名詞"今日"，謂語也由表示時間的名詞"星期五"組成。除了體詞性成分可以做主語外，謂詞性成分也可以做主語，如（5）的小句"佢唔去"（他不去）做主語，形容詞

---

2　朱德熙（1982）還把連謂句當成一種基本結構，稱為"連謂結構"。不過，連謂句的性質跟上述五種結構不同，朱德熙（1982：19）也指出，"連謂結構和上邊講的述賓結構、述補結構、聯合結構等都不同，是另外一種句法結構"，也可見鄧思穎（2010：§9.4，§11）的討論。

"好啲"（比較好）組成謂語。由動詞、形容詞、名詞組成的謂語也可分別稱為動詞謂語、形容詞謂語、名詞謂語。

（1）<u>佢</u>走咗。他走了。

（2）<u>呢一個學生</u>睇緊本語法書。這一個學生在看一本語法書。

（3）<u>熊貓</u>好得意。熊貓很可愛。

（4）<u>今日</u>星期五。今天星期五。

（5）<u>佢</u>唔去好啲。他不去比較好。

　　主謂結構表達了跟陳述相關的主謂關係，謂語的作用就是用來陳述，有陳述的功能就一定有被陳述的對象，因此，有謂語就一定有主語。主語作為主謂結構的必要成分，是一個必要的論元（argument），不能缺少。漢語是一個允許主語省略的語言（Huang 1984），在特定的語境下，主語可以省略不說。以粵語為例，（6）的乙回答甲的時候，可把"小明"省去不說。被省略的主語，其實是一個不發音的代詞，是一種"空語類"（empty category），即沒有聲音的詞類。這個空代詞，在這個例子裏指向甲所說的"小明"，功能跟一個人稱代詞一樣（如"佢"）。"睇緊本語法書"（在看一本語法書）所陳述的對象是空代詞，跟空代詞組成主謂結構，就好像（7）那樣，當中的"∅"表示空代詞。即使乙的例子表面上沒有主語，但仍然是主謂結構。

（6）甲：小明做緊乜嘢？小明在做甚麼？

　　　乙：睇緊本語法書。在看一本語法書。

（7）∅　睇緊本語法書。

**述賓結構**　　述賓結構由述語和賓語組成，述語"往往表示動作或行為"，而賓語"表示跟這種動作或行為有聯繫的事物"（朱德熙 1982：15）。在漢語語法學的著作裏，述賓結構也稱為"動賓結構"，所表達的關係也稱為"動賓關係"，當中的"動"就是動詞。把述語稱為"動詞"，不符合漢語語法學把詞類"～詞"和句法成分"～語"

兩套系統分開的原則。湯廷池（1992：33，註釋73）指出："'述語'（predicate；predicator）與賓語是表示'語法關係'（grammatical relation）或'語法功能'（grammatical function）的觀念，而'動詞'（verb）卻是表示'語法範疇'（grammatical category）的概念，……又'謂語'（predicate(phrase)）一詞，通常除了述語（動詞）以外，還包括賓語、補語、狀語等，所以我們也避免'謂賓'的名稱。"因此，考慮到術語的一致性，本書採用"述語"一詞（朱德熙1982）。

主語、謂語、述語、賓語不在同一個句法層次。朱德熙（1982：110）說得很清楚："主語是對謂語說的，賓語是對述語說的，主語和賓語沒有直接的聯繫。"主語和謂語構成主謂關係，組成主謂結構；述語和賓語構成述賓關係，組成述賓結構。主語和賓語不構成任何語法關係，也不能直接組成任何結構，它們處於不同的句法層次。

根據形式句法學的分析方法，主賓語的關係可以通過（8）這個簡化的樹形圖（tree diagram）來表述，反映句法結構。在最低的一層，述語和賓語組成述賓結構。如果這個述賓結構有陳述的功能，所陳述的對象就是主語。在這個時候，整個述賓結構就會理解為謂語，跟主語組成主謂結構。圖中的線連接了"述語"和"賓語"這兩個成分，表示這兩個成分組合在一起，在句法上有密切的關聯，而"主語"和"謂語"兩者也被兩條線連起來，組合在一起。不過，圖中沒有線把"主語"跟"賓語"連起來，說明它們不構成任何語法關係，也不能直接組成任何結構。此外，樹形圖也表示句法層次的高低，圖的上層表示高，圖的下層表示低。圖（8）顯示了"主語"的句法位置比"賓語"高。

(8)

　　述賓結構可按照賓語的特點劃分為不同的類型。(9) 只有一個賓語，做述語的動詞"睇"（看）可稱為"及物動詞"，加上了後綴"咗"的"睇咗"仍舊是述語，跟"一本書"組成述賓結構。對於及物動詞而言，賓語是必要的成分，是該動詞必要的論元；(10) 有兩個賓語，"一本書"是直接賓語，一般指事物，"我"是間接賓語，一般指接受事物的人，動詞"畀"（給）可稱為"雙賓動詞"，要求有兩個必要的論元，由這種述賓結構形成的句式也稱為"雙賓句"；(11) 的"喊"（哭）沒有賓語，可稱為"不及物動詞"。根據朱德熙（1982）的分析，(12) 的動量詞"一次"出現在不及物動詞的後面，表示動作次數，也算是賓語的一種，但並非動詞要求的論元，稱為"準賓語"，跟 (9) 的"真賓語"不一樣；(13) 的"等"是及物動詞，"佢"是真賓語，而時量詞"一日"是準賓語，表示動作延續的時間。[3] (9) 的賓語由數詞、量詞、名詞組成，可稱為"體詞性賓語"，(14) 的賓語是一個由主謂結構組成的小句"我會去"，可稱為"謂詞性賓語"，做謂詞性賓語的小句也稱為"嵌套句"（embedded clause）。

　　(9) 佢睇咗一本書。他看了一本書。

　　(10) 佢畀一本書我。他給我一本書。

　　(11) 佢喊過。他哭過。

　　(12) 佢喊過一次。他哭過一次。

---

3　有些語法學著作把準賓語當作補語，可見鄧思穎（2010：§7）的介紹。

（13）我等咗佢一日。他等了他一天。

（14）佢知道我會去。他知道我會去。

**述補結構**　述補結構由述語和補語組成，補語的功能是"説明動作的結果或狀態"（朱德熙 1982：125）。在漢語語法學的著作裏，述補結構也稱為"動補結構"，所表達的關係也稱為"動補關係"。為了術語的一致性，本書採用"述補"的叫法（朱德熙 1982），跟"述賓"的考慮是一樣的。

主語跟補語的關係，跟賓語的差不多，即主語和補語不構成任何語法關係，也不能直接組成任何結構。述補結構是一個層次，主謂結構是另一個層次，它們處於不同的句法層次。主語和補語的關係也可以通過樹形圖來表示，如（15）。

（15）

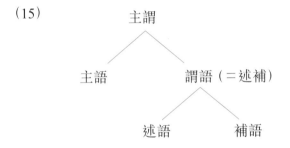

根據朱德熙（1982：125）的分析，補語"只能是謂詞性成分，不能是體詞性成分"，跟賓語不同，賓語可以是體詞性，也可以是謂詞性。（16）的"好劫"（很累）由形容詞組成，屬於謂詞性，應分析為補語，跟"喊得"組成述補結構；（17）的動量詞"一次"屬於體詞性，應分析為賓語，可稱為"準賓語"，跟"喊過"組成述賓結構。

（16）佢喊得好劫。他哭得很累。

（17）佢喊過一次。他哭過一次。

補語可劃分為三類：狀態補語、趨向補語、時地補語，而狀態補語可以再分為兩個小類：描寫補語、結果補語（鄧思穎 2010）。[4]

　　狀態補語表示由動作、性狀而呈現出來的狀態。（18）的補語"好傷心"和"喊"（哭）之間有一種情狀的關係，"喊"發生了以後，呈現了一種靜止的狀態，"好傷心"就是用來描寫這種靜止狀態的方式，這種狀態補語的功用是用來描寫由述語所表示的靜止狀態的方式。由這種補語所構成的述補結構是靜態的（Li and Thompson 1981：624-625），可以稱為"描寫（descriptive）補語"（Huang 1988，鄧思穎 2010，又見張洪年 1972/2007）、"判斷性補語"（彭小川 2010）。相比之下，（19）"喊"的動作到了一個程度後，產生了結果，"好傷心"就是表達了這種結果狀態，這種狀態補語的功用是表達了事件到了某個程度後而呈現的結果狀態（Li and Thompson 1982：626），可以稱為"結果（resultative）補語"（Huang 1988，鄧思穎 2010），又稱為"程度補語"（張洪年 1972/2007）、"高程度補語"（彭小川 2010）。有些謂詞比較容易得到靜態的意義，可構成描寫補語，如（20），但不能構成結果補語，如（21）；"轆地"（在地上打滾）容易表示動態的結果，（22）和（23）顯示了兩類狀態補語的差異。粵語的動詞後綴"得"和"到"正好清晰地把這兩類的狀態補語區分開來，"得"作為描寫補語的標誌，"到"作為結果補語的標誌。

　　（18）佢喊得好傷心。他哭得很傷心。

　　（19）佢喊到好傷心。他哭得很傷心。

　　（20）佢瞓得好靜。他睡得很安靜。

　　（21）＊佢瞓到好靜。

　　（22）佢笑到轆地。他笑得在地上打滾。

　　（23）＊佢笑得轆地。

---

4　"時地補語"是黃伯榮、廖序東（2007b）的術語，此處的用法可作為"時間和處所補語"的簡稱（鄧思穎 2010）。

趨向補語由"嚟（來）、去"及由"嚟、去"擴展而成的趨向動詞組成，如（24）的"嚟"和（25）的"入去"。由"嚟、去"擴展而成的趨向補語也稱為"複合"趨向補語，包括"上嚟、上去、落嚟、落去、開嚟、開去、埋嚟、埋去、出嚟、出去、入嚟、入去、起嚟、翻嚟、翻去"（張洪年 2007：119-122）。粵語沒有"起去"作為補語的説法。[5]

（24）攞本書嚟。拿一本書來。

（25）攞本書入去。拿一本書進去。

時地補語由介詞短語來表示"動作發生的時間和處所，包括表示動作的終止地點"（黃伯榮、廖序東 2007b：71），如（26）的"到而家"表示時間，（27）的"到海邊"表示處所，跟前邊的"行"組成述補結構。這裏的"到"是介詞，後面接着的表示時間或處所的體詞性成分。

（26）佢行到而家。他走到這會兒。

（27）佢行到海邊。他走到海邊。

**偏正結構**　偏正結構由修飾語和中心語構成，修飾語修飾或限制中心語。修飾語是"偏"，中心語是"正"，由"偏"和"正"兩個成分所構成的結構稱為"偏正結構"。[6] 從意義上說，偏正結構的核心是中心語。從結構上說，偏正結構的核心也是中心語，因為偏正結構作為一個整體，語法功能和中心語基本上是一致的（朱德熙 1982：140）。

按照中心語的詞類，修飾語一般分兩種：定語、狀語。定語是用來修飾體詞性成分，狀語用來修飾謂詞性成分。體詞性成分的修飾語不會是狀語，而謂詞性成分的修飾語不會是定語。由定語組成

---

5　有關粵語趨向補語的討論，可參考 Yiu（2014）。

6　漢語語法學的"中心語"跟形式句法學的"中心語"（head）並不相同。形式句法學的中心語是指構成短語的核心部分，由詞來充當，也只能由詞充當，詳見鄧思穎（2010）的介紹。

的偏正結構可稱為"定中結構"，而由狀語組成的偏正結構可稱為"狀中結構"。（28）的形容詞"紅卜卜"（hung4 bok1 bok1）所修飾的成分是體詞"蘋果"，因此"紅卜卜"是定語；（29）的副詞"已經"所修飾的成分是謂詞"走咗"，因此"已經"是狀語。

（28）紅卜卜嘅蘋果 紅紅的蘋果

（29）已經走咗。已經走了。

定語不一定是形容詞，其他的成分也可以做定語，如"秋天嘅天氣"（秋天的天氣）的名詞"秋天"、"非法嘅活動"（非法的活動）的區別詞"非法"、"我哋嘅辦公室"（我們的辦公室）的代詞"我哋"、"喺圖書館嘅老師"（在圖書館的老師）的介詞短語"喺圖書館"、"做完功課嘅細路仔"（做完功課的小孩子）的小句"做完功課"等，做定語的小句也稱為"關係小句"（relative clause）。雖然副詞只能做狀語，但狀語不一定是副詞，其他的成分也可以做狀語，如"慢慢行"（慢慢走）的形容詞"慢慢"、"喺圖書館寫論文"（在圖書館寫論文）的介詞短語"喺圖書館"。形容詞、副詞等是詞類的名稱，定語、狀語是句法成分的名稱，屬於語法關係的概念，跟詞類是兩個不同的概念。

粵語的狀語只在中心語之前出現，形成"偏"在前、"正"在後的詞序，跟普通話一樣。粵語有些虛詞，貌似普通話的副詞，好像有修飾的功能（袁家驊等 1960/2001 等），如"食飯先"（先吃飯）的"先"、"飲多碗添"（再多喝一碗）的"添"，卻出現在中心語之後，形成所謂"後置"的現象，因而"先、添"等詞也稱為"後置狀語"（曾子凡 1989，黃伯榮主編 1996，張雙慶 1997，張振興 2003a，李如龍 2007 等），成為粵語語法的一個特色。不過，這些所謂"後置"的虛詞，應分析為助詞，並非副詞，也跟狀語無關。粵語不存在"後置"的狀語，所有狀語一定要在中心語之前出現，形成"偏"在前、"正"在後的偏正結構。

**聯合結構** 聯合結構由幾個地位平等的成分並列在一起（朱德熙 1982：18）。疊加一起的並列成分之間可以有個停頓，如（30），或用連詞連接，如（31）的"同埋"。（31）的"同埋"表示並列關係，兩者兼有，（32）的"或者"表示選擇關係，任擇其一。（33）的"定"（還是）也表示選擇關係，但只用於疑問句。

（30）佢日日跑步、睇書、寫論文。他天天跑步、看書、寫論文。

（31）張三同埋李四一齊去。張三和李四一起去。

（32）你可以飲奶茶或者咖啡。你可以喝奶茶或者咖啡。

（33）你飲奶茶定咖啡啊？你喝奶茶還是咖啡呢？

## 8.2 主謂結構、小句、句子

主謂結構的謂語主要表達事件，如特定的行為動作、性質狀態等，一般由謂詞承擔；主謂結構內的主語、謂語內的賓語等成分，是事件的參與者。換句話說，主謂結構已包含一個完整的事件意義，包括參與事件的參與者，成為主謂結構內的各個論元，如主語、賓語。不過，光說主謂結構，例如"佢去"（他去），好像還缺了一點甚麼，還沒成完整的句子，說話者必須加添一些成分，才算得上真正的完整，如特定的句調。"句調"是語調的一種，指"整句話的音高升降的變化"，跟聲調都是音高的變化形式，但聲調是一個音節的音高變化，句調貫串在整個句子中（黃伯榮、廖序東 2007a：105）。

句調能表達句類、語氣。"句類"是按功能為句子分類，包括陳述、疑問、祈使、感歎四種基本句類，表示句類的語調在書面上也可以通過標點符號體現出來，如句號"。"跟陳述有關、問號"？"跟疑問有關、歎號"！"跟感歎、祈使有關。

"語氣"是一個籠統的大類，可以有一個比較寬鬆的理解，是

"各種情緒的表示方式"（王力 1985［1943/1944］：160），可以包括語態（mood）、[7] 言語行為（speech act）或其他跟話語（discourse）相關的特點。語態指說話者對語句事實內容的態度，例如不肯定、明確、含糊、推測等。言語行為跟說話人的示意語力（illocutionary force）相關，指承諾、指令、表情、宣告等內容，聯繫了語言、說話者、話語等方面，跟說話時的語境有關，屬於語用的層面。

表示句類、語氣的句調，也可以通過助詞體現出來。（34）的"啩"表示說話者的判斷，（35）的"咩"表示疑問、質疑，（36）的"罷啦"有祈使的意義，這些助詞都跟語氣有關，也可稱為語氣助詞。加上了這些助詞以後，主謂結構"佢去"變得完整，就能成句。

（34）佢去啩。他去吧。

（35）佢去咩？他去嗎？

（36）佢去罷啦！他去好了。

朱德熙（1982：21）對句子所下的定義是這樣的："句子是前後都有停頓並且帶着一定的句調表示相對完整的意義的語言形式。"句調是作為判別句子的最重要的標準，再配合停頓等語調元素，為句子定義。沒有句調的主謂結構不能成句，有句調的主謂結構才算是完整的句子，形成所謂"根句"（root clause）。（34）至（36）的例子都是完整的句子，屬於根句。

有些主謂結構，欠缺句調，不是完整的句子，不能單獨使用。假如"佢唱歌"（他唱歌）欠缺句調，只能作為句子的一部分，沒有獨立性，如（37）的主語、（38）複句中的分句，或作為名詞短語的一部分，如（39）的定語。[8]

（37）佢唱歌好啲。他唱歌比較好。

---

7　語義學對 "mood" 有比較狹窄的定義，也可以翻譯為 "語氣"，是 "語氣" 的狹義理解。

8　粵語的關係小句能直接在量詞前出現，如（39）的 "佢唱歌" 在量詞 "把" 前出現。

（38）如果佢唱歌，我就留低。如果他唱歌，我就留下來。

（39）佢唱歌把聲 他唱歌的聲音

欠缺句調的主謂結構不能加上跟語氣相關的助詞，（40）、（41）、（42）都不能說，表示說話者判斷的"噃"不能出現在主語、分句、定語等非根句的環境。

（40）＊佢唱歌噃好啲。他唱歌比較好。

（41）＊如果佢唱歌噃，我就留低。如果他唱歌，我就留下來。

（42）＊佢唱歌噃把聲 他唱歌的聲音

（43）和（44）括號中的成分都是沒有句調的主謂結構，欠缺獨立性，分別作為述語"知道"和"問"的賓語。事實上，這種出現在非根句環境的主謂結構，跟句子相似，句類的分析也適用於這種主謂結構，如（43）的"我會去"是陳述、（44）的"邊個會去"（誰會去）是疑問。既然有句類，也應屬於"句"的一種。為了把根句和這種欠缺獨立性的"句"區別開來，完整的根句稱為"句子"（sentence），而欠缺獨立性的"句"則稱為"小句"（clause）。小句只能作為句子的一部分，是句中之句。（43）和（44）括號內的成分是小句，不是句子；（37）至（39）的主謂結構可以當作小句。

（43）佢知道[ 我會去 ]。他知道我會去。

（44）佢想問[ 邊個會去 ]。他想問誰會去。

"句"的內部句法結構可以劃分為幾個層次：主謂結構、小句、句子。主謂結構主要表示事件，以謂語/述語作為核心，一般由動詞和形容詞等謂詞充當，表達行為動作、性質狀態等詞彙意義；主謂結構也包含事件的參與者，體現為論元，論元是主謂結構內的必要成分。小句是比主謂結構高一級的層次，能表示句類等語義和功能，只能用作句中之句，如嵌套句、分句等環境。句子是比小句高一級的層次，帶上句調。句調也可體現為助詞，跟語氣相關。句子可以獨立使用，成為根句。

## 8.3　句型

　　根據漢語語法學一般的做法，句子可以劃分為句類和句型。所謂句型，主要是依據句子的結構、格局來劃分，以結構為基礎。句型的分類反映了句子結構的分析，也反映了我們對句子結構的理論認識。

　　句子可以分為"單句"和"複句"，單句分為"主謂句"和"非主謂句"。為了方便討論，胡裕樹等（1995）區分了上位句型和下位句型，主謂句和非主謂句的下位句型按照謂語的結構來劃分。主謂句的下位句型包括"動詞謂語句"、"形容詞謂語句"、"名詞謂語句"、"主謂謂語句"等，非主謂句的下位句型包括"動詞非主謂句"、"形容詞非主謂句"、"名詞非主謂句"、"歎詞非主謂句"等。這樣的分類，在文獻上沒有太大的爭議性。

　　以粵語為例，（45）是動詞謂語句；（46）是形容詞謂語句；（47）的名詞"星期五"做謂語，是名詞謂語句；（48）的"呢件事"是主語，主謂結構的"大家都贊成"是謂語，可稱為"主謂謂語句"。按照目前流行的分析，"呢件事"是話題（topic），"大家"才是真正的主語，形成話題句。嚴格來講，話題句不算是主謂句一種獨立的下位句型，可按照充當謂語的詞類，歸入動詞謂語句、形容詞謂語句或名詞謂語句。以（48）為例，謂語由動詞"贊成"充當，跟普通的動詞謂語句沒有分別。

　　（45）我寫論文。

　　（46）你好。

　　（47）今日星期五。今天星期五。

　　（48）呢件事大家都贊成。這件事情大家都贊成。

　　（49）至（52）的共同特點是沒有主語或分不出主語和謂語，由主謂結構以外的結構或單詞形成句子。像（49）和（50）的主語雖然不用補出來，但仍然隱含了一個主語，這個主語在句法裏仍然有一個位置，如（49）可以補上表示時間的"今日"，（50）可補上指向某人或某事的主語。如果是這樣，（49）和（50）不算是非主謂句。（51）的"阿明"是一種呼語（vocative）的用法，指向聽話者，而（52）的感歎詞跟説話者有密切的關係，表達了説話者的感情，有些感歎詞則用作呼喚，跟聽話人有關。呼語和感歎詞説出來後，往往還有"後話"，呼語和感歎詞主要作用是在語用的層面把"後話"引介出來，用作修飾"後話"。從語法關係來講，呼語和感歎詞可分析為狀語，只不過被修飾的成分省略了（鄧思穎 2010）。假設非主謂句不存在，句子的基本句型只有一種，那就是主謂句，凡句子都由主謂結構組成，沒有不屬於主謂結構的小句。所有"非主謂句"其實都是主謂句，跟主謂句相關。

（49）落雨喇！下雨了。

（50）好！

（51）阿明！

（52）啊！

句型的下位概念，張斌等（1988：294）叫做"句式"。句型是結構類別，句式是特徵類別，同一個句型內可以有不同的句式。比如説，動詞謂語句可以進一步分為不同的句式，以粵語為例，如（53）的連謂句和（54）的被動句，都屬於動詞謂語句，是動詞謂語句的兩種不同的句式。漢語動詞謂語句常見的句式包括連謂句、兼語句、被動句、處置句、存現句等。形容詞謂語句和名詞謂語句相對比較簡單，沒有太多的變化，不作句式的分類。

（53）我食住飯等你。我吃着飯等你。

（54）佢畀我鬧。他被我罵。

綜上所述，漢語的句型和主要句式，可以總結如下，方便參考。

（55）

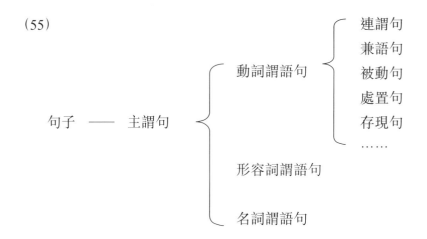

句子 —— 主謂句
- 動詞謂語句
  - 連謂句
  - 兼語句
  - 被動句
  - 處置句
  - 存現句
  - ……
- 形容詞謂語句
- 名詞謂語句

## 8.4　複句

　　句子可劃分為單句和複句。由主謂句組成的句子是單句，有特定的句調。複句由分句組合而成，有貫通全句的句調，但分句沒有完整而獨立的句調（黃伯榮、廖序東 2007b：121）。嚴格來講，分句是小句，不是句子，整個複句才是句子。根據意義的劃分，複句可以分為"聯合複句"和"偏正複句"兩大類（黃伯榮、廖序東 2007b：123-133）。聯合複句內各分句意義平等，沒有主從之分；偏正複句內各分句的意義有主有從。所謂"主"，是主句，也稱為正句，是整個複句的主要表達所在；"從"是從句，也稱為偏句，意義從屬於主句。複句內的分句在意義和功能上是有關聯的。粵語複句的情況基本上一樣（高華年 1980，徐芷儀 1999）。

　　雖然黃伯榮、廖序東（2007b：121）認為複句內的分句意義相關，但"結構上互不作句法成分"。其實，根據分句之間的關係，語法關係的分析也適用於複句，聯合複句和偏正複句可分別理解為聯合關係和偏正關係，分別組成聯合結構和偏正結構（鄧思穎 2010：§10）。跟聯合複句相關的例子，如（56）的"唔單止……都"，句內各分句意義平等，沒有主從之分；跟偏正複句的例子，如（57）的"雖然……但係"，句內各分句的意義有主有從，"佢好鍾意"（他很喜歡）是從句，"我就覺得麻麻哋"（我就覺得不怎麼樣）是主句。

（56）唔單止佢好鍾意，我都好鍾意。不但他很喜歡，我也很喜歡。

（57）雖然佢好鍾意，但係我就覺得麻麻哋。

雖然他很喜歡，但我就覺得不怎麼樣。

複句可通過"意合法"或"關聯法"表達出來（黃伯榮、廖序東2007b：12）。前者不用關聯詞語，後者用關聯詞語表示。（56）和（57）的複句都通過關聯詞語"唔單止……都"和"雖然……但係"表示出來，而（58）是由意合法形成的複句。

（58）你唔嚟，我唔走。你不來，我不走。

用在複句的關聯詞語可以是連詞，如（56）的"唔單止"（不但）、（57）的"雖然"等；副詞，如（59）的"就"；助詞，如（60）的"嘅話"（的話）；[9] 後綴，如（61）的"嚟"和（62）的"親"。這些助詞黏附在動詞之後，屬於動詞後綴。帶有這些後綴的小句都不能單獨使用，（63）和（64）是不能説的。這些後綴的出現使小句成為從句，從屬於後面的主句，組成複句。

（59）你去，我就去。你去，我就去。

（60）你去嘅話，我就去。你去的話，我就去。

（61）翻開嚟校園，你就順便揾我。回來校園的話，你就順便來找我。

（62）唱親歌，佢都好唔開心。每次唱歌他都很不開心。

（63）＊翻開嚟校園。回來校園的話。

（64）＊唱親歌。他每次唱歌。

粵語還可以通過動詞或形容詞重疊，中間插入"就"或"係"

---

9　有鑑於粵語沒有輕聲，張洪年（2007：300）把"嘅話"的"話"算作名詞，而前邊的成分當作定語，跟"之後、嘅時候、嘅緣故"等用同一方法處理。

（是），形成複句，功能如加了"雖然"一樣（張洪年 2007：286），如（65）、（66）。[10]（66）的"係"也可以說成"就係"，如（67），甚至快讀時可把"就係"合音讀成"ze6"。除此之外，也可以通過"係"的重疊，加入"就"，形成複句，如（68）。

(65) 話就話個個都係自己嘅事頭，其實係唔係人人都做得到
　　　呢？雖然說每個人都是自己的老闆，其實是不是每個人都能做到呢？

（張洪年 2007：286）

(66) 啲嘢好係好囉，可惜貴啲。東西是好，可惜貴了一點。

（張洪年 2007：286）

(67) 啲嘢好就係好，可惜貴啲。東西是好，可惜貴了一點。

(68) 啲嘢係就係好，可惜貴啲。東西是好，可惜貴了一點。

粵語重疊的動詞中間還可以加上"還"（waan4），表示"讓步"（張勵妍、倪列懷 1999：380），如（69），跟"雖然"的功能有點像，應屬於轉折複句。有"還"的部分不能單說，如（70）。"還"也能插在重疊的形容詞之中，如（71）。重疊的部分可以是複合詞，如（72）的述賓式"寫文"（寫論文）、（73）的述補式"食完"，也可以加上後綴，如（74）的"做過"。

(69) 去還去，我唔做嘢㗎。去就去，我可不幹活。

（張勵妍、倪列懷 1999：380）

(70) ＊去還去。

(71) 叻還叻，你都唔可以咁冇禮貌。
　　　雖然聰明，但你不可以這麼不禮貌。

(72) 寫文還寫文，我照樣聽音樂。雖然寫論文，我仍舊聽音樂。

(73) 食完還食完，要有啲手尾。雖然吃完，要做善後。

(74) 你做過還做過，但係而家係冇做。你雖然做過，但現在還是沒做。

---

10　原例句"囉"的聲調是中平調，讀"lo3"。其實句中沒有"囉"更自然。

粵語的"雖然"、"V 係 V"、"V 還 V"都可以表示轉折,但三者的重點不一樣。(75) 的"去過係去過"強調說話者的評價,有比較主觀的判斷,去過某地雖然是客觀事實,但感覺程度不深、時間不夠,是主觀的判斷。上述(65) 和(66) 兩例也是表達了說話者的評價。(76) 的"去過還去過"的確是發生了,但那次不算,還要"額外"多去一次,以前去過跟將來要去是兩回事,有"排除、加添"的意味。(77) 的"雖然"比較中性,好像沒有甚麼要求,語氣也比不上"V 係 V"和"V 還 V"那麼重。

(75) 去過係去過,可惜冇點睇嘢。雖然去過,可惜沒仔細看。

(76) 去過還去過,但係要再去多一次。雖然去過,但要再多去一次。

(77) 雖然去過,可惜冇點睇嘢/但係要再去多一次。雖然去過,可惜沒仔細看/但要再多去一次。

"係"和"還"的差異,也可以通過重疊式形容詞突顯出來。插入"係"的重疊式形容詞,如(78),側重表示程度,形容詞後必須加上"啲"(一點),也可以勉強説"低啲係低啲",説話者對此程度作出評價。插入"還"的重疊式形容詞,如(79),後面不能再加"啲","*低還低啲、*低啲還低啲"是不能説的,説話者所表示的是把成績的低作為一個獨立的事件,擱在一旁,並強調不能自暴自棄,成績與為人是兩回事。由"還"組成的複句,所強調的是從句和主句所表示的情況有別,不能混為一談。(80) 的達標好像不是有別於成績的低,"還"在這裏沒有區別的作用,不能接受。

(78) 你嘅成績低係低啲,但已經達標。雖然成績低,但已經達標。

(79) 你嘅成績低還低,唔可以自暴自棄。雖然成績低,但不能自暴自棄。

(80) *你嘅成績低還低,但已經達標。雖然成績低,但已經達標。

"還"隱含"排除、加添"等區別的意味,應該跟表示區別事物、情況的用法相關(饒秉才等 2009:232,鄭定歐 1997:222,張勵妍、倪列懷 1999：380 等），可當作連詞（饒秉才等 2009：232），可連接（81）的名詞、（82）的動詞。這個“還”強調事物、事情有別，跟複句的“還”有點相似。

(81) 雪還雪，冰還冰，唔係一樣嘅嘢。

雪是雪，冰是冰，不是一樣的東西。　　（饒秉才等 2009：232）

(82) 做人要講到就做到，唔好講還講，做還做。做人要說到做
到，別說歸說，做歸做。　　（張勵妍、倪列懷 1999：380）

　　粵語句法的基本結構可以劃分為主謂結構、述賓結構、述補結構、偏正結構、聯合結構，這五種結構構成小句的主要部分。主謂結構是小句的核心部分，而小句可以擴展成為句子。句子可以按照句類和句型來劃分，前者包括陳述句、疑問句、祈使句、感歎句，後者按謂語的詞類，可以劃分為動詞謂語句、形容詞謂語句、名詞謂語句。句型之下，可以劃分為句式，如連謂句、兼語句、被動句等。句子又可以劃分為單句和複句。這種劃分的方式，普通話和粵語基本上是一樣的，沒有差別。

# 九、句式的特點

## 9.1 句式

　　根據漢語語法學一般的做法，句子可以劃分為句類和句型。句型主要依據句子的結構、格局來劃分，以結構為基礎。句子可以分為單句和複句，而單句由主謂句組成。主謂句之下，可按照謂語的結構來劃分動詞謂語句、形容詞謂語句、名詞謂語句。句子也可以按照"句式"來劃分。句型是結構類別，而句式是特徵類別，同一個句型內可以有不同的句式，如動詞謂語句可以進一步分為不同的句式，常見的有連謂句、兼語句、被動句、處置句、存現句等。

　　粵語和普通話的句式劃分基本上差不多，張洪年（1972/2007）認為粵語的"造句類型"有七種：主謂式、偏正式、謂賓式、謂補式、連謂式、兼語式、並列式。高華年（1980）按照句子的"表達內容"把粵語句子劃分為八種：陳述句、疑問句、反詰句、祈使句、感歎句、肯定句、否定句、比較句。曾子凡（1989）羅列了不少粵語和普通話差異的特點，跟句式相關的有："係"與"是"、表示目的的"來"和"去"、趨向動詞的用法、"有"的用法、後置狀語、否定副詞"不"的位置、賓語的位置、動詞－補語－賓語連用時的位置等。李新魁等（1995）沒有對粵語的句式作全面的分析，只選擇了一些粵語和普通話的主要差異，談論粵語句法特點，他們所選的包括：前修飾與後修飾、比較句、處置句、被動句、雙賓句、否定句、"有"字句、疑問句、"多""少"句、賓補次序等現象。徐芷儀（1999）介紹了幾種粵語特殊的句式，包括：主謂謂語句、連動句、兼語句、"係"字句、存現句、"將"字句（處置句）、"畀"字句（被動句）。

粵語語法的特徵不少，根據特徵來劃分的句式其實也不少，要窮盡也不容易。本章不打算對粵語的句式作全面的介紹，而只選取幾種較為特殊的句型、句式討論，方便跟普通話語法比較。這些句型、句式包括：名詞謂語句、連謂句、被動句、處置句、雙賓句、比較句。

## 9.2　名詞謂語句

名詞謂語句就是體詞直接做謂語的句子，沒有任何謂詞，屬於句型的一種。典型的名詞謂語句例子是（1），以名詞"星期六"做謂語。此外，張洪年（2007：71）還認為（2）也屬於名詞謂語句。（2）的"嚟"（lei4 或 lai4）應該跟與"係"連用的"嚟"差不多，表示"身分或類屬"的意思（張洪年 2007：202），用於"確認賓語名物的真實性"（梁仲森 2005：57），如（3）。"㗎"（gaa3）是"嘅"（ge3）和"啊"（aa3）的合音（張洪年 2007：200）。

（1）今日星期六。今天星期六。

（2）佢太太豆皮婆嚟嘅。他太太是個麻子。　　（張洪年 2007：71）

（3）呢啲係乜嘢嚟㗎？係蘋果嚟嘅。這是甚麼東西呀？是蘋果呀。

　　　　　　　　　　　　　　　　　　　　（張洪年 2007：202）

用在名詞謂語句（如（2））、"係"字句（如（3））的"嚟"表示判斷、類屬等意義（張洪年 1972/2007，梁仲森 1992/2005，李新魁等 1995，麥耘、譚步雲 1997/2011，Lee and Yiu 1998，1999，Fung 2000，Yiu 2001，詹伯慧主編 2002a，鄧思穎 2002b，方小燕 2003等），甚至分析為"判斷助詞"（甘于恩 1998）。這個"嚟"的一些特點值得注意。

第一，"㗎"之前的成分既可以是名詞短語，例如（2）的"豆皮婆"（麻子），也可以是疑問代詞，例如（3）的"乜嘢"（甚麼）。相比之下，疑問代詞比較順口。雖然普通名詞也可以，但必須是句子焦點的所在，用來回答問題。

第二，"㗎"之前的名詞性成分必須是無定的。（4）有指示代詞的"呢個人"（這個人）和（5）的代詞"佢"（他）都是有定，都不能接受。（6）的"（一）個學生"是無定的名詞性成分，表達新信息，接受度明顯好得多。至於上述提到的疑問代詞，例如（3）的"乜嘢"（甚麼），也應該理解為無定。

（4）＊張三係呢個人㗎。張三是這個人。

（5）＊張三係佢㗎。張三是他。

（6）張三係（一）個學生㗎。張三是一個學生。

（4）和（5）不能接受，不過，在特定的情況下，有定的名詞性成分也可以在"㗎"之前出現，如（7）和（8）。雖然這兩句的"呢個人"（這個人）和"佢"（他）仍屬於有定，但這個語境好像是説話者跟聽話者在爭辯甚麼，"真係"（真的是）強調了説話者把新信息告訴聽話者，令對方接受。如果這樣理解是對的話，"㗎"前面的成分，所表達的信息仍好像是新的。

（7）真係呢個人㗎㗎！真的是這個人啊！

（8）真係佢㗎㗎！真的是他啊！

第三，"㗎"之前的名詞性成分不能是表示數量、量化的數量詞短語（Lee and Yiu 1998，1999）。（9）的"四十歲"和（10）的"十五公升"都是數量短語，不能跟"㗎"搭配。

（9）＊今年，阿黃四十歲㗎。今年阿黃四十歲。（Lee and Yiu 1999）

（10）＊今年嘅標準用量係十五公升㗎。今年的標準用量是十五公升。

（Fung 2000：90）

第四，跟"㗎"搭配的疑問代詞，只可以是體詞性代詞，位於論元位置、具有指稱能力（referential），而不能是謂詞性代詞，位於非論元位置（如狀語）、不具備指稱能力。[1]（3）的"乜嘢"（甚麼）、（11）的"邊個"（誰）、（12）的"邊度"（哪裏）都屬於體詞性疑問代詞，能夠跟"㗎"搭配；（13）的"點樣"（怎麼樣）、（14）的"點解"（為甚麼）、（15）的"幾時"（甚麼時候）都是謂詞性疑問代詞，不能跟"㗎"搭配。

（11）佢係邊個㗎？他是誰？

（12）呢度係邊度㗎？這裏是甚麼地方？

（13）＊佢係點樣㗎？他是怎麼樣的？

（14）＊呢件事嘅發生係點解㗎？這件事的發生是甚麼原因？

（15）＊個會係幾時㗎？那個會議是甚麼時候？

第五，"㗎"只能跟名詞謂語連用，不能跟動詞謂語和形容詞謂語連用（梁仲森 1992/2005，Lee and Yiu 1998，1999 等）。無論是動態的動詞謂語（如（16）的"食乜嘢"（吃甚麼）），還是靜態的動詞謂語（如（17）的"姓乜嘢"（姓甚麼）、[2]（18）的"有乜嘢"（有甚麼））和形容詞謂語（如（19）的"好高"（很高）或"幾高"（多高）），"㗎"的出現都不好。

（16）＊佢食乜嘢㗎？他吃甚麼？

（17）＊佢姓乜嘢㗎？他姓甚麼？

（18）＊佢有乜嘢㗎？他有甚麼？

（19）＊佢好高㗎/幾高㗎。他很高。

第六，跟"㗎"連用的名詞性成分，往往是句子焦點的所在，或者用來回答問題。表示焦點的成分呈現了不對稱的現象。以上述

---

1　有關漢語論元/非論元疑問代詞的劃分及其句法特點，詳見 Huang（1982）、Tsai（1994）等的討論。

2　麥耘（2008：198）認為（17）能説，説話者想不清楚/沒聽清楚/不能確定，要求聽話者確認，是一種"特殊的曾然"。不過，對不少人而言，（17）是不能接受的。

的（11）為例，跟（20）比較，作為名詞謂語的"邊個"接受度比位於主語的好得多。要回答（11），我們可以光說（21）的"張三"，並加上"嚟"和表示明顯事實的助詞"吖嘛"（aa1 maa3）；但回答位於主語的疑問代詞，光說"張三"卻不能加上"嚟"，例如（22）。即使主語是焦點的所在，"嚟"也不能夠出現。

（20）＊邊個係主席嚟？誰是主席？

（21）甲：佢係邊個嚟？他是誰？

　　　乙：張三嚟吖嘛。張三嘛。

（22）甲：邊個係主席（＊嚟）？誰是主席？

　　　乙：張三（＊嚟）吖嘛。張三嘛。

選擇問句進一步突顯了這種不對稱現象。麥耘（2008：200）指出，（23）和（24）有明顯的區別，（23）的名詞謂語可以作選擇，但（24）的主語就不能作選擇。選擇部分是焦點的所在，只有跟"嚟"連用的成分才能是焦點的位置。

（23）呢張椅係酸枝抑或紫檀嚟㗎？

　　　這把椅子是酸枝木還是紫檀的呀？

（24）＊呢張椅定嗰張枱係酸枝嚟㗎？

　　　這把椅子還是那張桌子是酸枝木的呀？

上述所見，"嚟"的搭配限制，比較顯著的特點是所搭配的成分必須是體詞（如名詞謂語），不能是謂詞（如動詞謂語和形容詞謂語）。有"嚟"的名詞謂語句，句法結構可以可以簡單描述為（25）。"嚟"跟體詞結合在一起，以方括號表示。前頭可以加入繫詞"係"（是），後頭可以加入"嘅"（的）。"嘅"之後的"∅"是一個空語類，代表一個聽不見的名詞。

（25）主語（係）［體詞＋嚟］（嘅）∅

我們假設"嚟"是一個"動詞化詞頭"（verbalizer）（Lee and Yiu 1999），應算做助詞，作用是把一個體詞轉類，變成謂詞。（25）的括號部分就是通過"嚟"把體詞變為謂詞，並在句中扮演謂語的角色。除了改變詞類外，"嚟"還可以用來引介表示新信息的成分。因此，跟"嚟"結合的必須是無定或能表示新信息的成分。"嚟"只能引介體詞，不能引介其他的類別，如謂詞。

　　"嚟"的這些特點並不奇怪，跟動詞"嚟"（來）的性質相似。助詞"嚟"應該跟動詞"嚟"（來）同源，跟動詞"嚟"的特點有關。動詞"嚟"是一個非受格（unaccusative）動詞，賓語必須是體詞，而且必須是無定，呈現"無定效應"（definiteness effect）。（26）無定的"一個人"可以接受，但（27）有定的"呢個人"（這個人）和代詞"佢"（他）卻不能接受。動詞"嚟"的賓語不能是謂詞，例如（28）的"好高"（很高）。跟動詞"嚟"連用的疑問代詞也只能是體詞性，例如（29）的"乜嘢"（甚麼）、"邊個"（誰）、"邊度"（哪裏），而不能是"點樣"（怎麼樣）、"點解"（為甚麼）等謂詞性代詞。名詞謂語句的"嚟"是從非受格動詞"嚟"（來）而來，雖然進行了虛化，但虛化後的"嚟"仍然保持原來動詞的一些語法特點。

　　（26）嚟咗一個人。來了一個人。

　　（27）＊嚟咗呢個人／佢。＊來了這個人／他。

　　（28）＊嚟咗好高。＊來了很高。

　　（29）嚟咗乜嘢／邊個／邊度／＊點樣／＊點解？

　　　　　來了甚麼／誰／哪裏／＊怎麼樣／＊為甚麼？

　　加上"嚟"的體詞，即（25）括號內的"體詞＋嚟"，帶上後綴"嘅"（的）之後，扮演定語的角色，用來修飾後面一個聽不見的空語類"∅"，是一個意義很虛的名詞，可指向人或事物。整個"體詞＋嚟＋嘅＋∅"是一個名詞短語，以"∅"作為中心語，被"體詞＋嚟"所修飾。真正做謂語的應該是整個"體詞＋嚟＋嘅＋∅"，陳述前面的主語。繫詞"係"可加可不加。不加，就是真正的名詞謂語句；加了，就以"係"作為謂語，變成動詞謂語句。按照（25）這樣

分析，(2) 的理解應該是這樣：他太太(是) 屬於麻子的人，而(3)
的理解應該是這樣：這 (是) 甚麼的東西？這 (是) 稱為蘋果的東
西。表示人或事物的空語類"∅"，指向主語，說明主語屬於"∅"的
一員，確立了主語身份和類屬的關係。

香港粵語母語者說普通話或寫書面語的時候，往往受粵語影
響，把"嚟 (嘅)"直譯為"來 (的)"，如把 (3) 說成是"這是甚麼來
(的)"，成為所謂"港式中文"的一個特點 (鄧思穎 2013a)。《現代
漢語八百詞》注意到位於句末"來 (的)"的現象，認為"單用'來'
是近代漢語或現代一部分方言的用法" (呂叔湘主編 1980：311)。
句末"來 (的)"在漢語方言語法研究有一定的價值，可作為調查方
言判斷句的一個特點 (可見 Yue-Hashimoto 1993：§2)。

## 9.3 連謂句

例子 (30) 由兩個謂詞結構組成："上台"和"表演"，像這樣
的句式，可稱為"連謂句"，也叫做"連動句"。按照朱德熙 (1982：
160) 的解釋，連謂句是指"謂詞或謂詞結構連用的格式"。連謂句
最基本的特點，就是兩個謂詞結構所指的主語都是相同，陳述同一
個主語，如 (30) 的"上台"和"表演"的主語都是"我"，陳述相同
的主語。(30) 的詞序，在粵語和普通話都能說。

(30) 我上台表演。

不過，張洪年 (2007：264) 指出，粵語的 (31) 在普通話可以
有兩種說法，如 (32) 或 (33)。(33) 是連謂句，在粵語不說。

(31) 你去邊？

(32) 你去哪兒？

(33) 你上哪兒去？

普通話的 (34)、(35)、(36) 意義差不多 (Chao 1968，朱德熙

1982），（34）是連謂句，（35）表示目的，（36）是（34）和（35）合用。呂叔湘主編（1980：401）認為（34）的"去"表示"要做某事"，而（35）的"去"表示"去的目的"。在後的"來、去"都讀輕聲，是一種"虛化了的動詞"（朱德熙 1982：165）。在粵語的情況，（34）的句式最常見，（35）的句式很少用，（36）的句式根本不用（張洪年 2007：266）。"來"的分佈跟"去"基本上是一樣的，如（37）至（39）。[3]

　　（34）我去開會了。

　　（35）我開會去了。

　　（36）我去開會去了。

　　（37）我來開會了。

　　（38）我開會來了。

　　（39）我來開會來了。

　　普通話表示目的的"謂詞結構＋去"，如（40），粵語用"去＋謂詞結構"代替，如（41）。就粵語和普通話連謂句的差異，曾子凡（1989：360）總結為（42）這樣的公式，箭頭左邊是粵語的詞序，箭頭右邊是普通話的詞序。

　　（40）他買東西去了。

　　（41）佢去咗買嘢。他買東西去了。

　　（42）去＋動詞〈表示目的〉→ 動詞＋去

　　趨向動詞做謂語時，粵語用"動詞＋賓語"的詞序，而普通話則用"動詞＋賓語＋去"或"動詞＋賓語＋來"的詞序，以連謂句的方式表達，如以下粵語的例子，普通話都在賓語後加上"來"或"去"，可參考每個例子的普通話翻譯（曾子凡 1989：360）。雖然普通話也可以說"去新界、來我家"，但這是"吸收南方方言"的說法

---

3　有關漢語方言趨向動詞的類型分析，可詳見 Yiu（2014）的討論。

（曾子凡 1989：360），還是以連謂句的句式比較習慣。

（43）去寫字樓。<small>到辦公室去。</small>

（44）佢嚟我度。<small>他到我這兒來。</small>

（45）聽日上廣州。<small>明天上廣州去。</small>

（46）啱啱落咗樓。<small>剛剛下樓去。</small>

（47）啱啱落咗街。<small>剛剛上街去。</small>

（48）入元朗。<small>進元朗去/上元朗去。</small>

　　粵語有些例子，"嚟"在謂詞之後出現，形成"謂詞＋嚟"句式，貌似連謂句，如（49）（Fung 2000，Yiu 2001，詹伯慧主編 2002，方小燕 2003，劉倩 2007 等）。（49）所表示的事件，必須是一種持續的狀態。正如李新魁等（1995：515）所指出，"嚟"表示的命令語氣，"只限於要求保持某一狀態"。

（49）坐好嚟！<small>坐好！</small>　　　　　　　　　　（李新魁等 1995：515）

　　"謂詞＋嚟"的謂詞還可以加上表示程度的"啲"（一點兒），說成（50）。謂詞是形容詞的話，"啲"不能省，如（53）。謂詞也可以是及物動詞，如（51）的"唱"，不過，賓語不能出現，如（52）。"嚟"的作用就是說明要達到持續狀態的結果，並強調持續狀態的程度。"啲"（一點兒）的出現，可謂強化了結果的程度。

（50）坐好啲嚟！<small>坐好點兒！</small>

（51）唱好啲嚟！<small>唱好點兒！</small>

（52）＊唱好啲歌嚟！<small>把歌唱好點兒！</small>

（53）慢＊(啲) 嚟！<small>慢點兒！</small>

　　雖然這個"嚟"所出現的句子都是祈使句，但"嚟"不是表示語氣的助詞。（54）顯示了"嚟"可以跟表示祈使的助詞"啊嗄"（a3 haa2）連用，（55）的"嚟"甚至可以在兼語句內出現，並非在根句的環境出現，應位於小句層次較低的位置。

（54）企好啲嚟啊嗄！<small>站好點兒！</small>

（55）佢勸張三做事要定啲㗎，唔好心急。

　　　他勸張三做事要鎮定點兒，不要急。

"謂詞＋㗎"的"㗎"跟謂詞前的"㗎"相關。（56）"㗎幫手"（來幫忙）的"㗎"在謂詞前出現，組成連謂句，如（37）的句式。"㗎幫手"（來幫忙）的"幫手"是説明"叫"的目的，而"㗎"是強調"幫手"是未然的事件。"謂詞＋㗎"和"㗎＋謂詞"的相似之處，就是它們都強調行為動作是未然的事件。一前一後的"㗎"，意義上應有一定的關聯。

不過，它們兩者在語法上仍然有分工，謂詞前的"㗎"只能選擇表示動作的謂詞（例如"幫手"），不能選擇表示持續狀態的謂詞，如（57）是不能説的；相反，謂詞後的"㗎"所選擇，只能表示持續狀態，卻不能表示動作，如（58）是不能説的。（59）不能接受，顯示了兩個"㗎"不能共現，跟普通話例句（39）不同。謂詞前後的"㗎"，無論是語法或是語義，都呈現了互補現象。

（56）我叫佢㗎幫手。我叫他來幫忙。

（57）＊我叫佢㗎企好啲。＊我叫他來站好點兒。

（58）＊幫手㗎！幫幫忙。

（59）＊㗎幫手㗎！

謂詞前的"㗎"可以換成"去"，如（60），但謂詞後的"㗎"卻不能換成"去"，如（61）。謂詞前的"㗎"是動詞，可以跟動詞"去"替換，形成連謂句；但謂詞後的"㗎"已是一個虛化的成分，只能黏附在謂語／在句末出現，不算連謂句。

（60）我叫佢去幫手。我叫他去幫忙。

（61）＊坐好啲去！坐好點兒！

## 9.4 被動句

漢語被動句，可以按照施事的出現與否，分為兩個類型，分別稱為"長被動句"（long passive）和"短被動句"（short passive）（Ting 1995，1998 等）。所謂長被動句，就是指有施事的被動句。（62）的"李四"是施事，"張三"是受事主語，屬於長被動句；沒有施事的被動句稱為短被動句，例如（63）。

（62）張三被李四打傷了。 （長被動句）

（63）張三被打傷了。 （短被動句）

漢語表示被動的標誌"被"的句法地位，一直是漢語語法學爭論不已的研究課題。簡單來講，對於"被"的認識主要有兩種觀點："介詞說"和"動詞說"。

根據介詞說，"被"是一個介詞，跟後面的施事組成一個介詞短語。主張此說的有 Chao（1968）、張洪年（1972/2007）、呂叔湘主編（1980）、高華年（1980）、朱德熙（1982）、徐芷儀（1999）、張雙慶（2000）、李新魁等（1995）、Li（1990）、徐丹（2004）和不少現代漢語教材。

根據動詞說的看法，"被"是一個動詞（或虛化的動詞，如助動詞），表示受事的主語受到某事件的影響，引申出那種所謂"不如意、不企望"的意思。主張此說的包括橋本萬太郎（Hashimoto 1968，橋本萬太郎 1987）、Yue-Hashimoto（1971）、Chu（1973）、馮勝利（Feng 1990，1995，馮勝利 1997）、Tsai（1993）、Ting（1995，1998）、Cheng，Huang，Li and Tang（1999）、Huang（1999）、吳庚堂（1999, 2000）、鄧思穎（Tang 2001a，鄧思穎 2000b，2003a，2004，2008c，2010）、徐德寬（2007）、馬志剛（2008）、Huang，Li and Li（2009：§4）等。

除了這兩種觀點外，還有一種折衷的"雙重地位說"，糅合了"動詞說"和"介詞說"，認為漢語的"被"有雙重的地位：一個是被動標記（動詞），一個是介詞（Shi 1997，石定栩 2005，石定栩、胡建華 2005）。對於漢語被動句的爭論，我們在此不作比較和評述，[4] 而仍然主張動詞說。

根據動詞說，長被動句的"被"是動詞，帶上一個小句，（62）的句法結構大致如（64）所示，當中的方括號是一個小句，[5] "李四"是小句的主語，小句是"被"的賓語，"被"和"李四打傷了"組成述賓結構，整個述賓結構陳述"張三"。短被動句的"被"也是動詞，跟長被動句的"被"不同，短被動句的"被"帶上一個沒有施事的動詞短語而不是小句，如（65）的括號部分。[6] 長短被動句的差異，就是"被"所選擇的賓語不同，長被動句的"被"選擇小句，而短被動句的"被"選擇動詞短語。

（64）張三被 [ 李四打傷了 ]

（65）張三被 [ 打傷了 ]

短被動句能否接受的問題是粵語和普通話語法差異之一。在粵語口語中，被動句的施事必須出現，如（66）的"老闆"，沒有施事的（67）是不能說的。如果不知道施事是誰，可用"人"代替，如（68）。如果施事不是人或是無生命的，一般用"嘢"代替，如（69）。粵語只有長被動句而沒有短被動句。根據動詞說的講法，粵語的"畀"只能選擇小句，不能選擇動詞短語（Tang 2001a，鄧思穎 2003a）。

（66）佢畀老闆鬧。他被老闆罵。

（67）＊佢畀鬧。他被罵。

---

4　對於介詞說的評述，見 Huang（1999）、鄧思穎（Tang 2001a，鄧思穎 2003a）、Huang，Li and Li（2009：§4）的討論；對於雙重地位說的評述，見鄧思穎（2008c）的討論。

5　長被動句內的小句應該是處置句，詳見鄧思穎（2004，2008c，2010：§9）的討論。

6　有關形式句法學對漢語被動句的詳細分析，請參考 Huang（1999）、鄧思穎（2003a，2010）、Huang，Li and Li（2009：§4）等的介紹。

（68）佢畀人鬧。他被人罵。

（69）佢畀嘢咬。他被咬。

"畀"（bei2）的聲調在粵語口語裏讀作高升調。在文讀和嚴肅的語境中，表示被動的標誌可以讀如低平調"被"（bei6）。當被動標誌讀作低平調的時候，短被動句便可以成立，如（70）。"畀"是粵語的詞彙，可稱為"方言詞"，而低平調的"被"是從普通話或書面語借來的，或許成為粵語的"通用詞"。[7]

（70）總統被指責。

普通話的"被"既可以選擇小句，形成長被動句，又可以選擇動詞短語，形成短被動句，但粵語的"畀"只能選擇小句。"畀"和"被"的性質不同，前者比後者擁有更多的動詞性質（Tang 2001a，鄧思穎 2003a）。

首先，除了被動句外，粵語的"畀"還可以在雙賓句（如（71））、使役句（如（72））作動詞用，普通話的"被"卻沒有動詞的用法，（73）和（74）是不能説的。

（71）佢畀本書我。他給我一本書。

（72）佢畀我離開。他讓我離開。

（73）*張三被我一本書。

（74）*張三被我離開。

"畀"的動詞性質，還可以通過詞法的變化體現出來。動詞後綴"過"可以黏附在"畀"之後（Mui and Chao 1999），如（75）；表示量化的動詞後綴"得"，也能黏附在"畀"之後，如（76），進一步説明"畀"應該更具備動詞的性質。

（75）佢畀過我鬧㗎喇。他曾被我罵過嘛。

---

（76）佢畀得一個人鬧。他只被一個人罵。

動詞性較強的"畀"，只能帶上小句，形成長被動句，而動詞性較弱的"被"，既可以帶上小句，又可帶上動詞短語，因此允許長被動句和短被動句（Tang 2001a，鄧思穎 2003a）。

粵語除了用"畀"表示被動外，"著"（zoek6）也是一個能構成被動句的標誌。動詞"著"表示"受到"（饒秉才等 2009：276）、"感受、受到"（李榮主編 1998：487）。"著"作為動詞的用法現在已不常用，只見於慣用語，如（77）的"著雷劈"，表面意義是我雖然好心，但仍被雷劈，意謂好心不得好報；（78）的"著鬼迷"，意思是被鬼迷。這些例子，"著"也可以被"畀"替換，也可說成"畀雷劈、畀鬼迷"。"著"和"畀"的主要區別是"著"的感受意義更強，除此之外，兩者基本一樣。動詞性強的"著"，也沒有短被動句的說法，"＊著劈"是不能說的；雖然"著迷"能說，也是共通語的詞彙，但"著迷"的"迷"不是及物／致使的用法，而是表示"著"的結果狀態。

（77）好心著雷劈 好心不得好報

（78）你係唔係著鬼迷呀？你是不是被鬼迷了？

（饒秉才等 2009：276）

長被動句句法上分為兩個部分："被"前的主語和"被"後的小句，這兩個部分，在句法上和語義上都需要被聯繫起來。（64）括號內的"打傷了"是及物動詞，應隱含了一個聽不見的賓語，指向句首的主語"張三"，句首的主語跟"被"後面的小句可緊密聯繫起來。普通話還有一種比較特殊的被動句，就是主語跟"被"後面小句的關係比較鬆散，如（79）、（80）、（81）。[8] 這種句式，可稱為"外排式間接被動句"（exclusive indirect passive）（Huang 1999，Huang，

---

8　（79）引自蔡維天（2005）；（80）轉引自 Huang（1999），原本來自沈力的一篇文章；（81）引自 Lin（2009：171）。

Li and Li 2009：§4）。（79）的"我"受"他跑了"的影響，（80）的"我"受"他一坐"的影響，（81）的"張三"受"李四哭了三天"的影響，不過，"跑、坐、哭"都是不及物動詞，句首的主語找不到一個可以建立聯繫的賓語，跟（64）和（65）的情況很不一樣。

（79）我居然被他跑了。

（80）我被他這麼一坐，就甚麼都看不見了。

（81）張三被李四哭了三天，煩得不得了。

這些例子，在粵語都不能説，如（82）、（83）、（84）。[9]

（82）＊我居然畀佢走咗。

（83）＊我畀佢坐咗喺度，乜嘢都睇唔倒。

（84）＊張三畀李四喊咗三日，煩到交關。

普通話和粵語外排式間接被動句的差異，我們假設跟話題句的強弱有關。普通話的"被"能在句內引導一個話題，能體現為"被"之前的主語，如（79）和（80）的"我"、（81）的"張三"。這個話題能跟"被"後面的小句，建立起一種"模糊"的關係。反觀粵語的（82）至（84），"畀"欠缺引導話題的能力，如（82）和（83）的"我"和（84）的"張三"都不能出現，難以產生這種外排式間接被動句。

普通話和粵語話題的強弱，正好符合劉丹青（2001）的觀察。根據受事話題句的使用情況，劉丹青（2001）把漢語方言劃分為"最強的 SVO"、"溫和的 SVO"、"最弱的 SVO"三大類型，粵語屬於"最強的 SVO"，而普通話（官話）屬於"溫和的 SVO"。[10] 相對粵語而言，普通話的受事話題還算是比較強。普通話能接受外排式間接被動句，也可能間接跟受事話題比較強有關。

粵語的（85）和（86），好像有外排式間接被動句的效果，即

---

9　（82）表面上好像能説，但意思不同：我居然讓他走了。

10　可參考鄧思穎（2006d）從形式句法學解釋漢語這三種類型方言的差異。

（85）的説話者受"他跑了"的影響，而（86）的説話者受"他贏了幾個獎"的影響，往往有不幸的味道。[11] 這兩句跟上述(82) 至(84)主要不同之處，是（85）和（86）所指向的説話者不是通過話題或主語説出來，而是通過特定的語境所隱含出來。

（85）畀佢走咗。我居然被他跑了。

（86）畀佢贏咗幾個獎。居然他贏了幾個獎。

加上表示情態的助詞"添"，那種意外的、不幸的意義加強了，而指向説話者就更明顯，如（87）。即使沒有"畀"，"添"也能獨力隱含説話者受影響的意義，如（88）。由此可見，（85）和（86）指向説話者，呈現外排式間接被動句的效果，所靠的不是"畀"，也不是句中的話題或主語，而是通過別的途徑，如助詞、語境等。

（87）畀佢走咗添！我居然被他跑了。

（88）佢走咗添！我居然被他跑了。

## 9.5　處置句

普通話的處置句，就是由"把"字構成的句子，所以這種句式又稱為"'把'字句"。"把"往往對受事加以處置，表達了一種處置意義。[12] 雖然有些"把"字句不表示處置意義，但為了方便討論，都冠以"處置句"這個名字。粵語不用"把"，可用"將"來對應普通話處置句的"把"。"將"的作用就是把賓語提前，所構成的結構也稱為"前及物式結構"（Chao 1968，張洪年 2007：89），如"將"把（89）述賓結構的賓語"啲衫"（衣服）提前，形成(90) 的"將"字句。

---

11 （85）和（86）這兩個例子原見於一篇手稿（Tang 1999），也就是 Huang（1999：fn 30）所引述作為粵語有外排式間接被動句的例證。

12 討論處置句的文獻非常豐富，近年比較全面的總結（包括句法分析的介紹），可以參考 Y.-H. A. Li（2006）和 Huang, Li, and Li（2009：§5）。

（89）洗咗啲衫。洗了衣服。

（90）將啲衫洗咗。把衣服洗了。

粵語的"將"可對應普通話的處置句，但"將"的使用並不常見。李新魁等（1995：571）指出，"廣州話的'將'字句沒有普通話'把'字句常用"。所謂"常見、常用"，有兩種理解：一、普通話的處置句可用"將"字句或述賓結構對應，但粵語仍以述賓結構的說法為習慣。如普通話的"把衣服洗了"，在粵語可說成（89）或（90），但（89）比（90）較為自然。二、普通話有些處置句，不能用粵語的"將"來說。

呂叔湘主編（1980）把普通話的"把"分為五類：處置、致使、處所範圍、不如意事情、拿。按照這五類的劃分，有些能用粵語的"將"來說，有些不能，羅列於下，問號"？"表示能說，但不自然，星號"＊"表示不能接受。普通話的翻譯是呂叔湘主編（1980）所舉的原例子。

**處置**　"把"表示處置，名詞是及物動詞的受動者。

（91）？將封信交咗。把信交了。

（92）＊將啲技術學識咗。把技術學到手。

（93）？將啲衫整好吓。把衣服整理整理。

（94）？將間房執一下。把房間收拾一下。

**致使**　"把"表示致使，後面的動詞多為動結式。普通話的動詞或形容詞後面常常用"得"自引進狀態補語，如（99）至（103）例句的普通話翻譯。（103）的"挵"（fing6）是動詞，意思是甩。

（95）＊將把聲嗌到冇晒。把嗓子喊啞了。

（96）＊將對鞋行爛咗。把鞋都走破了。

（97）將個問題搞清楚。把問題搞清楚。

（98）邊個將條毛巾整到污糟晒㗎？誰把這塊毛巾弄髒的？

（99）？將個禮堂逼到爆。把禮堂擠得水泄不通。

（100）＊將匹馬劧到滿身大汗。把這馬累得渾身大汗。

（101）＊將我凍到騰騰震。把我凍得直哆嗦。

（102）＊將小王聽到入晒神啦。把個小王聽得入迷了。

（103）＊將小宇開心到揹手揹腳。把小宇高興得手舞足蹈起來。

**處所範圍**　表示動作的處所或範圍。

（104）　＊將東城西城都走過晒喇。把東城西城都跑遍了。

（105）　＊將北京城行咗大半。把個北京城走了一多半。

（106）　？你將所有地方再查多次。你把裏裏外外再檢查一遍。

**不如意事情**　表示發生不如意的事情，後面的名詞指當事者。

（107）＊啱啱將老李病咗。偏偏把老李病了。

（108）＊真係估唔到，將阿嫂死咗。真沒想到，把個大嫂死了。

**拿**　"把"表示拿、對。

（109）　？佢可以將你點？他能把你怎麼樣？

（110）　＊我將佢冇辦法。我把他沒辦法。

在這五類當中，部分表示處置意義的"把"能説成"將"，其他幾類的"把"都不能説成"將"。在處置類的例子，能説成"將"的，其實不是很自然，最自然的説法，還是把賓語放在述語之後，以述賓結構方式表達。上述（91）、（93）、（94）最好説成（111）、（112）、（113）。

（111）交咗封信。把信交了。

（112）整好吓啲衫。把衣服整理整理。

（113）執一下間房。把房間收拾一下。

（92）的"學識"對技術起不到甚麼改變的作用，對賓語的影響較微，"將"就不能用。處所範圍類的情況差不多，（104）的"走"和（105）的"行"對處所的影響甚微，也不可能改變甚麼，"將"就不能用。（106）的"查"對處所能起一定的影響，"將"勉強能説，但最好還是以述賓結構方式表達，如（114）。

（114）你再查多次所有地方。<small>你把裏裏外外再檢查一遍。</small>

致使類的例子，按意義的劃分，主語有兩類，一類是致事（Causer），另一類可理解為施事（Agent）。純粹表示致事的論元，是導致事件呈現變化的原因，一般由無生命的名詞充當，跟事物或事件有關，如（95）讓嗓子喊啞的原因可以是唱歌，（96）讓鞋子破爛的原因可以是一段很長的路或者一個漫長的跑步，（100）導致馬累的原因可能是賽跑、（101）導致說話者發冷的原因是溫度，（102）讓小王入迷的原因可能是歌聲、可能是故事，（103）讓小宇高興的原因可能是一件事情，也可能是一個動作。這些句子的主語，都屬於致事。至於（97）和（98），這兩句可以接受，但感覺較為正式，相比之下，（99）顯得有點彆扭。這幾個例子，把問題搞清楚的是人，把禮堂擠得水泄不通的也是人，把毛巾弄髒的主語用了人稱代詞"邊個"（誰）來問，肯定指人，這些主語都能理解為施事，是導致事件變化的執行者。

"將"的主語不光要求施事，而且應明顯地體現主動性、目的性（李煒 1993）。普通話的（115）能說，但粵語的（116）不能說，原因是哭紅眼睛並非施事主動、有目的執行的動作。

（115）他把眼睛都哭紅了。

（116）*佢將對眼都喊到紅晒。

致使類這兩個小類的差異，反映了"將"的前頭只能是施事，而且主動、有目的執行動作，不能是致事。無論主語是施事還是致事，最自然的說法，還是把賓語放在述語之後，如（117）、（118）、（119）。

（117）凍到我騰騰震。<small>把我凍得直哆嗦。</small>

（118）邊個整到條毛巾污糟晒㗎？<small>誰把這塊毛巾弄髒的？</small>

（119）佢喊對眼都紅晒。<small>他把眼睛都哭紅了。</small>

不如意事情類的例子，是較為特殊的用法，動詞往往是表示"消失意義”的不及物動詞（朱德熙 1982：187），基本上不能以述賓結構形式出現，如（120），相似的例子還有（121）（朱德熙 1982：187）。有些雖然能以述賓結構形式出現，如（122），但卻沒有使、讓之意，只能理解為存現句，表示人或事物的存在、出現、消失，跟處置句無關。

（120）＊啱啱病咗老李。偏偏把老李病了。

（121）＊咪走咗個犯人。別把犯人跑了。

（122）？真係估唔到，死咗阿嫂。真沒想到，死了個大嫂。

“將”缺乏表示拿、對的功能，普通話“把”的例子，粵語可以用介詞“對”來對應，如（123），或把賓語放在述語之後，如（124）。

（123）佢可以對你點？他能把你怎麼樣？

（124）我冇晒佢辦法。我把他沒辦法。

普通話有些例句，“把”後的賓語和動詞後的賓語（也稱為“保留賓語”），詞序上好像可以互換，如（125）和（126）。互換後，這兩個例子的意義不同，（125）的“水”是工具，（126）的“花”是受事。

（125）我把水澆了花。

（126）我把花澆了水。

（127）＊我將啲水淋咗花。我把水澆了花。

（128）？我將啲花淋咗水。我把花澆了水。

（129）我用啲水嚟淋花。我用水來澆花。

（130）我淋咗啲花。我把花澆了水。

張雙慶（1997：250-251）注意到（131）能說，但（132）不能說。[13] 他認為（131）說明處置花瓶的方法，可回答“他是怎樣處理那些花瓶呢？”，當中的“將”表示處置意義。至於（132），花瓶是

---

13 （132）原文沒有“個”，加了“個”以後也不能改變該句的接受度。

工具，"將"不表示工具，可改為（133）。

（131）佢將啲花樽全部插晒花。他把那些花瓶全插上花。

（132）＊佢將個花樽插咗一扎花。他把花瓶插了一把花。

（133）佢用個花樽插咗一扎花。他用花瓶插了一把花。

## 9.6　雙賓句

雙賓句是指述語後面出現兩個賓語的句式。從意義上來講，雙賓句的兩個賓語，一個是指接受事物的人，而另外一個是指交接的物件。指人的那個賓語稱為"間接賓語"（indirect object），而指物的賓語則稱為"直接賓語"（direct object）。（134）是普通話典型的雙賓句，表示給予義，"他"是間接賓語，"一本書"是直接賓語。

（134）我給了他一本書。

文獻一般認為（135）是粵語對應的說法，跟普通話明顯不同的地方，也是漢語方言學經常談論的地方，就是粵語雙賓句允許所謂"倒置"的詞序，即間接賓語出現在直接賓語的後面，如（135）的間接賓語"佢"在直接賓語"一本書"之後。然而，這樣的詞序在普通話裏卻絕對不能說，如（136）。把（135）稱為"倒置"往往是從普通話的角度出發，以普通話雙賓句的詞序作為基本詞序，是比較的基準點。粵語雙賓句的詞序有異於普通話，是一種"倒置"的詞序。

（135）我畀咗一本書佢。我給了他一本書。

（136）＊我給了一本書他。

很多文獻都注意到粵語這個特點。部分學者在描述粵語和普通話雙賓句的差異時，往往說粵語雙賓句的詞序跟普通話的"恰恰相反"（袁家驊等 2001：230），"位置相反"（高華年 1980：220）、"彼此完全相反"（曾子凡 1989：370）、"語序不同"（歐陽覺亞 1993：

281）。黃伯榮（1993）、Peyraube（1997）等認為倒置雙賓句的出現反映了粵語是一個廣泛允許"後置"的漢語方言；李敬忠（1994）甚至由此認為粵語跟壯語有密切的關係。

上述的描述，給人的印象好像是凡有兩個賓語，粵語的詞序一定是"倒置"，而且是"帶有普遍性的一個規律"（袁家驊等 2001：230）。事實上，黃伯榮（1959）、Kwok（1971）、張洪年（1972/2007）等很早就注意到動詞的分類，如表示取得義的動詞，所帶的兩個賓語不允許"倒置"。Peyraube（1981）、Chui（1988）也對粵語動詞作了詳細的分類。李新魁等（1995：573）提出過一些限制，認為粵語雙賓句能否"倒置"跟動詞的語義特徵有關。張雙慶（1997：256）也觀察到只有在給予義的粵語雙賓語句子裏，兩個賓語的位置才可以"顛倒"。

根據粵語雙賓句的三種詞序，粵語動詞可劃分為三個大類（Tang 1992，1998a，鄧思穎 2003a：§4）。[14]

第一大類的動詞包括"畀、醒（送）、送、獎"等，是典型的給予類動詞，間接賓語是直接賓語的接收者。（137）的句式稱為"與格句"（dative construction），當中的"畀"是介詞（Lau 1972，Bennett 1978，Tang 1992，1998a，Wong 1994，Xu and Peyraube 1997，Chin 2009，2011 等），用來引介接受事物的間接賓語，跟間接賓語組成介詞短語。動詞"送"能夠進入與格句，例如（137）。（138）是"典型"的雙賓句，"？？"表示該句子不自然，比較勉強。（139）是所謂有"粵語特色"的"倒置"雙賓句，"（？）"表示該句子部分人能夠接受，但也有部分人勉強能接受，有不同的反應。

（137）佢送咗一本書畀我。他送了我一本書。

（138）？？佢送咗我一本書。

---

14　動詞分類的詳細討論和分析，請參考鄧思穎（2003a：§4）。

（139）（？）佢送咗一本書我。

如果把動詞換成"畀"，語感明顯不同。（142）的"畀"允許所謂"倒置"的詞序，所有人都能夠接受，是最自然的説法。（140）也能説，不過，跟（142）相比，接受度稍為差一點，主要是兩個同音的"畀"在同一個句子內連用。跟動詞"送"一樣，（141）不太能説。

（140）佢畀咗一本書畀我。他給了我一本書。

（141）？？佢畀咗我一本書。

（142）佢畀咗一本書我。

第二大類的動詞包括"寄、搬、賣；炒、洗、畫；偷、摘、買"等。在意義上，這些動詞或表示了物件的轉移、或有創造的意義，或有獲取義，間接賓語是物件的接受者，或是動作服務的對象。這類動詞，只能進入與格句。

（143）佢炒咗一碟餸畀我。他給我炒了一盤菜。

（144）＊佢炒咗我一碟餸。

（145）＊／？佢炒咗一碟餸我。

第三大類的動詞包括"問、請教、考；偷、摘、買"等。在意義上，動詞表取得義，間接賓語是直接賓語的來源點。"問"類動詞表示資訊的獲得和思想上的交流，直接賓語有較為"抽象"的性質；而"偷"類動詞是物體上的空間轉移，直接賓語是較為具體的物體。這些動詞只能進入"典型"的雙賓句，其他的句式都不能説。[15]

（146）＊佢問問題畀我。

（147）佢問我問題。他問我問題。

（148）＊佢問問題我。

按照能否進入與格句、雙賓句、"倒置"雙賓句，粵語動詞可劃分為三大類：一、允許與格句和"倒置"雙賓句（第一大類）；二、

---

15 "偷、摘、買"等屬於兼類的動詞，也可進入與格句，成為第二大類動詞。

只允許與格句（第二大類）；三、只允許雙賓句（第三大類）。粵語雙賓句的特點可總結如下（鄧思穎 2003a：§4）。首先，粵語雙賓句並不是一邊倒的允許"倒置"。即使有給予義，直接賓語和間接賓語的位置也不是自由的，不是可以隨意地顛倒過來。所謂有粵語特色的"倒置"句式是有條件的、非常局限的。第二，與格句是表示給予、傳遞意義的最基本結構。對大部分人來説，"倒置"的雙賓句反而不是最基本的。第三，能夠進入"倒置"句式的動詞，也一定能夠進入與格句；然而，能進入雙賓句的動詞，不一定能進入"倒置"的句式。因此，"倒置"的句式跟與格句的關係比較密切。

（149）粵語雙賓動詞的分類

|  | 第一大類 | 第二大類 | 第三大類 |
|---|---|---|---|
| 與格句 | OK | OK | * |
| 雙賓句 | ？？ | * | OK |
| "倒置"雙賓句 | OK | * / ？ | * |

　　能夠進入"倒置"雙賓句的動詞，也一定能夠進入與格句，可見"倒置"的句式跟與格句的關係比較密切。"倒置"雙賓句屬於與格句的一種，是通過與格句的介詞省略而形成（喬硯農 1966，清水茂 1972，Bennett 1978，Tang 1992，1998a，鄧思穎 2003a，Bruche-Schulz and Peyraube 1993，Xu and Peyraube 1997 等）。（150）是與格句的結構，形成像（137）的例子；（151）是"倒置"雙賓句的結構，形成像（142）的例子，當中的"∅"是一個被省略的介詞，句法地位跟有聲的介詞"畀"一樣，能跟間接賓語組成介詞短語。[16]

（150）主語　述語　直接賓語　[ 畀　間接賓語 ]

（151）主語　述語　直接賓語　[ ∅　間接賓語 ]

---

16　有關介詞省略的論證，請參考鄧思穎（2003a：§4）。

與格句介詞省略的動機，主要是音韻的考慮，避免動詞"畀"和介詞"畀"這兩個同音成分同在一個句子內出現，避免音韻上的重複（Tang 1998a，鄧思穎 2003a）。以下的例子證明，當兩個同音的"畀"距離越遠，語感就越好；距離越近，語感就越差（鄧思穎 2003a：84）。（152）兩個同音的"畀"被一個很長的直接賓語所阻隔，相隔很遠；但是，當阻隔它們之間的成分在音節上減少了，兩個同音的"畀"越靠越緊，接受程度就開始降低了，如（153）的兩個"畀"，只被一個雙音節的直接賓語所阻隔；（154）的直接賓語移到句首成為話題後，兩個"畀"只被一個單音節動詞後綴"咗"所阻隔，接受度更差；（155）連這個後綴也沒有，兩個同音"畀"直接相鄰，根本不能說。相比之下，動詞換成不同音的"送"，就可以接受，如（156）。

（152）我畀咗本用中文寫嘅語法書畀佢。我給了他那本用中文寫的
　　　語法書。

（153）（？）我畀咗本書畀佢。我給了他那本書。

（154）　？本書，我畀咗畀佢。那本書，我給了他。

（155）＊本書，我會畀畀佢。

（156）本書，我會送畀佢。那本書，我會送給他。

再比較（157）和（158），雖然這兩個例子都能說，但（158）把重複的"畀"省去，語感明顯自然得多。說明了介詞省略的動機是避免音韻重複，也可解釋為甚麼動詞"畀"最容易進入"倒置"雙賓句，是粵語"倒置"雙賓句的典型例子。

（157）佢畀咗本書畀我。他給了我一本書。

（158）佢畀咗本書我。

避免音韻重複作為"倒置"雙賓句形成的動機，是基於當代粵語的考慮。從歷史的角度來看，"倒置"雙賓句的形成可有不同的考慮。早期粵語與格句的介詞是"過"，不是"畀"，後來到上世紀初

"過"才被"畀"所取代（Takashima and Yue 2000，楊敬宇 2006，潘秋平 2007，Chin 2009，2010 等）。既然以"過"組成的與格句和"倒置"雙賓句在十九世紀已經共存，當時"倒置"雙賓句應該由"過"的省略而成（潘秋平 2007）。張敏（2011）從類型學的角度，考察了漢語方言雙賓句的詞序，發現不少允許"倒置"雙賓句的方言，"給"類動詞和與格句的介詞並非同音。因此，避免音韻重複是作為介詞省略的"充分條件"而非"必要條件"（鄧思穎 2003a：83），避免同音只是介詞省略的考慮之一，在當代粵語顯得特別重要。至於在早期粵語和其他當代漢語方言裏，介詞省略的動機很多，所涉及的問題應該更廣而不一定局限於音韻重複的考慮。

　　無論產生的動機是甚麼，從共時、歷時、類型學等角度來考慮，粵語"倒置"雙賓句由介詞省略而來的說法都應該成立（Tang 1998a，鄧思穎 2003a，潘秋平 2007，張敏 2011）。所謂"倒置"，其實並非倒置，本來就是與格句的一種，只不過介詞被省略了。這種分析正好解釋為甚麼能説"倒置"雙賓句的人，也一定能接受對應的與格句。至於"典型"的雙賓句，反而跟"倒置"的雙賓句無關，有"倒置"的並不一定有"典型"的雙賓句。實際上，粵語雙賓類的句式只有兩種：與格句和"典型"的雙賓句。

　　普通話和粵語都允許與格句，如（159）是普通話典型的與格句，"一點錢"是表示受事的直接賓語，而"他"是表示終點的間接賓語，由介詞"給"來帶領。（160）是粵語對應的説法，跟普通話相同。

　　（159）我寄了一點錢給他。

　　（160）我寄咗啲錢畀佢。我寄了一點錢給他。

　　就與格句而言，普通話和粵語也有差異（鄧思穎 2003a：§5）。普通話允許介詞短語"給他"在動詞前出現，如（161）。粵語缺乏這樣的詞序，（162）是不能説的，"畀佢"不能在動詞前出現。

（161）我給他寄了一點錢。

（162）＊我畀佢寄咗啲錢。

粵語與格句的直接賓語如果比較"重"（音節較多）的話，可以出現在句末的位置，形成"述語＋介詞短語＋直接賓語"的詞序，例如（163）。可是，這樣的句式在普通話卻不能接受，如（164）。普通話不能説"＊送了給"而只能説"送給了"。

（163）我送咗畀佢一本有用嘅書。

（164）＊我送了給他一本有用的書。

文獻比較普通話和粵語雙賓句的時候，一般説粵語只有"倒置"的句式，而缺乏"典型"的句式。更準確的説法，應該説粵語所缺乏的只是表示給予義的雙賓句。粵語有些動詞，表面上還是允許後面有兩個賓語，形成貌似雙賓句的詞序。如果把準賓語也算在內的話，粵語所接受的雙賓句有以下的例子。

（165）我偷咗佢一百蚊。我偷了他一百元。

（166）我問咗佢一條問題。我問了他一個問題。

（167）我打咗佢一下。我打了他一下。

（168）我等咗佢一陣。我等了他一會兒。

（169）我高佢一呎。我高他一呎。

（170）我放咗佢飛機。我對他食言。

在這些例子裏，述語之後的兩個成分，第二個成分往往作為補充的角色，不算是真正的賓語，有些表示數量，如（165）的"一百蚊"、（166）的"一條問題"、（169）的"一呎"；有些表示動作的次數，如（167）的"一下"；有些表示動作延續的時間，如（168）的"一陣"。張伯江（2009：§8）認為取得義雙賓句的所謂直接賓語，如（165）的"一百蚊"和（166）的"一條問題"，有"計量性"的特點，強調數量，也欠缺被回指、被指稱的能力。在這一組雙賓句裏，無論是表示數量、次數、時間的成分，都不是真正的賓語。按照朱德熙（1982）的語法體系，這些成分都可分析為準賓語。

（170）比較特別，"放飛機"是粵語的慣用語，意謂不履行諾言，"飛機"並沒有指稱性，單獨使用也沒有甚麼實際的意義，必須跟"放"連用，"放飛機"共同表達一個完整的概念，即不履行承諾，甚至可以理解為述賓式複合詞，在句法的層面呈現"游離式"的現象（Chao 1968：§6.5.6）。（170）的"放佢飛機"，意思是對他進行"放飛機"的行為，他是"放飛機"所涉及的對象，受"放飛機"的影響。從語法的角度來考慮，像"放佢飛機"這樣的慣用語，"佢"是"放飛機"的賓語（Huang 1997，黃正德 2007）。

除了"放飛機"外，類似的慣用語還有很多，並可形成貌似雙賓句，如"幫佢手、爆佢大鑊、標佢參、搏佢懵、擦佢鞋、拆佢招牌、炒佢魷魚、抽佢後腳、打佢斧頭、打佢荷包、打佢尖、倒佢米、丟佢架、篤佢背脊、燉佢冬菇、冚佢檔、落佢格、落佢面、賣佢豬仔、扭佢計、砌佢生豬肉、撬佢牆腳、食佢豆腐、食佢糊、收佢線、甩佢底、索佢油、探佢班、剃佢眼眉、停佢牌、托佢手踭、搵佢笨、搵佢老襯、詐佢型、捉佢黃腳雞"等，第二個體詞都沒有指稱作用。

在上述的例子裏，述語之後的兩個成分，第一個成分才是真正的論元。由準賓語所組成的雙賓句（即（165）、（166）、（167）），跟由慣用語組成的雙賓句（即（170）），都有共同的特點，就是第一個成分，是動作所涉及的對象，受動作的影響。從語義關係來考慮，這個成分可稱為"蒙事"（Affectee）（黃正德 2007）。這些例子都可以進入被動句，當中的"佢"都能成為被動句的主語。"佢"是真正的賓語、真正的論元，準賓語只作為補充，而慣用語的體詞只是複合詞的一部分，沒有指稱作用。

（171）佢畀我偷咗一百蚊。他被我偷了一百元。

（172）佢畀我問咗一條問題。他被我問了一個問題。

（173）佢畀我打咗一下。他被我打了一下。

（174）佢畀我放咗飛機。我對他食言。

至於（167）的"一下"和（169）的"一吓"，屬於準賓語，純粹扮演補充的功能，並非句子的論元。雖然句中的"佢"不是蒙事，沒受甚麼影響，但仍作為動作所涉及的對象，是真正的賓語、真正的論元。

朱德熙（1982：119）認為表示等同義的兩個成分可構成雙賓句，如（175）。第二個成分"好人"雖然是體詞，但能擔當謂語的功能，陳述前面的"佢"。"佢"和"好人"構成主謂關係，甚至可分析為主謂結構（Tang 1998b，鄧思穎 2002a，2010）。[17]除了（175），粵語還允許不少貌似雙賓句的例子，當中的第二個成分是謂詞性賓語，如（176）的述賓結構"揸車"（開車）、（177）的小句"而家幾點"和（178）的小句"我一定準時到"。

（175）我當佢好人。我當他好人。

（176）我教佢揸車。我教他開車。

（177）我問佢而家幾點。我問他現在幾點。

（178）我答應佢我一定準時到。我答應他我一定準時到。

綜觀所有貌似雙賓句的例子，粵語所允許的句式可綜合如（179）的框架。所謂"其他成分"，包括表示數量的準賓語、構成述賓式複合詞的體詞（即所謂"游離式"）、名詞謂語、謂詞性賓語等，都不算做真賓語，不是句子真正的論元，只擔當補充、擴充的功能。

（179）主語　述語　賓語　其他成分

（179）這個框架也可包含與格句的詞序，還有其他帶上補語的句式，"其他成分"也可包括（180）的介詞短語"畀佢"（給他）和

---

17　粵語的"好人"也可以當作謂詞用，受程度副詞的修飾，如"好好人、幾好人"。如果加入動詞"係、做"，如"我當佢係/做好人"，"佢"就是動詞謂語的主語，顯然跟雙賓句無關。

（181）的介詞短語"喺張枱度"（在桌子上）。

（180）我送咗一本書畀佢。我給他送了一本書。

（181）我放咗一本書喺張枱度。我在桌子上放了一本書。

粵語和普通話最顯著的差異，也是最核心的差異，就是（179）組成"其他成分"的可能性：普通話允許體詞性的真賓語，但粵語卻不允許。因此，普通話有由兩個真賓語組成的雙賓句，但粵語沒有。

賓語的出現和數量，全由動詞來決定。不及物動詞沒有真賓語，及物動詞有一個真賓語，雙賓動詞有兩個真賓語，這是語法學公認的事實。動詞與賓語之間的關係，可當作一種選擇關係，即賓語由動詞所選擇。假如粵語沒有雙賓句，最簡單的假設，就是說粵語沒有真正的雙賓動詞，因而欠缺選擇兩個真賓語的能力。

普通話和粵語表達告訴意義的差異，正好側面反映了動詞選擇能力的差異。普通話的"告訴"屬於給予類動詞，跟"給"差不多，只不過"告訴"所表達並非事物的交接，而是訊息的轉移。（182）是"典型"的雙賓句，間接賓語"他"在前，直接賓語"一件事情"在後。

（182）我告訴他一件事情。

粵語對應的說法，可以是（183），間接賓語由"畀"所引介，後接動詞"聽"（或"知"），跟與格句的形式差不多；也可以是（184），"畀"被省略；也可以是（185），把"畀佢聽"提前，就如上文提及的（163）那樣；但欠缺"典型"的雙賓句，（186）是不能說的。

（183）我講件事畀佢聽。我告訴他一件事情。

（184）我講件事佢聽。

（185）我講畀佢聽一件事。

（186）＊我講佢一件事。

除了"講"外，能對應普通話的"告訴"，還有動詞"話"，分佈情況也差不多，關鍵是(190) 不能説，沒有雙賓句，跟普通話有異。

（187）我話件事畀佢聽。我告訴他一件事情。

（188）我話件事佢聽。

（189）我話畀佢聽一件事。

（190）＊我話佢一件事。

粵語的"講、話"，本來就是及物動詞，只選擇一個賓語，如(191) 和（192）的用法。嚴格來講，"講、話"跟普通話的"説"對應，而普通話的"説"也沒有雙賓句的用法，不能説"＊我説你一件事情"，只能説"我説一件事情給你聽"。普通話既有及物動詞"説"，又有雙賓動詞"告訴"；粵語只有及物動詞"講、話"，卻欠缺雙賓動詞"告訴"這一類。既然粵語缺少"告訴"類雙賓動詞，由此推測，估計粵語的"畀"也不算做真正的雙賓動詞。張敏（2011）從類型學的角度對漢語方言所全面的研究，南北方言雙賓句的差異，應該跟動詞的性質有關。

（191）我講古仔。我説故事。

（192）我話你。我批評你。


## 9.7 比較句

比較句是比較的句式，張洪年(2007：373-375) 參考 Chao(1968) 的分類，把粵語的比較句分為五類：相等級，如（193）；比較級，如（194）；低於級；如（195）；最高級，如（196）；反最高級，如（197）。

（193）我同你一樣咁叻。我和你一樣那麼能幹。

（194）呢本書貴過嗰本好多。這本書比那本書貴很多。

（195）佢冇你咁檬喳喳㗎。他沒有你那麼糊塗。

（196）邊個細佬哥最冇皮，就唔俾佢食。

哪個小孩子最頑皮，就不給他吃。

（197）我最唔高興嘅事，就係佢招呼都唔打個。<small>我最不高興的事，就是他連招呼也不打一個。</small>

比較級的"甲＋形容詞＋過＋乙"，用來表示甲乙兩者在數量、性質、程度的差別，乙是比較項，文獻常稱為"差比句"。在比較句當中，粵語的差比句較令人矚目，因為"甲＋形容詞＋過＋乙"的詞序在普通話是不說的，普通話一般說成"甲＋比＋乙＋形容詞"。（198）是粵語差比句的詞序，（199）是普通話的詞序，而現在粵語也慢慢接受這種說法（Yue-Hashimoto 1997，Liu 2002）。在比較嚴肅、正式的語境裏，（199）在粵語也能說。"比"字句雖然聽起來比較"文雅"，但已是可以接受的句子（鄧思穎 2003a：123），並且呈現所謂"非口語化原則"（張雙慶、郭必之 2005）。

（198）我高過你。

（199）我比你高。

張洪年（2007：114）提出過一個分析，認為（198）和（199）都是兩個句子複合的結果，再加上"比"或"過"而成，得出如（200）的結構。經過"省減手段"（deletion），相同的謂詞被省去一個，"比"字句是省左面的，如（201），形成上述的（199）；"過"字句是省右面的，如（202），形成上述的（198）。這個分析的重要性，是把"比"和"過"聯繫起來，它們都有相同的功能，就是用來引介比較項。

（200）我高－{比/過}－你高

（201）我~~高~~－比－你高

（202）我高－過－你~~高~~

粵語差比句的"過"是動詞，表示超越，跟前面的形容詞組成述補式複合詞（張洪年 1972/2007，Tang 1996b，Mok 1998，張雙慶、郭必之 2005），甚至可以當作一個"意義虛化了的趨向動詞"，從趨向動詞向後綴演變的"過渡成分"（李新魁等 1995：570）。"過"的前面可以插入表示情態的中綴"得"或"唔"，貌似形成可能補語（李新魁等 1995：570，Tang 1996b：317，張雙慶、郭必之 2005：234-235），如（203）和（204）。動詞後綴可以黏附在"過"之後，如（205）的"咗"、（206）的"晒"（Tang 1996b：316）。跟某些補語差不多，如（208）的"掂"（妥當），"過"被否定詞修飾，可置於賓語之後，如（207）（Tang 1996b：317）。

（203）我叻得過佢地。我能比他們更聰明。

（204）你梗係快唔過佢啦。你當然比不上他快。

（205）我高過咗佢。我的高度超越了他。

（206）我高過晒佢地。我比他們都高。

（207）我高佢唔過。我的高度不能超越他。

（208）我搞佢唔掂。我管不住他。

"過"後面的比較項，句法成分應該屬於賓語，跟前面的"形容詞＋過"組成述賓結構。在適當的語境下，"過"後面的比較項也可以省略，如（209），跟一般的賓語一樣。差比句也可以進入關係小句，修飾本來屬於比較項的名詞，如（210），意思是我比他們高的那些人。比較項也能作為話題，形成話題句，如（211）。

（209）甲：你高過佢咩？你比他高嗎？　　（李新魁等 1995：570）

　　　　乙：高過。比他高。

（210）我高過嘅人

（211）你呀，我高過；佢呀，我都高過。我比你高，也比他高。

加上"晒"的差比句，也有超越之意，有正面的意義（Tang 1b）。（206）的"高"表示超越，其他相似的例子還有"快過晒、好過晒、叻過晒（聰明）、靚過晒（漂亮）"等；(212)的"蠢"偏向負面，沒有超越的意思，其他相似的例子還有"矮過晒、醜過晒、窮過晒、衰過晒"等。除非用在比賽的語境（如比蠢、比矮），否則這些形容詞加上"晒"不太自然。

（212）？我蠢過晒佢地。我比他們都笨。

Matthews and Yip（2011：190）舉了（215），並認為是比較項的省略，跟（209）差不多。不過，所謂允許省略的"好，當中的形容詞不能隨意被替換，如在（214）的"正"（zeng3）跟"好"的意思差不多，可形成差比句，但不能用在（213）的環境，"*正過"是不能說的；（213）的"穩陣"（保險、穩妥），可形成差比句，但同樣不能用在（213）的環境，不能單獨說"*穩陣過"。如果把（213）所謂被省略的部份補出來，如（216），反而不自然。（213）的"不如"有建議的作用，而"好過"跟（217）的"罷喇"（baa2 laa1）的性質相似，可達提議、勸告（鄧思穎 2009c）。"好過"本來是謂詞，經過虛化後成為助詞，在句末出現，形成貌似賓語省略的現象。[18]

（213）如果你諗住買樓，不如買股票好過。如果你打算買房子作為投資，買股票比較好。　　　（Matthews and Yip 2011：190）

（214）買股票正過買樓　→　*買股票正過

（215）買股票穩陣過買樓　→　*買股票穩陣過

（216）？？不如買股票好過買樓。倒不如買股票比買房子好。

（217）不如買股票罷喇。倒不如買股票好了。

張洪年（2007：114）雖然嘗試為"比"和"過"提出統一的分析，如（200）的結構，但也注意到它們的詞類有別，"比"是介詞，"過"是組成述補式複合詞的一部分。此外，加上"過"形容詞能後綴"咗"和"晒"，如（205）和（206），有動態的理解；但跟"比"連用的形容詞，不能帶上"咗"和"晒"，（218）和（219）是不能說的。用"比"字的粵語差比句，在適當的語境下，也可以表示變化，加上助詞"喇"（laa3），強調說話者呈現變化，如（220）。

（218）*我比佢地高咗。我比他們高了。

---

18　有關"好過、罷啦"的語法特點，詳見本書第十章的討論。

（219）＊我比佢地高晒。我比他們都高。

（220）我終於比佢地高喇。我終於比他們高。

我們曾經把差比句的"比"當作一個謂詞（鄧思穎 2003a：
§5），"比你高"跟"勸你去"差不多，都是連謂句，嚴格來説，都
屬於兼語句："你"是第一個謂詞（"比、勸"）的賓語，是第二個謂
詞（"高、去"）的主語。兼語句的一個謂詞之後的名詞和謂詞，能以
聯合結構出現，如（221），證明了"你地"和"去"應可組成一個結
構（主謂結構）；"比"後面的比較項和形容詞，不能以聯合結構的形
式出現，如（222），説明了"你地"和"高"不組成一個結構，跟兼
語句不同。即使多加一個賓語/準賓語，讓連接的兩個部分音節比較
多，比較重，兼語句和差比句還是有差別，如（223）和（224）。

（221）我勸你地去，佢地嚟。我勸你們去，他們來。

（222）＊我比你地高，佢地重。我比你們高，比他們重。

（223）我勸你戒雪茄，佢戒白酒。我勸你戒雪茄，他戒白酒。

（224）＊我比你高一吋，佢重一磅。我比你高一吋，比他重一磅。

比較合理的分析，是把"比"當作介詞，跟比較項組成介詞短
語，這個介詞短語修飾後面的形容詞謂語，作為狀語（呂叔湘主編
1980，朱德熙 1982，Shi 2001，Lin2009，Liu2010 等）。由"比"所
組成的介詞短語，可以被連詞"同埋"連接，組成聯合結構，反觀
兼語句的第一個謂詞就不能這樣做，比較（225）和（226）。

（225）我比你同埋比佢都高。我比你和他都高。

（226）＊我勸你同埋勸佢都去。我勸你和他都去。

雖然同屬差比句，由"過"構成的差比句是述賓結構，形容詞
和"過"所組成的複合詞是述語，比較項是賓語；由"比"構成的差
比句是偏正結構，"比"和比較項所組成的介詞短語是狀語，修飾後
面的形容詞謂語。從句法來考慮，這兩種差比句的結構是不一樣的。

# 十、助詞

## 10.1　粵語助詞的分類

　　助詞是出現在句末位置的虛詞。如果有賓語的話，助詞在賓語之後。助詞的功能主要表示事件、時間、語氣等意義。普通話有兩個"了"，一個是動詞後綴，一般稱為"了₁"；一個是助詞，一般稱為"了₂"，是兩個不同的語素。普通話這兩個"了"在粵語的對應非常清楚，"了₁"是"咗"(zo2)，"了₂"是"喇"(laa3)，而且能連用，如（1），"咗"是黏附在動詞的後綴，在詞法的層次形成；"喇"是出現在句末的助詞，在句法的層次形成。（2）的"飯"是賓語，把"咗"和"喇"隔開。賓語前的"咗"是動詞後綴，凡是可在賓語之後出現的虛詞，都是助詞，如"喇"。粵語的助詞能連用，如（3）的"先、喇、嘴 (bo3)"，都算是助詞。

　　（1）佢走咗喇。他走了。

　　（2）佢食咗飯喇。他吃了飯了。

　　（3）佢食咗飯先喇嘴。他先吃了飯了呀。

　　粵語的助詞大致可以按照意義和功能劃分為以下幾類，可稱為事件助詞、時間助詞、焦點助詞、情態助詞、疑問助詞、祈使助詞、感情助詞七個小類。

　　（4）粵語的助詞

　　a. 事件：　先、添、乜滯 (mat1 zai6)、嚟 (lei4)、法、吓 (haa5)

　　b. 時間：　住、咁滯 (gam3 zai6)、嚟 (lei4)、喇 (laa3)、未

　　c. 焦點：　咋 (zaa3)、呢 (ne1)、囉 (lo1)、吖嘛 (aa1 maa3)、啦嘛

d. 情態： 啫（ze1）、之嘛、咓（gwaa3）、添、咧（le5）、嘺（be6）、
　　　　　 㗎喇、得㗎（dak1 gaa2）、定啦（ding2 laa1）

e. 疑問： 嗎（maa3）、咩（me1）、呀（aa4）、話（waa2）、嘅（ge2）、
　　　　　 先、嚱（he2）、哦嗬（o3 ho2）、吓話（haa6 waa5）

f. 祈使： 啦（laa1）、咧（le4）、喎（wo5）、嗰（bo3）、先、罷
　　　　　 啦（baa2 laa1）、好過（hou2 gwo3）、好喎（hou2 wo3）、
　　　　　 係啦（hai2 laa1）、吖嗱（aa1 laa4）、喇喂（la3 wei3）、
　　　　　 啊嗄（a3 haa2）

g. 感情： 啊（aa3）、-k

## 10.2　事件

　　事件助詞跟事件發生的先後、動作次數相關，句法上跟謂語的
關係比較密切，包括："先、添、乜滯（mat1 zai6）、嚟（lei4）、法、
吓（haa5）"。

　　先（sin1）"先"是文獻常注意到的助詞（張洪年 1972/2007，
李新魁等 1995 等），也是用來作為顯示粵語語法特色的一個現象。
"先"表示事件發生的先後，在謂語後出現，如（5）。如果有賓語的
話，"先"在賓語後出現，如（6）。普通話跟這個"先"的對應成分
也是"先"，不過只能在謂語前出現，扮演狀語的角色。根據粵語和
普通話比較的考慮，也有學者把粵語的"先"當作"後置副詞"（袁
家驊等 1960/2001，高華年 1980等）或"後置狀語"（曾子凡 1989，
張振興 2003a 等）。

　　（5）佢行先。他先走。

　　（6）佢寫文先。他先寫論文。

　　粵語的"先"還有兩種不同的用法，分別分析為疑問助詞，如
（7），和祈使助詞，如（8）。

（7）邊個最叻先？到底誰最聰明？

（8）等我歎翻杯茶先。讓我先好好地喝一杯茶。

**添**（tim1）"添"有增加的意思，分析為助詞（張洪年 1972/2007，李新魁等 1995，張雙慶 1997 等）、語助詞（梁仲森 1992/2005）、語氣詞（詹伯慧 1958，徐芷儀 1999 等），也有當作後置副詞或後置狀語（詹伯慧 1958，袁家驊等 1960/2001，高華年 1980，曾子凡 1989 等）。"添"主要表示"擴充範圍"，可以表示"再、多"的意思（詹伯慧 1958：122）、"額外增加"的意思（梁仲森 2005：58），着重賓語數量的增加（黎美鳳 2003），如（9）；"添"還有補充前面話語的作用，可加上"仲"等副詞，如（10）（張洪年 1972/2007）。

（9）食一碗添。多吃一碗。

（10）佢仲叻過你添。他比你還能幹呢。

除了擴充範圍的意思外，"添"可以用作一個表示"強調、誇張的語氣詞"（詹伯慧 1958：122），屬於情態助詞，如（11）。

（11）落雨添！居然下雨了！

**乜滯**（mat1 zai6）"乜滯"有分析為助詞（李新魁等 1995，張雙慶 1997 等）、後置副詞或後置狀語（袁家驊等 1960/2001，高華年 1980，曾子凡 1989，蔡建華 1995a 等）、補語（黃伯榮 1993 等）。意義上，"乜滯"表示動作行為接近某種程度、狀況（麥耘、譚步雲 1997/2011、鄭定歐 1997），相當於普通話的"幾乎、差不多"（袁家驊等 1960/2001，鄭定歐 1997）、"（不）怎麼、（沒有）甚麼"（饒秉才等 1981/2009）、"（不）太"（張勵妍、倪列懷 1999）、"（沒）多少、不大"（袁家驊等 1960/2001）等意思，如（12）。

（12）佢冇去乜滯。他不怎麼去。

"乜滯"必須跟否定詞共現。沒有了否定詞，例如（13），句子就不能成立（鄧思穎 2006a，Tang 2009）。[1] 這種必須跟否定詞一起出現的詞可稱為“否定極項”（negative polarity word）。否定詞和“乜滯”必須在同一個小句內出現（鄧思穎 2006a，Tang 2009），即（14）方括號內的部分；（15）的否定詞在根句，但“乜滯”卻在嵌套小句，兩者不在同一個小句內，這個例子不能説。[2]

（13）＊佢去乜滯。他＊(不)怎麼去。

（14）我知道［佢唔去乜滯］。我知道他不怎麼去。

（15）＊我唔知道［佢去乜滯］。

“乜滯”的功能是修飾謂語，特別是修飾謂語所表示的次數（如果謂語是動詞）或程度（如果謂語是動詞或形容詞）。（12）的“乜滯”修飾動作“去”的次數，而（16）的“乜滯”修飾高興的程度。

（16）佢唔高興乜滯。他不怎麼高興。

嚟（lei4）　“嚟”或讀作“lai4”，用在名詞謂語句和“係”字句，如（17），表示判斷、類屬等意義（張洪年 1972/2007，梁仲森 1992/2005，李新魁等 1995，麥耘、譚步雲 1997/2011，Lee and Yiu 1998，1999，Fung 2000，Yiu 2001，詹伯慧主編 2002，鄧思穎 2002b，方小燕 2003 等），表示解釋（explanation）（Matthews and Yip 2011：403），甚至分析為“判斷助詞”（甘于恩 1998）。

（17）呢啲乜嘢嚟㗎？蘋果嚟嘅。這是甚麼東西呀？是蘋果呀。

功能上，這個“嚟”是一個“動詞化詞頭”（verbalizer）（Lee and Yiu 1999），作用是把一個體詞轉類，變成謂詞，如把（17）的疑問代詞“乜嘢”（甚麼）和名詞“蘋果”轉變為謂詞，並在句中扮演謂

---

1　袁家驊等（1960：226）舉過“佢食飽乜滯”這個例子，並翻譯為普通話“他差不多吃飽了”。不過，這個例子在現在的香港粵語不能説，在該書的第二版已刪去（袁家驊等 2001）。袁家驊等（1960：226）還舉了“我冇飲乜滯”並且翻譯為普通話“我幾乎沒喝”。“乜滯”不表示“幾乎”的意思，該書可能把“乜滯”和“咁滯”混淆起來。這個例子的普通話翻譯在第二版已更正為“我沒喝多少”（袁家驊等 2001：222）。

2　對不少説香港粵語的年輕人而言，“乜滯”一詞似乎有消失的趨勢。有些年輕人只聽過“乜滯”但不會用，有些甚至從來沒聽過。這個語言變化的現象，值得注意。

語的角色。可詳見本書第九章的討論。

"㗎"的作用是把體詞轉變為謂語，表達一個狀態事件，表示判斷、類屬等意思，因此這個"㗎"分析為事件助詞。

**法**（faat3）　"法"在謂語後面出現，表示方式、方法、情形等意思，可分析為助詞（張洪年 1972/2007，饒秉才等 1981/2009）。跟"法"搭配的謂語，通常被"點樣（怎樣）、點、噉樣（gam2 joeng2）（這樣）、噉（gam2）"修飾，如（18）和（19）。沒有這些修飾成分的話，不能接受，如（20）。

（18）佢點唱歌法？他怎樣唱歌法？

（19）佢噉樣唱歌法。他這樣唱歌法。

（20）* 佢唱歌法。

這個"法"不是名詞，不能受定語修飾，如（21），也不能加上數量詞，如（22）。

（21）* 唱歌嘅法

（22）* 一個法

有"法"跟沒有"法"的謂語，意義差不多，試比較（18）和（23）。不過，有"法"的（18）好像較為強調法子、樣子。沒有"法"的謂語，不能受定語修飾，（24）是不能說的。

（23）佢點唱歌？他怎樣唱歌？

（24）* 噉嘅唱歌 這樣的唱歌

"法"也可以用在形容詞謂語句，如（25）。"法"不能用在名詞謂語句，（26）是不能說的（Cheng 2011），（27）的"大肚腩"（大肚子）好像是名詞，但卻可用作形容詞，如可受程度副詞修飾，如（28）。

（25）佢點高法？他怎麼高法？

（26）* 今日（點）星期四法？今天（* 怎樣）星期四。

（27）佢（點）大肚腩法？他怎樣大肚子法？

（28）佢都幾大肚腩。他也挺大肚子。

"法"所強調的是謂語所表達的情狀，跟事件有密切關係，屬於事件助詞。"法"基本上只能跟謂詞性謂語搭配，搭配後整個謂語又好像可以受定語修飾。"法"的功能，可能是一個"名物化詞頭"（nominalizer）（Cheng 2011），把謂詞性謂語，變為一個體詞性謂語。這種能改變詞類的助詞，性質跟事件助詞"嚟"相似。"嚟"把體詞變為謂詞性，而"法"則剛好相反，把謂詞變為體詞性。

吓（haa5）　這裏所談的"吓"表示"頗能、頗為"，跟形容詞謂語搭配（張洪年 2007：175），使意思"變得婉轉"（饒秉才等 2009：90），表示"婉轉的肯定"（李新魁等 1995：518），如（29）。謂語必須受程度副詞修飾（李新魁等 1995），沒有程度副詞的（30）是不能說的。

（29）佢幾叻吓。他挺聰明。

（30）＊佢叻吓。

跟形容詞謂語搭配的"吓"，只表示"頗為"，沒有"頗能"的意思，（31）比較明顯，石頭本身談不上能力，"吓"只表示"頗為"之意。除了"幾"外，能跟"吓"搭配的程度副詞還有"好"，其他的程度副詞"至（最）、非常、零舍（特別）、太"等，都不能說，如（32）。"幾、好"能表示"頗為"的意思，而"至、非常、零舍、太"所表示的程度都很高。形容詞不能受否定詞"唔"所修飾，如（33）。

（31）嚿石幾硬吓。那塊石頭挺硬的。

（32）佢好／＊至／＊非常／＊零舍／＊太叻吓。

他很／最／非常／特別／太聰明。

（33）＊佢唔叻吓。他不聰明。

（29）的"叻"（聰明）、（31）的"硬"是性質形容詞。以下的例子所見，"吓"不能跟狀態形容詞搭配，如（34）的"高高哋"、（35）的"論論盡盡"（粗心大意、笨手笨腳）、（36）的"臭崩崩"（臭烘烘）等。帶上表示程度後綴的形容詞，都不能跟"吓"搭配，如（37）的

"得滯"、（38）的"過頭"。

（34）＊佢高高哋吓。他有點高。

（35）＊佢論論盡盡吓。他挺粗心大意。

（36）＊佢臭崩崩吓。他臭烘烘的。

（37）＊佢叻得滯吓。他太聰明。

（38）＊佢叻過頭吓。他聰明得太過分。

張洪年（2007：175）注意到"吓"可以跟表示可能意義的"V 得"搭配（他稱為"謂補結構的能性式"），並且"當形容詞用"，如（39）。這個"得"應該是表示情態的動詞後綴，黏附在動詞之後，能改變詞類，由原來的動詞變為形容詞，表示"能夠"的意思（可見本書第七章的討論）。嚴格來講，（39）的"食得"應該是形容詞，而不是動詞。這種由轉類而來的形容詞，跟"吓"搭配的話，一樣不能受其他表示程度高的副詞修飾，如（40）的"至（最）、零舍（特別）"。

（39）佢幾食得吓。他很能吃。

（40）＊佢至/零舍食得吓。他最/特別能吃。

"吓"好像可以出現在賓語前和賓語後，如（41）和（42）。張洪年（2007：176）認為前者是"減低程度"，後者是"增加程度"，兩者用法不同。這兩種意義，應該來自兩個不同的"吓"，（41）的"吓"是黏附在動詞的後綴，表示程度之輕，又稱為"嘗試體"（張洪年2007）、"輕量體"（李新魁等1995）、"短時體"（彭小川2010）等；（42）的"吓"是助詞，跟事件的程度也有關係，有相當之意，偏向較高的程度。

（41）佢食得吓飯。他能吃一點飯。

（42）佢幾食得飯吓。他相當能吃。

表示程度的後綴黏附在動詞之後，如（43）；這個表示所謂"頗能"的助詞"吓"，不能跟動詞謂語搭配，（44）是不能說的。即使加上能願動詞，（45）還是不能說。（46）表示能夠的"得"，能改變詞類，"睇得" 變成形容詞，不能再帶賓語，因此（46）不能説。
（47）沒有賓語，可以接受，也可以跟"吓"搭配，如（48）。

（43）佢睇吓書。他看看書。

（44）＊佢睇書吓。

（45）＊佢可以睇書吓。

（46）＊佢好睇得書（吓）。

（47）佢好睇得。他有看頭。

（48）佢好睇得吓。他挺有看頭。

理論上，變為形容詞的"V 得"不能再帶賓語。（42）的"食得飯"算是例外，"食飯"已成為一個類指的活動，不一定跟米飯有關。把賓語換成指稱性較強的光桿名詞的話，分別較為明顯，如（49）的"菜"（蔬菜），也不能加上"吓"，如（50）。

（49）＊佢好食得菜。他能吃蔬菜。

（50）＊佢好食得菜吓。他挺能吃蔬菜。

## 10.3　時間

時間助詞跟謂語所表達的體、時相關，包括："住、咁滯、嚟、喇（laa3）"。

**住（zyu6）**　這裏的"住"是指出現在賓語之後的助詞（詹伯慧 1958，張洪年 1972/2007 等），如（51），也可以讀作"自"（zi6）。除了助詞外，還有分析認為"住"是語氣詞（鄭定歐 1997，徐芷儀 1999 等）、體貌助詞（施其生 1995，李新魁等 1995 等）、後置副詞或後置狀語（袁家驊等 1960，曾子凡 1989，李榮主編 1998 等）。意義上，"住"表示暫時（張洪年 1972/2007、袁家驊等 2001）、暫且（不）（饒秉才等 1981/2009，梁仲森 1991/2005，麥耘、譚步雲 1997/2011）、先（別/不要）（袁家驊等 1960）、先別（饒秉才等 1981/2009）、先、還（李榮主編 1998）、情況暫時維持/保持（施其生 1995，李新魁等 1995）、強調保持某種動作或狀態的暫時性（鄭定歐 1997），並且可以對應為英語的 "yet"（Matthews and Yip 1994/2011）。這些意義，都跟時間有關，"住" 屬於時間助詞。

（51）佢唔講個答案住。他暫時不把答案説出來。

"住" 必須出現在否定句（詹伯慧 1958，張洪年 1972/2007 等），如（51）。如果句子是肯定句，"住" 就不能出現，如（52）。否定詞可以是 "唔"（不）、"咪（mai2）/唔好"（別、不要）、"未"（還沒），但不可是 "冇"（沒有）。（53）有一種情態意義，如表示不會、不願意等意思，"唔" 所否定的是一個聽不到的助動詞（Yip 1988，Huang 1988）；（54）的 "咪、唔好" 用在祈使句；（55）的 "未" 所否定的是尚未發生的事件；（56）"冇" 所否定的事件是已發生的。"唔、咪、唔好、未" 所表示的意義屬於未然，而 "冇" 所表示的意義屬於已然。

（52）* 佢講個答案住。

（53）佢唔唱歌住。他暫時不唱歌。

（54）你咪/唔好唱歌住！你暫時別/不要唱歌！

（55）佢未唱歌住。他暫時還沒唱歌。

（56）* 佢冇唱歌住。他暫時沒有唱歌。

跟 "住" 搭配的謂語表示動態事件，不能表示靜態（林慧莎 2005），如（57）的 "係"（是）、（58）的 "叻"（聰明）。

（57）* 佢唔係醫生住。他暫時不是醫生。

（58）* 佢唔叻住。他暫時不聰明。

"住" 跟否定詞必須在同一個小句之內出現，即（59）方括號內的小句；（60）的否定詞在根句，但 "住" 卻在嵌套小句，兩者不在同一個小句內，這個例子不能説（鄧思穎 2009a）。

（59）我贊成［佢唔講個答案住］。我贊成他暫時不把答案説出來。

（60）我唔贊成［佢講個答案（＊住）］。

我不贊成他（暫時）把答案說出來。

出現在賓語之前的"住"屬於動詞後綴，如（61）的"住"。後綴"住"黏附在動詞之後，屬於詞法的現象；助詞"住"在賓語之後出現，屬於句法的現象。這兩個"住"能同時出現，如（62）"副眼鏡"前面的"住"是動詞後綴，後面的"住"是助詞。把"副眼鏡"移到句首，形成話題句後，兩個"住"甚至可以相連，如（63）。

（61）佢戴住副眼鏡。他戴着一副眼鏡。

（62）咪戴住副眼鏡住。先別戴着那副眼鏡。

（63）副眼鏡，咪戴住住。那副眼鏡，先別戴着。

**咁滯**（gam3 zai6）"咁滯"在賓語之後出現，如（64）。文獻有分析為助詞（饒秉才等 1981/2009，李新魁等 1995，張雙慶 1997，張勵妍、倪列懷 1999 等）、補語（張洪年 1972/2007）。"咁滯"表示"好像要、快要、即將、將近、大約、差不多"的意思（饒秉才等 1981/2009、李榮等 1998、張勵妍、倪列懷 1999），特別是指接近某種程度或狀態（麥耘、譚步雲 1997/2001），在數量上或程度上非常接近補語所表示的內容（鄭定歐 1997）。（64）的"咁滯"說明快到寫完的階段，表示程度、狀況的接近，跟體有關，屬於時間助詞。

（64）佢寫完篇文咁滯。他快寫完論文。

當"咁滯"出現時，比較常見的情況是表示結果狀態的補語、後綴必須出現，如（64）的"完"、（65）的"晒"。表示達成事件（achievement）的謂語雖然沒有補語或後綴，但也允許"咁滯"的出現，如（66）（鄧思穎 2006a，Tang 2009）。

（65）佢供晒層樓咁滯。他快全供完那層樓。

（66）佢死咁滯。他快要死。

在某些表示活動事件（activity）的謂語裏，特別是跟個人心理狀態有密切關係的謂語，"咁滯"的出現好像表示主語的一種意向：

"幾乎想、快要"（鄧思穎 2006a，Tang 2009），如（67）好像説他幾乎想笑出來的意思，有一種意向的意義。

（67）佢笑咁滯。他幾乎（想）笑。

純粹表示狀態（state）的謂語不允許"咁滯"，如（68）和（69）。然而，含有數量詞的名詞謂語（例如"五十歲"），卻可以跟"咁滯"共現，如（70）。

（68）＊佢靚咁滯。他（＊幾乎）漂亮。

（69）＊佢大肚腩咁滯。他（＊快）大肚子。

（70）佢五十歲咁滯。他差不多五十歲。

嚟（lei4）　"嚟"或讀作"lai4"，如（71），表示"動作剛發生不久"（張洪年 2007：201），"曾經經歷某種動作，或完成某種動作"（高華年 1980：198），"確認動作或情狀在不久的過去時曾經進行或出現"（梁仲森 2005：58），"某一情況曾經實現過"（李新魁等 1995：506）、"曾然"（麥耘 2008：196）等意思，Lai（2014）認為"嚟"是一個表示最近距離的時間（recency）。以（71）為例，洗車這個事件所發生的時間，在説這句話之前，表示過去的意思，跟過去時差不多。這個"嚟"的用法，屬於時間助詞。

（71）佢洗車嚟。他洗車來着。

"嚟"不能在形容詞謂語句出現，（72）是不能説的，並不表示他曾經聰明過。表示靜態的謂語，如（73）的"鍾意"（喜歡），也不能跟"嚟"一起出現。（74）的謂語是靜態的"係"，或光用一個名詞作為謂語，雖然能説，但"嚟"只表示判斷、類屬等意思，並不表示剛發生不久，跟時間無關。

（72）＊佢叻嚟。他曾聰明過。

（73）＊佢鍾意咖啡嚟。他曾喜歡咖啡。

（74）呢杯（係）咖啡嚟。這杯是咖啡。

"嚟"跟普通話的"來着"有些相似。不過，兩者仍有差異

（Tang 1998b：§2.9）。"來着"可以跟表示靜態事件的謂語搭配，如（75），但"㗎"不行，如（76）。跟"來着"搭配的動詞不能帶上"了、過"（呂叔湘主編 1980：311），如（77），但"㗎"不受這個限制，如（78）。"來着"不能進入否定句，如（79），但"㗎"卻可以，如（80）。跟"來着"搭配的謂語不能有補語（包括述補式複合詞、趨向補語），如（81），也不能受表示狀態的狀語修飾，如（83），"㗎"卻沒有這些限制，如（82）和（84）。[3]

（75）你姓甚麼來着？

（76）＊你姓乜嘢㗎？

（77）＊我去了/去過游泳來着。

（78）我去咗/去過游水㗎。

（79）＊我沒去蘭州來着。

（80）我有去蘭州㗎。

（81）＊我拿走/拿出去來着。

（82）我攞走咗/攞咗出去㗎。

（83）＊我偷偷地拿來着。

（84）我靜靜雞噉攞咗㗎。

**喇（laa3）** "喇"主要表示"新情況的開始"（張洪年 2007：183）、情況"已經改變、將要改變、或期待它的改變"（梁仲森 2005：60）、"新情況的產生"（李新魁等 1995：505），"事態已經如此或出現新情況，或已達到某一數量或某種程度"（方小燕 2003：130），如（85），跟普通話的助詞"了_2"差不多。"喇"的核心意義跟情況的變化有關，屬於時間助詞。

（85）落雨喇。下雨了。

本來表示靜態事件的動詞"係"（是）、名詞謂語句，加上了"喇"

---

3　不過，（84）的"㗎"較容易理解為趨向動詞，作為述語"攞"的趨向補語。

以後，賦予了動態的理解，如（86）由不是大學生成為大學生，是一個新情況的出現；(87) 的"喇"表示已經是星期四了，隱含了一種變化的過程。

（86）佢係大學生喇。他是大學生了。

（87）今日星期四喇。今天星期四了。

"喇"還有一些變體，如元音弱化為 [lə]，略帶"不悦、厭煩"的情緒（梁仲森 2005：60）；讀成"lo、lu"，帶點"輕鬆、隨意、不重視、不莊重"等態度（梁仲森 2005：60）。改變聲調，讀作高平調"啦"（laa1），表示懇求或命令（張洪年 2007：185），如（88）。這些用法，都離開了事件助詞"喇"純粹表示時間的意思，已肩負了不少表達語氣的功能，屬於別的類別。

（88）行快啲啦！走快點兒吧！

**未**（mei6）　"未"本來是否定副詞，跟體、時等意義相關。"未"在句末出現，形成反覆問句，如（89），仍保留時間意義，跟完成體或完成時相關（Matthews and Yip 1994/2011）。要回答（89），肯定的答案可以說成（90），否定的答案可以說成（91），甚至單說"未"也可以，如（92）。（91）和（92）的"未"是粵語的否定副詞，對應為普通話的"還沒有"。

（89）佢食咗飯未？他吃了飯沒有？

（90）佢食咗喇。他吃了。

（91）佢未食。他還沒吃。

（92）未。還沒。

如果謂語已經受否定副詞"未"所否定，就不能再用"未"來形成反覆問句，（93）是不能説的，也不能用其他方式來形成反覆問句，如（94）。相比之下，受"未"修飾的謂語，能進入（95）的特指問句、（96）的選擇問句、（97）的是非問句。

（93）＊佢未食飯未？他沒吃飯（＊沒有）？

（94） * 佢未唔未食飯？ * 他沒不沒吃飯？

（95） 邊個未食飯？誰還沒吃飯？

（96） 你食咗定未食？你吃了還是還沒吃？

（97） 佢未食飯呀？他還沒吃飯嗎？

雖然表面上副詞“未”和助詞“未”屬於兩個不同的詞類，但應有密切的關連，甚至都可當作副詞，可詳見本書第十三章的討論。助詞“未”由於跟時間的關係比較密切，應該歸類為時間助詞（鄧思穎 2006b）。

## 10.4　焦點

焦點助詞跟小句內某個範圍相關，跟句內謂語的關係比較密切，包括：“咋、呢（ne1）、囉、吖嘛、啦嘛”。

咋（zaa3）　“咋”是一個表示限制性焦點（restrictive focus）的助詞（Tang 1998b），有“僅僅如此、只是如此”、“數量或範圍較小”（李新魁等 1995：513）、“限制數量、行為等的範圍”（方小燕 2003：133）等作用，跟普通話“只、而已”、英語“only”的作用類似，如（98）。在這個例子裏，“咋”所限制的是賓語“一本書”的數量。

（98） 佢睇咗一本書咋。他只看了一本書。

“咋”所限制的對象，受句法條件的約束，大致上只能限制賓語、述語、謂語、主語後的狀語，但“咋”的限制對象不包括主語，還有主語前的成分，如狀語和話題（Tang 1998b：§2.4）。所謂限制的對象，在句法學、語義學的文獻，也可稱為“轄域”（scope）。以（98）為例，“咋”的限制對象包括賓語“一本書”（只看了一本書，不是兩本）、述語“睇咗”（只看了，沒有買），但不能包括主語“佢”（只有他看，別人沒看）。

至於（99），“咋”的限制對象可包括謂語“睇書”（只看書，沒做別的事情）、介詞短語狀語“喺圖書館”（只在圖書館，不在別的地方），但不能包括主語（只有他，沒有別人）。在適當的語境下，“咋”也可以限制光桿名詞“書”（只看書，沒看雜誌）。至於（100）的情況差不多，“咋”的限制對象可包括謂語“睇書”、狀語“尋日”，但不包括主語“佢”。

（99）佢喺圖書館睇書咋。他（只）在圖書館（只）看書。

（100）佢尋日睇書咋。他（只）在昨天（只）看書。

比較（100）和（101），（100）的“尋日”在主語之後，可作為“咋”的限制對象，但（101）的“尋日”在主語之前，不能作為“咋”的限制對象，沒有“只在昨天看書”的意思。（102）的“呢本書”從賓語移到句首，成為話題。“咋”的限制對象只包括述語“收埋”（只收起來，沒丟掉），不能包括主語（只有他，沒有別人）或主語前的話題（只有這本書，沒有別的）。

（101）尋日佢睇書咋。昨天他只看書。

（102）呢本書，佢收埋咋。這本書，他只收起來。

賓語方面，限制的範圍比較自由，包括直接賓語，如（98）和（103）的“一本書”、（104）的“一條問題”；間接賓語，如（103）的“佢”、（104）的“兩個人”；準賓語，如（105）的“一次”。

（103）我畀咗一本書佢咋。我只給他一本書。

（104）我問咗兩個人一條問題咋。我只問了兩個人一個問題。

（105）佢喊過一次咋。他只哭過一次。

至於較為複雜的結構，如（106）的複句，“咋”的限制對象不能伸延到從句內賓語“兩個學生”，無法表示“只來了兩個學生”的意思，只能限制主句內的謂語“唔影印”（只是不複印，沒有不上課）。（107）關係小句“睇過一本書”修飾“學生”，而“睇過一本書嘅學生”是“認得”的賓語。“咋”的限制對象不能伸延到關係小句內的賓語"一本書"（只看過一本書的學生，不是兩本），只能限制根句的賓語"睇過一本書嘅學生"（只認得看過一本書的學生，不認得別的人）。

（106）因為嚟咗兩個學生，我唔影印咋。

因為（*只）來了兩個學生，我不複印而已。

（107）我認得睇過一本書嘅學生咋。

我（只）認得（*只）看過一本書的學生。

雖然一般把"咋"當作一個助詞，但"咋"並非單純詞，應可分拆為"za3"（[tsɐ³³]）和"啊"（aa3）兩個語素（鄧思穎 2006b：229），前者由一個所謂短元音"a"組成的音節（粵拼用一個"a"來表示 [ɐ]）。事實上，"za3"才是真正的焦點助詞，後面的"啊"應該是感情助詞。粵語的韻基必須由兩個"莫拉"（mora）組成，這是粵語音系的要求（Yip 1992）。[4] 只佔一個莫拉的短元音"a"在粵語不能單獨作為韻基，因此"za3"不能獨用，必須跟別的語素結合。跟"啊"結合的"咋"（za + aa → zaa），韻基變為一個長元音"aa"（[a:]），符合兩個莫拉的要求；或跟有輔音音節首的助詞連用，由於受同化的影響，把輔音音節首的音複製過來，作為"za3"的輔音音節尾，如（108）的"咋咩"實際是讀作"zam3 me1"（[tsɐm³³ mɛ⁵⁵]），而不是讀作"*za3 me1"（*[tsɐ³³ mɛ⁵⁵]），也不是讀作"*zaa3 me1"（*[tsa:³³ mɛ⁵⁵]）。這裏的"咋"由短元音"a"（[ɐ]）和輔音音節尾"m"組成，而"m"的來源就是後面"咩"的音節首，符合兩個莫拉的要求。

（108）你飲水咋咩？你只喝水嗎？

張洪年（2007：194）認為（109）表示疑問的"喳"（zaa4）由"啫"（ze1）和"呀"（aa4）合音而成。梁仲森（2005：60）也持相似的意

---

4 所謂"莫拉"是韻律音系學（prosodic phonology）的術語，是指韻律時間的最小單位。一個短元音只有一個莫拉（如 [ɐ]），一個短元音加上一個輔音音節尾（如 [ɐm]）或一個長元音（如 [a:]）則有兩個莫拉。

見，認為"咋"（zaa3）是"啫"（ze1）和"啊"（aa3）的合音而成，"啊"有"柔和"之意，使語氣柔和。"啫"和"za3"無論形式還是功能都不同，構成"咋"的核心應該是"za3"而不是"啫"。"咋"是焦點助詞，而"啫"的功能應更廣，屬於情態助詞。

（109）得一本書喳？只有一本書嗎？

**呢**（ne1）"呢"本來讀作"ne1"，但現在香港粵語的"n"和"l"音節首往往不區分，"呢"也可以讀作"le1"。"呢"一般用在疑問句裏，如（110）的特指問句、（111）的選擇問句、（112）的反覆問句，可當作"疑問助詞"（張洪年 2007：196）。

（110）邊個去呢？誰去呢？

（111）你飲奶茶定咖啡呢？你喝奶茶還是咖啡呢？

（112）你去唔去呢？你去不去呢？

粵語"呢"跟普通話的"呢"差不多。不過，普通話的"呢"還可以在別的句子裏出現，如（113）表示持續狀態的"呢"和（114）表示誇張語氣的"呢"。按照朱德熙（1982）的劃分，表示時態的"呢"叫做"呢$_1$"，表示疑問的"呢"叫做"呢$_2$"，表示誇張語氣的"呢"叫做"呢$_3$"。

（113）下雨呢。

（114）他會開飛機呢！

胡明揚（1987：90）認為普通話只有一個"呢"，核心功能就是"提請對方特別注意自己說話內容的某一點，表示這一點的詞語往往帶強調重音"。疑問句的"呢"表示"請你特別注意這一點"，表示時態的"呢"在提醒對方"這種情況你可能不知道，我現在提請你注意"，表示誇張語氣的"呢"也是由強調重音引起。"呢"的"注意某一點"的作用，應該是焦點（focus）一種最基本的功能，即說話者在說話中表達了最關注的信息，說出最想讓聽話者注意的部分，如（115）隱含了"你可能以為沒有人問起"，隱含來自"呢"的前設，

210

跟句子的表述部分形成對比，這裏的"呢"正起了對比性話語焦點（discourse focus）（顧陽 2008：112）。

（115）要是有人問起呢，你就照實説好了。

普通話的（113）和（114）在粵語不會説成（116）和（117），粵語的"呢"好像沒有表示時態（即"呢₁"）、誇張語氣（即"呢₃"）。不過，粵語的"呢"也有非疑問的用法。在感歎句裏，尤其是由形容詞謂語句組成的感歎句，"呢"可以加強那種誇張的語氣，如（118），"論盡"（狼狽、粗心大意、笨手笨腳）是粵語的形容詞，加上"幾咁"（多麼）表示了句類是感歎句，而多加"你睇吓"（你看看）突顯了"提請注意"的意思，"呢"那種焦點作用更為明顯。

（116）＊落雨呢。

（117）＊佢會揸飛機呢！

（118）你睇吓，佢幾咁論盡呢！你看看，他多麼狼狽呢！

"呢"可以在從句後出現（張洪年 1972/2007，高華年 1980，梁仲森 1992/2005，Matthews and Yip 1994/2001 等），如（115）在粵語可以説成（119），"呢"前面的從句，是"説話者想要知道它的情況或處理辦法"（梁仲森 2005：74），也應跟焦點有關。

（119）如果有人問起呢，你照實講就得㗎喇。
要是有人問起，你就照實説好了。

**囉（lo1）** "囉"是粵語口語最常用的助詞，出現頻率最高（鄧思穎 2002b）。表示"新情況的開始"，當作"喇"的一個變體（張洪年 1972/2007）。這種所謂"新情況"，不一定是指新發生的事件，也可以指"説話人本來並不知道或者沒有注意，到了現在才察覺事情如此"（張洪年 2007：184），如（120）。[5]

（120）落咗雨好耐囉，你唔知咩？雨下了很久了，你不知道嗎？

---

5　（120）來自張洪年（2007：184），但原文用"嘍"代表"囉"。

“囉”這種所謂“新情況”的理解，還可以詮釋為“obviousness”（Kwok 1984）、“事實或道理明顯，容易了解，或很容易得出結論，有‘很簡單’之意，一般用在反問句中”（張勵妍、倪列懷 1999：200），“解釋或同意、肯定事實”（方小燕 2003：134），“說話者認為是很顯然的事情或道理，不必說明，也無容爭議”（梁仲森 2005：75）。在語用上，“囉”甚至表示“略帶不耐煩的口吻”，有時“帶着譏諷的口氣”（李新魁等 1995：516）。通過“囉”的使用，說話者提醒聽話者注意句中所表示的明顯事實或道理，肯定句子的事實，有一種表示焦點的作用，“囉”也分析為焦點助詞（鄧思穎 2002b）。

“囉”表示焦點的功能，通過“咪”(mai6) 的出現，更為明顯（鄧思穎 2008e），如（121）。“咪”是副詞（曾子凡 1989，張勵妍、倪列懷 1999），可對應為普通話的“就”，跟“囉”連用的時候，表示了“不就是……嗎”、“不是……嗎”。從語義學的角度分析，“咪”是一個“傳信標記”（evidential marker）（Lee and Man 1997），而“囉”也有表示傳信（evidentiality）和評估（evaluation）的作用（Lee and Law 2001）。

（121）我咪講過囉！我不就是説過嘛！

“囉”的焦點有對比的作用，而“囉”的所指也就是“囉”的轄域（scope），“咪”的分佈直接影響到“囉”的焦點轄域，也幫助決定“囉”的轄域。出現在謂語前的“咪”，“囉”的轄域可以是整個謂語，如（121）的“講過”（用來否定沒講過），“囉”的轄域也可以是謂語內的成分，如（122）的賓語“三篇”（不是一篇）、（123）的補語“要死”(不是做得很輕鬆)、（124）的狀語“聽日”(不是別的日子)

（122）我咪寫咗三篇囉！我不就是寫了三篇嘛！

（123）我咪做到要死囉！我不就是做得要死嘛！

（124）我咪聽日去囉！我不就是明天去嘛！

“咪”前邊的主語也好像可以在“囉”的轄域之內，如（125）的

"阿輝"（Lee and Man 1997）。不過，最自然的説法，還是把"咪"放在主語之前，如（126）。主語前的"咪"，它的轄域只能是主語，不能是其他成分（鄧思穎 2008e），如（127）"囉"的轄域指向賓語"三篇"的話，"咪"只能在謂語前出現，不能在主語前出現。主語前的"咪"只能指向主語"我"，而不能指向賓語。

（125）甲：邊個去過非洲呀？誰去過非洲呢？

　　　　乙：阿輝咪去過非洲囉。不就是阿輝去過非洲嘛。

（126）咪阿輝去過非洲囉。不就是阿輝去過非洲嘛。

（127）甲：你係唔係寫咗一篇咋？你是不是只寫了一篇？

　　　　乙：(＊咪) 我（咪）寫咗三篇囉！我不就是寫了三篇嘛！

焦點的部分不能離開"囉"的轄域（鄧思穎 2008e）。（128）的"囉"可以指向賓語"呢本書"（不是別的書）。如果賓語移到句首，形成話題句，如（129），"囉"的轄域只能指述語"買咗"（不是借了），而不能再指"呢本書"。

（128）我咪買咗呢本書囉！我不就是買了這本書嘛！

（129）呢本書，我咪買咗囉！這本書，我不就是買了嘛！

"囉"還有一種用法，用於"説話態度比較消極、低姿態的情況"，帶有點"勉強"的感覺（梁仲森 2005：76），給聽者一種不耐煩、沒有誠意、沒有禮貌的感覺（張雙慶 1989），是"年輕人用得最多"（梁仲森 2005：76），如（130），來自梁仲森（2005：76）搜集的語料。

（130）對唔住囉，最多下次醒目啲囉。對不起，最多下一次精明一點。

"囉"的這種所謂"消極勉強"的語氣，其實並不是"囉"本身的意義，而是來自語境，並配合説話者的語氣，是一個語用的問題（鄧思穎 2002b）。梁仲森（2005：76）覺得（131）也有那種"消極勉強"的態度。然而，換了另一種語氣的話，不要把"囉"拖長，（131）不一定是"消極勉強"。在沒有"消極勉強"的語境下，（131）的"囉"只不過有一種排列的功能，把各個命題"初初唔慣"、"乜都唔識"和

"樣樣都要人提"──一交代出來，並且給予一種肯定的作用。

（131）初初唔慣囉，乜都唔識囉，樣樣都要人提囉。當初不習
　　　　慣，甚麼都不懂，每樣事都要人提醒。

如果把"囉"的那種所謂"消極勉強"的意義剔除，那麼，"囉"
所表示的所謂"新情況"是一種強調的功能，就是對命題表示肯定。
對於現在說香港粵語的（年輕）人來講，"囉"的"消極勉強"意義
並非"囉"的本義，"囉"的核心功能是強調命題，表示焦點。

吖嘛（aa1 maa3）"吖嘛"跟"嘛"有關。"嘛"是用來"強調
語氣"，而且"常和別的助詞連用"（張洪年 2007：196）。[6] 這個助
詞不常單獨使用，也沒有被一般粵語詞典所收錄。雖然"嘛"單獨
使用的情況不多，但還是可以接受的。趙偉鈞（2014）根據"香港
二十世紀中期語料庫"所收錄的語料，找到"嘛"獨用的例子，如
（132）和（133）。這裏的"嘛"不僅有強調語氣的作用，還有提示、
告知的意義，把新命題告知聽話者。常跟"嘛"連用的助詞有"吖
嘛"（aa1 maa3）、"之嘛"（zi1 maa3）、"啦嘛"（laa1 maa3）（張洪年
1972/2007）。"吖嘛"和"啦嘛"是焦點助詞，"之嘛"是情態助詞。

（132）修女你都唔識！咪係尼姑嘛！
　　　　你居然連修女都不懂，不就是尼姑嘛！

（133）我去收衣服洗嘛！我收衣服去洗嘛！

"吖嘛"（aa1 maa3）表示"說理"（饒秉才等 2009：1）、[7] 相當於
普通話的"吧"（劉扳盛 2008：1），如（134）。"吖嘛"跟"嘛"的意
思差不多，單用"嘛"的例子也可以說成"吖嘛"，如（132）也可以
說成（135），兩者是一樣的，"吖嘛"甚至比"嘛"更為自然。

（134）佢睇書吖嘛。我早就說他看書。

---

6　"嘛"（maa3）或寫作"嗎"（張洪年 1972/2007）。
7　"吖嘛"在饒秉才等（1981）並沒有收錄。

（135）修女你都唔識！咪係尼姑吖嘛！你居然連修女都不懂，不就是尼姑嘛！

"吖嘛"的功能是引導聽話者關注相關的事實，所強調的不一定是顯然而見的事實，而是回應語境曾提及過的事情，包括回應疑問句的提問，有一種"發揮"（elaboration）的作用（Lee and Law 2001），如（136）的"吖嘛"回應了特指問句所問的原因，強調了開心的原因。

（136）甲：點解佢咁開心啊？為甚麼他那麼開心呢？

　　　　乙：佢贏咗馬吖嘛。因為他贏了賽馬。

"吖嘛"不能用來回應其他類型的疑問句，如（137）的選擇問句、（138）的反覆問句、（139）的是非問句，"呀"（aa4）是表示是非問句的助詞。用"吖嘛"來回應這些問題不好，原因是這些問題所問的信息不夠複雜（Lee and Law 2001）。跟特指問句所問的不同，選擇問句和反覆問句都是在並列的項目選一項作答，是非問句的答案是"是"與"非"的選擇，不存在"發揮"的餘地。

（137）甲：你飲奶茶定咖啡？你喝奶茶還是咖啡？

　　　　乙：＊咖啡吖嘛。咖啡。

（138）甲：你一陣間開唔開會啊？你待一會兒開會不開會呢？

　　　　乙：＊開吖嘛。開。

（139）甲：今日星期五呀？今天星期五嗎？

　　　　乙：＊係吖嘛。是啊。

如果乙早已把答案告訴甲，甲再問的話，乙用"吖嘛"再次提醒甲，回應就會自然得多，也能夠接受（Wakefield 2010：145），如（140）和（141）。"吖嘛"所指的答案需要一定的知識背景，如曾在語境中提及過。

（140）甲：你飲奶茶定咖啡？你喝奶茶還是咖啡？

　　　　乙：咖啡吖嘛，我頭先咪講咗囉。咖啡，我剛才不就是說過嘛。

（141）甲：你一陣間開唔開會啊？你待一會兒開會不開會呢？

乙：開吖嘛，我頭先咪講咗囉。開啊，我剛才不就是說過嘛。

不過，這種“挽救”的方法只適用於選擇問句和反覆問句，（142）的是非問句還是不能說。即使答案是否定（如“唔係”），或者改用別的謂詞（如“冇錯、唔啱”）來回應，也不能用“吖嘛”。

（142）甲：今日星期五呀？今天星期五嗎？

乙：＊係吖嘛，我頭先咪講咗囉。是啊，我剛才不就是說過嘛。

乙：＊唔係吖嘛，我頭先咪講咗囉。

不是啊，我剛才不就是說過嘛。

乙：＊冇錯吖嘛，我頭先咪講咗囉。沒錯啊，我剛才不就是說過嘛。

乙：＊唔啱吖嘛，我頭先咪講咗囉。

不對啊，我剛才不就是說過嘛。

上述選擇問句和反覆問句的答案，理論上是二選一，如（140）的奶茶或咖啡，（141）的開會或不開會，但實際上答案的可能性卻很多，如（140）可提議檸檬茶，（141）可以把會議改到下個月才開。是非問句的答案，理論上和實際上都只能二選一：是或非，沒有第三個可能性。從答案所提供的信息的複雜度而言，是非問句的答案顯然簡單得多，由此看來，信息的複雜度在有“吖嘛”的句子裏仍扮演一定的角色。

**啦嘛**（laa1 maa3）“啦嘛”應該是“啦”和“嘛”的連用，不見於一般的粵語詞典。“啦”（高平調）是時間助詞“喇”（中平調）的變體，表示情況的變化。（143）的“啦嘛”，還有那種變化情況的意思，說明他看書這個事實早已發生，而“嘛”有強調的作用，把他看書這個新命題告知聽話者。

（143）佢睇完書啦嘛。他早就看完書了。

跟“吖嘛”差不多，“啦嘛”也能引導聽話者關注相關的事實，所強調的不一定是顯然而見的事實。雖然"啦嘛"必須回應語境曾提及過的事情，但答案不需要一定的知識背景。(144)的對話顯示了"啦嘛"可以回應問原因的問題，而所表示的畢業就是看不到他的原因。"啦嘛"不能回答其他類型的疑問句，如(145)問方式的特指問句、(146)的選擇問句、(147)的反覆問句。

(144) 甲：點解唔見佢嘅？為甚麼看不到他？

　　　　乙：畢咗業啦嘛。已經畢業了。

(145) 甲：佢點樣翻學㗎？他怎樣上學？

　　　　乙：＊坐地鐵啦嘛。坐地鐵。

(146) 甲：佢瞓咗覺定走咗啊？他睡覺了還是走了？

　　　　乙：＊瞓咗覺啦嘛。睡覺了。

(147) 甲：佢去咗未？他去了沒有？

　　　　乙：＊去咗啦嘛。去了。

"啦嘛"能形成複句，出現在主句的連詞只能是表示因果複句的"所以"，其他的連詞，如表示條件複句的"否則"、轉折複句的"但係"、假設複句的"就"等連詞等，都不能説，説明了"啦嘛"只能形成因果複句，引導原因。

(148) 畢咗業啦嘛，所以/＊否則/＊但係/＊就唔嚟。

　　　　已經畢業了，所以/否則/但是/就不來。

"啦嘛"所表示的事件不一定完成，正在進行的(149)也可以説，但必須是已然，事件必須已經開始了，未然的(150)是不能説的。

(149) 佢坐緊車啦嘛。他已開始坐車了，並正在坐。

(150) ＊佢會坐車啦嘛。他會坐車。

## 10.5　情態

　　情態助詞跟語氣、口氣有關，表達了説話人的主觀認定，有一個評價或一種認識，包括："啫、之嘛、咖、添、咧、嘥、㗎喇、得㗎、定啦"。

　　**啫**（ze1）"啫"的核心作用，跟"咋"差不多，都能表示限制性焦點的作用，有"僅此而已、只是"（張洪年 2007：194）、"對句子中謂語所述的物類、程度、數量、時間、範圍、情況表示低限"（梁仲森 2005：60）、"把事情往小裏説"（李新魁等 1995：512，方小燕 2003：137）等，如（151）。

　　（151）佢講笑啫。他開玩笑而已。

　　"啫"和"咋"在很多情況下都好像可以互換，（151）也可以説成（152）。不過，（152）的"咋"所側重的是他只開玩笑，沒有做別的事情，限制了動作的可能性；（151）的"啫"並不是説他只開玩笑，而是説開玩笑不是甚麼大不了的事情，説話者帶有明顯的主觀評價，引申出那種所謂"把事情往小裏説"的味道。

　　（152）佢講笑咋。他只開玩笑。

　　在比較以下這兩句，分別比較明顯。（153）的"咋"所限制的對象是兩條腿，指的是腿的數量，是客觀數量的比較（如跟馬、蜘蛛等動物比較），沒有主觀的評價；（154）的"啫"雖然有"僅此而已"的意思，但説起來非常彆扭。有"啫"的句子，應該有一個預設，就是一般人的評價，而説話者提出自己主觀的評價，有異於一般人的評價，並有一種"往小裏説"的作用。（154）之所以彆扭，就是一般人不會對我只有兩隻腳的事實有甚麼特別的評價，而我會跟他們有不同的觀點，"啫"在這個例子的作用顯然不合適。相比之下，（151）的"啫"就沒有問題。一般人對他的開玩笑有一種負面的評價，是一個已知的預設，而説話者提出自己的觀點，並不認為開玩笑有問題，"啫"就是突顯了說話者跟已有預設的差異。這就是李新魁等（1995：512）所說的"對別人的意見表示輕視、否定"，也可用於反駁。

（153）我有兩隻腳咋。我只有兩條腿。

（154）？？我有兩隻腳啫。我只有兩條腿。

由於"啫"表達了說話者的主觀評價，由此可引申出"帶估測色彩的認定"（李新魁等 1995：513），如（155），或"告訴對方一件事是對方所預料不到的，且略帶有驕傲的意味"（張洪年 2007：194），如（156）。這些例子，"啫"的作用都是突顯了說話者跟一般人的預設有異，帶出說話者的主觀評價。

（155）實係佢啫！準是他！

（156）我用咗十蚊啫。我只用了十塊，真想不到。

"啫"還可以加上輔音音節尾"k"，讀成"zek1"，基本上保留了"把事情往小裏說"的意思，只不過感情色彩濃得多，或強調所說的內容是"新信息"，如（157），或表示"鼓勵、建議，往往針對別人相反的意願而發"，如（158），或"表示詢問，帶着催促對方答覆的口吻"，如（159）（李新魁等 1995：513），甚至成為一種所謂"女性化"的用法，"語帶陰柔，說話很哆"的味道（張洪年 2007：195），或用於"親人或熟悉的朋友的對話裏，多數用於晚輩對長輩的對話裏"，往往"帶有撒嬌的意味，女孩子用得比較多"（高華年 1980：197），如（160）。"zek1"這些用法，都是"啫"的引申，仍帶有評價，屬於情態助詞（如（157）），或表示詢問、建議（如（158）和（159）），成為疑問助詞、祈使助詞，或進一步虛化，有"撒嬌"的味道，成為感情助詞。

（157）佢屋企有隻貓好靚 zek。他家有一隻貓很好看呢。

（158）咪睬佢 zek！我說不要理他！

（159）你制唔制 zek？你到底幹不幹？

（160）係唔係㗎 zek ？是不是的呢？

**之嘛**（zi1 maa3）"之嘛"表示"輕視的語氣"（高華年 1980：203）、"只不過如此"（詹伯慧主編 2002b：260）、"無所謂的語氣"（饒秉才等 2009：106）、"把事情往小裏説，有'不過如此'的意思"（李新魁等 1995：514）、"無所謂或輕蔑的語氣"（張勵妍、倪列懷 1999：69）、"沒甚麼大不了"、"僅僅因為某個原因（而導致事情沒弄好），帶有遺憾的口氣"（麥耘、譚步雲 2011：344）、"表示輕視之意"（劉扳盛 2008：189）等，如（161）。張洪年（2007：183，195）認為"之嘛"應分拆為"之"和"嘛"兩部分，"之"來自"啫"（ze1），表示"僅此而已"的意思；"嘛"就是這裏所談的"嘛"，表示強調。"之嘛"是"啫嗎"的連用。事實上，"之嘛"的"之"並非讀成 $[tsi^{55}]$，而是一個較為短促的元音，如讀成 $[ts\text{\textschwa}^{55}\,ma^{33}]$、$[ts\text{\textschwa}^{?55}\,ma^{33}]$ 或 $[ts\text{\textschwa}m^{55}\,ma^{33}]$。

（161）佢睇書之嘛。他只不過看書。

"之嘛"由"啫"組成，而（161）和（162）的意義很接近，都可以翻譯為普通話的"只不過"，兩者不容易區分。（161）的"之嘛"帶着點"不以為然"的評價，當中的"嘛"多了一種強調的作用，增加了告知的意義；（162）的"啫"好像少了那種強調的意思，也好像少了一種爭辯的味道。

（162）佢睇書啫。他只不過看書。

必須在一定的語境前提下，"之嘛"才能用，如（161）不能在毫無前提下由説話者説出來。跟"吖嘛"不同，"之嘛"主要不是用來回答問題。（163）的乙雖然間接道出開心的原因，其實並非直接回應甲的問題，而是對贏賽馬不以為然。（164）更是答非所問。

（163）甲：點解佢咁開心啊？為甚麼他那麼開心呢？

　　　乙：？佢贏咗馬之嘛。他只不過贏了賽馬。

（164）甲：你飲奶茶定咖啡？你喝奶茶還是咖啡？

　　　乙：＊咖啡之嘛。只不過是咖啡。

220

以下的對話，可反映説話者用"之嘛"來回應別人的評價，並表達自己的觀點。乙不同意甲的評價，"之嘛"強調了不怎麼了不起的意思。

（165）甲：人人都讚佢好犀利喎。每個人都説他很厲害。

　　　　乙：佢好彩之嘛。他只不過好運。

**啩**（gwaa3）"啩"表示"揣測"（張洪年 2007：192）、"推測"（高華年 1980：201）、説話者個人的猜想，沒有根據，自己也不敢肯定，沒有信心（梁仲森 2005：68）、"半信半疑"（饒秉才等 1981/2009，李新魁等 1995，麥耘、譚步雲 1997/2011，鄭定歐 1997，張勵妍、倪列懷 1999 等）、"對某種事實的揣測"（方小燕 2003：144），如（166）。

（166）佢去啩！他去吧。

饒秉才等（1981/2009）、鄭定歐（1997）認為"啩"表示疑問，方小燕（2003）明確把"啩"分析為"是非疑問句常用句末語氣助詞"，認為跟"呀"（aa4）和"嗎"（maa3）有相同的功能，"對疑問語氣起決定的區別作用"（方小燕 2003：143），例如（167）。

（167）呢度啲人工會高啲啩？這裏的工資會高一些吧？

根據是非問句的標準（朱德熙 1982：203），聽話者可以用"係"（是）或"唔係"（不是）來回應（167），（167）似乎具備是非問句的基本條件。至於其他類型的疑問句，"啩"不能出現在（168）的特指問句、（169）的選擇問句、（170）的反覆問句。

（168）＊邊個會去啩？誰會去？

（169）＊佢飲奶茶定咖啡啩？他喝奶茶還是咖啡？

（170）＊佢去唔去啩？他去不去？

饒秉才等（1981/2009）認為"啩"對應為普通話的"吧"，可表示疑問。普通話的"吧"可以用在是非問句，表示"説話的人已經知道是怎麼回事，只是還不能確定，提問是為了讓對方證實"（朱德熙

1982：211）、"半信半疑，是測度疑問"（黃伯榮、廖序東 2007b：
98），如（171）和（172）。

（171）今天星期五吧？

（172）你明天能來吧？

如果把普通話（171）和（172）的"吧"直譯為粵語的"啩"，勉
強可以說成（173）和（174）。（173）的"啩"強調那種"半信半疑、
不十分肯定"的語氣，聽話者可以用"係"（是）或"唔係"（不是）
來回應，但不一定要回應。事實上，（173）的說話者只是對事情的
一種判斷，不太像是非問句，反而是自言自語，不需要有聽眾。即
使（174）明顯指向聽話者，說起來也很彆扭，不能用作疑問句來詢
問聽話者。假如"啩"真的是"是非疑問句的句末語氣助詞"，"對疑
問語氣起決定的區別作用"，這兩個例子理論上應該可以接受。

（173）（？）今日星期五啩？今天星期五吧？

（174）？？你聽日可以㗎啩？你明天能來吧？

"呀"（aa4）和"嗎"（maa3）是粵語較為典型的是非問句助
詞。"呀"的功用是"心中先有假設，然後提問以作確認"（張洪年
2007：305），而用"嗎"的問句是"問話人並無先設答案，確實不知
對方的情況如何"（張洪年 2007：305）。儘管"啩"、"呀"、"嗎"都
被方小燕（2003）當作"是非疑問句的句末語氣助詞"，但它們有顯
著的差異。有"呀、嗎"的（175）和（176）用作是非問句，一定有
聽話者，而聽話者一定要回答。說（175）的語境絕對不會是自言自
語。顯然，"呀"和"嗎"才是真正的疑問助詞，而"啩"不是。

（175）今日星期五呀/嗎？今天星期五嗎？

（176）你聽日可以㗎呀/嗎？你明天能來嗎？

"啩"不能被"呀"和"嗎"所替代。Matthews and Yip（2011：
405）認為（177）"啩"的作用跟普通話的"吧"相似，表示揣
測，用以回應提問或命題（resembles the "speculative" meaning of

222

ba 把 in Mandarin. It is most typically used in reply to a question or proposition）。如果把"啩"換成"呀"和"嗎"，（178）乙的回應則絕對不能接受。儘管"啩"可以對應為普通話的"吧"，但這個"吧"只表示揣測，並不表示疑問，揣測和疑問是兩個不同的概念。

（177）甲：的士又加價喇。出租車又加價了。

乙：唔係啩！冇理由嘅！不是吧！沒有理由的。

（178）甲：的士又加價喇。

乙：＊唔係呀/嗎？冇理由嘅！

"啩"不表示疑問，而"呀、嗎"不表示揣測。（179）的"我估"（我猜）的作用，是說話者把揣測的意思明確顯示出來，引導說話者猜測的內容。表示猜測內容的小句不能是疑問句。（180）的"我估"後面接續的小句只可以有"啩"，不能有"呀、嗎"，說明了有"呀、嗎"的小句是疑問句，而有"啩"的小句不是。

（179）我估：＊邊個去/佢去。我猜：＊誰去/他去。

（180）我估：佢去＊呀/＊嗎/啩。我猜：他去吧。

（181）的"我想問"作為提問的開端，引導之後的問題，如疑問句"邊個去"（誰去）能說，陳述句"佢去"（他去）則不能說。（182）的"我想問"能引導有"呀、嗎"的小句，卻不能引導有"啩"的小句，說明了前者是疑問句，後者不是。由此可見，"啩"只表示揣測，不表示疑問。

（181）我想問：邊個去/＊佢去。我想問：誰去/＊他去。

（182）我想問：佢去呀/嗎/＊啩？我想問：他去嗎？

添（tim1）"添"有兩個意思，一個表示擴充範圍，一個表示強調、誇張（詹伯慧1958：122），前者是事件助詞，見本章（9）的介紹，後者是情態助詞，如（183）。情態助詞的"添"，說話者"剛發覺而意想不到的新現象"，往往有"稍驚"（梁仲森2005：61）、"遺憾、不安"（方小燕2003：163）等意思。兩個"添"的形式也稍有不同，情態助詞"添"經常與"急降調型"結合（梁仲森 2005：61）或通常"拖長"（方小燕 2003：163）。

（183）落雨添！居然下雨了！

情態助詞"添"所表示的"新現象"，引申出的"稍驚、遺憾、不安"，跟"添"組合的謂語，都表示了事件有變化，跟所謂"新現象"有關。"添"的作用，就是表明句子的預設跟句子所表達的實際情況之間有變化（黎美鳳 2003）。以（183）為例，說話者本來的預設是沒下雨，但發現實際情況跟預設相反，"添"的作用就是強調了謂語所表達的事件，跟預設有變化，由沒下雨變成下雨了。

預設有異、事件的變化的結果，使說話者受影響。"添"的另一個作用，就是指向說話者，給說話者賦予"蒙事"（Affectee）的角色。（183）的說話者就是蒙事，說這句話，肯定受到下雨的影響，如沒帶雨傘，會被淋濕。"添"就是加強了蒙事這種意外受影響的意思，如（184）可以加上副詞"居然"，突顯了蒙事的影響，還有預設的變化。

（184）居然落雨添！居然下雨了！

假如預設的改變對說話者沒有影響，"添"就不能使用。（185）的語境，說話者把客觀事實告訴聽話者，即使這個客觀事實可能跟原來的預設有異（本來以為曹禺姓曹），但這個錯誤的預設不影響到說話者，如（186）不能加"添"。多加了"弊喇"（糟糕），突顯了說話者受錯誤預設的影響，成為蒙事（如在考試的情況，作答錯誤，導致扣分），"添"的出現就很自然，如（187）。這裏的"添"並非屬於範圍擴充的小類，並沒有增加事件的意思，（188）雖然有兩句對舉，但"添"仍然不能加入。

（185）（我話界你知），曹禺唔係姓曹。我告訴你，曹禺不姓曹。

（186）（我話界你知），*曹禺唔係姓曹添！我告訴你，曹禺居然不姓曹。

（187）弊喇，曹禺唔係姓曹添！糟糕，曹禺居然不姓曹。

（188）魯迅唔係姓魯，曹禺唔係姓曹（＊添）！

    魯迅不姓魯，曹禺不姓曹。

雖然"添"指向說話者，給說話者賦予蒙事的角色，但主語是第一人稱，語感反而不好，如（189）。主語是第二人稱也不好（黎美鳳 2003），如（190）。最好的還是以第三人稱為主語，如（191），或所謂"無主句"，如（183）。雖然（191）的主語是"佢"（他），但"添"的出現，仍然隱含說話者是蒙事，表示說話者會受他吃飽的影響，如他因為吃飽而走不動，不肯給說話者幫忙。

（189）　？我食飽咗添！我居然吃飽了！

（190）　＊你食飽咗添！你居然吃飽了！

（191）　佢食飽咗添！他居然吃飽了！

"添"突顯了預設的改變對說話者的影響，而說話者也通過"添"表達了一種主觀認定，對事件作出評價。因此，"添"屬於情態助詞的一種。

**咧**（le5）　"咧"讀低升調，表示"不出所料的求證"（彭小川 2010：176），可用於表示"事情不出所料"（饒秉才等 2009：125，張勵妍、倪列懷 1999：195），而"卻反問別人"（劉扷盛 2008：226），如（192）；也可以用於表示"事情或個人意見確實如此"（饒秉才等 2009：125），"堅持自己的看法、意見"（張勵妍、倪列懷 1999：195），如（193），都應該屬於情態助詞。

（192）　我都話佢唔制咧？我不是說他不願意的嗎？

（193）　我唔去咧。我真的不去。

那種"不出所料"的用法，前面可補上"我都話"（如（192））、"我話過"（我曾說過）、"嘩"（naa4）（睄）（彭小川 2010：176），加強了印證的語氣，説明了事實跟說話者原來的主觀判斷或預計吻合。如果說話者從沒想過或從沒說過，就不能用"咧"，如（194）。

（194）　＊我冇話過／＊冇諗過佢唔制咧？我沒說過/沒想過他不願意？

“不出所料”的事情，可以是已然的，如上述的（192）和以下的（195），也可以是未然的，如（196）。能印證説話者所料而還沒發生的事件，所根據的，可以是別人所説（如某人證實他會走），也可以是其他的證據（如他自己留下的字條）。

（195）佢走咗咧？他走了吧。

（196）佢會走咧？他會走吧。

“咧”的“不出所料”，一定是跟聽話者或別人的預期有異，不為聽話者或別人所輕易接受，而説話者能正確地、客觀地預測出來，並説服對方接受，甚至希望得到讚許（invite agreement or appreciation）（Matthews and Yip 2011：399）。假如説（197）這句話在星期六，第二天肯定是星期天，説話者的“預測”一定正確。不過，這句話非常彆扭，因為不一定跟聽話者的預期有異，而説話者也不需要憑甚麼客觀的方法預測出來，不必在聽話者面前炫耀。

（197）　？？聽日星期日咧？明天星期日吧。

這種判斷或預計，好像不適用於主語指向説話者，試比較動詞謂語句的（198）、形容詞謂語句的（199）、名詞謂語句的（200）。

（198）佢/你/＊我寫好咗篇文咧？他/你/我寫好了那篇文吧？

（199）佢/你/＊我好劫咧？他/你/我很累吧？

（200）佢/你/＊我三十歲咧？他/你/我三十歲吧？

所謂“不出所料”的意思，主要是印證説話者的正確性，甚至有抬高自己的味道。如果説話者用“咧”來讚揚自己，主語指向説話者也可以接受，如（201）和（202）。如果改為負面意義的謂語，接受度明顯很差，如（203），明顯沒有炫耀的效果。

（201）你睇吓，我可以打贏晒佢地咧？

　　　你看，我可以把他們都打贏了吧！

（202）我啱咧？我對吧？

（203）＊我錯咧？我錯吧？

以（199）和（202）為例，這兩個例子的謂語都是形容詞，唯一的區別在於在日常的語境裏，說話者和疲累狀態之間難以建立一種跟聽話者預期有異的關係，也難以用客觀的判斷推測自己疲累的狀態，無法做到炫耀的效果，從而抬高自己，因此（199）指向說話者不容易接受；至於說話者是不是對，這種關係，並不明顯，對方也不一定同意。說話者相信自己正確，而事實也證明正確，正好可以用"咧"來突顯當初預測的準確，並抬高自己，因此（202）容易接受。

至於"咧"的第二種用法：堅持自己的"確實如此"，如上述（193），前面可補上"你信我啦"，或加上狀語"真係"（真的）等，加強說話者的判斷，如（204）和（205）。

（204）你信我啦，我唔去咧。你相信我吧，我真的不去。

（205）我真係唔去咧。我真的不去。

所謂"確實如此"的用法，主語沒有甚麼限制，指向說話者也可以，如（193）和（206）。（206）的"你"雖然稍有點奇怪，但在特定的語境下，說話者以此說服對方，堅持己見（如勸聽話者去休息、勸退參加比賽等），則可以接受。

（206）信我啦，佢/你/我好攰咧。相信我吧，他/你/我真的很累。

上述（197）的"咧"表示"不出所料"，比較彆扭，因為說話者不需要憑甚麼客觀方法作出推斷。不過，如果"咧"表示"確是如此"，就明顯好得多，如（207）。說這句話，說話者只是堅持己見，說服對方，並沒有抬高自己的效果。

（207）信我啦，聽日星期日咧。相信我吧，明天是星期日。

"咧"既可以用於"不出所料"的語境，也可以用於"確實如此"的語境，所搭配的小句，在語法上，也沒有甚麼限制。以"落雨"（下雨）為例，"咧"有歧義，（208）和（209）都可以說。（208）的"咧"表示"不出所料"，而（209）的"咧"表示"確實如此"。唯一的差別，在於讀音。（208）的"咧"，元音往往拉長，聲調甚至呈現曲折，加強了那種炫耀的味道；至於（209）的"咧"，元音不拉長，語速正常。

（208）（我都話）落雨咧。我不是說下雨嗎？

（209）（信我啦）落雨咧。相信我吧，下雨了。

**嘴（be6）** 梁仲森（2005：66）記錄了粵語的"be6"是一個助詞，表示"不忿"，顯示"說話者因忌妒、不服氣不同意等原因而對別人不滿的情緒"，如以下的例子。在早期粵語，"嘴"也可讀成"bei6"，表示"affirmative"（張洪年 2009：151-152）。這個助詞，本書寫成"嘴"。[8]

（210）人地有錢嘴，唔志在。人家有錢嘛，不在乎。

（211）唔怪得做看更啦。原來係噉嘴。

怪不得當大廈保安員，原來是這樣的。

（212）請你食飯你都唔嚟嘴。請你吃飯你也不來呢。

"嘴"是對別人的評價，帶有負面的意思。如果用來評價自己，"嘴"就不能說了，如（213）。

（213）* 我好有錢嘴。我很有錢嘛。

不過，"嘴"在本書提到的幾本粵語詞典都沒有收錄，而在當代的粵語已經很少用了，尤其是在年輕一輩，幾乎消失了。

**㗎喇（ga3 laa3）** "㗎喇"其實不是一個助詞，而是兩個語素的連用，"㗎"（ga3）本來是後綴"嘅"（ge3）（的）的變體，黏附在定語之後。"喇"是助詞，才是真正的情態助詞。"嘅"跟"喇"連用後，重新分析為助詞"㗎"。"㗎"的元音寫作"a"，即國際音標的[ɐ]，跟"喇"連用時，"㗎"的元音甚至可以弱化，讀成 [kə³³ la³³]。

---

8　"嘴"在早期粵語用作選擇問句的析取連詞，讀作"bi6 / be6 / bei6"（丘寶怡 2007，黃海維 2007）。這個用法，在現代粵語已經消失了，也跟助詞"嘴"無關。

"㗎"的出現,可突顯"喇"表示情態的作用。

粵語的"喇"可以表示不同的意義,(214)的"喇"表示事件出現變化,屬於時間助詞。(215)的"喇"帶上一層說話人的感情色彩,說話人有一個評價或一種認識,屬於情態助詞。

(214)佢食飯喇。他吃飯了。

(215)呢對鞋太細喇。這雙鞋太小了。

情態助詞"喇",有些情況可讀作中平調(陰去聲),一般寫作"喇"(laa3),有些情況可讀作高平調(陰平聲),一般寫作"啦"(laa1)。情態助詞"喇"可劃分為三個小類:評價、肯定、認為(鄧思穎2013b,原據肖治野、沈家煊2009的分類)。

評價類包括評價、推斷、猜想,在這些例子裏,"喇"讀中平調。(215)的"喇"表示評價,不能讀成高平調,(216)是不能接受的。(217)表示說話者的推斷,(218)表示說話者的猜想,"喇"都讀成中平調。

(216)*呢對鞋太細啦。這雙鞋太小了。

(217)呢隻就係傳說中嘅千里馬喇。這就是傳說中的千里馬了。

(218)聽噉嘅口氣,你就係張經理喇。聽這口氣,你就是張經理了。

假如(217)和(218)的"喇"讀成高平調的"啦",雖然可以接受,但語氣由推斷、猜想變為肯定,如(219)和(220),跟推斷、猜想的意思不同。(220)甚至有一種蔑視的口吻。[9]

(219)呢隻就係傳說中嘅千里馬啦。這就是傳說中的千里馬了。

(220)聽噉嘅口氣,你就係張經理啦。聽這口氣,你就是張經理了。

(219)和(220)讀作高平調的"啦",語音上可以拉長,語音重量/時長是一般音節的一倍半甚至是兩倍,應該可以視作兩個底層成

---

9 (220)表示蔑視口吻由鄧思穎(2013b)一文的審稿人指出。

分的複合體。[10] 這個拉長的"啦"來自"啦"和語氣詞"吖"（或寫作"呀"）（aa1）的結合，"吖"是一個"保證助詞"（張洪年 2007：189），表示"無從置疑"（梁仲森 2005：62），也許帶有"對事實不以為然"（方小燕 2003：132）的意思，引申出"啦"的所謂"蔑視口吻"，跟語氣的強弱有關。"啦"和"吖"結合後，"吖"把"啦"讀音拉長了，語氣也好像比較肯定，表示命題內容所述是"很明顯"的（梁仲森 2005：71）。由此可見，聲調的不同，可以作為區別小類的標準，評價類的讀中平調，肯定類的讀高平調，而且拉長。

認為類的情態助詞，可讀"喇"或"啦"，並加上"㗎"，用來加強語氣。加了"㗎"以後，說起來會比較自然，如（221）和（222）。

（221）佢最鍾意食魚㗎喇。他最喜歡吃魚了。

（222）佢最鍾意食魚㗎啦。他最喜歡吃魚了。

簡單來說，無論讀高平調還是中平調，總之有"㗎"的出現，"喇／啦"就是認為類的助詞，高平調而拉長的，就是肯定類的助詞。只讀中平調而沒有"㗎"，有可能是評價類的助詞。

**得㗎**（dak1 gaa2）"得㗎"表示"本來應該做某事而沒有做（含輕微責備義）"（鄭定歐 1997：361），有"理應、應該"的意思（歐陽偉豪 2008：174），如（223）。

（223）你同佢講聲得㗎。你本應跟他打個招呼。

黃卓琳（2014）根據句子的意義，把"得㗎"的用法分為四個小類，包括：（224）表示成事的條件跟現實情況不相符、（225）表示祈使、（226）用於疑問，希望聽話者先回答問題、（227）用於告知、提醒。（224）的"得㗎"表示條件，該句可以表達"除非他有錢"這個意思，其他幾例的"得㗎"都不能用"除非"來理解。

（224）佢有錢先得㗎。他有錢才行啊。

---

10　音長問題和複合體的可能性由鄧思穎（2013b）一文的審稿人指出。

（225）咪郁嚟郁去得㗎。別亂動啊。

（226）兩個都長頭髮，邊個得㗎？兩個都長頭髮，到底説誰呢？

（227）佢幾咁孤寒得㗎！他多麼吝嗇啊！

（224）的"先"表示條件，跟普通話的"才"差不多，也可以說成"先至"（sin1 zi3），如（228）。一般快讀時，還是把"先至"的"至"省略，如（224）的説法比較自然。把"先"省略，只剩下"至"也可以，如（229）。如果"先"和"至"同時省去，不算太自然，如（230）。至於（231）的祈使、（232）的疑問、（233）的告知等語境，"先"可加可不加。

（228）佢有錢先至得㗎。他有錢才行啊。

（229）佢有錢至得㗎。他有錢才行啊。

（230）? 佢有錢得㗎。他有錢才行啊。

（231）咪郁嚟郁去先得㗎。別亂動才行。

（232）兩個都長頭髮，邊個先得㗎？兩個都長頭髮，到底説誰呢？

（233）佢幾咁孤寒先得㗎！他多麼吝嗇啊！

"得㗎"這四種用法，其實跟句類的劃分有關。上述（225）、（226）、（227）的句子本來分別屬於祈使句、疑問句、感歎句，所謂"告知、提醒"的作用，就是感歎句，而必須由形容詞謂語句組成，（227）的"孤寒"（吝嗇）就是形容詞做謂語的例子。至於陳述句，只能表示條件，而且不能缺少"先"。疑問句方面，"得㗎"可以進入（232）的特指問句、（234）的選擇問句、（235）的反覆問句，但不能進入是非問句，（236）是不能説的（黃卓琳 2014）。

（234）你飲奶茶定咖啡得㗎？你到底喝奶茶還是咖啡？

（235）你去唔去得㗎？到底你去不去？

（236）*你去咩得㗎？你去嗎？

有"得㗎"的祈使句，如果太"簡單"，接受度比較差，如（237），最好能多加一些成分，如（238）表示條件的"先"、（239）

的情態動詞"要"、（240）的狀語"乖乖哋"（乖乖的）等。這種所謂祈使句，其實表達了一種必要條件，缺少了這個條件，就不能產生一個預期的結果。（238）和（240）雖然表面上沒有情態動詞，但仍隱含了情態意義，如（238）表示某人願意去才行、（240）表示聽話者一定要乖乖的去才行。

（237）？？去得㗎！去才行！

（238）去先得㗎！去才行！

（239）你要去得㗎！你要去才行！

（240）你乖乖哋去得㗎！你要乖乖的去才行！

上述的陳述句，跟這裏所說的所謂祈使句，情況差不多。（241）不太能說，加上表示條件"先"的（242）比較好，即使沒有"先"，加上了表示情態的"要、肯"，也可以接受，如（243）。上述不太自然的（230），如果多加表示情態的"要"，語感顯然好得多，如（244）。由此看來，加上"得㗎"的陳述句和祈使句，都表示必要條件，而且都有比較強烈的情態意義。

（241）＊佢去得㗎。他去。

（242）佢去先得㗎。他去才行。

（243）佢要肯去得㗎。他要肯去才行。

（244）佢要有錢得㗎。他要有錢才行啊。

**定啦**（ding2 laa1）　"定啦"表示"對事態的推斷"（方小燕2003：139）、"強調語氣"（劉扳盛2008：78），如（245）。"定啦"也可以讀作"定嘞"（ding2 laak3），仍然表示推測（劉扳盛2008：78），但"肯定的意味較強"（方小燕2003：139）。不過，在現在的香港粵語，"定啦"屬於舊式的用語（歐陽偉豪2008），較少使用。

（245）天都黑晒，落雨定啦。天全黑了，必定要下雨了。

除了表示對事態的推斷以外，"定啦"還可以表示對事態的確認（黃卓琳2014）。（246）的"定啦"並非推斷，而是乙對自己所做過的事的一種肯定。

（246）甲：你有冇去揾過佢？你找過他沒有？

乙：有定啦！當然有。

不過，"定啦"這種所謂確認的用法，能搭配的謂語很有局限。如果回答是否定，如（247）的"定啦"沒有那種確認的意思。把主語由第一人稱改為第三人稱，"定啦"的推斷意思很明顯，如（249）。由此看來，表示確認的"有定啦"可能是一種特殊的用法。

（247）甲：你有冇偷嘢？你有沒有偷東西？

乙：＊有定啦！當然沒有。

（248）甲：你寫好文未？你寫好論文沒有？

乙：＊寫好定啦！當然寫好。

（249）甲：佢寫好文未呢？他寫好論文沒有呢？

乙：寫好定啦。應該寫好了。

## 10.6　疑問

疑問助詞跟語氣、口氣有關，尤其是跟說話人的言語有關，表達實施一個行為，希望聽話者回答，即所謂"言語行為"（speech act），包括："嗎（maa3）、咩、呀（aa4）、話（waa2）、嘅（ge2）、先、嚇（he2）、哦嚩（o3 ho2）、吓話（haa6 waa5）"。

嗎（maa3）　"嗎"是疑問助詞，加上"嗎"後成為是非問句（張洪年 2007：195，高華年 1980：199，徐芷儀 1999：129 等），如（250）。梁仲森（2005：78）認為"嗎"是由否定詞"唔"（m4）和助詞"啊"（aa3）合音而成。這個"嗎"沒有被一般的粵語詞典所收錄。"嗎"（maa3）的聲調是中平調（陰去聲），不讀成高平調（陰平聲）。高平調的"maa1"只是用來讀書面語的"嗎"字。這裏借用"嗎"來表示"maa3"。

（250）你去嗎？你去嗎？

粵語"嗎"的使用似乎在較為正式、文雅的場合才用，（251）的"黐線"是指精神錯亂，帶有貶義，插入中綴"鬼"，更突顯了通俗的味道，跟"嗎"的搭配，顯得非常不自然。"嗎"較為典型的用法，是用在比較正式的問候語，如（252）（Matthews and Yip 2011：359），當中的"嗎"讀作"maa3"。這個問候語是從普通話借過來的，並非粵語地道的說法。

（251）？？佢黐鬼咗線嗎？他神經錯亂嗎？

（252）你好嗎？

咩（me1）"咩"跟"嗎"的功能差不多，都能形成是非問句（張洪年 2007：193，196，高華年 1980：199，李新魁等 1995：519，Matthews and Yip 2011：400），如（253），也被一般的粵語詞典所收錄（饒秉才等 1981/2009，曾子凡 1989，麥耘、譚步雲 1997/2011，張勵妍、倪列懷 1999 等）。

（253）你去咩？你去嗎？

"咩"有兩種意思，表示一般疑問時，"咩"讀高平調；表示反詰語氣，則讀高降調（饒秉才等 1981/2009，李新魁等 1995，張勵妍、倪列懷 1999 等）。用國際音標表示，前者是 [m ɛ $^{55}$]，後者是 [m ɛ $^{53}$]。以（253）為例，如果"咩"讀成高平調，是普通的是非問句，說話者想獲取信息，期待聽話者回答；如果"咩"讀成高降調，是反詰問句，屬於無疑而問，不要求回答，帶有否定的口氣，說話者不覺得聽話者會去。

"咩"雖然可以用在中性的是非問句裏，如（253），但反詰語氣仍然很濃，而且用法較為通俗，在（254）這樣的語境沒有問題，但在較為正式的問候語則絕對不行，如（255）。

（254）佢黐鬼咗線咩？難道他神經錯亂嗎？

（255）＊你好咩？你好嗎？

呀（aa4）　"呀"是用於是非問句的助詞（李新魁等 1995），如
（256）。這裏的用法，"呀"表示説話者"對某事已經知道或略有所
知"（饒秉才等 2009：2，李新魁等 1995：520），句子是"要求聽者
證實的事物"（梁仲森 2005：64），"有所猜測，但仍提問，用於希
望對方實證"（李新魁等 1995：520），"要證實某一情況"（麥耘、
譚步雲 2011：345），"用於確定提問人尚無把握的問題"（張勵妍、
倪列懷 1999：3），也可以表示反詰語氣（饒秉才等 1981/2009，李
新魁等 1995，張勵妍、倪列懷 1999，麥耘、譚步雲 1997/2011），
或表示驚訝（surprise）、懷疑（scepticism）或不同意（disapproval）
（Matthews and Yip 2011：398）。

（256）你去呀？你去嗎？

張洪年（2007：188）認為"除了是非問外，都能用'呀'來做
疑問助詞"，其實他也注意到説話者"聽到別人在説甚麼，但不敢肯
定是否真的如此，又或者心中略有存疑不信的時候，於是就重複別
人的説話，看看是否屬實"，在這種語境下，就可以用"呀"（aa4），
並舉了（257）。這種所謂"看看是否屬實"的"證實"用法，就正是
是非問句的例子，期望聽話者回應説是或非。張洪年（2007：188）
認為那個不能進入是非問句的助詞其實是"啊"（aa3），不是"呀"
（aa4）。

（257）你唔去呀？你不去嗎？

以下四個例子都屬於是非問句，（258）的"嗎"較為中性，説
話者也沒有預設立場，説起來也比較正式、文雅；（259）的"咩"帶
點反詰語氣，如果"咩"讀成高降調，反詰的味道更強；（260）的
"呀"的求證意味比較明顯，以印證説話者已知的信息；（261）憑藉
上升的句調形成是非問句，表示一定的猜測或質疑，"╱"表示上升
句調。

（258）佢鍾意語言學嗎？他喜歡語言學嗎？

（259）佢鍾意語言學咩？（難道）他喜歡語言學嗎？

（260）佢鍾意語言學呀？他喜歡語言學嗎？

（261）佢鍾意語言學／？他喜歡語言學？

這四種是非問句的不同，更能突顯預設語境的差異。（262）不需要任何語境，是說話者中性的提問；（263）的說話者不覺得很冷（如三十幾攝氏度），但看到對方穿了厚厚的衣服，提出質疑；（264）的說話者可能聽過天氣預報，再提出求證，也可能沒聽到甚麼，或許是自己的猜測，向對方求證，這個例子也不一定如張洪年（2007：188）所說，是"重複別人的說話"；（265）可以用來回應對方的提問，表示推測，也可以用來評價對方的言行，表示質疑。

（262）今日好凍嗎？今天很冷嗎？

（263）今日好凍咩？（難道）今天很冷嗎？

（264）今日好凍呀？今天很冷嗎？

（265）今日好凍／？今天很冷？

"呀"可以跟別的助詞或詞綴連用，合音後構成新的助詞，同樣用在是非問句。能跟"呀"合音的有事件助詞"喇"、焦點助詞"咋"、詞綴"嘅"。"喇"（laa3）是事件助詞，跟"呀"合音後，聲調變為低降調（陽平聲），讀作"嗱"（laa4），如（266）；"咋"（zaa3）是焦點助詞，嚴格來說，尚未合音前，這個助詞應讀"za3"（即國際音標 [tsɐ³³]）（見本章（108）的討論），跟"呀"合音後，聲調變為低降調，讀作"喳"（zaa4），如（267）；"嘅"（ge3）是詞綴，黏附在定語之後，跟"呀"合音後，韻母變為"aa"，聲調變為低降調，讀作"㗎"（gaa4），如（268）。[11]

---

11　Law（1990）甚至認為超音段成分的聲調也可以分析為助詞，如體現在"L、G、Z"三組的中性的中平調、表示疑問的低降調，呈現"laa3、gaa3、zaa3"和"laa4、gaa4、zaa4"的對立。B. Li（2006）嘗試為這些聲調賦予句法地位，作為粵語的語素。不過，彭小川（2010：§4）認為低降調是受表示疑問的"低平語調"所影響。

（266）我地食得飯嘑？我們可以吃飯了嗎？

（267）佢食一碗飯喳？他只吃一碗飯嗎？

（268）本書係佢㗎？那本書是他的嗎？

**話**（waa2）"話"是用在回聲問句（echo question）的疑問助詞（Tang 1998b：§2，Matthews and Yip 2011：400），如（269）。所謂回聲問句，是說話者重複或部分重複另一個說話者剛說過的話，用疑問句的方式說出來，用以求證聽不清楚的部分。以（269）為例，說話者剛聽到某人（可能是聽話者）說過"佢食咗XX"（他吃了XX），但聽不清楚"XX"這個部分，因此重複句子，把不清楚的部分用疑問代詞"乜嘢"（甚麼）來發問，並加上"話"，表示這一句是回聲問句。

（269）佢食咗乜嘢話？他吃了甚麼？

相比之下，沒有"話"的（270），可以在沒有前提下發問，開展新話題，但（269）必須用來回應之前聽過的話，不能開展新話題。（269）就好像英語的"He ate WHAT?"，當中的疑問詞不移位，而且有重音；而（270）就是以移位的方式發問，就如一般的疑問句那樣："What did he eat?"。

（270）佢食咗乜嘢？他吃了甚麼？

方小燕（2003：151）認為"話"表示"追問並希望對方重新確認"，追問的前提是說話者聽不清楚。在（271）的對話，乙的所謂追問，並非要求甲提供更多的信息，而是聽不清楚甲所說，請甲再說一遍。在聽不清楚的情況下，乙甚至可以用"乜嘢"（甚麼）。這個時候，"乜嘢"不是指人，而是指甲所說的賓語。

（271）甲：我搵學生。我找學生。

　　　　乙：你搵邊個話？你找誰？

　　　　乙：你搵乜嘢話？你找甚麼？

除了體詞性的疑問代詞外，"話"也可以指向謂詞性的疑問代詞，如（272）的"點樣"（怎樣）、（273）的"點解"（為甚麼）。

（272）佢點樣煮牛肉話？他怎樣煮牛肉？

（273）佢點解冇嚟話？他為甚麼沒來？

"話"能進入（274）的選擇問句、（275）和（276）的反覆問句，但不能跟是非問句構成回聲問句，（277）由"呀"（aa4）來發問，（278）由上升句調發問，這兩句都是不能說的。

（274）你飲奶茶定咖啡話？你喝奶茶還是咖啡？

（275）你食唔食飯話？你吃不吃飯？

（276）你食咗飯未話？你吃了飯沒有？

（277）＊你食飯呀話？你吃飯嗎？

（278）＊你食飯╱話？你吃飯？

"話"所覆述的句子，不一定是聽話者說的，可以是第三者，如（279），說話者聽到"他"說，而向聽話者提問；所覆述的句子，必須是剛剛聽到的，說話者馬上作出澄清和求證，如果所覆述的說話不是當場聽到的，"話"就不能用，如（280）。

（279）佢啱啱講：邊個最叻話？他剛剛說：誰最聰明呢？

（280）＊佢舊年講過：邊個最叻話？他去年說過：誰最聰明呢？

**嘅**（ge2）"嘅"的聲調是高升調（陰上聲），用在疑問句，用來詢問原因，加強了疑問、反詰語氣（饒秉才等 1981/2009，Kwok 1984，李新魁等 1995，麥耘、譚步雲 1997/2011，李榮主編 1998，張勵妍、倪列懷 1999，方小燕 2003，梁仲森 2005，鄧思穎 2008d，Matthews and Yip 2011 等），如（281）。（281）雖然沒有疑問代詞，但跟特指問句（282）的作用差不多，都可以用來詢問原因。

（281）你冇去嘅？為甚麼你沒去？

（282）點解你冇去？為甚麼你沒去？

"嘅"只能詢問原因，甚至可以跟詢問原因的"點解"（為甚麼）一起出現，如（283），卻不能跟別的疑問代詞在一起（Fung 2000：

160），如（284）的"幾時"（甚麼時候）。除了特指問句外，"嘅"不能出現在（285）的選擇問句、（286）的反覆問句、（287）的是非問句。

（283）後面點解有條河嘅？後面為甚麼有一條河？

（284）＊後面幾時有條河嘅？後面甚麼時候有一條河？

（285）＊你飲奶茶定咖啡嘅？你（＊為甚麼）喝奶茶還是咖啡？

（286）＊佢去唔去嘅？他（＊為甚麼）去不去？

（287）＊你報名嘅嗎/咩/呀？你（＊為甚麼）報名嗎？

"嘅"和"點解"都可以詢問原因，甚至可以一起出現。方小燕（2003：149）甚至認為"嘅"的疑問句是省略了疑問代詞"點解"的特指問句變化而來。不過，"嘅"和"點解"所構成的疑問句是有差異的（鄧思穎 2008d）。以下種種例子說明，"點解"是真正的疑問詞，而"嘅"不是。

首先，"點解"可以出現在嵌套小句內，如（288）括號內的小句，但"嘅"卻不能，如（289）。

（288）我想知道[ 點解你冇去 ]。我想知道為甚麼你沒去。

（289）＊我想知道[ 你冇去嘅 ]。

第二，"點解"可以跟"究竟"或"到底"一起出現，如（290），但"嘅"卻不能，如（291）。

（290）究竟點解你冇去？到底為甚麼你沒去？

（291）＊究竟你冇去嘅？

第三，"點解"可以出現在截省（sluicing）的句式，如（292）的述語"冇話"（沒說）所帶的賓語應該是"點解佢去過"（為甚麼他去過），重複的"佢去過"(他去過) 被截省了，只剩下"點解"，稱為"截省句"，但"嘅"卻不能，如（293）。

（292）佢話佢去過，但係冇話點解。他說他去過，但沒說為甚麼。

（293）＊佢話佢去過，但係冇話嘅。

第四，"點解"可以獨用詢問原因，但"嘅"卻不能，如（294）。

（294）甲：張三冇嚟喎。張三沒來。

　　　乙：點解／＊嘅？為甚麼？

第五，"點解"在（295）可以表示反詰語氣，說話者乙假設否定的答案是正確的（即"不要走"），作為回應甲所問，然而，"嘅"在（296）卻沒有這個作用。

（295）甲：你走唔走？你走不走？

　　　乙：點解要走？為甚麼要走？

（296）甲：你走唔走？你走不走？

　　　乙：？？要走嘅？

第六，某些由"點解"組成的句子可以有表達提議的功能，如（297），但"嘅"缺乏這種可能性，（298）只有一種質疑的意思，並沒有甚麼提議。

（297）點解我地唔今晚唱歌？為甚麼我們不就在這個晚上唱歌呢？

（298）？？我地唔今晚唱歌嘅？

第七，"嘅"要求形容詞謂語受指示代詞"咁"（gam3）（這麼／那麼）的修飾，如（299），只受程度副詞修飾是不能說的，如（300）的"好"（很），但"點解"卻沒有這個要求，如（301）。

（299）你咁開心嘅？為甚麼你那麼開心？

（300）＊你好開心嘅？為甚麼你很開心？

（301）點解你咁／好開心？為甚麼你那麼／很開心？

詢問原因的"嘅"應分解為兩個語素：一個是中平調（陰去聲）的後綴"嘅"（ge3），一個是表示不肯定語氣的高升調（陰上聲）"H"，兩者加起來變成高升調的"嘅"（ge2）（Law 1990，鄧思穎 2008d）。嚴格來講，"嘅"（ge2）並非真正的疑問助詞，高升調"H"才是真正表示疑問語氣的成分。後綴"嘅"跟高聲調結合後，重新分析為一個新的助詞"ge2"。

（302）的後綴 "嘅"（ge3）表示肯定，沒有疑問的意義；加了高升調的 "嘅"（ge2）可以理解為疑問句，如（303）。[12] 其實在適當的語境下，也可以理解為陳述句，有點不太肯定、疑惑的意思（Kwok 1984，Matthews and Yip 1994/2011，梁仲森 1992/2005 等），如（304）。兩者在形式上也有差別，有不同的音延（duration），表示疑問的 "嘅"（ge2）較短，表示陳述的 "嘅" 較長（Law 1990：145，Fung 2000：158）。副詞 "乜" 有強調疑問的作用（鄧思穎 2008b），加上了 "乜"，"嘅"（ge2）就只能詢問原因，形成疑問句，如（305）。後綴 "嘅" 跟不同聲調的結合，重新分析為不同的助詞，如中平調的 "嘅"、高升調的 "嘅"。

（302）係佢嘅（ge3）。是他的。

（303）係佢嘅（ge2）？為甚麼是他的呢？

（304）係佢嘅（ge2）。或許是他的吧。

（305）乜係佢嘅（ge2）？為甚麼是他的呢？

先（sin1）　這裏所談的 "先" 用在疑問句，有一種加強疑問語氣的作用，如（306）的 "先" 跟時間先後無關，不能翻譯為普通話 "先"，屬於疑問助詞，語音一般拖長，用作加強提問的語氣，跟普通話 "到底" 的意思差不多，或許帶有質疑、不滿、不耐煩等味道。

文獻提及這個 "先" 的意見，認為這個 "先" 要求 "獲得進一步的、補充性的信息"（鄭定歐 1990：190）、表示 "不滿、勸阻、質疑、建議、要求說明等"（鄭定歐 1997：243），表示先弄清楚某一種情況，別的情況以後再說，要求對方 "先把某事情講清楚了再說"（麥耘 1993：67，李新魁等 1995：500-502）。當 "先" 用降調重讀且拖長音時，是表示 "深究"（蔡建華 1995b：69-71）。表示 "到底" 的意思（張雙慶 1997：261）。按照話語分析，這個 "先" 可分析為一個

---

12　除了問原因外，（303）也可以理解為是非問句，表示 "是他的嗎？"。

話語標記，把説話人的問題提到當前對話議程的首位，請對方先考慮或者回答另外一個問題（陸鏡光 2002）。

（306）邊個最靚先？到底誰最漂亮？

疑問助詞"先"能進入的疑問句類型包括（306）的特指問句、（307）的選擇問句、（308）的反覆問句，但"先"不能進入是非問句，如用"呀"（aa4）發問的（309）、用"咩"發問的（310）、用上升句調發問的（311）（鄧思穎 2006b）。

（307）飲奶茶定咖啡先？到底喝奶茶還是咖啡？

（308）你去唔去先？到底你去不去？

（309）＊佢最靚呀先？＊到底她最漂亮嗎？

（310）＊唔通佢最靚先咩？（＊難道）到底她最漂亮嗎？

（311）＊佢最靚╱先？＊到底她最漂亮？

嚱（he2）"嚱""嚱"有徵求對方認同自己的觀點的作用，也有疑問的功能。[13] 由於可用"係"（是）或"唔係"（不是）回答，所構成的問句應該屬於是非問句。具體來説，這個助詞"要求對方作同意自己意見的回答時用"（饒秉才等 2009：93）、"希望對方同意自己的觀點而作肯定性的回答"（李新魁等 1995：520）、"表示希望對方同意自己的説法"（麥耘、譚步雲 2011：345）、"用於講出自己的看法後要求對方同意"（張勵妍、倪列懷 1999：145）、"徵求對方對自己看法的意見，或向對方求證某種已經發生的事實"（方小燕 2003：147）、"要求對方作同意自己意見的回答時用"（劉扳盛 2008：163），如（312）和（313）。

（312）呢套戲幾好睇嚱？這電影挺好看吧！

（313）大翻啲就好喇嚱？再大一點兒就好了，對不對？

除了分析為助詞、語氣詞（李新魁等 1995，麥耘、譚步雲

---

13　粵語詞典一般把這個詞當作有音無字，只用"□"標示。

1997/2011，方小燕 2003 等）外，還有把"嘅"當作感歎詞（饒秉才等 1981/2009，張勵妍、倪列懷 1999）。饒秉才等（1981/2009）所舉的一些例子，"嘅"之前都有停頓，如（314）和（315）。能停頓這個特點使得"嘅"跟其他助詞有別，也可能是這個原因，饒秉才等（1981/2009）把"嘅"當作感歎詞。

（314）唔係啫，嘅？不是的，啊？

（315）噉樣好啲，嘅？這樣好一點，啊？

由於"嘅"的作用是徵求對方認同自己的觀點，"嘅"所搭配的句子不能是疑問句，如（316）的特指問句、（317）的選擇問句、（318）的反覆問句、（319）的是非問句。（319）的"呀"（aa4）也有求證的作用，功能跟"嘅"有點接近，即使"嘅"前有個停頓，"嘅"也不能出現作為補充，（320）還是不能説。

（316）＊邊個最叻嘅？誰最聰明？

（317）＊你飲奶茶定咖啡嘅？你喝奶茶還是咖啡？

（318）＊你去唔去嘅？你去不去？

（319）＊你去呀嘅？你去嗎？

（320）＊你去呀，嘅？你去嗎，啊？

表示疑問的"嘅"不能跟疑問句一起出現，跟粵語典型的感歎詞不同。"嗄"（haa2）是粵語的感歎詞，表示"聽不見"（張洪年 2007：421）、"疑問、質問"（饒秉才等 2009：89）、"用於問話"（麥耘、譚步雲 2011：346），可在（321）的句首或（322）的句末出現，並且用在疑問句，包括由"呀"組成的是非問句。

（321）嗄，你去呀？

（322）你去呀，嗄？

此外，"嘅"不能在句首出現，如（323），也不能獨用，（324）是不能説的，跟典型的感歎詞還是不一樣的。

（323）＊嘅，呢套戲幾好睇？這電影挺好看吧！

（324）＊嘅？

李新魁等（1995：520）注意到 "嘅" 的一些語用變化，有時 "只是要委婉地向對方表明自己的觀點並期待對方有同感，目的並不在於詢問"。他們所舉的（325），評價的意味的確大於疑問。這種情況通常在能表示程度的句子，如（325），還有形容詞謂語句，如（326）。不能受程度副詞修飾的動詞謂語句和名詞謂語句，則較難得到這種語用效果，如（327）和（328）。

（325）條友都幾識歎嘅？這傢伙倒挺會享福的是吧？

（326）佢好靚嘅。她很漂亮吧。

（327）我地飲茶嘅？我們飲茶是嗎？

（328）今日星期日嘅？今天星期天吧，對不對？

"嘅" 的用法好像可以被 "哦嗬"（o3 ho2）所替代，上述的（312）也可以説成（329），意義也差不多，沒有甚麼分別。事實上，目前年輕的一代，已較為少用"嘅"，甚至把"嘅"當作"舊式"用法。

（329）呢套戲幾好睇哦嗬？這電影挺好看吧！

**哦嗬**（o3 ho2）"哦嗬" 有確認的作用，也有疑問的功能。可用 "係"（是）或 "唔係"（不是）回答，所構成的問句應該屬於是非問句，如（330），好像表達了 "我們去飲茶，你説是不是？" 的意思，"哦嗬" 有點像 "是不是、對不對、是嗎" 等作用。

（330）我地去飲茶哦嗬？我們去飲茶吧？

方小燕（2003：147）只舉了 "嗬" 的例子，沒有 "哦嗬"，並認為"嗬"表示"徵求意見"，如（331）、（332）、（333）。彭小川（2010：177）認為 "嗬" 表示 "希望對方認同自己的觀點、看法"。Matthews and Yip（2011：399）認為 "嗬" 期望聽話者的確認（confirmation）。張洪年（2007：422）把 "嗬" 當作感歎詞，有 "代句詞" 的功能，如（334）。

（331）間屋間隔幾正嗬？這房子的格局挺合理的吧？

（332）我呢排瘦咗嗎？我這段時間瘦了吧？

（333）件事唔緊要啦嗎？這件事不要緊了吧？

（334）你噉話，嗎！你這麼說的，嗄！

"嗎"基本上跟"哦嗎"一樣，上述（331）和（332）的"嗎"都可以説成"哦嗎"，而"哦嗎"比單説"嗎"更自然，如（335）和（336）。不過，"哦嗎"前有其他助詞的話，"哦"就最好省略，（337）是不能説的。

（335）間屋間隔幾正哦嗎？這房子的格局挺合理的吧？

（336）我呢排瘦咗哦嗎？我這段時間瘦了吧？

（337）＊件事唔緊要啦哦嗎？這件事不要緊了吧？

"哦"的省略，似乎受制於很多因素，主要受助詞分類的影響。如果"哦嗎"前面的助詞屬於事件助詞或時間助詞，無論那個助詞的韻基是單元音、複元音或是有輔音音節尾，"哦"都可以保留，如以下各例。

（338）佢行先哦嗎？他先走吧？

（339）佢冇食乜滯哦嗎？他不怎麼吃吧？

（340）佢幾叻吓哦嗎？他挺聰明吧？

（341）唔好做住哦嗎？暫時不要做吧？

（342）佢做完咁滯哦嗎？他快做完吧？

（343）啱啱落雨嚟哦嗎？剛剛下雨吧？

"喇"（laa3）雖然是時間助詞，但後面的"哦嗎"最好説成"嗎"，把"哦"省去，如（344）。有可能"喇"的元音特別"弱"，後面緊接另外一個以元音開頭的助詞，都會合音，成為一個音節。這個情況跟"咋、嘅"差不多，如後面緊接"啊"（aa3），只能合音成為"喇（laa3）、咋（zaa3）、㗎（gaa3）"，而不是"＊喇啊、＊咋啊、＊㗎啊"。事實上，"咋、嘅"後面接上"哦嗎"時，"哦"也要省去，如（345）和（346），反映了"喇、咋、嘅"在音韻上特別之處。[14]

（344）佢食咗飯喇喢／＊哦喢？他吃了飯了吧？

（345）寫一篇咋喢／＊哦喢？只寫一篇吧？

（346）本書係佢嘅喢／＊哦喢？這本書是他的吧？

如果"哦喢"前面的是焦點助詞、情態助詞，"哦"最好省去，請參考以下各例。至於其他各類助詞，因句法和語義問題，不能連用。如果"喢"前面的助詞是雙音節，最好有一個停頓，如"吖嘛、之嘛、得喫、定啦"。"咋"是焦點助詞，已見於（345），跟"喢"連用時，"咋"的讀音是"zak3"，嚴格來講，音節尾是一個聲門塞音 [ʔ]，讀如 [ tsɐʔ³³ ]）。

（347）佢去唔去呢喢／＊哦喢？他去不去呢？你覺得呢？

（348）咪佢去囉喢／＊哦喢？不就是他去嗎？

（349）佢贏咗錢吖嘛，喢／＊哦喢？他贏了錢嘛，對嗎？

（350）寫完文啦嘛，喢／＊哦喢？早就寫完論文了，對嗎？

（351）講吓笑啫喢／＊哦喢？開開玩笑而已，對嗎？

（352）講吓笑之嘛，喢／＊哦喢？開開玩笑而已，對嗎？

（353）對鞋唔啱喫喇，喢／＊哦喢？這雙鞋子不合適了，對嗎？

（354）我識飛先得喫，喢／＊哦喢？我會飛才行，對嗎？

（355）佢去定啦，喢／＊哦喢？他一定去吧？

"哦喢"雖然有徵求意見作用，但不能跟疑問句搭配，如（356）的特指問句、（357）的選擇問句、（358）的反覆問句、（359）的是非問句。無論是"哦喢"還是"喢"，這些例子都不好。（359）的"呀"是疑問助詞，讀作"aa4"。

---

14　根據功能、語義的考慮，第一類助詞主要由三組助詞構成（Fung 2000），按照音節首輔音的特徵，部分粵語助詞可以劃分為齒齦邊通音"L組"，如"喇、嚟"、軟顎塞音"G組"（如"嘅、㗎"）、齒齦塞擦音"Z組"，如"咋、啫"（Fung 2000）。"喇、嘅、咋"剛好分別屬於這三組助詞，允許元音變化，產生變體。

（356）＊你飲乜嘢嘀／哦嘀？你喝甚麼？

（357）＊你飲奶茶定咖啡嘀／哦嘀？你喝奶茶還是咖啡？

（358）＊你去唔去嘀／哦嘀？你去不去？

（359）＊你去呀嘀／哦嘀？你去嗎？

如果特指問句、選擇問句、反覆問句多加焦點助詞“呢”，接受度好一點，但有一種奇怪的感覺，如以下的例子。“呢”屬於焦點助詞，根據上文的討論，焦點助詞後的“哦”應省略。

（360）？？你飲乜嘢呢嘀？你喝甚麼呢？

（361）？？你飲奶茶定咖啡呢嘀？你喝奶茶還是咖啡呢？

（362）？？你去唔去呢嘀？你去不去呢？

主語改為第三人稱的話，這些例子就自然得多。

（363）佢飲乜嘢呢嘀？他喝甚麼呢？

（364）佢飲奶茶定咖啡呢嘀？他喝奶茶還是咖啡呢？

（365）佢去唔去呢嘀？他去不去呢？

有“哦嘀”的句子，主語可以是第二人稱，如（366）。同樣是問聽話者，陳述句和疑問句有很大的差別，試比較（365）和（367）。（367）的說話者向聽話者求證，到底他是否真的去，期望的答案是肯定的“係”（是），“哦嘀”就是理解為“是不是、對不對”；但（365）所問的，是聽話者的意見，除了回答“去”還是“不去”外，更期望對方提供更多的信息，如說話者已知他去不去有很多考慮，也知道聽話者可能有更多的資料可提供，“嘀”（或“呢嘀”）就是一種徵求意見的委婉說法，不再問“是不是”，而是問“你覺得呢”。同樣道理，（366）基本上是一句有預設的是非問句，假設對方會去，對方只需回答“係”就行了；（362）之所以奇怪，就是因為用了一種委婉的說法，徵求對方提供有關他自己去不去的信息，或評價自己去不去。（362）好像在問：“你知道自己去不去嗎”或“你覺得自己去不去呢”，當中的“嘀”不是問去不去，而是問知道不知道或覺得怎樣。

（366）你去哦嚰？你去吧？

（367）佢去哦嚰？他去吧？

**吓話**（haa6 waa5）　有"吓話"的疑問句，如（368），說話者期望聽話者回答是或不是，應屬於是非問句。不過，跟"嗎"（maa3）、"呀"（aa4）等典型的是非問句助詞相比，"吓話"負載了一定的負面意義，甚至有一種反詰的意味。"吓話"的"話"，聲調可以讀成曲折調。受前面"吓"（haa6）的聲調影響，"話"（waa5）可以讀成 [wa:$^{213}$]，並且把元音拉長，表示誇張；而快讀時，"吓"的元音也可以讀得比較短，如 [he$^{22}$]，或變為複元音"au"，讀如"hau6 waa5"。

（368）你會去吓話？你會去，不是嗎？

"吓話"是"吓嘛"（haa6 maa5）的變體，如（369）。無論在語義上還是語用上，（368）和（369）都相同。跟"話"的情況相同，"嘛"也可以讀成曲折調，並且拉長，讀成 [ma:$^{213}$]。

（369）你會去吓嘛？你會去，不是嗎？

"吓嘛"應該是（370）"係咪啊"（hai6 mai6 aa3）的合音，而"係咪啊"的"咪"（mai6）也可能是"唔係"（m4 hai6）的合音，如（371）。

（370）你會去係咪啊？你會去，是不是啊？

（371）你會去係唔係啊？你會去，是不是啊？

"係唔係啊"和"係咪啊"可分析為"疑問尾句"（tag question）。在形式上，"係唔係啊"和"係咪啊"跟前面的小句可以有一個停頓，如（372）。"吓嘛"和"吓話"之前也可以有個停頓，如（373），看來"吓嘛"和"吓話"也具備尾句的特點。（374）和（375）顯示了"係唔係啊"等成分的前邊也允許其他的助詞，如"㗎囖"（ga3 bo3），並且有停頓。

（372）你會去，係唔係啊/係咪啊？你會去，是不是啊？

（373）你會去，吓嘛/吓話？你會去，不是嗎？

（374）你會去㗎嘑，係唔係啊/係咪啊？你會去吧，是不是啊？

（375）你會去㗎嘑，吓嘛/吓話？你會去吧，不是嗎？

意義上，"係唔係啊"和"係咪啊"比較中性，所問的是客觀問題，説話者不一定有立場，如（376）；"吓嘛"和"吓話"的求證意味較強，説話者也往往有一定的立場，表達較為主觀的意思，如（377）。

（376）二加三等於五，係唔係啊/係咪啊？

二加三等於五，是不是啊？

（377）二加三等於五吓嘛/吓話？二加三等於五，不是嗎？

如果前面的小句是否定句，"吓嘛"和"吓話"的反詰意味更強，可比較（378）和（379）。（380）是熟語，"吓嘛"和"吓話"前面的小句是"唔係"（不是）；如果換上尾句"係唔係啊"和"係咪啊"，如（381），就非常奇怪。

（378）佢唔去吓嘛/吓話？我知道他不去，不是嗎？

（379）佢唔去，係唔係啊/係咪啊？他不去，是不是啊？

（380）唔係吓嘛/吓話？！真的嗎？不可能吧！

（381）？？唔係，係唔係啊/係咪啊？不是，是不是啊？

"吓嘛"也可緊跟在一些助詞的後面，形成連用現象，如跟所謂"L 組"、"G 組"、"Z 組"的助詞連用（趙偉鈞 2014），如（382）的"喇嘛"（la6 maa5）、（383）的"㗎嘛"（ga6 maa5）、（384）的"咋嘛"（za6 maa5），當中的"喇、㗎、咋"分別讀作 $[le^{22}]$、$[ke^{22}]$、$[tse^{22}]$，元音較短（也可理解為 $[ə]$），或音節尾有一個聲門塞音 $[ʔ]$，讀作 $[le^{ʔ22}]$、$[ke^{ʔ22}]$、$[tse^{ʔ22}]$，而聲調較低，可分析為低平調。這個低平調，可能來自本屬低平調"吓"（haa6），當"吓嘛"跟"L、G、Z"組助詞合音後，低平調仍保留下來了，並由"喇、㗎、咋"來承載。

（382）佢走咗喇嘛？他走了，不是嗎？

（383）佢係學生嚟㗎嘛？他是學生，不是嗎？

（384）佢食一碗咋嘛？他只吃一碗，不是嗎？

雖然之前提過"吓嘛"和"吓話"可互換，但"吓話"卻不能跟"L、G、Z"組助詞連用，下面三個例子是不能説的。

（385）＊佢走咗喇話？他走了，不是嗎？

（386）＊佢係學生嚟㗎話？他是學生，不是嗎？

（387）＊佢食一碗咋話？他只吃一碗，不是嗎？

"嘛"（maa5）在"喇嘛"、"㗎嘛"、"咋嘛"的作用，表達了説話者想"確認"的意思（趙偉鈞 2014），期望聽話者回答是或不是，仍然屬於是非問句的助詞。

## 10.7　祈使

祈使助詞跟語氣、口氣有關，尤其是跟説話人的言語有關，表達實施一個行為，用説的話來改變外界事物的狀態，即所謂"言語行為"，包括："啦（laa1）、唎（le4）、㕵（wo5）、嘑、先、罷啦、好過、好㕵（hou2 wo3）、係啦、吖嗱（aa1 naa4）、喇喂（la3 wei3）、啊嘎（a3 haa2）"。

啦（laa1）　"啦"用在表示請求的句子裏，這種句子表達實施一個行為，用説的話來改變外界事物的狀態，屬於祈使助詞，如（388）。

（388）幫幫我啦！幫幫我了！

這個祈使助詞既可以讀高平調（陰平聲）"啦"（laa1），又可以讀中平調（陰去聲）"喇"（laa3）。這兩種讀法，受制於不同的言語行為。根據言語行為，這個祈使助詞可劃分為三個小類：請求、命令、宣佈（鄧思穎 2013b，原據肖治野、沈家煊 2009 的分類）。

請求類的助詞表示請求的言語行為，只能用高平調"啦"，如（388），不能讀作中平調，（389）是不能說的。在適當的語境下，"啦"的讀音也可以拉長，拉長的"啦"實際上由一個祈使助詞"呀"（aa1）所造成，"假如是懇求的話，那就軟而長"（張洪年 2007：189），跟與情態助詞結合的保證助詞"吖"不一樣。請求類的助詞甚至可以弱讀成"la1"（即國際音標的 [le$^{55}$] 或 [lə$^{55}$]）。

（389）＊幫幫我喇！幫幫我了！

命令類的助詞只能讀高平調"啦"，如（390）表示命令。不過，跟表示請求的"啦"不一樣，表示命令的"啦"不能拉長，也不能弱讀成"la1"。（391）不拉長的"啦"，表示吩咐的意思，[15] 實際上屬於命令的一種。

（390）放低枝槍啦！把槍放下了！

（391）食飯啦。吃飯了。

宣佈類包括宣佈、提醒、習語、承諾、應允、拒絕等不同的語言行為。表示宣佈、提醒，還有日常交際場合的習慣言語行為，都只能用中平調的"喇"，如（392）的宣佈、（393）的提醒、（394）的習語。雖然（393）的助詞好像可以讀高平調"啦"，但意義卻不一樣，如果不拉長的話，表示催促，[16] 屬於命令的一種；如果把"啦"拉長，變成請求的意思，而並非提醒。

（392）主席：而家開會喇。主席：現在開會了。

（393）快啲喇。快點了。

（394）拜拜喇。再見了。

表示承諾、應允、拒絕等言語行為，這個祈使助詞也只能讀中平調"喇"，如（395）的承諾、（396）的應允、（397）的拒絕。

---

15 "啦"有吩咐的用法由鄧思穎（2013b）一文的審稿人指出。

16 張洪年（2007：185）曾提及高平調"啦"表示催促的用法。

（395）就噉喇！就這樣了！

（396）係喇！是了！

（397）唔喇！不了！

　　雖然（395）的"喇"也好像可以唸成高平調"啦"（laa1），如（398），但意義卻不同，正如張洪年（2007：185）所指出，"假如在肯定之中，又兼有徵求對方同意的意思時"，這個助詞就讀成高平調"啦"，而且拉長。嚴格來講，（398）的"啦"算作請求，並不表示承諾。如果（398）的"啦"不拉長，則有一種決斷的意思，[17] 也跟承諾的用法有異。

（398）就噉啦！就這樣了！

　　簡單來講，祈使助詞這幾個小類裏，拉長的高平調"啦"屬於請求類，不拉長的高平調"啦"屬於命令類，中平調的"喇"屬於宣佈類。

　　綜合粵語的時間助詞、情態助詞、祈使助詞三類的"喇/啦"，它們可以按照一定的形式標準來區分（鄧思穎 2013b）：讀高平調的"啦"，無論拉長還是不拉長，都一定不是時間助詞，如（399）。加上"㗎"，就只能理解為情態助詞，不能表示時間或祈使，如（400）表示我知道是吃飯的，不是做別的事情。加上表示請求的"求吓你"（求求你）的話，"啦"只能理解為祈使助詞，"㗎"的出現就不能接受，如（401）。由此證明，有"㗎"的"㗎喇、㗎啦"一定是情態助詞，不是時間助詞或祈使助詞。

（399）食飯啦。吃飯了。　　　　　　　　（＊時間/情態/祈使）

（400）食飯㗎啦。吃飯了。　　　　　　　（＊時間/情態/＊祈使）

（401）求吓你食飯（＊㗎）啦。求求你吃飯了！

---

17　決斷用法由鄧思穎（2013b）一文的審稿人指出。

咧（le4）"咧"有建議的作用，屬於祈使助詞，如（402）。[18]
"咧"這種用例，有商量、徵求對方同意、渴求、催促等義（李新魁等 1995），"商情對方同意或央求"（張勵妍、倪列懷 1999：195），"徵詢、商量，帶有希望對方同意自己的做法、建議的意思"（彭小川 2010：177），有一種可能性（potentiality）（Fung 2000：131）。梁仲森（2005：74）認為（403）的"咧"所出現的句子"是說話者向聽者提議嘗試的事，說話者很有信心對方一定樂意接受，語氣極親切"。

（402）你去咧。你去好嗎？

（403）我地嚟玩個遊戲咧。我們來玩個遊戲，好嗎？

"咧"只能跟動態的謂語一起出現，如（402）的"去"，但不可以跟表示靜態的謂語一起使用，如（404）的繫詞"係"（是）、（405）和（406）的心理動詞"怕、以為、知道"、（407）的情態助動詞都不能接受。

（404）*你係學生咧。*你是學生吧。

（405）*你怕佢咧。*你怕他吧。

（406）*你以為/知道佢走咗咧。*你以為/知道他走了吧。

（407）*你會/可以/能夠/應該走咧。*你會/可以/能夠/應該離開吧。

有些看來像靜態動詞，如（408）的"鍾意"（喜歡），必須理解為動態，有一種"讓聽話者愛上她"的意思。如果"鍾意"受程度副詞"好"（很）修飾，就只能理解為一個靜態動詞，（409）是不能說的。"錫"（sek3）有歧義，可以表達動態的意思"親吻"，也可以表達靜態的意思"寵、疼愛"。有"咧"的（410），"錫"就只能有動態的意義：親吻。

（408）你鍾意佢咧。你喜歡她吧。

---

18  雖然同樣寫作"咧"，但低降調"le4"和低升調"le5"不一樣，前者是祈使助詞，後者是情態助詞。

（409）＊你好鍾意佢咧。＊你很喜歡她吧。

（410）你錫佢咧。你親/＊寵她吧。

"咧"不能跟（411）的形容詞謂語、（412）的名詞謂語搭配，因為這些謂語只表示靜態，並非動態。

（411）＊你好靚咧。＊你很漂亮吧。

（412）＊今日星期六咧。＊今天星期六吧。

"咧"對動詞的要求，跟祈使句的情況差不多。根據袁毓林（1993）對漢語祈使句的研究，動詞可分為"述人動詞"和"非述人動詞"，前者的主語是人，後者的主語不是人。述人動詞可再分為"可控動詞"和"非可控動詞"。可控動詞可以再劃分為"自主動詞"和"非自主動詞"，前者動作發出者有意識地發出動作行為，而後者是無意識發出的動作行為。能進入祈使句的動詞，都應該是自主動詞。

由"咧"構成的句子，要求動詞是自主動詞，如（402）的"去"、（403）的"玩"，主語必須是施事，能夠有意識地發出動作行為（鄧思穎 2009c）。（413）的"漏水"屬於非述人動詞，（414）的"屬"屬於非可控動詞，（415）的"跌"（丟失）屬於非自主動詞，這些例子都不能説，符合祈使句的基本要求。

（413）＊漏水咧。＊漏水吧。

（414）＊屬羊咧。＊屬羊吧。

（415）＊跌個銀包咧。＊丟個錢包吧。

被動句的主語一般認為是受事，但在適當的語境下，可以理解為有意識的動作發出者，即表示了"主語故意讓某件事情發生而讓自己受影響"（Huang 1999）。在下面兩個例子，加了"心甘情願"和"無端端"（無緣無故）可以突顯有意識和無意識的區別，（416）的"心甘情願"表示了主語是故意發出動作，"咧"可以出現，但（417）的"無端端"（無緣無故）表示了主語並非有意執行動作，"咧"不能出現。由此可見，"咧"要求主語是有意識的動作發出者。

（416）你心甘情願畀人鬧（嚇）咧。你心甘情願被人罵吧。

（417）＊你無端端畀人鬧咧。＊你無緣無故被人罵吧。

除了完成體的"咗"（了）以外，經歷體的"過"和進行體的"緊"都不能出現，如（418），跟祈使句的要求一樣。

（418）你食咗／＊過／＊緊個蘋果咧。你先吃了／＊過／＊在吃這個蘋果。

雖然由"咧"組成的句子有不少祈使句的特徵，但跟祈使句最大不同之處，就是主語的人稱選擇。典型的祈使句一般要求主語必須是第二人稱，在特殊的情況下，也可以是第一人稱，但不能是第三人稱，如（419）。除非說話者對着鏡子說話，或自言自語，否則"我"作為祈使句的主語不太好。跟典型的祈使句相比，（420）的主語選擇沒有甚麼限制。

（419）你／？？我／＊佢坐好啲！你／？？我／＊他坐好一點！

（420）你／我／佢去咧。你／我／他去好了。

**喎**（wo5）"喎"的聲調是低升調（陽上聲），包含聽和講的意思，即聽說和告訴，構成了完整的轉述過程，屬於祈使助詞，如（421）。

（421）佢會去喎。聽說他會去。

根據文獻的觀察，"喎"是"重述所聞的助詞"（張洪年 2007：190）；"說話者表明是轉述他人的話，不是他本人的意思。這種態度是要說明'我不負言責，這不關我的事'"（梁仲森 2005：80）；"表示傳達別人意思的語氣"（高華年 1980：204）；"表示轉告，說話人很強調有關的內容是別人說的，與自己的看法無關"（李新魁等 1995：509）；"轉述"（方小燕 2003：136）；"a 'hearsay' evidential particle, used to indicate reported information"（Matthews and Yip 2011：407）。

至於粵語的字典詞典，大致上也持相似的觀點，認為"喎"的作用是"表示轉達別人的意見"（饒秉才等 2009：236）；"表示轉告別人所説的話"（麥耘、譚步雲 2011：344）；"表示轉述他人的意願"（張勵妍、倪列懷 1999：386）。

　　專門討論"嗝"的論文計有 Matthews（1998/2007）、丁思志（2006）、Leung（2006）、鄧思穎（2014b）、Tang（2015a）。Matthews（1998/2007）從"傳信情態"（evidentiality）的角度分析"嗝"的特點，丁思志（2006）論證"嗝"用來"引述據由"（quotative evidential），除了傳話以外，還有一層含意，即"轉述內容概與傳話者無關"。他們所講的"傳信情態"（或稱"據由"），狹義上是指"表達訊息是如何獲致的"，而廣義上是指"包括説話者對訊息內容真確性所持的態度"。Leung（2006：136）認為"嗝"表示"the speaker is not willing to take the responsibility of the quoted content"，並詳細考察"嗝"的歷時變化。Sybesma and Li（2007：1764）認為"嗝"表示"the speaker is less sure about the information s/he reports"。鄧思穎（2014b）討論"嗝"的謂詞性質。Tang（2015a）從形式句法學的角度，分析"嗝"的句法地位。

　　"嗝"所轉述的説話者可以是隱含的。（421）的"嗝"好像隱含了"據説、某人説"的意思。至於（422），他從來沒説過"佢會去"（他會去），"嗝"當然不可能引述沒有説過的話。"嗝"實際的作用是多加了"據説、某人説"的意思，所引述的應該整個句子，即某人表示過他沒説過他會去這個意思。

　　（422）佢冇話過佢會去嗝。據説他沒説過他會去。

　　"嗝"的轉述功能是間接的，所引述的內容並不是説話的原文。（423）的"我會去"並非直接引語，"我"應該指向説（423）的人，而不是原説話人，這個例子並不是説"某人説他會去"。（424）雖然有"佢話"（他説），但"我"是指向説（424）的人，而不是原説話人"他"或其他人。

　　（423）我會去嗝。據説我會去。

（424）佢話我會去㗎。（據說）他說我會去。

用“㗎”表達的內容，可通過經驗所觀察或感覺得到的現象，如（425）的“覺得”和（426）的“鍾意”（喜歡）都是心理動詞，除了說話以外，可以通過動作（如顫抖）、表情（扭曲的面容）等表示出來。他喜歡你教語法，也可以通過各種非語言的方式表示出來，被說話者所轉述。

（425）佢覺得呢度好凍㗎。（據說/看來）他覺得這裏很冷。

（426）佢鍾意你教語法㗎。（據說/看來）他喜歡你教語法。

“㗎”可以跟（421）的陳述句和（427）的祈使句搭配，但（428）的疑問句和（429）的感歎句則不能接受。

（427）唔該你去㗎。（據說）請你去。

（428）＊邊個會去㗎？（據說）誰會去？

（429）＊佢幾咁靚㗎！（據說）他多麼漂亮！

以（421）為例，這個例子不光是一種轉述，說話者也好像想表達一個很“含蓄”的要求，希望聽話者聽到“他會去”之後會有些反應，甚至有所行動。“㗎”的作用好像是在打聽到底聽話者相信不相信，或者問聽話者有甚麼想法。事實上，聽話者聽到了（421）以後，也不能完全無動於衷，在正常的對話中，聽話人應該有些反應（如幫忙打點，或跟着去等）。因此，“㗎”用以表達實施一個行為，用說出來的話來改變外界事物的狀態，應該有一種祈使的含義。

至於（430），所轉述的話，嚴格來講，不只是“佢會去”（他會去），還應該包括“佢話佢會去”（他說他會去）。“㗎”一方面是說話者轉述“他說話”這個行為動作和說話的內容，而另一方面是用來把這個轉述的信息提供給聽話者，試圖達成一些效果。

（430）佢話佢會去㗎。據說他說他會去。

“㗎”字句所表達的意思和功能，應該就是指說話者知悉一個消息而聽話者不知道，說話者現在告訴聽話者，實現某個意圖，或許希望聽話者能有所反應、有所行動，構成了一個完整轉述的過程。知悉的途徑可以是從聽聞而來的說話，也可以通過經驗所觀察或感覺得到的現象，都屬於廣義的聽說，跟傳信情態有關。

　　嘛（bo3）　"嘛"表示"句子提供一些意見，而這些意見是對方或自己原來所不知道的，有時且帶有強調的意思"（張洪年 2007：187），有"提醒對方注意"、"主動告訴對方一件事情"（高華年 1980：196，198），"有意引起對方對於原先不知道或未加注意的情況的注意"（李新魁等 1995：508），傳達"新信息"（梁仲森 2005：67），如（431）。"嘛"那種提醒的意思，就有如"你知道嗎？"的作用（李新魁等 1995：508）。語用上，"嘛"甚至有讚揚（appreciation）的效果（Matthews and Yip 2011：407）。

　　（431）佢好叻嘛。他挺能幹的呢！

　　李新魁等（1995：508-509）認為（432）的"嘛"有醒悟的意思，而（433）的"嘛"有原先沒有估計到的意思。"嘛"這種醒悟、沒估計的意思，其實也是一種新信息，只不過接收新信息的對象是說話人自己。

　　（432）佢講得有道理嘛。他說得有道理啊！

　　（433）你幾叻嘛！原來你還挺能幹的呢！

　　李新魁等（1995：509）認為"嘛"弱化為"喎"（wo3）。梁仲森（2005：79 fn 8）也注意到"嘛"有可能被"喎"取代的趨勢。從歷時發展的角度來考慮，"喎"（wo3）應該來自"嘛"，並且能跟"嘛"互通（Leung 2006）。例如上述（431）和（432）的"嘛"，都可以說成（434）和（435）的"喎"，基本上是一樣的。[19]

　　（434）佢好叻喎。他挺能幹的呢！

　　（435）佢講得有道理喎。他說得有道理啊！

---

19　也可參考 Tang（2015a）根據形式句法學分析 "wo3" 和 "wo5" 的關係。

先（sin1）　這裏所談的"先"，是指所謂意義較虛的"先"，如（436）。這個"先"有表示建議的功能，分析為祈使助詞。

（436）冷靜吓先。先讓我冷靜一下。

文獻上有不少學者注意到這種意義較虛的"先"，如張洪年（2007：204）認為（437）的"先"是一種"比較靈活的用法"，"意義比較含糊"。鄭定歐（1990：190）認為（438）所表達的"不一定涉及到時間或次序上在前的意念"，可以詮釋為"通知他再説"，表達勸説或命令。

（437）等我歎翻杯茶先。讓我先好好的喝一杯茶。

（438）通知佢先。通知他再説。

事實上，這個祈使助詞"先"跟表示先後的事件助詞"先"應該有密切的關係。祈使助詞"先"應由"'先後的先'轉化成'説話那一刻'"，表示"説話那一刻"的"先"意義比較"弱"（梁仲森2005：58-59）。祈使助詞"先"表示"先讓某一情況實現，別的事情以後再説"（麥耘1993：66，又見陸鏡光2002、石定栩2007），或表達一種"暫且"的意思，應該屬於事件助詞"先"的一種用法（鄧思穎2006c：230）。綜合過往的看法，祈使助詞"先"隱含一定的時間意義（説話的一刻），並有表示先後的作用（暫且、再説）。

祈使助詞"先"基本上符合一般祈使句的限制，如主語一般是第二人稱，如（439）。不過，在某些語境下仍允許第三人稱的主語，如（440）。

（439）（你）通知佢先。你通知他再説。

（440）佢坐好啲先。先讓他坐好一點。

有祈使助詞"先"的例子，往往都有一個致使動詞"等"（讓）或情態動詞"要"，這些動詞往往可以補進來，如（441）、（442）、（443），成為典型的祈使句（陳逸兒2010，鄧思穎2012）。即使表面的主語並非第二人稱代詞，也可以補上"你"成為典型的祈使句。

（441）你等佢坐好啲先。你先要讓他坐好一點。

（442）你要通知佢先。你要通知他再說。

（443）你要等我坐吓先。你先要讓我坐一坐吧。

祈使助詞"先"要求謂語是動態的，如（437）的"歎"，不能是（444）和（445）的靜態謂語。所搭配的動詞原則上都能夠進入祈使句（按袁毓林 1993 的分類）。如不能跟（446）的非述人動詞搭配；述人動詞當中，不能跟（447）的非可控動詞搭配；可控動詞當中，不能跟（448）的非自主動詞搭配。

（444）＊你係學生先。＊你先是學生。

（445）＊你怕佢先。＊你先怕他。

（446）＊落雨先。＊先下雨。

（447）＊屬羊先。＊先屬羊。

（448）＊跌個銀包先。先丟個錢包。

除了完成體的"咗"（了）以外，經歷體的"過"和進行體的"緊"都不能出現，如（449），跟祈使句一樣。

（449）你食咗／＊過／＊緊個蘋果先。你先吃了／＊過／＊在吃這個蘋果。

**罷啦**（baa2 laa1）"罷啦"（或寫作"罷喇、罷嘑"），有建議的作用，屬於祈使助詞，例如（450）。在形式上，"罷啦"在粵語的獨特之處是由於"這是粵語中少有的雙音節助詞，只能連用，拆開就沒有獨立的意思"（張洪年 2007：207），又稱為"複合助詞"。

（450）你走罷啦。你離開吧。

語義方面，"罷啦"表示祈使意義，表示"商量、祈使"（饒秉才等 2009：3），有一種"較委婉的祈使語氣"（張勵妍、倪列懷 1999：4）。"罷啦"好像也可以表示提議，表達了"不如怎麼怎麼"（張洪年 2007：207）、"不如這樣做之意"（歐陽偉豪 2008：176），是"說話者作出的新建議，期待對方同意"（梁仲森 2005：66），甚至是"說話者的最新決定"（梁仲森 2005：66），作出"不能不選擇的建議"（方小燕 2003：160）。語用上，"罷啦"有"提議或勸告的意味"（張洪年 2007：207），有"決斷，含有另作選擇，不再計較的意思"（李新魁等 1995：516）。

"罷啦"所受的限制，跟"咧"的差不多（見本章（402）的討論）（鄧思穎 2009c）。"罷啦"只能跟動態的謂語一起出現，如（450）的"走"，表示靜態的（451）、（452）、（453）、（454）都不能接受。

（451）＊你係學生罷啦。＊你是學生吧。

（452）＊你怕佢罷啦。＊你怕他吧。

（453）＊你以為/知道佢走咗罷啦。＊你以為/知道他走了吧。

（454）＊你會/可以/能夠/應該走罷啦。＊你會/可以/能夠/應該離開吧。

（455）的"鍾意"（喜歡），必須理解為動態，有一種"讓聽話者愛上她"的意思。受程度副詞"好"（很）修飾"鍾意"，只能理解為靜態，（456）是不能說的。"錫"（sek3）本來有歧義，既可以表達動態的"親吻"，又可以表達靜態的"寵、疼愛"。有"罷啦"的（457），"錫"就只能有動態的理解。

（455）你鍾意佢罷啦。你喜歡她吧。

（456）＊你好鍾意佢罷啦。＊你很喜歡她吧。

（457）你錫佢罷啦。你親/＊寵她吧。

"罷啦"不能跟（458）的形容詞謂語、（459）的名詞謂語搭配，因為這些謂語只表示靜態，並非動態。

（458）＊你好靚罷啦。＊你很漂亮吧。

（459）＊今日星期六罷啦。＊今天星期六吧。

"罷啦"對動詞的要求，跟祈使句的情況差不多。由"罷啦"構成的句子，動詞必須是自主動詞，主語必須是施事，如（450）的"你走"。（460）的"漏水"屬於非述人動詞，（461）的"屬"屬於非可控動詞，（462）的"跌"（丟失）屬於非自主動詞，這些例子都不能說，符合祈使句的基本要求（袁毓林 1993）。

（460）＊漏水罷啦。＊漏水吧。

（461）＊屬羊罷啦。＊屬羊吧。

（462）＊跌個銀包罷啦。＊丟個錢包吧。

　　被動句的主語，在適當的語境下，可以理解為有意識的動作發出者（Huang 1999）。在下面兩個例子，（463）的"心甘情願"表示了主語是故意發出動作，"罷啦"可以出現，但（464）的"無端端"（無緣無故）表示了主語並非有意執行動作，"罷啦"不能出現。由此可見，"罷啦"要求主語是有意識的動作發出者。

（463）你心甘情願畀人鬧罷啦。你心甘情願被人罵吧。

（464）＊你無端端畀人鬧罷啦。＊你無緣無故被人罵吧。

　　除了完成體的"咗"（了）以外，經歷體的"過"和進行體的"緊"都不能出現，如（465），跟祈使句一樣。

（465）食咗／＊過／＊緊個蘋果罷啦。 你吃了／＊過／＊在吃這個蘋果吧。

　　雖然由"罷啦"組成的句子有不少祈使句的特徵，但跟祈使句最大不同之處，就是主語的人稱選擇。跟典型的祈使句相比，（466）的主語選擇沒有甚麼限制，跟"啊"的情況一樣。

（466）你／我／佢去罷啦。你／我／他去好了。

　　"啊"和"罷啦"基本上一樣，有相同的語法特點，都表示祈使意義。不過，它們主要的差別，在於説話者説話時的肯定程度。正如李新魁等（1995）所描述，"啊"表示商量、徵求對方同意、渴求、催促等義，而"罷啦"表示決斷。梁仲森（2005）也指出"啊"是説話者提出嘗試，而"罷啦"是説話者的決定。總括而言，"啊"往往帶有疑問、不肯定的口吻，而"罷啦"的態度比較肯定（鄧思穎2009c），如（467）的態度不太肯定，有嘗試、試探的味道，對方還有反對的餘地；不過，（468）的態度比較明晰，大抵有拍板定案的口吻，不容再討論。

（467）我去啊。我去好嗎？

（468）我去罷啦。我去吧。

"咧"和"罷啦"的區別，還可以通過加入副詞"索性"來進一步突顯（鄧思穎 2009c）。"索性"表達了一種乾脆、直截了當的意思，跟（469）"咧"的連用比較彆扭，一方面"索性"反映了說話者的決斷，但另一方面"咧"卻反映了說話者的猶豫。相反，"索性"和"罷啦"的搭配在（470）沒有問題，顯示了這兩個詞都可以表達那種決斷的意思。

（469）？？索性我去咧。乾脆我去好嗎？

（470）索性我去罷啦。乾脆我去吧。

**好過**（hou2 gwo3）"好過"有表達提議、勸告的作用，屬於祈使助詞，如（471）。

（471）你去好過。你去好了。

Matthews and Yip（2011：190）舉了（472），並認為是比較句，當中的比較項被省略了。不過，（472）的形容詞"好"不能隨意被替換，如（473）的"正"（zeng3）跟"好"的意思差不多，可形成差比句，但不能形成"＊正過"，（474）是不能說的（詳見第九章的討論）。

（472）如果你諗住買樓嚟投資，不如買股票好過。如果你打算買房子作為投資，倒不如買股票比較好。

（473）買股票正過買樓。買股票比買房子好。

（474）＊買股票正過。

（472）的"不如"有建議的作用，而"好過"跟（402）的"咧"、（450）的"罷啦"的性質相似，也可表達提議、勸告的意思。"好過"本來是謂詞，即形容詞加上表示比較的"過"，組成述補式複合詞。"好過"經過虛化後成為助詞，在句末出現。由原來比較的意義，突顯和偏向了較好的一項，並引申出提議的意思，變為表示祈使意義的助詞。"好過"的虛化還沒徹底，仍有實詞的性質，如保留較強的詞彙意義，還有能受副詞修飾，如（475）的"仲"（還）。

（475）買股票仲好過。買股票還比較好。

跟祈使句的要求一樣，除了完成體的"咗"（了）以外，經歷體的"過"和進行體的"緊"都不能出現，如（476）。

（476）食咗/＊過/＊緊個蘋果好過。

　　你吃了/＊過/＊在吃這個蘋果好了。

"好過"所受的語法限制，跟"咧"和"罷啦"差不多（見本章（402）和（450）的討論）。"好過"只能跟動態的謂語一起出現，如（472）的"買股票"，表示靜態的（477）和（478）都不能說。雖然（479）好像跟（477）差不多，但"做翻"表示動態，跟靜態的"係"不同，可以跟"好過"搭配。

（477）＊你係學生好過。＊你是學生好了。

（478）＊你怕佢好過。＊你怕他好了。

（479）你做翻學生好過。你再當學生好了。

"好過"對動詞的要求好像比典型的祈使句稍微鬆一點（袁毓林1993），也跟"咧"和"罷啦"有點差異。由"好過"構成的句子，動詞不一定是自主動詞，而主語也並非一定是施事。（479）的"你做翻"，"做翻"是自主動詞，"你"是施事主語，跟典型的祈使句無異。（480）的"漏水"屬於非述人動詞，（481）的"屬"屬於非可控動詞，（482）的"跌"（丟失）屬於非自主動詞，這些例子都可以說，說話者可能覺得漏水比被水淹好，屬羊比其他生肖好，丟錢包比丟其他東西好，有兩害取其輕的味道。

（480）漏水好過。漏水好了。

（481）屬羊好過。屬羊好了。

（482）跌個銀包好過。丟個錢包好了。

至於被動句方面，無論主語是"心甘情願"表示了主語是故意發出動作，如（483），還是"無端端"（無緣無故）受影響，如（484），

"好過"都可以出現，跟"咧"和"罷啦"的情況不同。

（483）心甘情願畀人鬧好過。心甘情願被人罵好了。

（484）無端端畀人鬧好過。無緣無故被人罵好了。

由"好過"組成的句子，主語人稱選擇相對比較自由。跟典型的祈使句相比，（485）的主語選擇沒有甚麼限制。

（485）你/我/佢去好過。你/我/他去好了。

"好過"所給的建議是有針對性的。跟"罷啦"相比，"罷啦"可以在沒有甚麼預設下，提出新的建議，但"好過"往往針對一個已發生的事件，或一個已構思好的想法，提出一個建議，也有點無可奈何。（486）在沒有任何人選考慮下，說話者提出一個新建議；同樣的語境，（487）就不能說，因為"好過"必須有針對性，針對一個已提出的建議或已發生的事實；（488）的"你去"就是針對"他去"而言。這個新建議不一定能實現，所以往往帶點無奈的感覺。

（486）冇人去嘅話，你去罷啦。沒人去的話，你去好了。

（487）＊冇人去嘅話，你去好過。沒人去的話，你去比較好。

（488）佢答應咗去，但係你去好過。他已答應去，但你去比較好。

"好過"的有些功能，跟"冇咁嬲"（mou5 gam3 nau1）有點相似。"冇咁嬲"表面的意思是沒那麼令人惱火，雖然詞彙意義還很明顯，但已失去原來惱火的意思，成為虛化的詞，表示建議，如（489）。這句話應針對另一項令人更惱火的事情，雖然買股票不是最好的選擇，但總比另一件事情好。這項新的建議，不一定能實現，而且現實已無可改變，只是說說罷了。"冇咁嬲"可以受"仲"修飾，加強了祈使的程度，如（490）。[20]"走路"是個新建議，但只是事後的建議，不一定能實現，因為聽話者可能已坐了車。

---

20 （490）引錄自饒秉才等（2009：289），原文"仲"寫作"重"。這個例子是新增的，在饒秉才等（1981）是沒有收錄的。

（489）啲錢用嚟買股票有咁嬲。那些錢用來買股票更好。

（490）坐車咁逼，行路仲有咁嬲啦。坐車那麼擁擠，還不如走路呢。

**好喎**（hou2 wo3）"好喎"可當作一個助詞，表示"最好"的意思（歐陽偉豪 2008：175），如（491）。"好喎"這裏的用法表達一種建議，應屬於祈使助詞。

（491）除咗賠錢，仲要係原區安置好喎。

　　　　除了賠償外，還是原區安置最好。

"好喎"跟（402）的"咧"、（450）的"罷喇"的性質有點接近，也可表達提議、勸告的意思。"好"本來是謂詞，加上"喎"之後，走向虛化的道路，在句末出現，成為助詞。不過，"好喎"的"好"仍然有較明顯的詞彙意義，保留實詞的性質，能受副詞修飾，如（492）的"先"（才）、（493）的"都"（也）（黃卓琳 2014）。

（492）你要識先好喎。你要明白才好啊。

（493）去玩吓都好喎。去玩一下也好。

有"好喎"的句子，除了完成體的"咗"（了）以外，經歷體的"過"和進行體的"緊"都不能出現，如（494）。

（494）食咗/*過/*緊個蘋果好喎。你吃了/*過/*在吃這個蘋果最好。

"好喎"所受的語法限制，跟"咧"和"罷啦"有點像，但不完全一樣（見本章（402）和（450）的討論）。有"好喎"的句子，謂語最好是動態，如（491）的"安置"，不過，比較靜態也並非不能說，如（492）的"識"（懂、明白）比較靜態。（495）的繫詞謂語"係學生"（是學生）和（496）的形容詞謂語"叻"（有本事、聰明）是典型的靜態謂語。不過，這幾個例子的"好喎"所表示的是必要條件，跟（497）的"得㗎"相似，沒有祈使的作用。如果把表示條件的"先"拿走，靜態的（498）和（499）不能表示建議。

（495）你真係學生先好喎。你真的是學生才好啊。

（496）你真係叻先好喎。你真的要有本事才好啊。

（497）你真係學生先得㗎。你真的是學生才行。

（498）＊你係學生好㗎。你是學生最好。

（499）＊你幾叻好㗎。你挺有本事最好。

"好㗎"對動詞的要求比典型的祈使句稍微鬆一點（袁毓林 1993）。有"好㗎"的句子，動詞不一定是自主動詞，而主語也並非一定是施事，如（500）的"落雨"（下雨）屬於非述人動詞，（501）的"屬"屬於非可控動詞，（502）的"跌"（丟失）屬於非自主動詞。雖然語用上可能有點奇怪，但這些例子都應該可以說，說話者覺得下雨比乾旱好，屬羊比其他生肖好，丟錢包比丟其他東西好，或許可以得到甚麼好處。

（500）落雨好㗎。下雨好了。

（501）屬羊好㗎。屬羊好了。

（502）跌個銀包好㗎。丟個錢包好了。

由"好㗎"所組成的句子，雖然表達祈使，但跟典型的祈使句不同，主語人稱的選擇比較自由，如（485）。

（503）你/我/佢去好㗎。你/我/他去最好。

句末的"好"能表示祈使，跟謂語前的"好"可能有點關係。（504）位於句末的"好㗎"，跟（505）謂語前的"好"同樣表示情態，也有祈使的作用，這兩個"好"甚至可以一起出現，如（506）。"好㗎"的轄域比謂語前的"好"大，（506）的意思是"你該快點兒做"這個事情是最好的。

（504）你快啲做好㗎。你快點兒做最好。

（505）你好快啲做。你該快點兒做。

（506）你好快啲做好㗎。你該快點兒做最好。

謂語前的"好"是一個表示祈使的助動詞（蔣旻正 2014），有時間的限制，期望聽話者在一個特定的時段內執行某種行為，而句末的"好㗎"卻沒有這種限制。上述（491）所表達的建議，可以是長遠的，不一定要馬上實現，相比之下，（507）有催促的意味，原區安置應馬上實現。

（507）好原區安置喇喎。該（馬上）原區安置了。

雖然"好喎"可當作一個助詞處理，但詞彙性始終很強，"好"甚至仍然還沒脫離實詞。（508）的"好"還可以加上"啲"（di1）（一點兒、些），表示比較意義，跟一般的形容詞一樣，如"高啲（高一些）、紅啲（紅一點兒）"。加了"啲"的（508）和沒加"啲"的（509）基本意義差不多，只不過（509）欠缺了比較意味。

（508）畀吓面好啲喎。給點面子吧。

（509）畀吓面好喎。給點面子吧。

**係啦**（hai2 laa1）　"係啦"屬於雙音節助詞，表示"就是了、罷了"的意思（張洪年 2007：207），有"不用猶豫、不必懷疑"，也有"略帶強調和不滿"的語氣，"只好如此"的意思（李新魁等 1995：515-516），如（510）。

（510）佢去係啦。他去就是了。

梁仲森（2005：68）明確把"係啦"的兩種意思區分開來，一種表示"堅持"，是"說話者堅持自己的意見，沒有妥協餘地"，如（511）；另一種表示"無奈"，是"說話者在無可選擇的情況下所作出的讓步，態度上顯得無可奈何"，如（512）。（510）是有歧義的，加上副詞"總之"和"唯有"，比較容易區分者兩種的"係啦"。

（511）總之佢去係啦。總之他去就是了。

（512）唯有佢去係啦。只好他去就是了。

"係啦"這兩種用法，都有建議的意思，都屬於祈使助詞。"堅持"義的"係啦"，說話者排除眾多的選擇或可能性，維持自己的看法，並且把這個看法告訴聽話者，作為建議，要求聽話者接受；"無奈"義的"係啦"，即使說話者有自己的看法，但只能無奈地接受其他的做法，"係啦"的句子就是說話者用來說服自己（也包括跟說話者有相同看法的聽話者），逼使自己接受。

作為祈使助詞，"係啦"所受的語法限制，跟"咧、罷喇"等祈使助詞的差不多（見本章（402）和（450）的討論）。有"係啦"的句子，無論是"堅持"義的還是"無奈"義的，謂語必須是動態，如（510）的"去"，表示靜態的（513）和（514）都不能說。

（513）＊你係學生係啦。你是學生就是了。

（514）＊你怕佢係啦。你怕他就是了。

動態的謂語，只能帶上完成體的"咗"（了），不可以是經歷體的"過"和進行體的"緊"，如（515）。

（515）食咗／＊過／＊緊個蘋果係啦。你吃了／＊過／＊在吃這個蘋果就是了。

限制祈使句的要求（袁毓林 1993），也適用於有"係啦"句子。由"係啦"構成的句子，動詞必須是自主動詞，主語必須是施事，如（510）的"佢去"（他去）。（516）的"落雨"（下雨）屬於非述人動詞，（517）的"屬"屬於非可控動詞，（518）的"跌"（丟失）屬於非自主動詞，這些例子都不能說，符合祈使句的基本要求。

（516）＊落雨係啦。＊下雨吧。

（517）＊屬羊係啦。＊屬羊吧。

（518）＊跌個銀包係啦。＊丟個錢包吧。

雖然"係啦"可有無可奈何的意思，但主語的人還是要自主地執行動作。（519）的"心甘情願"表示了說話者故意發出動作，而（520）的"無端端"（無緣無故）顯示了動作的發生是非自主的，兩者的差異突顯了"係啦"的要求。不過，（520）在某些情況下也可以接受，尤其是表示"堅持"義而非"無奈"義，說話者堅持他曾遭無緣無故指責的待遇，（520）作為申訴而非建議，那麼，"係啦"就可以用了。

（519）我心甘情願畀人鬧係啦。我心甘情願被人罵就是了。

（520）？？我無端端畀人鬧係啦。我無緣無故被人罵就是了/是個事實。

由"係啦"組成的句子，主語人稱選擇相對比較自由，跟典型的祈使句不同，如表示"堅持"義的（521）和表示"無奈"義的（522）。

（521）總之你/我/佢負責唱歌係啦。總之你/我/他負責唱歌就是了。

（522）唯有你/我/佢負責唱歌係啦。只好你/我/他負責唱歌就是了。

吖嗱（aa1 laa4）"吖嗱"又可以讀作"aa1 naa4"（饒秉才等2009：1，張勵妍、倪列懷 1999：1，劉扳盛 2008：1）。當代粵語的"n"和"l"音節首不區分，"吖嗱"讀成"aa1 laa4"或"aa1 naa4"已沒有區別。"吖嗱"表示提示、提議，甚至有警告、威脅的作用，屬於祈使助詞，如（523），說話者說得客氣一點，可以表示一個提議；語氣稍重的話，則有警告作用，甚至威脅對方不應嘗試，否則後果自負。一般認為"吖嗱"所起的作用是"建議"、"警告"（饒秉才等2009：1，張勵妍、倪列懷 1999：1，劉扳盛 2008：1）。

（523）你試吓吖嗱。你試試看吧。

梁仲森（2005：65）把"吖嗱"的用法詳細分為三種：印證、提議、提示過失。所謂印證，是"說話者對當前的現象印證自己事前的預測正確無誤"，常以反詰口氣顯示，如（524）；所謂提議，是"說話者提議聽者嘗試的事，但如果聽者知道嘗試會帶來不愉快的後果，就會產生警告的含義"，如（525）；所謂提示過失，是說話者用以挑剔對方"經常犯的過失"，如（526）。[21]

（524）我有冇講錯吖嗱？我有沒有說錯呢？

（525）講得咁易，你嚟煮吖嗱。說得那麼容易，你來煮試試看。

---

21 梁仲森（2005：65）還認為"吖嗱"可以用來挑剔"第三者"的過失，如（i）。雖然這個例子來自真實語料，但所針對的對象是第三人稱而非第二人稱，始終不太好。
（i）佢又打仔吖嗱。他又打孩子了。

（526）唔聽話吖嗱。你敢不聽話嗎？

"吖嗱" 表示提議的用法，是典型的祈使句，符合祈使句的要求（袁毓林 1993）。謂語必須是動態，如（523）的 "試"、（525）的 "煮"；表示靜態的（527）和（528）都不能説。

（527）＊你係學生吖嗱。你是學生就是了。

（528）＊你怕佢吖嗱。你怕他就是了。

由 "吖嗱" 構成的句子，動詞必須是自主動詞，主語必須是施事。（516）的 "落雨"（下雨）屬於非述人動詞，（517）的 "屬" 屬於非可控動詞，（518）的 "跌"（丟失）屬於非自主動詞，這些例子都不能説，符合祈使句的基本要求。雖然（532）的 "唔見"（不見了，丟失）屬於非自主動詞，但加上 "吖嗱" 之後，前面往往可以補上 "你敢" 等用語，警告對方別故意丟失，因此，此處的 "唔見" 引申為自主動詞，該句也只能理解為警告，而不是提議。

（529）＊落雨吖嗱。＊下雨吧。

（530）＊屬羊吖嗱。＊屬羊吧。

（531）＊跌個銀包吖嗱。＊丟個錢包吧。

（532）（你敢）唔見個銀包吖嗱。你有膽量丟失那個錢包嗎？

有 "吖嗱" 的句子，主語人稱最好是第二人稱，跟典型的祈使句一樣，如（533）。第三人稱雖然可以説，但 "吖嗱" 所警告的對象，好像不只是他，也包括聽話者。（533）有第三人稱主語的意思，好像是（534）那樣，針對聽話者，要聽話者跟他講，別讓他亂試。即使上述（524）的主語是第一人稱，但那個例子實際的意思是（535），要求聽話者回答説話者的問題，有反詰的意味，可補上一個第二人稱的主語。

（533）你／＊我／？佢試吓吖嗱。你／＊我／？他敢試試看嗎？

（534）你叫佢試吓吖嗱。你跟他説他敢試試看嗎？

（535）你話我有冇講錯吖嗱？你告訴我到底有沒有説錯呢？

喇喂（la3 wei3）"喇喂"的"喇"實際讀音應該是［le³³］或［lə³³］，粵拼可標示為"la3"，又可以讀作"囉喂"（lo3 wei3）（麥耘、譚步雲 2011：343，方小燕 2003：160），有提醒、催促的作用，甚至是"呼喚"的功能（陳冠健 2014），如（536），屬於祈使助詞。

（536）食飯喇喂！去吃飯吧！

麥耘、譚步雲（2011：343）認為"囉喂"表示"催促對方與自己一起行動"，當中的"囉"（lo3）表示"勸阻或催促（口氣較婉轉）"，如（537）。

（537）噉嘅話就唔好講囉！這樣的話就不要再說了。

"喇喂"的典型用法，應該是（536）那樣，向聽話者提出建議，並希望聽話者執行，甚至一起行動。"喂"（wei3 或 wai3）有呼喚的作用，引起對方的注意。（536）不光是一個建議，還有引起聽話者注意的作用，催促他趕快去吃飯，或跟說話者一起去吃飯。（538）要求聽話者坐下來，之前已經提醒過他，但他不聽，說話者再次提醒，如果不坐下來，好像對說話者會有甚麼影響，跟說話者有間接關係。

（538）坐低喇喂！坐下來吧。

由"喇喂"構成的句子是典型的祈使句，符合祈使句的要求（袁毓林 1993）。（536）的"食"、（538）的"坐"是動態的謂語，可以接受，但表示靜態的（539）和（540）都不能說。

（539）＊你係學生喇喂。你是學生吧。

（540）＊你怕佢喇喂。你怕他吧。

"喇喂"的祈使句，動詞必須是自主動詞，（541）的"屬"屬於非可控動詞，（542）的"跌"（丟失）屬於非自主動詞，這些例子都不能說，符合祈使句的基本要求。

（541）＊屬羊喇喂。＊屬羊吧。

（542）＊跌個銀包喇喂。＊丟個錢包吧。

祈使句主語的基本要求是指人，而理解為施事（袁毓林 1993）。
（543）的"落雨"（下雨）屬於非述人動詞，這個例子仍然可以接受。
（543）所提議的並非下雨，所催促的對象也不是天，說話者其實提
醒聽話者注意下雨，趕快作出應對行動。

（543）落雨喇喂。你注意啊，下雨了。

"喇喂"也可以進入（544）的名詞謂語句，說話者提醒聽話者
注意已經到了星期日。（544）的名詞謂語句不是靜態，而是表示時
間的變化、動態的發展。相比之下，（545）有三條腿的桌子不能有
甚麼變化，（546）的謂語是靜態，他姓陳也不是有變化的事件，這
些例子都不能說。除非（547）的很聰明理解為變化後的結果，說話
者請聽話者注意，要急起直追，否則不太能接受。

（544）今日星期日喇喂！你注意啊，今天星期日了。

（545）＊呢張枱三隻腳喇喂！你注意啊，這張桌子三條腿。

（546）＊佢姓陳喇喂！你注意啊，他姓陳了。

（547）？？佢好叻喇喂！你注意啊，他很聰明了。

有"喇喂"的句子，主語最好是第二人稱，跟典型的祈使句一
樣，如（536）和（538）都指向聽話者。（548）的主語雖然可以是第
三人的"佢"（他），但說話者提醒的對象仍然是聽話者，注意他去
睡覺的事情已經發生了。主語是第一人也勉強可以，用作提醒聽話
者。上述（543）雖然是所謂"無主句"，但"喇喂"指向的對象是聽
話者。

（548）你/？我/佢去瞓覺喇喂。你/？我/他要去睡覺了

"喇喂"的提醒和催促是兩種不同的功能，也有不同的語法要
求。表示提醒功能的句子，主語可以是非第二人稱，也不一定是動
詞謂語句，但謂語所表達的事件必須由一定的變化意義，如上述的
（543）、（544）等；表示催促功能的句子，主語一定是第二人稱，
謂語必須是表達動態的動詞謂語，跟一般的祈使句一樣，如上述的

（536）、（538）。雖然（549）的主語是第二人稱，但謂語由形容詞充任，這個例子只有提醒功能，沒有催促功能。

（549）你好重喇喂！你已經很重了，要注意啊！

梁仲森（2005：73）認為"喇喂"表示"説話者主觀覺得句子中的主語有洋洋得意的感覺"，可能有"忌妒、不平的情緒"，又會有"事不關己"、"幸災樂禍"等味道，如（550）。（550）的主語是第三人稱的"佢"（他），"喇喂"的作用是提醒，而非催促。雖然表面上沒有祈使意義，但説話者希望聽話者注意，他所指的"佢"有多麼的幸運，或請聽話者評論，引申出梁仲森（2005）所説的"忌妒、不平的情緒"，有提示的功能，也應算是祈使用法的一種。

（550）佢抽到籤放假，又可以去遊埠喇喂。他抽籤可以放假，又可以外遊。

"喂"前面不一定有"喇"，其他的助詞也可以，例如（551）的"咩"（me1）、（552）的"啊"（aa3）、（553）的"吖"（aa1）（陳冠健2014）。以下的例子，句首和句末的"喂"有祈使作用，前者是感歎詞，後者是助詞。如果助詞"喂"前面沒有任何助詞，則不能説，如（554）。[22]

（551）喂，你今晚唔去食飯咩喂？喂，你今天晚上不去吃飯嗎？

（552）喂，我真係好鬼肚餓啊喂！喂，我真的很餓啊！

（553）喂，唔該你幫我開咗對門佢吖喂！喂，麻煩你給我把門打開！

（554）＊喂，今晚去睇戲喂！喂，今天晚上去看電影。

**啊嗄**（a3 haa2）"啊嗄"表示提醒，請聽話者注意句子的內容，並期望聽話者有一定的反應或行動，有祈使的作用，屬於祈使助詞，如（555）。有"啊嗄"的句子是説話者向聽話者"提示的現象"，

---

22　陳冠健（2014）認為"喂"前面的助詞作為連接小句（命題本體）和"喂"（帶呼喚功能）兩者之間的"橋樑"。

引出"指示、吩咐、警告"的含義（梁仲森 2005：65）。

（555）你小心啲啊嗄！你小心點啊！

"啊嗄"的"啊"在口語中實際讀作 [ɐ³³] 或 [ə³³]，可用粵拼標示為"a3"。在某些情況下，"啊嗄"可以説成"嗄"（haa2）。張洪年（2007：422）只提到"嗄"原屬感歎詞，有代句詞的功能，但沒有舉例。李新魁等（1995：518）也只收"嗄"，認為"嗄"有三種功能：表示帶提醒或威脅的祈使語氣，如（556）；表示帶商量口吻的請求，如（557）；表示有疑惑而期待答覆，如（558）。Matthews and Yip（2011：399）認為"嗄"預設聽話者的同意，期望依從（compliance）。

（556）你因住嗄！你當心啊！

（557）我攞走嗄？我拿走，嗄？

（558）點解會噉嘅嗄？為甚麼會這樣，嗄？

由"啊嗄"構成的句子，主要的功能是請聽話者注意句子的內容。"啊嗄"可以跟祈使句搭配，也可以跟（557）的陳述句、（558）的疑問句搭配，但跟（559）的感歎句搭配，就不太可以接受。

（559）＊佢幾咁叻啊嗄！他多麼聰明啊！

"啊嗄"和"嗄"基本上是一樣的，有些情況下它們可以互換，如上述（556）和（557）的"嗄"都可以説成（560）和（561）的"啊嗄"，而（555）的"啊嗄"也可以説成（562）的"嗄"。不過，"啊嗄"好像比單説"嗄"更自然。

（560）你因住啊嗄！你當心啊！

（561）我攞走啊嗄？我拿走，嗄？

（562）你小心啲嗄！你小心點啊！

"啊"的省略受制於很多因素，主要前面成分的影響。如果"啊嗄"前面沒有助詞，"啊嗄"和"嗄"都可以接受，如（560）、（561）、（562）。如果"啊嗄"前面的助詞屬於事件助詞或時間助詞，"啊"都可以保留，如以下各例。（567）"啊嗄"前面的是事件助詞

"吓"（haa5），由於"吓"和"嗄"音節一樣，只是聲調不同，"啊"的保留比較好，反而連續説"＊佢都幾勤力吓嗄"不太好。這些"嗄"或"啊嗄"的用例，較為着重請聽話者注意，配合説話者的意願或行動。

（563）我行先啊嗄。我先走啊。

（564）食多碗添啊嗄。多吃一碗啊。

（565）佢冇嚟乜滯啊嗄。他不怎麼來啊。

（566）佢點叻法啊嗄？他怎麼聰明法呢？

（567）佢都幾勤力吓啊嗄。他也挺用功啊。

（568）唔好做住啊嗄！暫時不要做啊！

（569）我就嚟做完咁滯啊嗄。我快做完啊。

（570）我啱啱講過嚟啊嗄。我剛剛講過啊。

（571）的時間助詞"喇"（laa3）和（572）的焦點助詞"咋"（zaa3），後面的"啊嗄"最好説成"嗄"，把"啊"省去。本章討論"哦嗬"時提到"喇"和"咋"的元音特別"弱"，後面緊接另外一個以元音開頭的助詞，都會合音，成為一個音節（見（344）至（346）），"啊嗄"的"啊"省略和"哦嗬"的"哦"省略差不多。這個情況跟（573）"嘅"（ge3）也相似，後面緊接"啊嗄"時，都跟"啊嗄"合音，"啊"表面上被省略了，成為"喇嗄（la3 haa2）、咋嗄（za3 haa2）、㗎嗄（ga3 haa2）"，合音後的元音比較"短"，應該是國際音標的 $[ɐ^{33}]$ 或 $[ə^{33}]$，可用粵拼標示為"a3"，或音節尾有一個聲門塞音 $[ʔ]$，讀如 $[lɐʔ^{33}ha^{35}]$、$[tsɐʔ^{33}ha^{35}]$、$[kɐʔ^{33}ha^{35}]$，進一步反映了"喇、咋、嘅"在音韻上特別之處（又見本章的註釋 14）。

（571）我食咗飯喇嗄/＊啊嗄。我吃了飯了呀。

（572）寫一個字咋嗄/＊啊嗄！只寫一個字啊！

（573）本書係我嘅嗄/＊啊嗄。這本書是我的呀。

如果"啊嗄"前面的是焦點助詞、情態助詞，"啊嗄"都可以出現，但刪去"啊"比較自然，請參考以下各例。如果"啊嗄"或"嗄"前面的助詞是雙音節，最好有一個停頓。"啊嗄"或"嗄"前面是"囉、啩、添"，也最好有一個停頓。停頓後的"嗄"或"啊嗄"，意義較虛，除表達了說話者請聽話者注意句子的內容外，有時候"嗄"表示說話者把話說完了，語氣上稍停一下，等待對方的會應。說"啊嗄"或"嗄"時，說話者往往稍微抬頭，尤其是在停頓後的"嗄"特別明顯，表示請對方回應，或請對方表示認同。

（574）佢去唔去呢嗄/啊嗄？他去不去呢，嗄？

（575）我咪答應去囉，嗄/？啊嗄。我不就是答應去嗎？

（576）佢贏咗錢吖嘛，嗄/？啊嗄。他贏了錢嘛啊。

（577）寫完文啦嘛，嗄/？啊嗄。早就寫完論文了呀。

（578）講吓笑啫嗄/啊嗄。只開開玩笑啊。

（579）講吓笑之嘛，嗄/？啊嗄。只開開玩笑啊。

（580）佢會去啩，嗄/？啊嗄？他會去吧，嗄？

（581）落雨添，嗄/？啊嗄。居然下雨啊。

（582）對鞋唔啱㗎喇嗄/啊嗄。這雙鞋子不合適了呀。

（583）我識飛先得㗎，嗄/？啊嗄。我會飛才行嘛。

（584）佢去定啦，嗄/？啊嗄。他一定去啊。

"啊嗄"雖然有祈使的作用，但可以跟疑問句搭配，如（585）的特指問句、（586）的選擇問句、（587）的反覆問句、（588）的是非問句，而"嗄"或"啊嗄"強調了疑問語氣，請對方答覆。"啊嗄"在特指問句、選擇問句和反覆問句裏，好像比"嗄"自然。（588）的"咩"和"嗄"之間最好有個停頓，而"咩"之後的"啊嗄"比不上"嗄"那麼好。

（585）你飲乜嘢嗄/啊嗄？你喝甚麼啊？

（586）你飲奶茶定咖啡嗄/啊嗄？你喝奶茶還是咖啡啊？

（587）你去唔去嗄/啊嗄？你去不去啊？

（588）你去咩，嗄/？？啊嗄？你去嗎？

如果特指問句、選擇問句、反覆問句多加焦點助詞"呢"，"啊"的省略比較好，如以下的例子。

（589）你飲乜嘢呢嗄？你喝甚麼呢？

（590）你飲奶茶定咖啡呢嗄？你喝奶茶還是咖啡呢？

（591）你去唔去呢嗄？你去不去呢？

除了（588）的"咩"外，"嗄"也可以在其他疑問助詞之後出現，最好有一個停頓。相比之下，"啊嗄"較為彆扭，不太能説。

（592）你去嗎，嗄/？？啊嗄？你去嗎？

（593）你去呀，嗄/？？啊嗄？你去嗎？

（594）邊個去話，嗄/？？啊嗄？誰去呢？

（595）你去未，嗄/？？啊嗄？你去沒？

（596）點解去嘅，嗄/？？啊嗄？為甚麼去呢？

（597）邊個最叻先，嗄/？？啊嗄？到底誰最有本事呢？

有停頓的"嗄"有提示的作用，跟用於徵求意見的"嚱"（he2）和"哦嗃"（o3 ho2）差不多。在"嚱、哦嗃"之後，不能再有"嗄"或"啊嗄"，如（598）和（599）。

（598）＊呢套戲幾好睇嚱，嗄/啊嗄？這電影挺好看吧！

（599）＊呢套戲幾好睇哦嗃，嗄/啊嗄？這電影挺好看吧！

由"啊嗄"組成的祈使句，跟典型的祈使句不同，主語不一定需要第二人稱。（600）不同人稱的主語，意義稍為不一樣，第二人稱偏向表示命令，請聽話者執行動作，趕快睡覺；第一人稱和第三人稱偏向表示提醒，請聽話者好好注意。

（600）你/我/佢去瞓覺啊嗄。你/我/他去睡覺啊。

第二人稱主語的句子是典型的祈使句，謂語表達動態的事件，靜態的（601）和（602）是不能説的。第一人稱和第三人稱主語的句子，所表示的功能主要是提醒對方注意，動態的如（561）的"攞走"

（拿走）、靜態的如（573）的"係"（是）都可以接受。

（601）＊你姓陳啊嘎！你姓陳了。

（602）＊你好叻啊嘎！你很聰明了。

"嘎"又可以用作感歎詞，表示"聽不見"（張洪年2007：421）、"疑問、質問"（饒秉才等2009：89）、"用於問話"（麥耘、譚步雲2011：346），讀音跟助詞的"嘎"一樣（又見本章（321）和（322）的討論）。感歎詞"嘎"可以獨用，如（603），表示疑問；（604）句首的"嘎"表示疑問，也應該是感歎詞；但（605）句末的"嘎"，似乎既可以當作感歎詞，又可以當作助詞。如果是助詞的話，就是屬於上述所講的在停頓後的助詞。

（603）嘎？

（604）嘎，你去呀？嘎？你去嗎？

（605）你去呀，嘎？你去嗎？嘎？

感歎詞"嘎"表示疑問，助詞"嘎"表示提醒，兩者的功能不同，但有重疊之處，（605）就是重疊的例子，假如"嘎"是感歎詞，說話者通過"嘎"提出疑問，質疑聽話者到底去不去；假如"嘎"是助詞，說話者請聽話者注意前面的問題，請他回答到底去不去，所產生的效果好像差不多。

假如跟"嘎"搭配的是陳述句而非疑問句，感歎詞"嘎"和助詞"嘎"的區別就很明顯了。感歎詞"嘎"只能跟疑問句搭配，除非（606）的"佢走咗"（他走了）理解為反詰問句，否則不能接受；（607）的"嘎"是助詞，作用是請聽話者注意前面句子的內容，沒有疑問的意味，"嘎"也可以說成（608）的"啊嘎"，但這個"啊嘎"不能理解為表示疑問的感歎詞"嘎"。

（606）＊佢走咗，嘎？他走了呀？

（607）佢走咗，嘎。他走了啊。

（608）佢走咗啊嘎。他走了啊。

## 10.8　感情

感情助詞跟語氣、口氣有關，尤其是與説話人的態度、情感有關，包括："啊、-k"。

**啊**（aa3）"啊"或寫作"呀"，可用於很多的語境，表示説話者的感情，如疑問、祈使、強調、保證、稱呼、列舉、停頓等（張洪年 1972/2007），可跟多種類型的句子搭配。功能上，這個"啊"用得很廣泛，凡是能"停頓"的地方，都可以用上"啊"，可使話語顯得"柔和"（梁仲森 2005：63），如（609）的陳述句、（610）的疑問句、（611）的祈使句、（612）的感歎句。

（609）今日星期一啊。今天星期一啊。

（610）邊個會去啊？誰會去啊？

（611）坐低啊！坐下來啊！

（612）佢幾咁叻啊！他多聰明啊！

"啊"可以跟"喇、咋"等助詞合音，形成新的助詞，如"喇（laa3）、咋（zaa3）"，跟後綴"嘅"合音後，重新分析為助詞"㗎"（gaa3）。在這幾個例子裏，拉長的元音，就是這個"啊"合音的結果。"啊"的元音改變，可形成不同的變體，如（613）的"喔"（o3）。

（613）你要小心啲喔！你要小心一點啊！

**-k**　除了音節性的助詞外，粵語也允許所謂"音段性"但"非音節性"的助詞（梁仲森 2005：80），如用作加強語氣的"-k"音節尾。如本章提及的"zek1"（見（157）的討論，重複於（614）），"啫"（ze1）和"zek1"的分別，就是多了"-k"音節尾，加強了語氣。

（614）佢屋企有隻貓好靚 zek。他家有一隻貓很好看呢。

除了"zek1"外，其他能加上"-k"音節尾的助詞還有（615）的"嘞"（laak3）、（616）的"gaak3"、（617）的"呃"（aak3）（梁仲森 2005：80）。"呃"是"啊"加上"-k"音節尾而成，其他能加上"-k"

音節尾的助詞剛好是以 "L、G、Z" 做音節首的助詞 "嘞、gaak3、zek1",進一步突顯了以這三個輔音做音節首的助詞的特殊性(見本章註釋 14)。

(615) 真係論盡嘞!真粗心大意了!

(616) 我噉做唔係為咗賺錢 gaak3。我這樣做不是為了賺錢的。

(617) 係呃,你講得一啲都冇錯呃!對啊,你說得一點都不錯啊!


## 10.9 助詞連用

粵語助詞數量豐富,而且助詞可以連用,多個助詞出現在同一個句子裏,這種現象可稱為 "助詞連用",或稱為 "助詞串"(cluster),如來自梁仲森(2005:87)經典的例子(618),按照他的分析,當中的助詞 "添嘅咋吖嘛" 可以再分解為 "添、嘅、咋(啫)、吖嘛、啊",分別表示額外、實情、底限、顯著、求證等意義。這幾個助詞呈現連用現象,成為粵語語法的一個特色。

(618) 你話最多拖多個零月添嘅咋吖嘛。你不是說過最多只再拖一個多月嗎?

粵語助詞表面看到的詞序和層次結構有密切的關係,"隸屬層次低的在前,隸屬層次高的在後"(梁仲森 2005:89)。以(618)為例,那些助詞應處於不同的句法層次,"添" 最低,"吖嘛、啊" 最高。

根據助詞連用的情況,粵語的助詞大致上可以劃分為兩類:一類如 "喇、嘅、咋",另一類如 "咩、啊、㗎" 等(Law 1990)。這兩類助詞的劃分也有一定的語義基礎,第一類助詞跟時間有關,如(619)表示情況變化的 "喇"(laa3),第二類助詞跟語氣有關,如(620)表示疑問的 "咩"(me1)(Tang 1998b)。

(619) 佢寫完文喇。他寫完論文了。

(620) 小明會去咩?小明會去嗎?

第一類助詞必須出現在第二類之前，如（621）可以說，但（622）卻不能說。

（621）佢買樓喇咩？他買房子了嗎？　　　　　（第一類＞第二類）

（622）＊佢買樓咩喇？＊他買房子嗎了？　　　（第二類＞第一類）

粵語助詞分為兩類，無論在意義上還是在句法上都有一定的依據。不過，兩類的劃分只是一個梗概，粵語助詞可按連用的情況作進一步的細分。（623）的“先”表示事件發生的先後次序，屬於事件助詞，暫時稱為“先₁”；（624）的“先”表示建議，屬於祈使助詞，暫時稱為“先₂”；（625）的“咁滯”表示程度、狀態的接近，屬於時間助詞；（626）的“啩”表示揣測，屬於情態助詞。

（623）佢講先₁。他先講。

（624）準備好先₂。你先讓我準備好，（然後……）

（625）佢寫完篇文咁滯。他快寫完論文。

（626）佢會去啩？他回去吧？

這些助詞都能連用，（627）的“先₁”在前，“先₂”在後。第一個“先₁”讀來相對比較短，第二個“先₂”稍為長一點。

（627）我講先₁先₂。先讓我先說。

“咁滯”和“啩”連用時，（628）的“咁滯”在前，“啩”在後，（629）的詞序卻不能說。

（628）佢寫好篇文咁滯啩。或許他快寫好那篇文章吧。

（629）＊佢寫好篇文啩咁滯。

“先₁”和“咁滯”連用時，（630）的“先₁”在前，“咁滯”在後，（631）倒過來的詞序不能說。

（630）我講先₁咁滯。我幾乎先說。

（631）＊我講咁滯先₁。

（627）的“先₁”和“先₂”可以連用，（632）的“先₁”可以跟“啩”連用，但（633）和（634）的“先₂”卻不能跟“啩”連用。

（632）佢講先₁嘞。或許他先説。

（633）＊佢講先₁先₂嘞。

（634）＊佢講嘞先₂。

上述的討論大致可得出這樣的詞序：“先₁”在前，“咁滯”在後，而“嘞”最後。理論上，（635）可以説，正好反映了“先₁＞咁滯＞嘞”的詞序，“＞”表示“在前”，所表示的意思是：也許他有很大的機會可以先説，不太肯定，但最後可能被別人搶着説。（635）雖然意思較為複雜，不太容易詮釋，説起來有點彆扭，但明顯地比（636）至（639）這幾個例子好得多。（635）説明了這三個助詞的連用，只允許“先₁＞咁滯＞嘞”的詞序，其他的都不能説。

（635）佢講先₁咁滯嘞？或許他快先講吧？

（636）＊佢講咁滯先₁嘞？

（637）＊佢講咁滯嘞先₁？

（638）＊佢講嘞先₁咁滯？

（639）＊佢講嘞咁滯先₁？

（640）的“添”表示增加，屬於事件助詞，寫作“添₁”；（641）的“添”強調跟預設有異，屬於情態助詞，寫作“添₂”。

（640）食一碗添₁！多吃一碗！

（641）落雨添₂！竟然下雨呢！

（642）的“先₁、咁滯”可以跟“添₂”連用，可以接受的詞序只有一種：“先₁”在前，“添₂”在後，“咁滯”置中，其他的例子如（643）和（644）都不能説。

（642）佢講先₁咁滯添₂！他居然幾乎先講！

（643）＊佢講先₁添₂咁滯！

（644）＊佢講添₂先₁咁滯！

（645）和（646）同屬事件助詞的“先₁”和“添₁”不能連用。假若“添＋先”能説，當中的“先”只能表示建議，屬於祈使助詞，即"先$_2$"，而不是表示事件先後的"先$_1$"。

（645）＊你食多碗添$_1$先$_1$！你先多吃一碗！

（646）＊你食多碗先$_1$添$_1$！

"先$_2$"不能跟"添$_2$"連用，（647）、（648）、（649）都不能説。至於（650）和（651）的對比，説明了如果"先"跟"添$_2$"能共現，那個"先"只能理解為事件助詞"先$_1$"，而且必須出現在"添$_2$"之前。

（647）＊佢講先$_1$先$_2$添$_2$！居然先讓他先講，（然後……）

（648）＊佢講先$_1$添$_2$先$_2$！

（649）＊佢講添$_2$先$_1$先$_2$！

（650）佢講先$_1$添$_2$！居然他先講。

（651）＊佢講添$_2$先$_{1/2}$！

（652）的"住"是時間助詞，可以跟其他的助詞連用。"先$_1$"一定在"住"的左邊出現，而"先$_2$"在"住"的右邊出現，如（653）。

（652）咪去住！暫時別去！

（653）咪講先$_1$住先$_2$！暫且先不要先講，（然後……）

無論詞序是怎樣，"住"和"咁滯"也無法連用，（654）和（655）都不能説。主要的原因是"住"所出現的句類是祈使句，而"咁滯"根本不能在祈使句出現，語氣的衝突造成了（654）和（655）不能接受。

（654）＊咪去咁滯住！暫時（＊幾乎）不要去！

（655）＊咪去住咁滯！暫時（＊幾乎）不要去！

"未"是時間助詞，"先$_1$"一定在"未"的左邊出現，而表示疑問的"先$_3$"在"未"的右邊出現，如（656）。"未"不能跟同類的助詞連用，如（657）和（658）的"咁滯"。

（656）佢講先$_1$未先$_3$？到底他先説沒有？

（657）＊佢講完咁滯未？他快説完沒有？

（658）＊佢講完未咁滯？他快説完沒有？

時間助詞"嚟"勉強可以在"先₁"之後出現，如（659），但不能在"先₁"之前出現，（660）是不能説的。[23]

（659）　？洗車先₁嚟。剛剛先洗了車。

（660）　＊洗車嚟先₁。

"嚟"不可以跟其他時間助詞"咁滯"和"住"連用，如以下的例子。"嚟"所指的是一個剛剛實現的事件（或結果），表示了現實（realis）的意義，但"咁滯"卻指事件（或結果）快發生，最終沒有實現，時間上有矛盾；用在祈使句的"住"卻用來指還沒發生的事件，表示了不現實（irrealis）的意義，也跟"嚟"的時間不符。因此，語義上的衝突令這些句子不能接受。

（661）　＊寫好篇文咁滯嚟。剛（＊幾乎）寫好這篇文章。

（662）　＊寫好篇文嚟咁滯。

（663）　＊咪去住嚟！＊剛不要去！

（664）　＊咪去嚟住！

至於其他類型的助詞，它們都出現在"嚟"之後，如（665）表示焦點的"囉"、（666）表示情態的"啩"、（667）表示疑問的"話"、（668）表示祈使的"嘛"、（669）表示感情的"啊"。

（665）　洗咗架車嚟囉。剛洗了那輛車嘛。

（666）　洗咗架車嚟啩？或許剛洗了那輛車吧？

（667）　洗咗乜嘢嚟話？剛洗了甚麼？

（668）　洗咗架車嚟嘛。剛洗了那輛車呢！

（669）　洗咗架車嚟啊！剛洗了那輛車啊！

時間助詞"咁滯"的表現跟"嚟"差不多，表示焦點、情態、疑問、祈使、感情的助詞都必須在"咁滯"之後出現，如以下的例子

---

23　例子（659）不太自然可能跟"先嚟"的連用有歧義有關："先嚟"容易讓聽話者理解為"先至嚟"（才來），"先至"是副詞，"嚟"是動詞。那麼，（659）有可能理解為"洗車才來"。無論如何，（659）和（660）的差異仍然明顯，後者根本不合語法。

所顯示。

　　（670）佢寫完文咁滯囉。他快寫完論文嘛。

　　（671）佢寫完文咁滯啩。他快寫完論文吧。

　　（672）佢寫完乜嘢咁滯話？他快寫完甚麼？

　　（673）佢寫完文咁滯㗎。他快寫完論文呢！

　　（674）佢寫完文咁滯啊！他快寫完論文啊！

　　焦點助詞可以跟情態、疑問、祈使、感情等助詞連用，如（675）的“啩”是情態助詞、（676）的“咩”是疑問助詞、（677）的“啵”是祈使助詞，在這三個例子裏，“咋”的元音都是“a”（[ɐ]）而非“aa”（[a]），受後面助詞的音節首影響，“咋啩、咋咩、咋啵”分別讀作“zak3 gwaa3、zam3 me1、zap3 bo3”；（678）的“咋”應分解為“za3”和“啊”（aa3）兩部分，“啊”就是感情助詞（見本章（108）的討論）。

　　（675）佢要一本咋啩。或許他只要一本吧。

　　（676）佢要一本咋咩？他只要一本嗎？

　　（677）佢要一本咋啵。他只要一本呢。

　　（678）佢寫完文咋。他寫完論文嘛。

　　情態助詞基本上只能跟感情助詞連用，（679）的“zek1”應分解為“啫”（ze1）和“-k”音節尾兩部分，“啫”是真正的情態助詞，而“-k”音節尾是感情助詞（見本章（157）、（614）的討論），又如（680）的“添＋啊”。情態助詞和疑問助詞不能互相連用，（681）的“啩”是情態助詞、“咩”是疑問助詞，它們的連用不能接受。

　　（679）佢寫完文 zek1 ？他寫完論文吧？

　　（680）落雨添啊！居然下雨啊！

　　（681）＊佢寫完文啩咩？他寫完論文吧？

　　祈使助詞基本上不能跟情態助詞和疑問助詞連用，如（682）情態助詞“啩”和祈使助詞“啵”的連用，（683）疑問助詞“話”和祈使助詞"咧"的連用，都不能接受。

（682）＊佢去咖嘑。他去吧。

（683）＊邊個去話咧？誰去？

不過，有些疑問助詞可以跟情態助詞連用，則較為特殊，如（684）的情態助詞"啫"和疑問助詞"嚥"的連用（見本章（314）的討論）、（685）的情態助詞"定啦"和疑問助詞"嗬"的連用（見本章（355）的討論）。有些祈使助詞可以跟情態助詞或疑問助詞連用，如（686）情態助詞"定啦"和祈使助詞"嘎"的連用（見本章（584）的討論）、（687）疑問助詞"咩"和"嘎"的連用（見本章（588）的討論）。這些疑問助詞、祈使助詞，形式比較特殊，前面都有停頓，有可能當作感歎詞用（張洪年 1972/2007，饒秉才等 1981/2009 等），助詞和感歎詞的界線開始模糊起來。

（684）唔係啫，嚥？不是的，啊？

（685）佢去定啦，嗬？他一定去吧？

（686）佢去定啦，嘎。他一定去啊。

（687）你去咩，嘎？你去嗎？

根據上述的討論，事件助詞（如"先₁、添₁"等）靠前，最貼近謂語；時間助詞（如"住、嚓"）可以跟事件助詞連用，緊貼着時間助詞；焦點助詞（如"咋、囉"）可以跟時間助詞連用，緊貼着時間助詞；情態助詞（如"啫、定啦"）和疑問助詞（如"咩、話"）兩類不能連用，除了部分較為特殊的例子外，祈使助詞（如"咧、嘑"）基本上不能跟情態助詞和疑問助詞連用；感情助詞（如"啊、-k 尾"）位於句子最末尾的位置。

根據這裏的描述，各類助詞連用的詞序大致可歸納為（688），"＞"表示"在前"。同類的助詞不能連用，情態、疑問、祈使雖然不同類，但沒有連用的實例，應佔據同一個句法位置，呈現所謂"互補"現象，互相排斥，不能連用，（688）用"/"的方式來表示這種關係。這裏所描寫的只是一個粗略的概況，表示理論上可行，句法結構是允許的。至於個別的限制，可能跟語義有關，也可能跟語音有關。

（688）事件 > 時間 > 焦點 > 情態/疑問/祈使 > 感情

按照這樣句法分佈的考慮，粵語助詞應該劃分為五個大類，即"事件、時間、焦點、程度、感情"。這裏所説的"程度"是個大類，包括情態、疑問、祈使三類的助詞，都跟語氣的程度級別（degree）相關（B. Li 2006，鄧思穎 2010 等）。[24]（688）這樣的排列也有一定句法和語義的根據："事件"跟謂語所表達的事件先後有關，也離不開謂語；"時間"並非只考慮到事件本身，而是聯繫了某些事件以外的參照點，例如言語時間、所指時間等，用來觀察事件、為事件定位；"焦點"所覆蓋的範圍基本上是謂語，是"事件"和"時間"上一個的層次，"程度"的覆蓋面比較廣，而"感情"所覆蓋的範圍最廣，覆蓋整個小句，從詞序排列的角度來考慮，出現在句子的末端。

## 10.10　非根句的小句

"根句"（root clause）是指完整的句子，獨立使用，並非作為句子內的一部分，有時也稱為"母句"（matrix clause），如（689）。至於非根句的小句，是句中之句，並非獨立的句子，如（690）括號內的關係小句（relative clause，又稱為"定語從句"）用作修飾名詞，是名詞短語的一部分；（691）括號內的小句用作主語，被謂語"係冇可能嘅"（是不可能的）所陳述；（692）是複句，括號內的小句是分句，屬於複句的一部分。

---

24　飯田真紀（2007）也曾對粵語助詞連用提出過分類，她的"A、C、D"三類約等於本書所講的事件、時間/焦點、情態/疑問/祈使/感情。至於"B 類"，專指"嘅"，本書分析為後綴。

(689) 佢睇過呢本書。他看過這本書。

(690) [佢睇過] 嘅呢本書好有用。他看過的這本書很有用。

(691) [佢睇過呢本書] 係有可能嘅。他看過這本書是不可能的。

(692) [如果佢睇過呢本書]，就知道原因。如果他看過這本書，就知道原因。

從本章所有的例子所見，粵語的助詞都可以在根句出現。有些助詞可以進入非根句的小句，如事件助詞"先"可以出現在（693）的關係小句、（694）的小句主語、（695）的分句。

(693) [睇書先] 嘅細路仔好乖。先看書的小孩子很乖。

(694) [佢睇書先] 係有可能嘅。他先看書是不可能的。

(695) [如果佢睇書先]，就知道原因。如果他先看書，知道原因。

事件助詞"乜滯"也有相似的情況，可以出現在（696）的關係小句、（697）的小句主語、（698）的分句。

(696) [冇睇書乜滯] 嘅細路仔唔識答。不怎麼看書的小孩子不會回答。

(697) [佢冇睇書乜滯] 係唔應該嘅。他不怎麼看書是不應該的。

(698) [如果佢冇睇書乜滯]，就唔識答。如果他不怎麼看書，就不會回答。

不過，有些事件助詞卻不能進入非根句的小句，如以下有"添"的例句都不能說。其實這個"添"除了表示擴充範圍的意義外，還能表示一定的語氣，或許要求特定的句類。這些語氣、句類等的要求，使得"添"的地位較為複雜，跟一般的事件助詞有異。

(699) *[食多碗添] 嘅細路仔好乖。多吃一碗的小孩子很乖。

(700) *[食多碗添] 係有可能嘅。多吃一碗是不可能的。

(701) *[如果食多碗添]，就唔會肚餓。如果多吃一碗，就不會餓。

時間助詞"住"可以進入非根句的小句（鄧思穎 2009a），如（702）的關係小句、（703）的小句主語、（704）的分句。

（702）［我未用住］嘅電腦喺張枱上面。我暫時還沒用的電腦在桌子上。

（703）［佢唔換電腦住］係一個正確嘅決定。

　　　他暫時不換電腦是個正確的決定。

（704）［如果唔換部電腦住］，就早啲講。

　　　如果暫時不換電腦，就早點説。

　　時間助詞"咁滯"也可以進入（705）的關係小句、（706）的小句主語、（707）的分句。

（705）［寫完文咁滯］嘅同學比較得閒。快寫完論文的同學比較輕鬆。

（706）［佢寫完文咁滯］係一個好消息。他快寫完論文是一個好消息。

（707）［如果寫完咁滯］，就通知我。如果快寫完，就通知我。

　　在適當的語境下，時間助詞"未"能在非根句的小句出現，如下面的例子。（708）帶有"未"的小句是"想知道"的賓語，可稱為小句賓語；（709）的"未"在分句出現。[25]

（708）［想知道［落雨未］］嘅嗰個人仲喺度。

　　　想知道下雨沒有的那個人還在。

（709）［無論落雨未］，我都要走喇。無論下雨沒有，我也要離開了。

　　同樣以齒齦邊通音"L"做音節首的時間助詞"嚟"和"喇"，對於能否進入非根句的小句，它們的表現各異，只有"嚟"可以進入（710）的關係小句、（711）的小句主語、（712）的分句，"喇"卻不行。

（710）［食完飯嚟/＊喇］嘅同學比較舒服。

　　　剛/已經吃完飯的同學比較舒服。

（711）［落過雨嚟/＊喇］係一個好消息。剛/已經下雨是一個好消息。

（712）［如果落過雨嚟/＊喇］，空氣會比較好。

　　　如果剛/已經下雨，空氣會比較好。

---

25　由於其他句法的原因，有"未"的小句不能做主語，如（i）；也不能用來做定語，如（ii）。
　　（i）＊［佢寫文未］都有乜問題。
　　（ii）＊［寫文未］嘅同學好緊張。

跟"㗎"不一樣，"喇"可以拆開為"laa"和"啊"（aa3）兩部分，即"喇"由"laa"和"啊"合音所組成。"啊"是感情助詞，而"laa"才是真正的時間助詞。假如"喇"是時間助詞和感情助詞的結合，不屬於單純的時間助詞，不能進入非根句的小句，也不足為奇。

其他的助詞，如焦點助詞"囉"、情態助詞"啩"、疑問助詞"咩"、祈使助詞"罷啦"、感情助詞"啊"等，都不能進入非根句的小句，下面的例子都不能説。

（713）*[寫完文囉/啩/咩/罷啦/啊] 嘅同學比較得閒。

　　　　寫完論文的同學比較輕鬆。

（714）*[佢寫完文囉/啩/咩/罷啦/啊] 係一個好消息。

　　　　他寫完論文是一個好消息。

（715）*[如果寫完囉/啩/咩/罷啦/啊]，就通知我。

根據根句和非根句小句的劃分，粵語的助詞可以分為兩大類，一類助詞原則上能進入非根句的小句，如事件助詞和時間助詞，另一類助詞只能在根句出現，不能在非根句的小句出現，如焦點助詞、情態助詞、疑問助詞、祈使助詞、感情助詞。

# 十一、框式結構

## 11.1　粵語前後置成分的共現

　　粵語虛詞的特點，除了數量豐富外，另外一個有趣的現象就是出現在動詞之後的成分（如助詞），在謂語之前往往找到有一個意義幾乎相同的對應成分（如副詞），形成前後互相呼應的格式。以動詞的位置作為參照點，出現在動詞之後的成分，可稱為"後置成分"，[1]如（1）的事件助詞"咁滯"，出現在謂語之後，是"後置成分"的一個例子。副詞在動詞之前出現，可稱為"前置成分"，如（1）的副詞"差唔多"，意義跟"咁滯"接近，都有"差不多、幾乎"的意思。（1）的"差唔多"和"咁滯"，前後置成分，意義差不多，也肩負起相似的功能，共同表示動作行為接近某種程度，形成互相呼應的格式，成為粵語的一個特點。

　　（1）我差唔多講完咁滯。我快説完。

　　粵語這種前後互相呼應的格式，有學者早已注意到。梁仲森（1992/2005）在討論助詞的時候，舉出了某些常跟助詞一起使用的"共現成分"。根據他的分類，粵語助詞的"共現成分"有以下的例子，左邊是後置成分（助詞），右邊是前置成分。跟助詞共現的成分大多數是副詞，例如"到底、大概、再"等。

　　（2）粵語助詞的"共現成分"（梁仲森 1992/2005）

---

1　有學者按照語法關係把粵語的後置成分稱為"後置狀語"，或把它們的詞類分析為"後置副詞"。

| 添（額外） | 再、又、重 |
| 囉（顯然事理） | 唔係、咪 |
| 咯（lok3）（駁斥） | 又夠 |
| 咯（lok3）（強調原先的話） | 都話 |
| 啫（轉折） | 雖然 |
| 啫（低限） | 只係、得 |
| 啫（追查） | 究竟、到底、其實 |
| 啫（ze4）（提起舊事） | 重 |
| 嘅（埋怨） | 都、又 |
| 嘅（問原因） | 點解 |
| 先（現時） | 而家 |
| 啦（可能性） | 大概、大約、或者 |
| 啦（條件；準則） | 睇下、睇過；除非 |
| 啦（建議） | 請、唔該 |
| 喇（挑剔缺點） | 又 |
| 喇咭（辯證） | 又夠 |
| 咧（強調意願；情況） | 真係 |
| 咧（求證） | 梗係 |
| 罷啦（新決定） | 不如、都係 |
| 係啦（堅持） | 總之 |
| 係啦（無奈） | 唯有 |
| 吖嘑（提示過失） | 又 |
| 啊（aa1）（追查） | 到底、究竟 |
| 呀（aa2）（追查） | 到底、究竟、實際 |
| 呀（aa4）（求證） | 原來、哦 |
| ↗（推測結果） | 咪、即係、一樣 |

施其生（1995）注意到粵語的修飾成分有前置的，也有後置

的，兩者"各成相當的陣容"（施其生 1995：118），"一前一後兩種修飾性虛成分可說旗鼓相當，在意義分工上又常常互相對應"（施其生 1995：122）。前後置成分有"異曲同工"的效果（施其生 1995：123），並舉了以下的例子說明。施其生（1995：122）認為（3）、（4）、（5）這三例基本上相同，既可用副詞"再"，又可用助詞"添"，甚至兩者可以共現，表達相同的意思，"選擇相當靈活"。

（3）再飲杯。再喝一杯。

（4）飲杯添。再喝一杯。

（5）再飲杯添。再喝一杯。

允許意義接近或意義相同的前後置成分，可以共同修飾謂語，成為粵語語法一個顯著的特點。

## 11.2　框式結構的特點

劉丹青（2003）對漢語介詞作深入的研究，並提出"框式介詞"的分析。他所講的所謂"框式介詞"，是指介詞（又稱為"前置詞"）和表示方位的後綴（或稱為"後置詞"）形成"框式"，例如在下面的例子（6），"在"和"上"兩者好像共同表示方位，構成一對"框式介詞"（"在……上"）。（6）在英語說成"on the table"，漢語的"在……上"好像等於英語的"on"。相對於英語而言，漢語好像用了"框式介詞"來表達英語介詞"on"的功能。況且漢語的"框式介詞"其中一個成分在一定句法條件下可以省略，有時可以只保留"上"（如"桌子上有一本書"），有時可以只保留介詞"在"（如"在圖書館看書"）。換句話說，這種"框式介詞"的組合無論在語義上還是在功能上都好像有點兒"冗餘"，成為漢語語法的一個特點。

（6）在桌子上

借用劉丹青（2003）所提出的這種"框式"的概念，粵語意義相近或意義相同的前後置成分呈現"框式"的特點，所組成的結構可稱為"框式結構"（鄧思穎 2006c，2007，2008d，e，2009a，c，2012，Tang 2009，Tang and Cheng 2014）。[2] 以上述（1）為例（重複於(7)），副詞"差唔多"和助詞"咁滯"意義接近，都表示"差不多、幾乎"的意思，肩負起相似的功能。在句法上，"差唔多"和"咁滯"組成框式結構"差唔多⋯⋯咁滯"，共同修飾謂語"講完"（Tang 2009）。粵語後置成分特別豐富，為框式結構的形成提供了一個有利的條件，成為粵語語法一個重要的特點。

（7）我差唔多講完咁滯。我快說完。

至於粵語框式結構的組成，根據動詞後綴（或稱為"詞尾"）、事件類和部分時間類助詞(又稱為"後置副詞")和其他助詞(即"典型"的助詞) 這三種成分，劃分為三類框式結構（鄧思穎 2006c）。根據本書的體例，事件類助詞、時間類助詞和其他助詞都統一分析為助詞。因此，粵語框式結構實際上只有兩大類，即以動詞後綴為中心的框式結構，如（8）的"一定⋯⋯硬"、(9) 的"再⋯⋯翻"，還有以助詞為中心的框式結構，如（7）的"差唔多⋯⋯咁滯"、(10) 的"或者⋯⋯啩"。

（8）佢一定升硬。他一定升職。

（9）佢再教翻書。他再教書。

（10）或者佢肯煮飯啩。他或許肯煮菜呢。

粵語框式結構的定義基本上是兩條：一、前後置成分意義接近或意義相同，形成表面上"冗餘"的現象；二、前後置成分有局部性（locality）的特點，兩者在句法上有緊密的關係（鄧思穎 2006c，2007）。

---

2　又稱為"框式虛詞結構"。粵語的框式結構跟劉丹青（2003）所講的"框式介詞"毫無關係，請讀者注意。

語義上"冗餘"的特點，在上述的例子清楚地顯示出來。由動詞後綴組成的框式結構，(8) 的"一定"和"硬"都表示相同的情態，有判斷的作用 (Tang 2003)。(8) 的意思也可通過 (11) 或 (12) 表達出來，前置"一定"和後置"硬"的使用有一定的靈活性。(9) 的"再"和"翻"都表示事件的再發生，即"回復本有性狀"（詹伯慧 1958，張洪年 1972/2007）。至於由助詞組成的框式結構，(10) 的"或者"和"啩"都表示"揣測"（張洪年 1972/2007），(13) 和 (14) 顯示了光說"或者"或"啩"都可以接受，基本的意義都沒有甚麼改變。從這些例子可見，框式結構內的前後置成分，在語義上形成所謂"冗餘"的現象。

（11）佢一定升。他一定升職。

（12）佢升硬。他一定升職。

（13）或者佢肯煮飯。他或許肯煮菜呢。

（14）佢肯煮飯啩。他或許肯煮菜呢。

框式結構前後置成分的局部性特點，可以由以下"差唔多……咁滯"的例子顯示出來。(15) 的前置成分"差唔多"和後置成分"咁滯"都在同一個小句（關係小句，或稱為定語從句）內，共同修飾關係小句內的謂語"改好"；至於 (16) 的情況，"差唔多"和"咁滯"分別位於賓語內的關係小句和根句兩個不同的層面，"差唔多"修飾"改好"，但位於句末的"咁滯"卻無法修飾關係小句內的"改好"。(17) 位於句末的"咁滯"，只可以修飾根句的謂語"睇完"（看完），並且可以跟位於根句謂語"睇完"前的"差唔多"組成框式結構，符合局部性的特點；(18) 的"差唔多"位於根句的層面，但"咁滯"卻位於賓語內關係小句，兩者處於不同的句法層面，不能組成框式結構。

（15）我睇完［嗰本［佢差唔多改好咁滯］嘅書］。我看完了那部他快修改好的書。

（16）＊我睇完［嗰本［佢差唔多改好］嘅書］咁滯。

（17）我差唔多睇完［嗰本［佢改好］嘅書］咁滯。

　　我快看完那部他修改好的書。

（18）＊我差唔多睇完［嗰本［佢改好咁滯］嘅書］。

　　上述（18）不合語法是由於不能表達"我快看完那部他修改好的書"的意思。如果"差唔多"和"咁滯"分別修飾"睇完"和"改好"，表達"我快看完那部他快修改好的書"的意思，"差唔多"和"咁滯"並不組成框式結構，（18）則可以接受。事實上，要表達這個意思，也可以通過兩組不同的"差唔多……咁滯"，區別歧義，如（19）。第一組的框式結構修飾根句謂語"睇完"，第二組框式結構修飾關係小句謂語"改好"。雖然（19）讀起來囉嗦一點，但卻是一句合語法的例子。（19）這個例子更好說明框式結構的組成呈現局部性的特點，前後置成分的距離不能太遠（如不能橫跨兩個小句）。

（19）我差唔多睇完［嗰本［佢差唔多改好咁滯］嘅書］咁滯。

　　我快看完那部他快修改好的書。

　　粵語有些後置成分要求某些成分一定要出現，如（20）表示時間的助詞"住"，否定詞是不能省略的（詹伯慧1958，張洪年1972/2007等）。（21）沒有否定詞，"住"的出現則不能接受。雖然"住"要求否定詞一定要出現，但否定詞跟"住"並不組成框式結構，原因是否定詞和"住"並非語義接近或語義相同。（22）只有否定詞"唔"（不）而沒有"住"，雖然這個例子能說，但"唔"並沒有"住"的意義，（22）也不能表達（20）的意思，情況跟上述（13）和（14）等例子不同。跟"住"的意義接近，又能跟"住"同時出現，共同修飾謂語，就好像（23）的副詞"暫時"，"暫時……住"應組成框式結構（鄧思穎2009a）。

（20）我唔講個答案住。我暫時不把答案說出來。

（21）＊我講個答案住。

（22）我唔講個答案。我不把答案說出來。

（23）我暫時唔講個答案住。我暫時不把答案說出來。

在以下例句（24），"暫時"和"住"同在一個小句內，共同修飾謂語"唔講個答案"（不說答案），呈現局部性的特點；(25) 的"暫時"和"住"分別處於兩個不同的小句，"暫時"只能修飾分句的謂語"休息一陣"（休息一會兒），卻不能跟"住"共同修飾"唔講個答案"，(24) 和 (25) 並非同義，這些例子進一步證明"暫時……住"組成框式結構。

（24）如果佢休息一陣，我就暫時唔講個答案住。

　　　　如果他休息一會兒，我就暫時不把答案說出來。

（25）（*）如果佢暫時休息一陣，我就唔講個答案住。

　　　　如果他暫時休息一會兒，我就暫時不把答案說出來。

框式結構的前後置成分，以後置成分為中心，作為修飾謂語的核心部分；前置成分主要用作加強由後置成分所表達的意思，或進一步把後置成分的意思說明清楚。以 (26) 為例，後置成分"咁滯"表示快要、差不多等體和時間意思。(27) 加入"差唔多"，就是突顯這種體和時間意義，跟"咁滯"組成框式結構"差唔多……咁滯"，共同修飾謂語"講完"。

（26）我講完咁滯。我快說完。

（27）我差唔多講完咁滯。我快說完。

框式結構的前置成分還可以區別後置成分的歧義。"罷啦"有建議的作用，屬於祈使助詞。(28) 的"罷啦"的轄域其實有歧義，既可以理解為所建議去的人是聽話者而不是別人，又可以理解為所建議的行為是去而不是別的行為。

（28）你去罷啦。你去吧。

(28) 的歧義可以通過框式結構來消除。"不如"可以跟"罷啦"組成框式結構（鄧思穎 2009c），"不如"可以出現在主語之前，如

（29），説話者的焦點針對聽話者，主語“你”在“不如……罷啦”的轄域之內；“不如”也可以出現在主語之後，如（30），説話者的焦點在於動作本身，“不如……罷啦”的轄域只包括謂語“去”，並不包括主語“你”。這兩個例子的差別可由（31）和（32）顯示出來。

（29）不如你去罷啦。倒不如你去吧。

（30）你不如去罷啦。你倒不如去吧。

（31）不如你去罷啦，張三唔好去。倒不如你去吧，張三不要去。

（32）你不如去罷啦，唔好留喺度。你倒不如去吧，不要留在這兒。

框式結構前置成分的選擇可以多於一。上述（27）提到“差唔多”可以跟“咁滯”組成框式結構，除了“差唔多”外，其他的副詞如（33）的“幾乎、就嚟、就快、將近”也可以扮演相同的角色，跟“咁滯”組成框式結構。

（33）我幾乎/就嚟/就快/將近講完咁滯。我快説完。

雖然“差唔多、幾乎、就嚟”等詞的意義並不完全一樣，但都可以作為前置成分，用來突顯“咁滯”所表達的體和時間意義。框式結構以後置成分為中心，前置成分的選擇可以多於一。由此可見，後置成分跟前置成分形成比較自由的“一對多”的關係，而並非“一對一”的固定搭配。


## 11.3　助詞組成的框式結構

由助詞組成的框式結構，即以助詞作為框式結構的中心部分。粵語的助詞可以劃分為七類，詳細的分類和討論可參見本書第十章。按照這七類的劃分，框式結構的例子大致如下。為了方便閱讀，前置成分以<u>直底線</u>標示，後置成分（助詞）以<u>波紋底線</u>標示。由於框式結構的前後置成分構成“一對多”的關係，以下各例只選取一個前置成分作為示範，而不窮盡所有前置成分的可能性。

**事件類**　事件類框式結構跟事件發生的先後、動作次數等意義相關。

（34）佢**先**行**先**。他先走。

（35）你**再**食一碗**添**。你再多吃一碗。

（36）佢**冇點**去**乜滯**。他不怎麼去。

（37）佢**噉**樣唱歌**法**。他這樣唱歌法。

（38）佢**幾**叻**吓**。他挺聰明。

**時間類**　時間類框式結構跟謂語所表達的體、時相關。

（39）我**暫時**唔講個答案**住**。我暫時不把答案説出來。

（40）我**差唔多**講完**咁滯**。我快説完。

（41）佢**啱啱**洗車**嚟**。他剛剛洗車。

（42）**已經**落雨**喇**。已經下雨了。

**焦點類**　焦點類框式結構跟小句內某個範圍相關。

（43）佢**淨係**睇咗一本書**咋**。他只看了一本書。

（44）我**咪**（mai6）講過**囉**！我不就是説過嘛！

（45）佢**咪**（mai6）贏咗馬**吖嘛**。他不就是贏了賽馬。

（46）佢**咪**（mai6）睇完書**啦嘛**。他早就看完書了。

**情態類**　情態類框式結構跟語氣、口氣有關，表達了説話人的主觀認定，有一個評價或一種認識。

（47）佢**只不過**講笑**啫**。他開玩笑而已。

（48）佢**只不過**睇書**之嘛**。他只不過看書。

（49）**或者**佢去**啩**！或許他去吧。

（50）**居然**落雨**添**！居然下雨了！

（51）佢**一定**最鍾意食魚**㗎啦**。他一定最喜歡吃魚了。

（52）佢**當然**去**定啦**！他當然去了！

**疑問類**　疑問類框式結構跟語氣、口氣有關，尤其是跟説話人的言語有關，希望聽話者回答。

（53）<u>唔通</u>佢攞獎<u>咩</u>？難道他得獎嗎？

（54）<u>乜</u>你咁開心<u>嘅</u>（ge2）？為甚麼你那麼開心？

（55）<u>究竟</u>邊個最叻<u>先</u>？到底誰最聰明？

**祈使類**　祈使類框式結構跟語氣、口氣有關，尤其是跟說話人的言語有關，表達實施一個行為，用說的話來改變外界事物的狀態。

（56）<u>不如</u>你去<u>咧</u>。你去好嗎？

（57）<u>聽講</u>佢會去<u>喎</u>（wo5）。聽說他會去。

（58）你<u>先</u>搞掂呢啲嘢<u>先</u>。你先做好這些事情（然後再說）。

（59）<u>不如</u>你走<u>罷啦</u>。你離開吧。

（60）<u>不如</u>買股票<u>好過</u>。倒不如買股票比較好。

（61）<u>最好</u>你去<u>好喎</u>。你去最好。

（62）<u>總之</u>佢去<u>係啦</u>。總之他去就是了。

（63）<u>不如</u>你<u>嚟</u>煮<u>吓嚹</u>。倒不如你來煮試試看。

（64）<u>不如</u>食飯<u>喇喂</u>！倒不如去吃飯吧！

**感情類**　感情類框式結構跟語氣、口氣有關，尤其是與說話人的態度、情感有關。

（65）<u>啊</u>，今日星期五<u>啊</u>！啊，今天星期五啊！

本書第十章曾根據助語連用的情況，把助詞連用的詞序可歸納為（66），">"表示"在前"。情態、疑問、祈使這三類助詞沒有連用的實例，佔據同一個句法位置，呈現所謂"互補"現象，互相排斥，不能連用，（66）用"/"的方式來表示這種關係。

（66）事件 ＞ 時間 ＞ 焦點 ＞ 情態/疑問/祈使 ＞ 感情

跟助詞對應的前置成分，也能找到它們排列的特定詞序。以事件助詞"先"、時間助詞"咁滯"和焦點助詞"囉"（lo1）為例，（67）的詞序顯示了"事件＞時間＞焦點"的排列。

（67）佢講<u>先</u>咁滯囉！他不就是幾乎先講！

跟"先、咁滯、囉"對應的前置成分分別是"先、幾乎、咪

（mai6）"，（68）的詞序顯示了"鏡像"（mirror image）分佈的現象，即前置成分的詞序正好是把後置成分的詞序顛倒過來，並且按照顛倒後的次序順序排列："焦點＞時間＞事件"。只有（68）的詞序合語法，其他的詞序如（69）、（70）、（71）都不能接受。雖然（68）説起來有點彆扭，不算太自然，但總比（69）、（70）、（71）好得多。

（68）佢咪幾乎先講先咁滯囉！他不就是幾乎先講！

（69）＊佢先幾乎咪講先咁滯囉！

（70）＊佢咪先幾乎講先咁滯囉！

（71）＊佢先咪幾乎講先咁滯囉！

（68）的鏡像分佈的現象正好由（72）清晰地表達出來，圖中的連線顯示了"先……先、幾乎……咁滯、咪……囉"分別組成框式結構，在句子裏形成"套置"的現象，即事件類框式結構"先……先"套置於時間類框式結構"幾乎……咁滯"之中，而時間類框式結構又套置於焦點類框式結構"咪……囉"之中。

（72）佢　咪　幾乎　先　講　先　咁滯　囉！

至於不能接受的例子，如（69），框式結構呈現交疊的現象，如（73）所示，違反了套置現象，造成不合語法。

（73）＊佢　先　幾乎　咪　講　先　咁滯　囉！

在（74），焦點助詞"咋"和情態助詞"啩"的詞序反映了"焦點＞情態"的排列。跟這兩個助詞對應的前置成分分別是"淨係、或者"，（75）顯示了前置成分的排列詞序是"情態＞焦點"，剛好是後置成分詞序的鏡像分佈，（76）的詞序是不合語法的。

（74）佢食咗一碗咋啩。他只吃了一碗吧。

（75）佢或者淨係食咗一碗咋啩。他只吃了一碗吧。

（76）＊佢淨係或者食咗一碗咋啩。他只吃了一碗吧。

（77）的"添"是情態助詞，"啊"（aa3）是感情助詞，"添"在前，"啊"在後，符合"情態＞感情"的詞序。跟這兩個助詞對應的前置成分分別是"居然"和"啊"，（78）顯示了"啊"在前，"居然"在後，呈現了"感情＞情態"的鏡像分佈，（79）倒過來的詞序卻不能接受。

（77）落雨添啊！居然下雨了！

（78）<u>啊</u>，<u>居然</u>落雨添啊！居然下雨了！

（79）＊<u>居然</u>，<u>啊</u>，落雨添啊！居然下雨了！

根據上述的討論，後置成分（助詞）呈現了（66）的詞序，至於對應的前置成分，剛好跟後置成分的詞序倒過來，形成鏡像分佈。以謂語作為核心，謂語的兩側分別是框式結構的前置成分和後置成分，並且形成套置現象，在內的套在在外的之中，正如（80）所顯示的詞序。由於情態、疑問、祈使三類框式結構不會同時出現，為了方便表述，這三類框式結構在下圖用"程度"統一來代表（見本書第十章的討論）。

（80）感情 程度 焦點 時間 事件 謂語 事件 時間 焦點 程度 感情

這種不交疊的套置組合，就是粵語框式結構的特點。謂語前的成分是前置成分，謂語後的是後置成分（即助詞）。無論是語義的理解還是句法的分佈，後置成分和對應的前置成分都有緊密的關係。（80）所呈現的鏡像分佈、套置現象基本上就是框式結構裏所說的"框"。

## 11.4　動詞後綴組成的框式結構

由動詞後綴組成的框式結構，即以動詞後綴作為框式結構的中心部分。粵語的動詞後綴可以劃分為六類，詳細的分類和討論可參見本書第七章。按照這六類的劃分，框式結構的例子大致如下。有些前置成分跟動詞後綴可以用來加強或突顯動詞後綴的某一意義，並非意義相同。這種加強或突顯意義的前置成分也算作框式結構的一部分。為了方便閱讀，前置成分以直底線標示，後置成分（動詞後綴）以波紋底線標示。動詞後綴組成的框式結構基本上構成"一對多"的關係，以下各例只選取一個前置成分作為示範，而不窮盡所有前置成分的可能性。

**體類**　體類框式結構表示說話者如何觀察事件的內部結構，着眼點是行為動作的開始、進程、結束。

（81）佢已經寫咗一本書。他已經寫了一本書。

（82）佢曾經坐過飛機。她曾經坐過飛機。

（83）我早就煮落飯。我早已煮了飯。

（84）佢預早行定出嚟。提早出來。

（85）我喺度寫緊一本書。我正在寫一本書。

（86）喺度食食吓飯，忽然有人嚟搵我。

　　　正在吃飯，忽然有人來找我。

（87）佢一直攞住本書。他拿着一本書。

（88）佢一直望實幅畫。他盯着那幅畫。

（89）個警鐘成日嘈生晒。警鐘經常響個不停。

（90）佢喺度衝衡晒。他在極緊張地趕着。

（91）佢開始喊起上嚟。他哭起來。

（92）佢一講起語言學就唔停得。他一講起語言學就停不下來。

（93）佢不嬲食開血壓藥。他一向吃血壓藥。

**事件類**　事件類框式結構跟事件發生的次數有關，表示事件的重複發生。

（94）你再教翻書。你再教書。

（95）唔該你重新寫過佢啦！請你把它再寫一遍。

（96）條魚不斷游嚟游去。那條魚不斷游來游去。

**程度類**　程度類框式結構跟動詞或謂語所表示的程度、狀態有關。

（97）你稍為睇吓呢本書。你看看這本書。

（98）佢稍為篤兩篤就好翻。他稍微戳一下就好了。

**變化類**　變化類框式結構表示事件的參與者有變化，受到動作的影響。

（99）我唔好彩嚇親。我不幸給嚇了一跳。

**量化類**　量化類框式結構跟謂語內的成分有密切關係，有量化的作用。量化的概念，包括範圍擴充、全稱量化、部分量、限制焦點等。

（100）連你都去埋。連你也去。

（101）佢地都走晒。他們都離開了。

（102）佢一郁親就痛。他一動就痛。

（103）佢淨係睇得一本書。他只看了一本書。

**情態類**　情態類框式結構表示情態、能願意義，跟允准、必要、可能、能力、評價、意願等概念相關。

（104）我可以食得飯。我可以吃飯。

（105）佢一定做硬。他一定做。

（106）佢一定贏梗。他一定贏。

（107）呢條褲最好長翻一吋。這條褲子再長一吋就最好了。

雖然有些動詞後綴可以找到一個對應的前置成分，不過前置成分和動詞後綴不能共現，無法構成框式結構，例如以下的例子。（108）的"得滯"跟副詞"太"的意義接近，功能也相似，但兩者無法共現；（109）的"過頭"跟"太"的情況也差不多；（110）的"極"黏附在形容詞之後，用作限制謂語"叻"（聰明）的程度，跟表示程度的"點"（怎麼）有相似的作用，但兩者不能共現；（111）的"極"黏附在動詞之後，所量化的對象是方法，跟表示方法的"點"（怎麼）的作用差不多，但"＊點……極"卻不能接受，無法構成框式結構。

（108）佢惡得滯／佢太惡／＊佢太惡得滯。他太兇惡。

（109）佢飽過頭／佢太飽／＊佢太飽過頭。他太飽了。

（110）佢叻極都有限／佢點叻都有限／＊佢點叻極都有限！他再聰明也是有限的。

（111）佢教極都唔識／佢點教都唔識／＊佢點教極都唔識。怎麼教他也不明白。

跟助詞組成的框式結構不同，動詞後綴組成的框式結構的後置成分往往不能缺少。上文曾提及，助詞組成的框式結構，前後置成分的使用較為靈活，在不少情況下，可以只説前置成分，而把後置成分省略不説，如有前後置成分的（112）和只有前置成分的（113），意義基本上是一樣的。

（112）我差唔多講完咁滯。我快説完。

（113）我差唔多講完。我快説完。

至於動詞後綴組成的框式結構，有些例子的後置成分也可省略不説，如有前後置成分的（114）和只有前置成分的（115）都可以接受。

（114）佢一定贏梗。他一定贏。

（115）佢一定贏。他一定贏。

不過，有不少例子，如果後置成分的動詞後綴省略不説，只保留前置成分，就不太可以接受，請比較（116）和（117）。

（116）唔該你重新寫過佢啦！請你把它再寫一遍。

（117）＊唔該你重新寫佢啦！

雖然粵語動詞後綴也好像允許連用（詳見本書第七章的介紹），但始終不普遍，甚至屬於"特殊"的現象。由於動詞後綴連用並不常見，較難形成框式結構套置的現象（見上述（80）的討論）。

然而，在僅有動詞後綴連用的例子，跟動詞後綴對應的前置成分，似乎也呈現鏡像分佈，（118）的“翻”屬於事件類後綴，“晒”屬於量化類後綴，“翻晒”的詞序呈現了“事件＞量化”的排列，對應的前置成分“都”和“重新”，剛好呈現了相反的詞序“量化＞事件”。事件類框式結構“重新……翻”貼近謂語“洗乾淨”，套置於量化類框式結構“都……晒”之內，如（119）所示。

（118）啲衫都重新洗乾淨翻晒。衣服都重新洗乾淨了。

（119）啲衫　都　重新　洗乾淨　翻　晒。

至於（120），前置成分“重新”和“都”沒有呈現鏡像分佈，框式結構有交疊的現象，如（121）所示，結果不能接受。

（120）＊啲衫重新都洗乾淨翻晒。

（121）＊啲衫　重新　都　洗乾淨　翻　晒。

雖然動詞後綴組成的框式結構無法勾劃出像助詞那樣的排列組合（見（80）），但在僅有的連用情況下，仍然找到套置現象，符合框式結構的特點。前置成分和作為後置成分的動詞後綴，在句法結構裏，都有緊密的關係，形成框式結構的“框”。

## 11.5　粵語與普通話的框式結構

框式結構可謂粵語語法的一個特點。事實上，普通話非完全沒有框式結構，也有一些跟粵語的相似，如以下的例子。（122）的副詞“曾經”可加強後綴“過”所表示的經歷意義，（123）的“一”和“起”都有表示起始的作用，（124）的“已經”可突顯助詞“了”所表示的變化意義，（125）的“只”和助詞“而已”基本上是同義的。

這些例子，都可以分析為普通話的框式結構。雖然普通話也有框式結構的例子，但比起粵語來，數量上卻顯得貧乏得多，沒有粵語框式結構那麼豐富。

（122）她曾經坐過飛機。

（123）他一講起語言學就停不下來。

（124）已經下雨了。

（125）他只看了一本書而已。

從數量來考慮，粵語的框式結構明顯非常豐富。我們也可以這樣說，如果採用虛詞來表示某種語法作用或某種邏輯概念，粵語傾向以後置成分來承擔，包括動詞後綴和助詞，甚至有對應的前置成分，形成框式結構，作為加強或突顯意義的作用。至於普通話的情況，後置成分相對較少，談不上框式結構。要起同樣的語法作用或表示同樣的邏輯概念，普通話主要用前置成分，前置成分也因而承擔了重要的語法任務。

虛詞結構在粵語往往拆分為前後置兩個部分，呈現了斷續性（discontinuity）的特點。粵語框式虛詞這種斷續性的現象，似乎具備了分析性語言（analytic language）的特點；而普通話起同樣的語法作用或表示同樣的邏輯概念，則偏向採用前置成分，較少斷續性的現象，似乎呈現了綜合性語言（synthetic language）的特點。從虛詞的層面而言，粵語框式結構的普遍使用，是分析性特點的體現；相比之下，普通話框式結構較為貧乏，具備較多綜合性的特點。分析性和綜合性的差異，可謂語法比較研究的一個重要特徵（Huang 2015），由此或可聯繫到更多的語言現象，挖掘到更有趣的深層問題。

# 十二、句子的核心部分

## 12.1　句子核心的結構與詞序

　　粵語句子的核心部分又稱為"小句"，基本上是由主謂結構所組成，而謂語可以由述賓結構、述補結構組成。按照這種分析，句子的核心部分可以分析為不同的層次，有高的層次，也有較低的層次。小句的句法結構可以由 (1) 這個比較簡單的樹形圖來表示。[1]

(1)

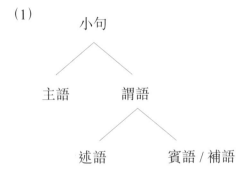

　　述語和賓語、補語組成小句的低層的結構，分別形成述賓結構和述補結構。述賓結構的述語由及物動詞來充當，述補結構的述語可以是及物動詞、不及物動詞或形容詞。如果述賓結構、述補結構有陳述功能的話，主語的出現就是必須的。有陳述功能的述賓結構、述補結構成為謂語，跟主語組成主謂結構，這個主謂結構最終成為小句。從 (1) 的樹形圖所見，主語和謂語處於句法上較高的位

---

1　本章所採用的句法學分析只是"簡化版"，沒法在這裏把分析的細節和背後專門的術語——交代。有興趣的話，可參考本書第二章有關形式句法學入門的介紹。

置，而述語和賓語、補語則處於句法上較低的位置。這種層次高低的差異就是句法結構的差異。

（1）的樹形圖所反映的層次高低的特點。至於怎樣把上述的結構從嘴巴説出來，則牽涉到詞序的問題，即詞和短語的先後排列。層次高低是句法結構的問題，次序先後是音韻的問題。人類語言的發音，是一個音接一個音説出來，形成特定的排列。以輔音 [ t ] 和元音 [ a ] 為例（用國際音標顯示），[ t ] 在 [ a ] 之前，所形成的是一組音 [ ta ]（如粵語的“打”），[ t ] 稱為音節首（聲母），而 [ a ] 稱為韻基（韻母）；假如 [ t ] 排在 [ a ] 之後，所形成的則是另一組音 [ at ]（如粵語的“押”），[ t ] 則屬於音節尾（韻尾）。根據我們的聽覺，[ ta ] 和 [ at ] 是兩組不同的音。儘管由相同的音 [ t ] 和 [ a ] 組成，但排列不一樣，聽起來也不一樣。至於語法上詞和短語的排列，跟 [ t ] 和 [ a ] 的問題差不多，都牽涉到次序先後的問題，本質上都差不多。

在粵語裏，上述（1）的各個成分，排列的先後次序是主語在前，接着是謂語，謂語內的述語在前，賓語、補語在後，最終形成（2）的詞序，也是文獻一般所講的所謂“SVO”詞序，以“S”代表主語，以“V”代表述語，以“O”代表賓語（也包括其他的成分，如補語）。值得注意的是，“SVO”的“S”和“O”是句法成分的概念，而“V”所代表的卻是屬於詞類的動詞。雖然述語往往以動詞為主，但不限於動詞，形容詞也可以成為述語。

（2）主語 ＋ 述語 ＋ 賓語／補語

（2）的描述可以在粵語體現為（3）和（4）的詞序，（3）的主語“佢”（他）在前，謂語“睇過呢本書”在後，謂語內的述語“睇過”在前，賓語“呢本書”在後；（4）的主語“佢”在前，謂語“高得好快”在後，謂語內的述語“高得”在前，補語“好快”在後。

（3）佢睇過呢本書。他看過這本書。

（4）佢高得好快。他高得很快。

（1）所顯示的是層次高低的句法結構，而（2）所顯示的是次序先後的音韻排列。雖然兩者有一定的關係，但句法和音韻本質不一樣，屬於兩個不同的問題。怎樣把人類語言的層次結構轉換成次序排列，解釋不同語言詞序的差異，這正是語法學研究的一個重要課題。

## 12.2　粵語述語的移位

上述（1）所顯示的只是一個簡化的小句樹形圖。小句內的句法結構，其實比（1）的描述複雜得多。句法學理論曾把謂語部分分解為若干層次，就如（5）那樣，謂語劃分為較高的一層"謂語₁"和較低的一層"謂語₂"。[2]

（5）

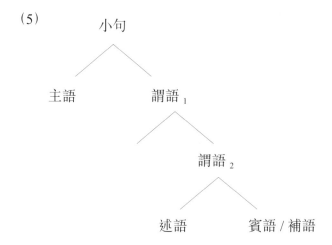

句法學也有一個很重要的理論，那就是移位理論。所謂移位，

---

2　樹形圖（5）仍是一個簡化的表述，很多細節從略。比較詳細的討論，可參考 Rizzi（1997）、Cinque（1999）等人所提出的"製圖理論"（cartographic approach），也可參考應用在漢語的分析（鄧思穎 2003a，2006d，2010，Tang 2003，2009）。

那就是把結構內的成分由原來的位置搬到另一個位置，即離開原來的地方，移動到一個新的地方。句法學理論認為，按照層次高低的考慮，成分由低的位置移動到高的位置，移位是個由低至高的過程，改變句法上的結構；按照次序排列的考慮，成分由後面的位置移動到前面的位置，移位是個由後到前的過程，在音韻上體現為詞序的改變。

　　假如述語停留不動，沒有移位，那就是樹形圖（5）所顯示的結構，形成"主語＋述語＋賓語/補語"的詞序。假如述語進行移位，離開原有的位置，跳出了"謂語₂"的範圍，移動到上一層的"謂語₁"，那就形成樹形圖（6）的結構，圖中有間線的部分"＿＿"表示述語原來的位置，箭頭表示述語移位的路徑。[3]

（6）

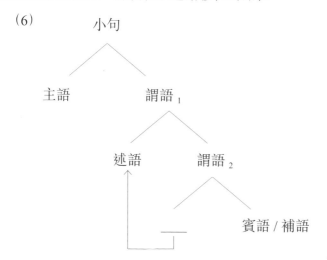

　　經過移位後，（6）的述語最終位於"謂語₁"的層次，句法結構改變了。在音韻的層面，詞序好像沒有改變過，仍然是"主語＋述語＋賓語/補語"。雖然詞序好像沒有太大的改變，但（5）和（6）所形成的詞序，表達方式應有不同，（7）是（5）所產生的詞序，而

---

3　根據句法學理論，這種移位稱為"中心語移位"（head movement）。

（8）是（6）所產生的詞序。在（7），主語和述語之間有一個沒有填補的位置"＿＿"，那就是屬於"謂語₁"的空位；在（8），述語和賓語、補語之間隔了一個空位"＿＿"，那是述語移位前原來的位置。空位沒有聲音，造成（7）和（8）在音韻上聽起來都好像一樣，都是"主語＋述語＋賓語/補語"。

（7）主語　＿＿　述語　賓語/補語　　　　　　　　　　（＝（5））

（8）主語　述語　＿＿　賓語/補語　　　　　　　　　　（＝（6））

到底甚麼因素決定述語移位還是不移位？句法學理論有一個假設，認為述語移位的動機跟述語的詞法（也稱為"形態"）有關（Pollock 1989，Chomsky 1995，Lasnik 1995，Tang 1998b 等）。進行移位的述語，往往是詞法上較為豐富多變。詞法構造複雜的述語，往往是合成詞，尤其是通過附加式產生的合成詞，包含較多的語法內容和邏輯概念。不移位的述語，停留在原來的位置，局限於如樹形圖（5）"謂語₂"的範圍之內，意義比較單純；進行移位的述語，由原來"謂語₂"的範圍移動到結構較高的"謂語₁"，遊走於兩個不同的範圍，既能保持原來"謂語₂"的特點，又能沾染"謂語₁"的特點，可謂身兼兩個範圍的特點，也就說明了為甚麼進行移位的述語，往往是詞法豐富的合成詞，包含較為複雜的語義。因此，（9）是一個很自然的假設。根據這個假設，擁有詞法複雜述語的語言，述語需要移位的可能性很高。

（9）詞法構造越複雜的述語，移位的可能性就越高。

根據朱德熙（1982）的描述，普通話的動詞後綴只有五個，即表示體的"了、着、過"、在述補結構出現的"得"、黏附在個別動詞後的"兒"。除了比較特殊的"兒"外，普通話的"了、着、過、得"在粵語也找得到對應的成分。根據本書第七章的描述，粵語的動詞後綴可分為六類，一共有三十多個。相比普通話而言，粵語的動詞後綴明顯多得多，因而，通過附加式形成的合成詞，粵語也應比普通話為多。擁有詞法構造較為複雜的述語，也應該是粵語述語的一個特點。

假設詞法構造越複雜的述語，移位的可能性就越高。既然粵語擁有較多由附加式構成的述語，述語的詞法構造較為複雜，那麼，粵語述語能夠進行移位也應該是一個合理的假設。粵語應該有（6）那樣的小句結構，形成（8）的詞序。相比之下，普通話動詞後綴較為貧乏，由附加式構成的述語比較少，小句結構大致如（5），形成（7）的詞序。[4] 詞法構造的差異，也應反映在述語移位的差異，（9）這樣的假設，正好作為比較粵語和普通話語法的一個值得注意之處。

## 12.3　粵語與普通話述語移位的差異

雖然粵語和普通話的詞序表面上都是"主語＋述語＋賓語/補語"，即同屬所謂"SVO"語言，但實際上粵語的詞序是（8），即述語和賓語、補語之間隔了一個空位，由移位的述語所留下來的，而普通話的詞序是（7），主語和述語之間有一個沒有填補的位置。借用劉丹青（2001）的術語，粵語屬於"最強的 SVO"，而普通話則屬於"溫和的 SVO"。（7）是"溫和的 SVO"的詞序，而（8）是"最強的 SVO"的詞序。

上述（9）有關述語詞法和述語移位的關係，有理論的依據。事實上，述語移位的說法並非純粹作為理論內部的假設，還可以用來解釋粵語和普通話的語法差異，把一些貌似沒有相關的語言事實連

---

4　本章假設粵語述語移位的距離比普通話為長，粵語述語移位後的落腳點也比普通話為高。這個分析，並沒有否定普通話述語移位的可能性。事實上，漢語句法學早已論證普通話述語也進行移位（Huang 1992，1993，1997，Huang, Li, and Li 2009，Tang 1998b，2001b，鄧思穎 2006d，2008f，2009b，2010 等）。嚴格來講，樹形圖（5）和（6）的"謂語"應該至少分為三層："謂語$_1$、謂語$_2$、謂語$_3$"，粵語述語由"謂語$_3$"移動到"謂語$_1$"，而普通話述語由"謂語$_3$"移動到"謂語$_2$"。不過，述語由"謂語$_3$"到"謂語$_2$"的移位跟本章的討論無關，為了方便讀者閱讀，有關這部分的介紹從略。

繫起來，提供一個統一的分析。在以下的討論裏，嘗試就本書第九章提及過的與格句、處置句、比較句等現象，利用述語移位，提出一個統一的解釋。

**與格句** 普通話和粵語都有與格句，即間接賓語由介詞帶領，出現在直接賓語的後面，如（10）是普通話典型的與格句，（11）是粵語對應的說法。

（10）我寄了一點錢給他。

（11）我寄咗啲錢畀佢。我寄了一點錢給他。

普通話和粵語的與格句也有差異（鄧思穎 2003a：§5）。普通話允許介詞短語"給他"在動詞前出現，如（12）。粵語缺乏這樣的詞序，（13）是不能說的。

（12）我給他寄了一點錢。

（13）＊我畀佢寄咗啲錢。

此外，粵語與格句的直接賓語如果比較"重"（音節較多）的話，可以在介詞短語之後出現，如（14）。這樣的句式在普通話卻不能接受，如（15）。

（14）我送咗畀佢一本有用嘅書。

（15）＊我送了給他一本有用的書。

普通話的（12）和粵語的（14），都源自（10）和（11）的與格句，即（16）的詞序，當中的空位"＿＿＿"是層次較高的"謂語₁"的位置。

（16）主語　　＿＿＿　述語　直接賓語　介詞短語

形成普通話的（12）和粵語的（14）這些與格句的"變體"，方法如下：介詞短語進行移位，移動到述語之前的位置，如（17）。介詞短語移位後的落腳點，應該是"謂語₂"之上，"謂語₁"之下的位置，即下圖代表"謂語₁"的空位"＿＿＿"和述語之間的地方。[5] 假如普通話的述語不動，就形成了"主語＋介詞短語＋述語＋直接賓語"這樣的詞序，即上述例子 (12)。

(17) 主語　＿＿＿　介詞短語　述語　直接賓語　＿＿＿

假如粵語述語進行移位，離開原來的位置，跨越介詞短語，移動到"謂語₁"的層次，如 (18) 所示，就能形成"主語＋述語＋介詞短語＋直接賓語"這樣的詞序，即上述例子 (14)。

(18) 主語　述語　介詞短語　＿＿＿　直接賓語　＿＿＿

普通話的述語停留在"謂語₂"的層次，不能跨越移前的介詞短語，所以可以形成像 (12)"主語＋介詞短語＋述語＋直接賓語"這樣的詞序，但無法跨越移前的介詞短語，造成 (15) 不能説的原因；粵語述語進行移位，最終在"謂語₁"的層次作為落腳點，並能跨越移前的介詞短語，像 (14)"主語＋述語＋介詞短語＋直接賓語"這樣的詞序可以説。由於粵語述語移位的緣故，述語一定跨越移前的介詞短語，移前的介詞短語也就無法在述語前出現，造成 (13) 不能説的原因。述語移位的假設正好用來解釋粵語和普通話與格句的差異。

**處置句**　普通話的處置句，就是由"把"字構成的句子。"把"的作用就是把賓語提前，對賓語加以處置，表達了一種處置意義。雖然有些"把"字句不表示處置意義，但為了方便討論，都冠以"處置句"這個名字。

普通話的處置句可以劃分為五類（呂叔湘主編 1980）：處置、

---

5　這個位置，按照形式句法學的分析，可以是"謂語₂"的附接語（adjunction），也可能是位於"謂語₂"之上，跟焦點有關的焦點短語（Focus Phrase，簡稱"FocP"）。出現在漢語主語和謂語之間的焦點位置，可見 Qu（1994）、Ernst and Wang（1995）、Shyu（1995）、Tang（1998b）等的討論，也可參考 Rizzi（1997）對焦點短語的句法分析。

致使、處所範圍、不如意事情、拿。在這五類當中，根據本書第九章的討論，部分表示處置意義的"把"能説成粵語的"將"，其他幾類的"把"都不能説成"將"，如以下的例子所示。在處置類的例子，能説成"將"的，如（19），其實不是很自然，最自然的説法，還是把賓語放在述語之後，以述賓結構方式表達，如（20）。致使、處所範圍、拿這三類的情況也差不多，粵語都以"主語＋述語＋賓語"表達，如（22）、（24）、（27）。[6] 簡單來説，粵語體現了"最强的 SVO"的特點（劉丹青 2001），處置句基本上以"主語＋述語＋賓語"的詞序表達，而普通話主要用"把"，而述語處於滯後的位置。

（19）　？將間房執一下。把房間收拾一下。　　　　　　　　（處置）

（20）　執一下間房。把房間收拾一下。

（21）　＊將我凍到騰騰震。把我凍得直哆嗦。　　　　　　　　（致使）

（22）　凍到我騰騰震。把我凍得直哆嗦。

（23）　＊將東城西城都走過晒喇。把東城西城都跑遍了。（處所範圍）

（24）　走過晒東城西城喇。把東城西城都跑遍了。

（25）　＊啱啱將老李病咗。偏偏把老李病了。　　　　　　（不如意事情）

（26）　＊我將佢冇辦法。我把他沒辦法。　　　　　　　　　　（拿）

（27）　我冇佢辦法。我把他沒辦法。

　　述語移位的假設也可以用來解説粵語和普通話處置句的差異。要形成處置句，首先，賓語離開原來的位置，移動到述語前，這個位置夾在代表"謂語₁"的空位"＿＿"和代表"謂語₂"的述語之間，如（28）所示。[7]

---

6　（25）的"把"，用法較為特殊，不容易翻譯為粵語，述賓結構的説法如"＊啱啱病咗老李"在粵語也不能接受。

7　在漢語語法學界裏，處置句的句法分析是一個極具爭議的課題。本章的討論基本上基於"輕動詞"（light verb）的分析，代表"謂語₁"的空位在語義上表示使役意義（causative），詳見 Huang（1992），Y.-H. A. Li（2006），Huang, Li, and Li（2009），Tang（2006），鄧思穎（2010）等介紹。

（28）主語　＿＿＿　賓語　述語　＿＿＿

假如代表"謂語₁"的空位被"把"所填充，如（29），賓語就出現在"把"之後，述語之前，形成普通話處置句的詞序："主語＋把＋賓語＋述語"。

（29）主語　把　賓語　述語　＿＿＿

假如粵語述語一定要移動到"謂語₁"的層次，如（30）那樣，可以提供給"將"的空位已被移前的述語填補了，"將"也就因而無法插入。賓語移位後，述語再往前移動，跨越了賓語，（30）所形成的句式，依然是"主語＋述語＋賓語"，這是粵語處置句的常態詞序。

（30）主語　述語　賓語　＿＿＿　＿＿＿

粵語的述語移位，在句法結構一個較高的位置落腳；從詞序上來說，粵語的述語移動到一個偏前的位置。即使賓語往前移動，述語也能跨越移前的賓語，經常以"主語＋述語＋賓語"的詞序示人，也正好說明了粵語是"最強的 SVO"語言。相比之下，普通話的述語停留在較低的"謂語₂"之內，因此，述語之前，仍有插入"把"字的空間，形成"主語＋把＋賓語＋述語"的詞序。由此可見，述語移位的假設，為粵語和普通話的語法差異，提供了一個方便的解說。

**比較句**　比較句是比較的句式。差比句是比較句的一種，粵語差比句的詞序是"甲＋形容詞＋過＋乙"，當中的乙是比較項，如（31）的"你"。這樣的詞序，在普通話是不說的。普通話一般說成"甲＋比＋乙＋形容詞"，如（32）是普通話的詞序。

（31）我高過你。

（32）我比你高。

要形成差比句，第一步是把原來位於賓語位置的比較項移到述語之前，如（33）那樣。圖中的空位"＿＿"屬於較高的"謂語<sub>1</sub>"，而述語所處的層次屬於"謂語<sub>2</sub>"。夾在"謂語<sub>1</sub>"和"謂語<sub>2</sub>"的這個位置，跟比較意義有關（Xiang 2005，熊仲儒 2007 等），預留給比較項，讓比較項得到合理的詮釋。

（33）主語　　＿＿＿　　比較項　　述語　　＿＿＿

粵語的述語進行移位，離開原來的位置，移動到較高的"謂語<sub>1</sub>"，如（34）所示。當述語移動到"謂語<sub>1</sub>"之後，跨越了移前的比較項，形成"主語＋述語＋比較項"的詞序，如（31）。

（34）主語　　述語　　比較項　　＿＿＿　　＿＿＿

至於普通話的情況，述語不移位，停留在原來的位置，因而移前的比較項跨越了述語，在述語之前出現，如上述（33）那樣。由於其他原因，普通話的比較項顯示為介詞短語，由介詞"比"帶領，形成普通話差比句"主語＋介詞短語＋述語"的詞序，如（32）。[8]

差比句的例子進一步顯示了粵語是一個"最強的 SVO"語言，以"主語＋述語＋比較項"作為最典型的詞序。述語移位的假設，正好為這種"最強 SVO"特點提供了合理的解釋。況且粵語差比句的述語，是一個詞法構造較為複雜的成分，後綴"過"作為粵語差比句的標記。由"過"組成的附加式合成詞，正好印證了上述（9）的假設，即詞法構造越複雜的述語，移位的可能性就越高。相比之下，普通話差比句的述語是個光桿形容詞，沒有"過"，也沒有任何後綴，詞法構造比粵語差比句的述語簡單得多。普通話差比句的述語不進行移位，也不足為奇。

---

8　普通話"比"的功能，可參考 Xiang（2005），熊仲儒（2007），Lin（2009），Gu and Guo（2015）等的討論。

## 12.4　小結：綜合性與分析性

　　小句由主謂結構組成，而述語作為謂語的核心部分。層次高低是句法結構的問題，詞序的先後問題是音韻的問題。根據句法學理論的分析，主謂結構的謂語可進一步分解為不同的層次，包括層次較高的"謂語₁"和層次較低的"謂語₂"，如樹形圖 (5) 所示，重複於 (35)。

(35)

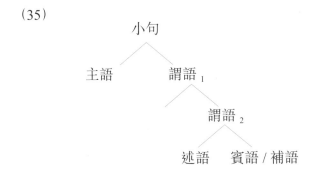

　　述語的詞法構造跟移位有關，也會影響到詞序。根據本章 (9) 的假設，擁有詞法複雜述語的語言，述語需要移位的可能性很高。所謂述語移位，就是述語離開原有的位置，跳出了"謂語₂"的範圍，移動到上一層的"謂語₁"，形成 (36) 的結構。從詞序來考慮，述語最終的落腳點也靠前了一步。

(36)

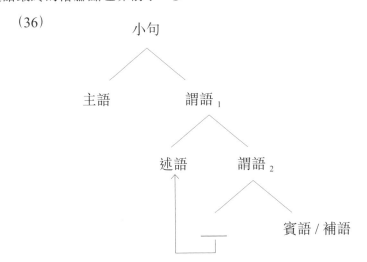

詞法構造較為複雜的述語，移位的機會就越高。這樣的假設，主要是考慮到進行移位的述語，由原來"謂語₂"的範圍移動到"謂語₁"，游走於兩個不同的範圍，既能保持原來"謂語₂"的特點，又能沾染"謂語₁"的特點，可謂身兼兩個範圍的特點。這種特點，也應體現在述語的詞法構造。述語需要移位的語言，述語往往是詞法豐富的合成詞，能包含較為複雜的語義。

跟普通話比較，粵語述語的詞法構造整體上屬於比較豐富的類型。粵語的動詞後綴有三十多個，比普通話後綴的數量，明顯多得多。通過附加式形成的合成詞述語，粵語也比普通話為多。按照這樣的思路假設，粵語應該是一個允許述語移位的語言。除了理論內部的考慮外，述語移位的假設還可以為粵語和普通話的不少語法差異，例如與格句、處置句、比較句等貌似毫無相關的現象，提供了一個統一的解釋。

詞法構造較為複雜的粵語述語，主要體現為由附加式形成的合成詞，即通過大量的後綴，形成粵語的合成詞述語，例如（37）的"去過晒"。"去過晒"是一個動詞，包含兩個後綴"過"和"晒"，連同詞根"去"，這個動詞一共由三個語素組成，（37）的述語就是由一個詞法構造較為複雜的動詞所充當。

（37）佢地去過晒北京。他們都去過北京。

粵語動詞後綴的數量比較多，所形成的述語，大多數都是詞法構造比較複雜的附加式合成詞，述語由多個語素融合而成，尤其是動詞後綴的加入。粵語的述語呈現綜合性（synthetic）的特點，更為明顯。[9] 相比之下，普通話的動詞後綴比較貧乏，所形成的述語較為分析性（analytic）。述語綜合性和分析性的特點，成為粵語和普通話

---

9　不過，在框式結構的層面，粵語卻呈現分析性的特點（見本書第十一章）。動詞後綴和框式結構就分析性/綜合性的差異，到底說明甚麼問題？值得日後研究。

語法的一個顯著差異（Huang 2015）。

　　小句作為句子的核心部分，主謂結構作為小句的核心部分，而述語是構成謂語一個不可或缺的部分。換句話說，述語是句子核心之核心。作為句子核心之核心，粵語的述語較為綜合性，而普通話的述語則較為分析性。粵語句子擁有一個綜合性的核心，述語需要移位，改變了詞序，也就成為“最強的 SVO”語言。粵語述語移位的“後遺症”，包括形成與格句變體的差異、欠缺用“把”字形成的處置句、廣泛用述賓結構形成差比句等。粵語和普通話這些語法差異的來源，主要跟述語綜合性和分析性的特點有關。

　　此外，粵語的述語往往由多個語素結合而成（尤其是大量的動詞後綴），這種具備綜合性的特點，使得粵語述語所包含語法內容和邏輯概念非常豐富。以上述（37）的“去過晒”為例，這個述語是一個合成詞，已包含了表示詞彙意義的詞根“去”、表示體的後綴“過”，還有表示量化的後綴“晒”。粵語述語跟小句內各個成分（如主賓語）構成微妙的關係（即本書第七章所講“句內嚴謹關係”的現象），影響力甚至超越小句（即本書第七章所講“句外相連”的現象）。由此可見，粵語的述語在句內形成一個重要的網絡，也承擔了複雜的語法角色。由於具備綜合性的特點，粵語動詞的詞法、述語的語法，成為粵語語法研究的核心內容，也是作為認識粵語句子最關鍵的門檻。通過這個門檻，我們就可以窺探粵語語法的奧秘，抓住粵語語法的特點。

# 十三、句子的邊緣層次

## 13.1 邊緣層次

粵語句子的核心部分由主謂結構組成，主謂結構以外的成分，尤其是位於主謂結構兩側的虛詞，它們所處的層次，可稱為"邊緣層次"（periphery）。（1）的助詞"先、喇、啩"，出現在句末，屬於句子右邊緣成分；（2）的"嘩"（waa3）是感歎詞，出現在句首，屬於句子左邊緣成分；（3）的"究竟……先"是疑問類框式結構，在句子的左右兩側出現。粵語有大量的虛詞，分佈在句子的邊緣位置，成為研究句子邊緣層次的最佳例子。

（1）佢食咗飯先喇啩。他先吃了飯了吧。

（2）嘩，朵花好靚啊！哇，那朵花很漂亮啊！

（3）究竟邊個最叻先？到底誰最聰明？

Rizzi（1997）、Cinque（1999）等人提出了"製圖理論"（cartographic approach），認為句子邊緣層次有較為複雜的結構，可以分解為多個層次，而研究的目的就是希望為句子結構繪製"地圖"，把貌似複雜的結構，用樹形圖清晰準確地表達出來，並且通過不同語言的比較，找出句法結構的共通性，從而發現更多有趣的現象，對人類語言有更深入的認識。

粵語的助詞豐富，正好可以配合製圖理論，研究粵語句子的邊緣層次。出現在粵語句子邊緣位置的各個成分，各具獨立意義，也可以作為分解邊緣層次句法結構的證據。虛詞在句子上有一定的影響，語義上的影響力有寬有窄。這種特定的語義範圍，可稱為"轄域"（scope）。以（4）為例，否定詞"冇"（沒有）和助詞"先"都有特定的作用，"冇"否定謂語，"先"修飾謂語，表示事件的先後。把兩者放在一起的話，就可以看到"冇"在（4）所否定的範圍包括"先"，即否定"走先"，而"先"不能修飾"冇"，並沒有"先沒走"的意思。"冇"在（4）的轄域包含"先"，比"先"的轄域為寬。

（4）佢冇走先。他沒先走。

跟助詞"先"組成的框式結構"先……先"（見本書第十一章），它的分佈，更能顯示"冇"和"先"的關係，前置成分"先"可以在"冇"之後出現，如（5），卻不能在"冇"之前出現，（6）是不能接受的。轄域較廣的"冇"要在轄域較窄的"先……先"之前，說明了否定詞的轄域比事件助詞為寬："否定詞＞事件"。

（5）佢冇先走先。他沒先走。

（6）＊佢先冇走先。他沒先走。

否定詞和疑問助詞"先"的關係就很不一樣。（7）的疑問助詞"先"所問的轄域覆蓋整個句子，包括否定詞"唔"（不），而"唔"不能否定"先"。跟疑問助詞"先"組成框式結構的"究竟"，必須在"唔"之前出現，如（8），卻不能在"唔"之後出現，如（9）。轄域較廣的"究竟"要在轄域較窄的"唔"之前，說明了疑問助詞的轄域比否定詞為寬："疑問＞否定詞"。

（7）邊個唔叻先？到底誰不聰明？

（8）究竟邊個唔叻先？到底誰不聰明？

（9）＊邊個唔究竟叻先？到底誰不聰明？

既然疑問助詞的轄域比否定詞為寬，而否定詞的轄域又比事件助詞為寬，根據及物性的考慮，疑問助詞的轄域應比事件助詞為寬。換句話說，疑問助詞"先"所問的內容，應該包含事件助詞"先"所表達的先後意義。（10）顯示了兩個"先"可以連用（鄧思穎2006b），而有這兩個"先"構成的框式結構，也可以呈現套置現象，事件類的框式結構"先……先"套置在疑問類框式結構"究竟……先"之內，如（11）所示。框式結構的裏外之別，正就是轄域寬窄之別：在外的疑問類框式結構"究竟……先"，轄域較寬；在內的事件類的框式結構"先……先"，轄域較窄。

（10）究竟邊個先走先先？到底誰先走？

（11）究竟　邊個　先　走　先　先

前置成分和後置成分的詞序和轄域，也構成鏡像關係。本書第十一章根據助詞組成的框式結構，總結出框式結構的分佈，當中的"程度"包括情態、疑問、祈使三類的框式結構。（12）左邊的前置成分，表面的詞序是"感情＋程度＋焦點＋時間＋事件"，它們的轄域關係也正好是"感情＞程度＞焦點＞時間＞事件"，即感情類的轄域最寬，事件類的轄域最窄；右邊的後置成分（助詞），表面的詞序是"事件＋時間＋焦點＋程度＋感情"，但轄域關係應跟前置成分一樣，不能有變，即維持"感情＞程度＞焦點＞時間＞事件"。

（12）感情　程度　焦點　時間　事件　謂語　事件　時間　焦點　程度　感情

句法學理論認為，轄域的寬窄跟句法層次的高低有密切的關係。轄域越寬的成分，所處的句法層次就越高；反過來說，轄域越窄的成分，所處的句法層次就越低。以（12）各類的框式結構為例，事件類框式結構的轄域最窄，處於句法層次最低的位置，最貼近謂語；相比之下，感情類的框式結構轄域最寬，應佔據句子層次最高的位置；至於其他幾類，則夾在兩者之間。

框式結構的產生方法較為複雜，為了避免介紹不必要的細節，以下的討論將主要集中在助詞，以助詞的語法特點作為邊緣層次示例。[1] 上述提到助詞的詞序“事件＋時間＋焦點＋程度＋感情”，按照轄域的關係，應構成（13）這樣的簡化句法樹形圖。事件助詞的轄域覆蓋謂語，時間助詞的轄域覆蓋“謂語＋事件”，焦點助詞的轄域覆蓋“謂語＋事件＋時間”，程度助詞的轄域覆蓋“謂語＋事件＋時間＋焦點”，而位處最高的感情助詞，轄域覆蓋“謂語＋事件＋時間＋焦點＋程度”這個部分。

（13）

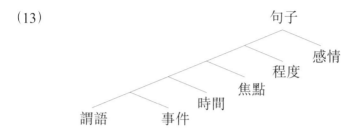

從層次的角度考慮，感情助詞位處最高的位置，而事件助詞位處最低的位置，表達了“感情＞程度＞焦點＞時間＞事件”這樣的轄域關係；從詞序的角度考慮，事件助詞在前，貼近謂語，而感情助詞最後，位於句末，遠離謂語，反映了“事件＋時間＋焦點＋程度＋感情”這樣的詞序。把粵語句子的結構，按照助詞的分佈而劃分為（13）的圖樣，正是本着句法學製圖理論的基本精神，分解句子結構，為句子的句法結構繪製較為詳盡的“地圖”。

（13）的樹形圖可以套用到粵語助詞的分析。以上述（1）的助詞“先、喇、嘑”為例，它們各自有獨立的意義，“先”表示事件、“喇”表示時間、“嘑”表示情態（即程度）。這三個助詞的排列，先後次序固定，受句法的限制。這三個助詞位於句子的邊緣位置，分別代表三個不同的句法層次。表面上“先＋喇＋嘑”的排列，反映了“事件＋時間＋程度”這三類助詞的排列（見本書第十章的討論）。

---

1　粵語框式結構的句法學分析，可參考 Tang（2009）和 Tang and Cheng（2014）的介紹。

這種排列，正好是"程度＞時間＞事件"轄域關係的體現。（1）可以簡單描繪為（14）的樹形圖，"先"的層次最低，"啩"的層次最高，"喇"夾在中間。[2]（14）的分析符合（13）所描繪的層次結構，通過這樣的分析，句法高低與詞序前後的關係緊緊結合在一起。

（14）

（14）的樹形圖也可以解釋為甚麼（15）至（17）的例子都不合語法。這些助詞連用的例子，無論是層次結構還是詞序排列都不符合（14）的要求，違反了語法的限制，因此，都不可能為粵語所接受。

（15）＊佢食咗飯啩先喇。他先吃了飯了吧。

（16）＊佢食咗飯先啩喇。他先吃了飯了吧。

（17）＊佢食咗飯喇啩先。他先吃了飯了吧。

按照上述的分析，粵語助詞連用不光是詞序的問題，還是層次結構的問題。靠近謂語的助詞層次最低，遠離謂語的助詞層次最高。助詞連用其實是助詞在句法結構疊加的表現，疊加形成句法上層次的高低。

## 13.2　謂詞性助詞

粵語助詞起碼有四十多個，數量非常豐富。在這四十幾個助詞當

---

2　在（14），謂語"食咗飯"分析為最低層。至於主語的位置，本應跟謂語在一起，之後移動到某個較高的位置。為了避免複雜的理論介紹，細節從略。

中，有些跟謂詞有密切關係，應有動詞或形容詞的來源，可稱為“謂詞性助詞”。[3] 這些謂詞性助詞包括“添、嚌、住、喇/啦/嘑/囉/嚕/咧、哵、嗎/咩、呀/啊、話、喎”，也包括一些所謂雙音節的助詞，如“乜滯、咁滯、得㗎、定啦、吓話、係啦、罷啦、好過、好喎”。

有些助詞的歷時來源不能確定，如“吖嘛、啦嘛、之嘛”的“嘛”（maa3），或許是“嗎”（maa3）的非疑問用法，但不肯定，只好存疑；祈使助詞“噃”（bo3）可弱化為“喎”（wo3），或被“喎”（wo3）所取代（梁仲森 1992/2005，李新魁等 1995，Leung 2006），但“噃”跟另一個祈使助詞“喎”（wo5）卻不一定有關；情態助詞“嘒”（be6）目前不常用，來源又不太清楚；疑問助詞“嚱”（he2）和“哦嗬”（o3 ho2）、祈使助詞“啊嗄”（aa3 haa2）都以聲門擦音“h”作為音節首，它們是否同源？這個聲門擦音“h”會不會跟疑問助詞“吓話”（haa6 waa5）的“吓”（haa6）有關？“吓話”是“係唔係啊”（hai6 m4 hai6 aa3）（是不是啊）的合音。假如“嚱、哦嗬、啊嗄”的聲門擦音都跟“吓話”的“吓”有關，而“吓”來源自動詞“係”（是），那麼，“嚱、哦嗬、啊嗄”也有可能有個謂詞的源頭。不過，這些說法純屬猜測，暫時不能肯定，只好暫時當作非謂詞性助詞來處理。

**添**（tim1）“添”既可以用作事件助詞，表示擴充範圍，如（18），又可以用作情態助詞，表示強調、誇張，如（19）。“添”是一個動詞，沒有爭議，“添”在粵語仍有動詞的用法，例如（20）。事件助詞“添”的擴充範圍義和情態助詞“添”表示意想不到的新情況，正好繼承了動詞“添”的增加意義，並進一步虛化，成為虛詞。

（18）食一碗添。多吃一碗。

（19）落雨添！居然下雨了！

（20）佢添咗碗飯。他加了一碗飯。

---

3　或稱為“謂詞性語氣詞”（鄧思穎 2014b）。

328

**乜滯**（mat1 zai6）/**咁滯**（gam3 zai6）"乜滯"表示動作行為接近某種程度、狀況，屬於事件助詞，如（21）。形式上跟"乜滯"相似的"咁滯"，説明快到寫完的階段，表示程度、狀況的接近，跟體有關，屬於時間助詞，如（22）。這兩個助詞，都有個"滯"字。張洪年（2007：134）認為這個"滯"是形容詞，原來的意思是"表示一種吃得過多而引起消化不良的病症"，而"滯"在"咁滯"的用法是"意義延伸，比喻動作達到極點，或者過份的意思"。假如他的推測是正確的話，"乜滯"和"咁滯"的"滯"都來源自謂詞，同屬於謂詞性助詞。

（21）佢冇去乜滯。他不怎麼去。

（22）佢寫完篇文咁滯。他快寫完論文。

**嚟**（lei4）"嚟"可以用作表示判斷、類屬等意義，屬於事件助詞，如（23），又可以指向剛發生的事件，屬於時間助詞，如（24）。助詞"嚟"應該是動詞"嚟"（來）的虛化，如（25），而粵語動詞"嚟"應來源自漢語動詞"來"，而"來"在近代漢語也有類似的用法，如（26），可以表示動作剛發生不久（張洪年2007：201）。

（23）呢啲乜嘢嚟㗎？蘋果嚟嘅。這是甚麼東西呀？是蘋果呀。

（24）佢洗車嚟。他洗車來着。

（25）佢嚟咗喇。他來了。

（26）百丈一日問師："什麼處去來？"

　　　　曰："大雄山下採菌子來。"　　　　（《景德傳燈錄》）

北方話的"來着"跟粵語時間助詞"嚟"的用法相似，如（27）。"來着"來自動詞"來"，也應該是定論（太田辰夫1987等），表示事件曾經發生過（曹廣順1995）。即使北方話"來着"的用法可能受滿語的影響（陳前瑞2008），但仍無損"來着"與動詞"來"的密切關係。

（27）下雨來着。

**住**（zyu6）（28）的"住"表示情況暫時保持，強調動作或狀態的暫時性，跟時間有關，屬於時間助詞。時間助詞"住"的保持意義，應跟動詞"住"有關，如（29）。動詞"住"由居住意義引申出停住、靜止的意思，普通話的"住"也有這樣的用法，如（30）和（31）。粵語時間助詞"住"與動詞"住"的密切關係，也可見一斑。

（28）佢唔講個答案住。他暫時不把答案説出來。

（29）佢住喺度。他住在這裏。

（30）雨住了。

（31）一句話就把他問住了。

喇（laa3）　"喇"所表示的意義跟情況的變化有關，如（32），屬於時間助詞。（32）的"喇"跟普通話助詞"了$_2$"的意義和用法都差不多，如（33），兩者都應該是同源。"了"明顯來自動詞"了"，爭議不大（太田辰夫 1987、曹廣順 1995 等）。"喇"還有不同的變體，不同聲調的"啦"（laa1）、"嘑"（laa4），不同元音的"囉"（lo1）、"嚕"（lu3）、"唎"（le5、le4）等，都應該同源，來自動詞"了"。

（32）落雨喇。下雨了。

（33）下雨了。

㗎（gwaa3）　（34）的"㗎"有揣測的意思，表示説話者的判斷，屬於情態助詞。梁仲森（2005：68）明確指出"㗎"的作用是表示"説話人個人的猜想"。（34）的意思基本上跟（35）的一樣，"㗎"跟句首的"我估"（我猜）差不多，都表示説話人的猜想。如果把句首的"我"換成"佢"（他），例如（36），"㗎"並非指向"佢估"（他猜），而是隱含了説話人的猜想，即表達了（37）的意思，是説話人猜想他猜測他去。如果把句首的動詞換成"擔保"等表示肯定的動詞，如（38），接受度明顯很差，證明了"㗎"跟句首的動詞有一定的搭配關係。

（34）佢去㗎。他去吧。

（35）我估佢去㗎。我猜他去吧。

（36）佢估佢去㗎。（我猜）他猜他去吧。

（37）我估佢估佢去㗎。我猜他猜他去吧。

（38）＊我擔保/肯定/保證佢去㗎。我擔保/肯定/保證他去（＊吧）。

上述的例子說明了情態助詞"㗎"跟動詞"估"（猜）有緊密的關係。從歷時關係來考慮，"㗎"應該來自動詞"估"（猜）。Chao（1947：110，note 38）指出："Kwah, fusion of kwux + ah '(I) guess,' final particle expression tentativeness or doubt."張洪年（2007：193）同意這種觀點，並引述"趙元任先生認為這是'估'和'呀'音的結果"。動詞"估"粵語讀作"gwu2"（或拼寫作"gu2"），情態助詞"㗎"讀作"gwaa3"，兩者都有相同的圓唇軟顎塞音"gw"作為音節首。由"估"變為"㗎"，可能是元音的改變（即"u"變為"aa"），也可能如 Chao（1947）的推測，是"估"和"啊"（aa3）合併的結果。

　嗎（maa3）　"嗎"的聲調是中平調（陰去聲），用於問句，屬於疑問助詞。假若粵語的"嗎"和普通話的"嗎"是同源，普通話的"嗎"來源自否定詞"無"，如（40）。句末的否定詞"無"後來寫作"磨、摩、麼"，到清代才寫作"嗎"（太田辰夫 1987）。古漢語的"無"作動詞用，如（41），跟現代漢語的"沒有"相似。"無"的性質跟"有"一樣，都是謂詞。

（39）你去嗎？你去嗎？

（40）秦川得及此間無？　　　　　　　　　　　（李白詩）

（41）位尊而無功，奉厚而無勞。　　（《戰國策・趙策四》）

廉江粵語的助詞"嗎"［ma³³］也可以形成問句，林華勇（2014：66）認為廉江粵語的"嗎"是"冇啊"［mou²³a³³］的合音。假如粵語疑問助詞"嗎"（maa3）來自否定詞"冇"（mou5）和"啊"（aa3）的合音，而"冇"又可以分解為"無"（mou4）和"有"（jau5）（P. Law 2014）。按照這樣的歷時傳承關係，粵語疑問助詞"嗎"包含了謂詞性的成分"無"和"有"，離不開謂詞的源頭。

至於（42）的疑問助詞"咩"（me1），應該是"嗎"的一種變體，也應包含否定詞"無"這個部分，有謂詞的歷時源頭。[4]

（42）你去咩？你去嗎？

**啊**（aa3）"啊"的聲調是中平調（陰去聲），可用於很多的語境，表示說話者的感情，屬於感情助詞，用途非常廣泛，如（43）。低降調（陽平聲）的"呀"（aa4）可以當作"啊"的變體，用於是非問句，屬於疑問助詞，如（44）。

（43）今日星期一啊。今天星期一啊。

（44）你去呀？你去嗎？

"啊"的本源不容易考究，應有多個來源，其中一個可能性是來源自（45）的"好"，表示感歎或祈使的語氣（孫錫信 1999）。假若"啊"真的來源自"好"，而"好"在詞類上是形容詞，屬於謂詞，那麼，"啊"也有一個以謂詞為歷時源頭的可能。

（45）問：如何是客中主？師云：識取好。（《祖堂集》）

**話**（waa2）高聲調（陰上聲）的"話"是用在回聲問句（echo question）的疑問助詞，如（46）。這個疑問助詞，應來自動詞"話"（waa6），如（47）。用作動詞的"話"，聲調是低平調（陽去聲），跟助詞的聲調不同。

（46）佢食咗乜嘢話？他吃了甚麼？

（47）佢話過會去。他說過會去。

粵語動詞"話"的虛化，除了成為疑問助詞外，還有一個較為特殊的用法，夾在言談動詞和小句之間，讀作"waa6"，作為引領小句賓語的標記，有點像英語標句詞（complementizer）"that"的作用（Hwang 1998，Yeung 2006）。（48）和（49）來自粵語語料庫（Yeung

---

4　林華勇（2014：66）認為廉江粵語"咩"[m ε ³³]是"冇"[mou²³]和"咧"[l ε ³³]的合音，或許也適用於香港粵語"咩"的分析。

2006：37-38），"話"的作用就是用來引領小句"唔要"（不要）、"天文台報告氣溫跌到十度"（天文台報告氣溫下降到十度）。疑問助詞"話"估計是標句詞進一步虛化的結果，並在句末出現。

（48）佢一早提過話唔要。他一早提過不要。

（49）我呃佢話天文台報告氣溫跌到十度。

　　　我欺騙他說天文台報告氣溫下降到十度。

　　**喎**（wo5）"喎"的聲調是低升調（陽上聲），包含聽和講的意思，即聽說和告訴，構成了完整的轉述過程，屬於祈使助詞，如（50）。從歷時的角度來考慮，"喎"和說話有密切的關係，"喎"應該來源自動詞"話"（waa6），如上述（47）的用例。Chao（1947：121，note 22）認為："Woh < wah + oh 'so he says, so they say, as the saying goes.'"張洪年（2007：191）同意這種觀點，認同"趙元任先生認為這是'話啊'複合的結果"。[5]

　　（50）佢會去喎。聽說他會去。

　　由動詞"話"虛化為助詞"喎"，可能是元音的改變，由"aa"變為"o"韻母；也可能如 Chao（1947）的推測，是"話"和"喔"（o3）合音的結果。這裏的"喔"，是一個表示值得注意（noteworthiness）的語氣詞（Sybesma and Li 2007：1764）。無論是元音的改變還是跟"喔"的合併結果，由"話"變為"喎"的過程都說明了"喎"來自動詞，跟謂詞有密切的關係。

　　除了低升調的"喎"，還有一些變體，也應跟"話"有關，如中平調（陰去聲）的"wo3"和低降調（陽平聲）的"wo4"。

　　**得㗎**（dak1 gaa2）（51）的情態助詞"得㗎"包含兩個部分："得"和"㗎"。"㗎"是"嘅"（ge3）和"啊"（aa3）的合音，而"得"可用作動詞，可謂這個雙音節助詞的"核心"部分，如（52）。作為

---

動詞的"得"，也可表示情態意義。"得"在（51）和（52）的相似性，要分辨"得"的詞類，實在不容易。助詞"得㗎"甚至可以受副詞"至"（才）的修飾，如（53）。能受副詞修飾，跟一般的助詞有異。從這些例子所見，"得㗎"的"得"跟動詞仍有密切的關係，保留了較多謂詞特點，也許仍處於由動詞邁向虛化過程之中。

（51）你同佢講聲得㗎。你本應跟他打個招呼。

（52）你同佢講聲得唔得？你跟他打個招呼行不行？

（53）你同佢講聲至得㗎。你跟他打個招呼才行啊。

**定啦**（ding2 laa1）　"定啦"表示對事態的推斷，如（54），或對事態的確認，如（55），屬於情態助詞。"定啦"的"定"讀作高升調（陰上聲）。

（54）天都黑晒，落雨定啦。天全黑了，必定要下雨了。

（55）甲：你有冇去揾過佢？你找過他沒有？

　　　乙：有定啦！當然有。

除了用作助詞外，"定"在粵語主要是動詞，如（56），也可以是形容詞，如（57）。動詞和形容詞"定"的聲調是低平調（陽去聲），是"定"字的本調，情態助詞"定啦"的"定"讀作高升調，是"定"的變調。

（56）個會定咗喺下書。那個會議定在下午。

（57）架車好定。這輛車很穩。

**吓話**（haa6 waa5）　"吓話"屬於是非問句助詞，是"吓嘛"（haa6 maa5）的變體，如（58）。"吓嘛"應該是"係咪啊"（hai6 mai6 aa3）（是不是啊）的合音，如（59），而"係咪啊"的"咪"（mai6）也應該是"唔係"（m4 hai6）的合音，如（60）。這樣的分析是正確的話，"吓"來源自動詞"係"（是），而"話/嘛"也包含了有謂詞元素的"唔係啊"。

（58）你會去吓話／吓嘛？你會去，不是嗎？

（59）你會去係咪啊？你會去，是不是啊？

（60）你會去係唔係啊？你會去，是不是嗎？

**係啦**（hai2 laa1）（61）的"係啦"可以表示說話者的堅持，也可以表示說話者的無奈。這兩種用法都有建議的意思，屬於祈使助詞。

（61）佢去係啦。他去就是了。

"係啦"的"係"原本來自動詞"係"（是），如（62）。張洪年（2007：207）指出："我們懷疑它的來源可能就是 haih lā，不過因為習用已久，發生變調，而成為一個複合的助詞，表示一種特別的涵義。"他所說的"haih lā"，用耶魯拼音系統拼寫，即粵拼的"hai6 laa1"，是"係啦"的本調，即動詞"係"（是）加上"啦"。動詞"係"（是）用作動詞，讀本調低平調（陽去聲）"hai6"，而作為助詞"係啦"的"係"，則讀變調為高升調（陰上聲）"hai2"，形式上有異。

（62）佢係一個學生。他是一個學生。

**罷啦**（baa2 laa1）（63）的"罷啦"有建議的作用，屬於祈使助詞。

（63）你走罷啦。你離開吧。

"罷喇"包含了動詞"罷"（算）。"罷"雖然在粵語裏單獨用作動詞的機會不太多，但在特定的語境下，保持動詞的特點，作為謂語，有一種提議的意思。在例子（64）裏，"罷"是動詞，扮演了謂語的角色。（65）的"罷就"跟（64）的"罷"基本上是等同的，表示"算了，拉倒"（饒秉才、歐陽覺亞、周無忌 2009：3）。不過，動詞"罷"和祈使助詞"罷啦"的"罷"，聲調不一樣，前者讀本調低平調（陽去聲）"baa6"，而後者變調，讀作高升調（陰上聲）"baa2"。

（64）去就去，唔去就罷。去就去，不去就算了。

（65）去就去，唔去就罷就。去就去，不去就算了。

**好過**（hou2 gwo3）"好過"有表達提議、勸告的作用，屬於祈使助詞，如（66）。

（66）你去好過。你去好了。

祈使助詞"好過"可以分解為兩個部分："好"和"過"。"好"明顯來自形容詞"好"，而"過"是動詞，跟"好"可組成述補式複合詞，用於差比句，如（67）。在差比句，動詞後綴可以黏附在"過"之後，如（68）的"晒"。雖然祈使助詞"好過"跟差比句的謂語"好過"有關，但動詞後綴不能黏附在祈使助詞"好過"之後，（69）是不能説的。

（67）我好過佢地。我比他們更好。

（68）我好過晒佢地。我比他們都好。

（69）＊你地去好過晒。你們去好了。

**好喎**（hou2 wo3）"好喎"表達一種建議，應屬於祈使助詞，如（70）。"好喎"由兩部分組成："好"和"喎"，前者明顯跟形容詞"好"有關，由形容詞虛化而來，後者就是助詞"喎"。

（70）除咗賠錢，重要係原區安置好喎。

　　　除了賠償外，還是原區安置最好。

綜合以上各個謂詞性助詞的歷時來源，主要來自動詞，如動作行為動詞"添"（添）、"了"（喇/啦/嘑/囉/嚕/咧）、"罷"（罷啦）、"估"（啩）、"話"（話、喎）、"來"（嚟）、"住"（住）；存在動詞"無"（嗎、咩）；判斷動詞"係"（吓話、係啦）；能願動詞"得"（得㗎）；也有來自形容詞，如"好"（呀/啊、好過、好喎）、"定"（定啦）、"滯"（乜滯、咁滯）等。


## 13.3　助詞與聲調的關係

謂詞性助詞的聲調，主要集中在高平調（如陰平聲）、中平調（如陰去聲）、低降調（陽平聲）三類，分佈大致如表（71）所示。

(71) 謂詞性助詞的聲調分佈

| 調類 | | 助詞例子 |
| --- | --- | --- |
| 1 | 高平調 | 添、啦、囉、咩、得 |
| 2 | 高升調 | 話、定、係、罷、好 |
| 3 | 中平調 | 喇、嚕、啩、嗎、啊、喎 |
| 4 | 低降調 | 嚟、咧、嘩、呀、喎 |
| 5 | 低升調 | 咧、喎 |
| 6 | 低平調 | 住、滯 |

從這些例子可見，幾乎所有助詞都是非入聲（即不以塞音作為音節尾），只有所謂雙音節助詞"得㗎"的"得"（dak1）才是入聲（陰入聲）。除了音節結構的考慮外，聲調方面，高平調、中平調、低降調三類的助詞較多，至於高升調（陰上聲）的助詞，除了"好"外，其他幾個助詞的高升調都屬於變調，"話、定、係、罷"的本調都是低平調（陽去聲），高升調只是變調。[6]

讀作高升調的變調，是粵語較為顯著的變調形式，也稱為"高升變調"。麥耘（2000）根據文獻的討論，把粵語高升變調的語境總結如下：[7]一、名詞性標誌，如："鑿"（zok6-2）、"梨"（lei4-2）、"阿駝"（aa3 to4-2）（駝子）、"老麥"（mak6-2）、"滑牛"（waat6 ngau4-2）（滑溜牛肉片）；二、小稱標誌，如"人"（jan4-2）、"咁大"（gam3 daai6-2）、"慢慢"（maan6 maan6-2）、"妹妹"（mui4 mui4-2）；三、特指標誌，大多數是名詞，如"皮帶"（pei4 daai3-2）、"頭"（tau4-2）（首領）；四、風格標誌，區分文白異讀，如"鹿"（luk6-2）；五、虛詞音節縮減標誌，如"食"（sik6-2）（即"食咗"的省略）、"望望"（mong6-2

---

6　胡永利（2010：68）沒有發現任何陽去聲（低平調）的助詞，並認為粵語助詞"獨缺陽去聲"。根據表（71）和表（91）所示，雖然低平調的助詞不算多，但不能説完全沒有。

7　橫線前的數字是本調的調類，橫線後的數字是變調的調類。

mong6）（即"望一望"的省略）。由此可見，粵語絕大多數的高升變調例子都是名詞（體詞）。

粵語名詞高升變調的條件，顯然不適用於助詞"話、定、係、罷"的變調，這幾個助詞都來源自謂詞，跟名詞變調無關。雖然上述第五種高升變調的"虛詞音節縮減標誌"跟謂詞有關，但助詞"話、定、係、罷"的變調跟省略又毫無關係。

動詞的高升變調又好像跟虛化無關。假如高升變調是謂詞虛化的體現，粵語的謂詞性助詞應全讀作高升調才是。然而，中平調和低降調的助詞也不少，可見變調與虛化無關。又以動詞後綴為例，雖然高升調的後綴數量不算少，但其他聲調，如高平調、低降調、低平調的後綴，也有一定的例子，並沒有讀作高升調的傾向，詳見表（72）的分佈。

(72) 動詞後綴的聲調分佈

| 調類 | | 動詞後綴例子 |
|---|---|---|
| 1 | 高平調 | 生（晒）、得、開、翻、親 |
| 2 | 高升調 | 咗、緊、吓、起（上嚟）、起、哋、噉、梗 |
| 3 | 中平調 | 過、到、晒 |
| 4 | 低降調 | 衡（晒）、嚓（⋯去）、（過）頭、埋 |
| 5 | 低升調 | 吓、兩 |
| 6 | 低平調 | 落、定、住、實、（得）滯、極、著、硬 |

跟動詞關係最為密切的虛詞，要算是介詞。張洪年（2007：406-409）一共列舉了31個介詞，有些是雙音節，大部分是單音節，羅列於表(73)。[8] 按詞法分類，有些雙音節介詞屬於聯合式（如"依照"），

---

8　表中的"械"讀作"kaai1"，表示"用"（張洪年 2007：409）。這個介詞在當代粵語已經消失了，不再使用。至於這個詞在早期粵語的用法，詳見片岡新（2007）的討論。

組成雙音節介詞的兩個語素，聲調統計則分別計算。有些明顯屬於後綴（如"跟住"的"住"、"除咗、為咗"的"咗"），則不在計算之列。論數量，中平調和低降調佔多，高升調只有三個"喺、响、界"。顯然，從介詞的例子來看，把高升變調當作謂詞虛化的體現，似乎沒有甚麼根據。

（73）介詞的聲調分佈

| | 調類 | 介詞例子 |
|---|---|---|
| 1 | 高平調 | 幫、關（於）、（關/對/至/由）於、跟（住）、依（照）、根（據）、將、械 |
| 2 | 高升調 | 喺、响、界 |
| 3 | 中平調 | 趁、向、對/對（於）、至（於）、照（住）、（依）照、（根）據、靠、要 |
| 4 | 低降調 | 同、臨、從、由/由（於）、（自）從、離、除（咗）、連 |
| 5 | 低升調 | （好）似 |
| 6 | 低平調 | 為（咗）、自（從）、任、用 |

根據麥耘（2000）所總結的高升變調情況，有一類情況值得注意，那就是"特指標誌"。雖然大多數特指標誌這一類的例子是名詞（如上述的"皮帶"、"頭"等例），他也舉了一個動詞變調的例子：動詞"撩"。"撩"本調讀低降調（陽平聲）"liu4"，變調讀高升調"liu2"，高升變調屬於"特指義"的特指標誌，尤其是"方言詞義"。以（74）為例，"撩"讀作"liu4"的話，意思是撩逗、招惹；讀作"liu2"的話，意思是攪、撓、撥弄，變調有區別詞義的作用。

（74）你唔好撩佢。你不要撩逗/撥弄他。

麥耘（1990：68）還舉了這兩個謂詞變調的例子："大、攬"。[9]

---

9　麥耘（1990：68）還舉了"長"，在"咁長"一例變調獨成"coeng2"，表示"只有這麼長"。不過，這種用法在目前香港粵語沒有用。

（75）的"大"本調是低平調"daai6"，表示大小的大，但變調後，"大"讀"daai2"，強調只有之義，尤其是用於表示壽命不長了，命運堪虞，成為戲謔之言。（76）的"攬"本調是低升調"laam5"，用於文讀，如"包攬、獨攬"，變調後的"laam2"，是白讀。

（75）咁大。這麼大/只有這麼大。

（76）攬實佢。摟住他。

麥耘（1995：255）補充了一例，就是"揚"。"揚"本調是低降調"joeng4"，用於文讀，如"飄揚、揚帆"；變調"joeng2"用於白讀，如（77）。（77）引自饒秉才等（2009：258），[10] 這裏的用法表示抖、搖。

（77）揚乾淨張牀單。把牀單抖乾淨。

雖然動詞靠高升變調來區別詞義的例子非常少，但卻是一個值得我們注意的現象。除了上述麥耘（1990，1995，2000）所舉的"撩、大、攬、揚"外，我們注意到動詞"嚟"的變調也有辨義作用。（78）的動詞"嚟"，本調是低降調"lai4"或"lei4"，表示來的意思；讀作高升調"lai2"（也可讀作"lei2"），意思是發作，可指行為復發，往往指比較怪異或不為一般人所接受的行為。

（78）佢嚟喇。他來了/發作了。

高升變調的動詞用法較為特殊，所受的限制也較多。加上否定詞的"嚟"，如（79），只能讀本調"lai4"，理解為來去的來，不能變調讀"*lai2"，不可以理解為發作；（80）的"嚟"加上"咗"（了）之後，也只能讀本調，不能變調。

（79）佢冇嚟。他沒來/ *沒發作了。

（80）佢嚟咗喇。他來了/ * 發作了。

除此之外，（81）的動詞"賺"，本調讀低平調"zaan6"，跟普

---

10　"揚"在饒秉才等（2009）原寫作"抰"。

通話"賺"的用法一樣；讀作高升調"zaan2"，意義不同，意思是徒找、只落得某種下場，如（82）。假如（82）的"賺"跟（81）的"賺"同源（饒秉才等 1981/2009，麥耘、譚步雲 1997/2011，李榮主編 1998，張勵妍、倪列懷 1999），（82）的"賺"就是靠變調來辨義的例子。

（81）佢賺咗好多錢。他賺了很多錢。

（82）你咁做賺畀人鬧。你這樣做只落得被人罵。

漢語的"由"本來是動詞，古漢語例子（83）的"由"是動詞，意思是做。（84）是粵語的例子，"由"讀作低降調"jau4"，是"由"的本調，意思是聽任、任憑、任由、隨便（張勵妍、倪列懷 1999：162），屬於動詞。（84）的"由"也可以說成"由得"，如（85），意義基本一樣。（84）的"由"現在一般讀作高升調"jau2"，變調比較自然；至於（85）"由得"的"由"，既可以讀本調"jau4 dak1"，又可以讀變調"jau2 dak1"。當"由"用作介詞後，如（86），只有一個讀音，那就是讀本調"jau4"，不能變調。由此看來，在"由"這個例子，高升變調成為區分詞類的一個形式標準：動詞允許高升變調，但介詞不允許。

（83）君子不由也。　　　　　　　　　　　（《孟子·公孫丑上》）

（84）你想去邊度玩都由你。你想去哪玩都隨便你。

（85）你想去邊度玩都由得你。你想去哪玩都隨便你。

（86）由呢度行。從這裏走。

粵語能通過高升變調，辨別動詞詞義。雖然例子不多，但始終是個事實。疑問助詞"話"、情態助詞"定啦"的"定"、祈使助詞"係啦"的"係"、"罷啦"的"罷"，本來是謂詞，由本調低平調變調為高升調，應該跟上述以高升變調來辨義的情況相同。比如說，（47）讀本調的動詞"話"（waa6），表示一般的講話，變調後，（46）的"話"（waa2）雖仍保留說話的意思，但只用作疑問。此外，形容詞"定"讀本調"ding6"，而"定啦"的"定"變調，讀成"ding2"。高升變調的作用，主要是辨義。以下這組例子的差異很有意思，(87) 和 (88) 的"定"都是形容詞，用作謂語，形成形容詞謂語句。(87) 的"定"讀本調，表示安定、穩定，(88) 的"定"既可以讀本調，又可以變調，表示説話者的判斷和推測，評價"佢去"（他去）的可能性，帶有一種情態意義。這裏的高升變調，作用就是區別詞義，而變調後所表示的情態意義，也許跟情態助詞"定啦"的"定"有相似之處，即這裏的高升調賦予一種情態意義。

(87) 佢成日都唔定（ding6/*2）。他整天都不安定。

(88) 佢去都唔定（ding6/2）。他去也説不定。

順帶一提，通過高升變調來辨義的位置，只在謂語出現，不能附加在詞內部的成分。饒秉才等（2009：142）認為 (89) 和 (90) 是一樣的，"唔定"是"話唔定"的省略。不過，(89) 的"定"既可讀本調，又可變調，但 (90) 的"定"只能讀本調，高升變調是不能接受的。由此可見，"唔定"並非"話唔定"表面上的省略，(89) 的"唔定"和 (90) 的"話唔定"應屬於兩個不同的結構，前者的"唔定"是謂語，後者的"唔定"跟"話"組成述補式複合詞，是複合詞的一部分，當中的"定"不接受高升變調。

(89) 今日落雨都唔定（ding6/2）。今天説不定下雨。

(90) 今日落雨都話唔定（ding6/*2）。今天説不定下雨。

綜上所述，高升變調正好是用來辨別謂詞詞義的一種方法，也間接説明變調後的助詞其實仍然沒改變原來謂詞的特點，甚至詞類上仍可能保留謂詞的性質。粵語這些所謂助詞，其實是謂詞的一個小類。上述 (84) 的動詞和 (86) 的介詞，兩者相比，顯示了詞類改變、虛化為別的詞類，反而不允許變調，只有保持謂詞的性質，才是允許變調的條件。

如果把非謂詞性助詞的例子加進來，粵語助詞聲調的分佈更為完整，請參考表 (91) 的例子。

(91) 謂詞性與非謂詞性助詞的聲調分佈

| | 調類 | 助詞例子 |
|---|---|---|
| 1 | 高平調 | 添、啦、囉、咩、得；先、呢、啫、之 |
| 2 | 高升調 | 話、定、係、罷、好；㗎、嘅、囃、嗱、嘎 |
| 3 | 中平調 | 喇、嚕、啩、嗎、啊、㖞；法、咋、嘛、嚆、喂 |
| 4 | 低降調 | 嚟、咧、嗱、呀、㗎 |
| 5 | 低升調 | 咧、㗎；吓 |
| 6 | 低平調 | 住、滯；未、嚹 |

以入聲字作為助詞的例子始終是極少數，事件助詞"法"（faat3）屬於中入聲，而加上"k"的"啫"（zek1）也可當作入聲字。

至於聲調方面，高平調、中平調、低降調三類的助詞仍然是最多。高升調的非謂詞性助詞較為特別，"㗎"（gaa2）是所謂雙音節助詞"得㗎"的一部分，可分解為"嘅"（ge）和"aa"。梁仲森（2005：62）記錄了一個讀作"aa2"的助詞，表示"追查"，如（92）。表示情態的"得㗎"，"㗎"的高升調可能來自"aa2"，即"嘅"和"aa2"的合音。

（92）到底你有冇收埋到 aa2？到底你有沒有藏起來呢？

讀作高升調的"嘅"（ge2），用在疑問句，加強了疑問、反詰語氣，如（93）。這個"嘅"應該由兩個語素組成：中平調的"嘅"（ge3）和表示不肯定語氣的高升調"H"，"嘅"（ge2）就是兩者的合音，即"嘅（ge3）＋ H"（Law 1990，鄧思穎 2008d）。嚴格來講，"嘅"（ge2）並非真正的疑問助詞，高升調"H"才是真正表示疑問語氣的成分。

（93）你有去嘅？為甚麼你沒去？

這個高升調"H"也可能是（92）的"aa2"的組成部分，即"aa2"是由"啊"（aa3）和"H"的合音。如果這個推測是正確的話，"㗎"

（gaa2）就應該分解為"嘅（ge3）＋啊（aa3）＋ H"。

沿着這個思路去考慮，讀作高升調的助詞"嚱(he2)、嗬(ho2)、嗄（haa2）"，都有一定的疑問、徵求對方意見的作用，如（94）、（95）、（96）三例。"嚱、嗬、嗄"的疑問作用，會不會是表示疑問語氣的"H"起作用？如果這個推測是正確的話，"嚱、嗬、嗄"的本調不一定是高升調，高升調只是來自"H"。假如"嚱、嗬、嗄"的來源跟"係"（是）有關，那就等於把本調讀低平調的"係"(hai6)，通過附加疑問語氣的"H"，變調讀作"hai2"，表示疑問，並作為"嚱、嗬、嗄"的源頭。

（94）呢套戲幾好睇嚱？這電影挺好看吧！

（95）我地去飲茶哦嗬？我們去飲茶吧？

（96）我攞走嗄？我拿走，嗄？

根據本節的討論，粵語助詞在聲調上有以下的特點。

第一，絕大多數的助詞都是非入聲，即不以塞音作為音節尾。至於入聲的助詞，主要以軟顎塞音"k"作為音節尾，例如"得㗎"的"得"(dak1)、附加在音節上的"非音節性"助詞"k"，構成如"啫"(zek1)等例。"法"較為特殊，以齒齦塞音"t"作為音節尾。"法"是一個"名物化詞頭"（nominalizer）（Cheng 2011），把謂詞性謂語變為一個體詞性謂語，跟體詞的關係較為密切，而跟一般的助詞有異。除了塞音外，以鼻音作為音節尾的助詞其實也不多，只有"先"(sin1)、"添"(tim1)、"定"(ding2)三例。

第二，大多數的高升調助詞都通過變調或附加的方式產生。"好過、好喎"的"好"，本調就是高升調。除此以外，謂詞性助詞"話"、"定啦"的"定"、"係啦"的"係"、"罷啦"的"罷"，本調都是低平調，高升調只是變調，變調的前提是助詞本屬謂詞性，而變調的作用是辨義。非謂詞性的助詞"嘅"，本調是中平調，"嘅"的高升調是由一個表示疑問語氣的高升調成分"H"附加而成。"㗎"

的情況也差不多，“㗎”可以分解為“嘅＋啊＋H”，核心部分由“嘅”組成，高升調來自“H”。如果表示疑問語氣的高升調“H”可適用於“嚱、嗬、嗄”的話，這三個助詞的高升調也可能是附加上去的。

第三，低升調似乎不太受助詞歡迎。低升調的“喎”跟中平調和低降調的“喎”同源，應該是“話”的變體。換句話説，本調應該是低平調，低升調只是變調。高升變調的“話”、“定啦”的“定”、“係啦”的“係”、“罷啦”的“罷”或許可以“還原”為本調，它們原來都屬於低平調。假如把讀本調的這四個例子加進來，原屬低平調的助詞就比低升調的助詞為多。

表（72）所收錄的動詞後綴例子更有意思，低平調後綴的數量比低升調後綴多得多。如果把（72）和（91）兩個表的例子對比來看，低升調最不受助詞和動詞後綴歡迎。（73）的表顯示了介詞聲調的分佈，恰巧高升和低升兩調的介詞，數量最少。三個平調（高平、中平、低平）和一個降調（低降調）是介詞聲調的主流。助詞、介詞、動詞後綴都屬於功能性的成分，都是較為“虛”的語素。假如把它們合起來考慮，三個平調和一個降調好像是粵語虛化成分常採用的調類，分佈較多。[11]

綜合這四個聲調，中平調的助詞數量較多。就語氣輕重而言，高調比中調強，低調也比中調強，中調似乎是一個“標準調高”（張洪年 2009：151）。[12] 至於高低二調，誰輕誰重，張洪年（2009）沒有足夠的資料，只能存疑。不過，根據上述表（91）的例子所示，低降調和低平調助詞的數量都比高平調的為少。剛好低升調助詞的數量也比高聲調的為少，低調助詞總比高調的少。從這些分佈而

11 粵語低降調 [21] 也有一個平調的變體，讀成 [11]（Matthews and Yip 1994 / 2011）。假如考慮這個平調變體，粵語虛化成分的聲調分佈，都以平調為主。

12 張洪年（2009）這個觀察是根據十九世紀早期粵語助詞的分佈現象總結得來的。

言，假若高低聲調跟輕重有關，那麼，低調或許比高調為強。

至於升調，粵語的虛化成分似乎儘量迴避低升調；高升調的動詞後綴有一定的數量，但高升調的助詞卻比較特殊，要麼是通過變調產生，要麼是通過附加一個高升調的"H"所產生。根據上述的討論，粵語助詞聲調的分佈現象可簡單總結如下：

(97) 平/降 > 升

(98) 中 > 高 > 低

(97) 說明平調、降調的助詞比升調的多，(98) 說明了中平調的助詞比高平調和低平調的多，也能涵蓋高升調助詞和低升調助詞的關係，前者也比後者為多。假如中調是"標準調高"，偏離標準都是"別有意義"的(張洪年 2009：151)。同樣道理，平調(包括降調)也可能是"標準調型"，偏離這個標準也應"別有意義"。聲調和虛化成分的分佈好像有一定的關係，這些現象是客觀的事實，到底是偶然還是跟甚麼原因有關，則有待探索。[13]

## 13.4　助詞與元音的關係

粵語助詞的韻基，絕大多數都是以單元音作為音節核，少數是複元音。複元音的例子如"嚟"(lei4 或 lai4)、"未"(mei6)、"好過、好喎"的"好"(hou2)、"係啦"的"係"(hai2)、"喇喂"的"喂"(wei3)、"乜滯、咁滯"的"滯"(zai6)。雖然粵語有 11 個複元音，但只見"ai、ou、ei"，沒有找到"aai、aau、au、eu、eoi、oi、ui、iu"這些複元音做助詞的例子。"ai"的"係、喂、滯"、"ou"的"好"，都跟其他的助詞連用，組成所謂複合助詞或雙音節助詞，如

---

13　袁思惠(2015)沿着這個思路，對漢語方言助詞的聲調類型作了宏觀的調查，並發現除輕聲外，平調為主，而平調當中，以中調居多，高調次之，基本上跟粵語(97)和(98)的情況相似。

"係啦、乜滯、咁滯"和"好過、好喎",沒有獨用的例子,"ai"的"嚟"(lai4)是"lei4"的變體,作為助詞,較常用的説法是"lei4"而不是"lai4"。[14]複元音而能獨用的助詞,只有"ei",如"嚟、未"。

粵語助詞絕大多數的例子都是以元音單獨做韻基(即所謂"開尾韻"),只有個別的例子由輔音做音節尾,如鼻音"m"的"添"(tim1)、"n"的"先"(sin1)、"ng"的"定啦"的"定"(ding2);塞音的"k",屬於"非音節性"助詞,附加在其他助詞,加強語氣,"k"的"得"(dak1),跟"㗎"組成雙音節助詞"得㗎"(dak1 gaa2);除此之外,"t"的"法"(faat3)算是比較特別。以輔音做音節尾的助詞,一種是非音節性助詞(如"k"),一種是雙音節助詞的一部分(如"定啦、得㗎"),一種是能獨用的單音節助詞(如"添、先、法")。

至於做音節核的元音,除了"ei、ou、ai"這三個複元音,還有"i"和"a"。"i"只跟輔音組成韻基(如"添、先、定")或組成雙音節助詞(如"之嘛")。事實上,"之嘛"的"之"並非讀成 [ tsi⁵⁵ ],而是一個較為短促的元音 [ɐ],如讀成 [ tsɐ⁵⁵ ma³³ ]、[ tsɐʔ⁵⁵ ma³³ ] 或 [ tsɐm⁵⁵ ma³³ ]。至於"a"([ɐ])也只能跟輔音組成韻基(如"得"),或出現在其他弱讀的情況(如"之嘛"的"之"),不能單獨做助詞。此外,能構成助詞的單元音有 5 個,包括"yu、u、e、o、aa"。助詞元音的分佈可總結如表(99)。

(99) 助詞的元音分佈

| 音節核 | 助詞例子 |
| --- | --- |
| i [ i ][ ɪ ] | 之、添、先、定 |
| yu [ y ] | 住 |

---

| u [ u ] | 嚕 |
|---------|-----|
| e [ ɛ ][ e ] | 咩、呢、啫、嘅、嚱、咧 (le4/5)、嚀、zek1 |
| o [ ɔ ] | 囉、嗬、喎 (wo3/4/5)、嶓 |
| a [ ɐ ] | 得 |
| aa [ a ] | 啦、話、罷、㗎、嘎、喇、啩、嗎、啊、咋、嘛、嗱、呀、吓 (haa5/6)、法 |
| ei [ ei ] | 嚟、未 |
| ou [ ou ] | 好 |
| ai [ ɐi ] | 係、喂、（嚟）、滯 |

能組成韻基的單元音"yu、u、e、o、aa"，分佈並不平均，"yu"只有一例"住"（zyu6），"u"的"嚕"（lu3）是"喇"（laa3）的變體，剩下的就只有"e、o、aa"三個元音。粵語能單獨做韻基的單元音有8個："i、yu、u、eo、e、oe、o、aa"，當中的"i、eo、oe"沒有組成助詞的例子。至於常見的"e、o、aa"三組，從表（99）的分佈來看，"aa"組的助詞最多。根據這些事實，粵語助詞單元音的分佈可以描繪如下，左邊的"aa"組數量最多，右邊的"yu、u"組數量最少。

（100）aa ＞ e / o ＞ yu / u

（100）所描繪的元音排列，好像並不偶然。開元音（低元音）的數量最多，半開元音（屬於中元音類）次之，閉元音（高元音）最少，剛好可用舌位圖，把這些元音的關係，呈現如（101）。發開元音，舌位向下，口腔的空間較大；發閉元音，舌位抬高，口腔的空間較小。按照這樣的分佈，粵語助詞總體上傾向用開元音，開口度大。由此看來，舌位的高低，跟助詞的數量，構成微妙而有趣的關係。

（101）

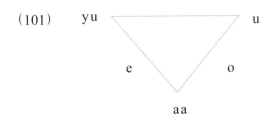

自十九世紀以來，粵語助詞元音的格局基本上差不多。張洪年（2009）所描繪的早期粵語助詞，元音主要分佈在"aa、e、o"三組。不過，當時的"嘑"（be6）在當代粵語已經丟失；至於"o"組的"個"（go3）、"咀"（zo2）、"麼"（mo1）、"yo6"等助詞，在當代粵語也丟失了。至於"i"組的"呢"（ni1），在當代粵語已經消失了，或許已經併入"呢"（ne1）。雖然當時"aa"組的助詞也有丟失，如"吔"（jaa6），[15] 但大多數的還是能夠保留至今。從十九世紀到現在的語言演變來看，粵語助詞的元音系統始終朝向開口度較大的開元音發展，維持上述（101）的格局。至於這樣的格局，在其他方言或其他有助詞的語言是否一致，那就有待研究。

## 13.5　助詞與聯合結構

本章曾提到，位於句末的助詞，跟前面的謂語，構成如（13）那樣的句法結構，重複於下。（102）的樹形圖所顯示，每一類的助詞都處於樹形圖的右邊。

（102）

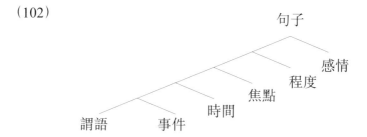

為甚麼助詞都在樹形圖的右邊呢？從句法學理論的考慮，有助詞的小句有可能由聯合結構（conjunction）所產生（Tang 2015b）。

---

15　張洪年（2009：156 fn4）認為當代粵語沒有表示"emphatic demonstrative"的"那"（naa4）。然而，當代粵語"吖嘑"（aa1 laa4）的"嘑"跟早期粵語的"那"有關，只不過當代粵語有所謂"n／l"不分的現象。

聯合結構由連詞作為核心，連詞的作用就是連接並連語（conjunct）（也稱為“並列成分”）。以聯合結構（103）為例，“同”是粵語的連詞（也可以說成“同埋”），作用是連接“咖啡”和“奶茶”，前者可稱為“外並連語”（external conjunct），後者可稱為“內並連語”（internal conjunct）。（104）也是聯合結構，不過，跟（103）不同之處，就是（103）的“同”表示並列關係（coordination），而（104）的“或者”表示析取關係（disjunction）。至於（105）的“定”，是一個表示疑問的析取連詞，跟普通話“還是”的功能相似，也可構成聯合結構。

（103）咖啡同奶茶

（104）咖啡或者奶茶

（105）咖啡定奶茶

粵語助詞跟前面的小句有可能組成聯合結構，當中包含了一個沒有聲音的連詞，連接着兩個並連語：小句作為外並連語，而助詞作為內並連語，有如以下（106）的框架。助詞的句法地位就好像（103）至（105）的“奶茶”，在連詞的右邊。由於連詞是沒有聲音的成分（也稱為“空語類”），作為內並連語的助詞好像緊貼着前面的小句，位於句末。

（106）〔小句〕＋連詞＋〔助詞〕

作為內並連語的助詞，句法結構應該比表面看到的複雜。以謂詞性助詞為例，本章例句（53）的“得㗎”（重複於（107））保留了較多動詞特點，甚至可以被副詞“至”（才）修飾，應保留某些謂語特點。按照（106）的框架，（107）可分析為（108）。“∅”代表沒有聲音的連詞，表示並列關係。方括號的成分是並連語，在內並連語內的“＿＿＿”可以視作一個被省略的成分，作為“得”的主語，並回指外並連語的小句“你同佢講聲”。（108）這樣的結構，可以解讀為“你跟他打個招呼，而你跟他打個招呼這樣才行”。在內並連語重複的“你同佢講聲”，有強化的作用。由聯合結構形成的重疊現象，就有加強語氣的效果。

（107）你同佢講聲至得㗎。你跟他打個招呼才行啊。

（108）［你同佢講聲］＋∅＋［＿＿＿至得㗎］

（63）的"罷啦"（重複於（109））也是一個謂詞性助詞，有作罷的意思，仍有謂語的特點。按照（106）的框架，（109）應可分析為（110）。"∅"代表沒有聲音的連詞，可理解為並列連詞。內並連語的"＿＿＿"是一個被省略的成分，作為"罷啦"的主語，指向外並連語的"你走"。根據這樣的分析，（110）大致上可解讀為"你走，而你走這個建議就這樣做吧"。由重複"你走"而形成的重疊現象，就有加強語氣的效果。

（109）你走罷啦。你離開吧。

（110）［你走］＋∅＋［＿＿＿罷啦］

有些包含助詞的聯合結構，連詞所表示的關係應為析取關係。（111）的"未"屬於時間助詞，能形成反覆問句。事實上，粵語的"未"本來是個否定副詞，用作時間助詞只是一種"派生"的用法。（111）的反覆問句，應有（112）這樣的結構。"∅"是一個沒有聲音的析取連詞，連接兩個並連語，一個表示肯定，即外並連語"佢食咗飯"（他吃了飯），一個表示否定，即內並連語"未食飯"（還沒吃飯），"未"的作用就是否定謂語"食飯"。從這樣的結構所見，內外並連語也呈現重疊現象，即重複了謂語"食飯"。在內並連語內這個重複的部分，最終被省略，目的是避免跟外並連語內"食咗飯"重複，造成一種冗餘的感覺。謂語被省略後，剩下"未"，形成表面上的詞序："佢食咗飯＋未"。（112）所表示的意思，就等於說"他吃了飯還是還沒吃飯"，沒有聲音的析取連詞就好像普通話的"還是"或粵語的"定"。

（111）佢食咗飯未？他吃了飯沒有？

（112）［佢食咗飯］＋∅＋［未食飯］

　　（111）的意思，大致上跟選擇問句（113）差不多。當中的析取連詞"定"連接正反兩個並連語，即"佢食咗飯"（他吃了飯）和"未食飯"（還沒吃飯），並且有（114）這樣的結構。（112）和（114）的主要差別，是析取連詞有沒有聲音，還有內並連語的謂語有沒有被省略。如果這樣的對比是合理的話，（113）這樣的選擇問句可以作為支持（111）由（112）所產生的間接證據。

　　（113）佢食咗飯定未食飯？他吃了飯還是沒吃飯？

　　（114）［佢食咗飯］＋定＋［未食飯］

　　這樣的分析，並非粵語獨有，利用重疊作為加強語氣的形式，在英語也找得到，而通過省略迴避重疊現象，英語也有相似的情況（Tang 2015b）。英語有一種叫"陳述尾句"（tag statement）的現象（克里斯特爾 2000：354），例如（115）和（116），尾句（tag）緊跟前面的小句，用作加強肯定的語氣。這兩個例子，應分別由（117）和（118）產生，包含了一個沒有聲音的並列連詞"∅"（有如"and"），負責連結兩個並連語，而內並連語重複了外並連語，呈現重疊現象。最後，部分重複的成分被省略，剩下主語和助動詞，成為尾句。[16] 如果這樣的分析是正確的話，（115）就好像想說"That was a lovely drink and that was a lovely drink"，通過重疊現象，加強語氣，但同時又作了適當的省略，避免冗餘之感。英語的尾句就是權衡重疊與冗餘的產物，而這種現象的產生方式，跟粵語助詞的分析相似。

　　（115）That was a lovely drink, that was.

　　（116）He's a nice man, is John.

　　（117）［that was a lovely drink］＋∅＋［that was ~~a lovely drink~~］

　　（118）［he's a nice man］＋∅＋［is John ~~a nice man~~］

---

16　至於（118）主語和助動詞倒置的現象（即"is John"），跟下文提及的疑問尾句相似，是英語的特殊現象。

352

英語的疑問尾句（tag question）更是典型的例子。(119) 的尾句
"isn't he" 表示疑問，形成疑問句。(119) 應由 (120) 所產生，當中
包含一個沒有聲音的連詞"∅"，連接兩個並連語，呈現重疊現象。
為了避免冗餘，重複的謂語"coming"被省略了，剩下主語和助動
詞"isn't he"，成為尾句。

(119) He is coming, isn't he?

(120) ［he is coming］＋ ∅ ＋［isn't he ~~coming~~］

跟粵語的 (112) 更接近的英語例子，可能是像 (121) 這樣的
問句。在這個例子裏，析取連詞是個有聲音的"or"，連接兩個並連
語，一正一反，表示否定的內並連語，重複的謂語被省略，餘下否
定詞"not"，如 (122) 所示。這個否定詞"not"，跟 (112) 的"未"，
估計應有相同的句法地位。在內並連語的"剩餘"成分，可成為粵
語的助詞，或成為英語的尾句。如果英語尾句這樣的分析是正確的
話，可作為粵語助詞句法分析的一個間接佐證。

(121) Is he going or not?

(122) ［is he going］＋ or ＋［not ~~going~~］

對於粵語助詞的句末地位，不妨有這樣的推測：助詞的形成來
自某種重疊現象，通過聯合結構體現出來。重疊現象的功能，也許
跟加強語氣、強化某些意義有關。組成聯合結構的連詞，可以表示
並列關係，也可表示析取關係。位於內並連語的成分，由於虛化程
度的不一，形成不同類型的句末成分。例如較為"實"的選擇問句
(123)（即 (113)）、倒裝句的倒裝成分 (124) 和 (125)，到較為"虛"
的疑問尾句 (126)，再到虛化的助詞。有些用法仍跟謂語相似，如
(127) 的"定啦"，有些稍為虛化，如 (128)（即 (111)）的"未"，
有些已徹底虛化，如 (129) 的"㗎"。粵語句末成分，根據這樣的排

列，構成一個虛實的連續體。[17]

（123）佢食咗飯定<u>未食飯</u>？他吃了飯還是沒吃飯？

（124）佢食咗飯喇，<u>佢食咗</u>。他吃了飯了（他吃了）。

（125）佢食咗飯喇，<u>佢</u>。他吃了飯了，他。

（126）佢食咗飯喇，<u>係咪啊</u>？他吃了飯了，是不是？

（127）佢食咗飯<u>定啦</u>！他一定吃了飯。

（128）佢食咗飯<u>未</u>？他吃了飯沒有？

（129）佢食咗飯<u>嚹</u>。他吃了飯呢。

　　粵語的上升句調能形成是非問句，並且跟助詞呈互補現象（鄧思穎 2006b，也見本書第十章的討論），例如（130）的上升句調（用"↗"來表示），也可以當作疑問助詞，形成是非問句。如果句調也算是助詞的一類（Chao 1968），在上述所講的"連續體"當中，要算是最"虛化"的一類了。

　　（130）佢食咗飯 ↗？他吃了飯？

　　根據粵語助詞的語音研究，助詞和句調有密切的關係（Wakefield 2010，胡永利 2010，Zhang 2014，馮勝利 2015 等）。從跨語言的角度來考慮，助詞所表示的意義和功能，可能由句調所承擔。如果這樣，句調所佔據的句法位置，也應該是聯合結構的內並連語，並可解釋助詞和句調所構成的互補關係。就助詞而言，粵語和普通話比較，前者的助詞數量多，後者的助詞數量少；漢語和英語比較，前者的助詞是個特點，而後者幾乎沒有，有的話，為數也不多（Lam 2014，Kayne 2015，Tang 2015b）。就句調而言，粵語、普通話、英語等語言都有。句調似乎是"無標記"（unmarked）的現象，估計是人類語言一種較為常態的手段；助詞並非所有語言都有，屬於"有標記"（marked）的現象，是人類語言一種較為特殊的手段。粵語傾

---

17　就句末這種"虛實連續體"的理論分析，請詳見 Tang（2015b）的討論。

向用這種比較特殊的手段，到底説明甚麼道理？代表了甚麼深層的意義？顯然這是一個跨語言研究的問題，從粵語出發，將會發現更多不為人知的事實。

## 13.6　小結

粵語助詞數量豐富，分佈在句子的邊緣位置，成為研究句子邊緣層次的最佳語言。通過粵語助詞的研究，句子的邊緣層次應蘊藏不少大道理。助詞組成句子的邊緣層次，一方面受音韻制約，聲調傾向中平調，元音傾向開元音；另一方面受句法制約，助詞跟前面的小句構成聯合結構，並因應省略和虛化程度形成虛實的連續體。從聯合結構的角度來繼續分析粵語助詞，更可跟更多的語言事實聯繫起來，甚至跟其它的方言、語言作比較，發現更多的有趣現象。

本書從詞法、句法兩方面，介紹粵語語法特點，並提出理論的分析，探討粵語句子核心部分和邊緣層次獨特之處。本書的內容不可能窮盡粵語的特點，只能作為一個開頭，介紹基本知識，總結一些發現和規律，方便參考，讓有志者沿着語法學研究的道路，繼續鑽研，發現從來沒發現過的事實，解釋從來沒解釋過的現象，對粵語、其他漢語方言，甚至人類語言，都有新的體會。

# 附錄　粵語的音

## 1. 粵語的音系

　　描述語音，學術上慣用"國際音標"（International Phonetic Alphabet），簡稱"IPA"。這是一套語言學家所用的符號，用來標示人類所能發出來的各種語音。大多數的符號都來自羅馬字母，有些來自希臘字母。這套符號，適用於所有語言，並非英語、漢語或甚麼語言的專利。那些符號也不是"英文字母"或哪個語言的文字，而是真正通用於國際的音標。本書所用的國際音標根據 2005 年的版本，原版是英文，中文版的術語翻譯根據"國際音標中文術語表"，刊載於 2008 年第 1 期的《南開語言學刊》。

　　粵語的音，可以先從"輔音"（consonant）和"元音"（vowel）說起。所謂"輔音"，發這種音時，"聲道閉塞或變窄，氣流或被完全阻塞或受阻到產生可聞摩擦的程度"（克里斯特爾 2000：78）。至於輔音的特徵，可以從"發音部位"和"發音方法"來描述。"發音部位"（place of articulation）是指"語音在發音器官裏產生的位置"（克里斯特爾 2000：272），利用舌和脣，產生各種各樣的阻塞，改變口腔，形成不同的音。

　　根據 Zee（1999）對粵語音系的描述，略作簡化，按照發音部位和發音方法，粵語的輔音可總結如下表（1）。在每個方格內，左邊的符號代表清輔音（voiceless consonants），右邊的符號代表濁輔音（voiced consonants），符號右上方的附加符號 [ʰ] 代表送氣音（aspirated）。文獻一般的習慣，把國際音標符號放在方括號"[ ]"

內，以資識別。

（1）粵語輔音

|  | 雙脣音 | 脣齒音 | 齒齦音 | 硬顎音 | 軟顎音 | 聲門音 |
|---|---|---|---|---|---|---|
| 塞音 | p pʰ |  | t tʰ |  | k kʰ |  |
| 鼻音 | m |  | n |  | ŋ |  |
| 擦音 |  | f | s |  |  | h |
| 通音 |  |  |  | j |  |  |
| 邊通音 |  |  | l |  |  |  |

除了上述的輔音外，粵語還有幾個輔音，列於（2）。符號右上方的附加符號 [ʷ] 代表圓脣化（labialized）。

（2）其他輔音

| 齒齦塞擦音 | ts | tsʰ |
|---|---|---|
| 圓脣化軟顎塞音 | kʷ | kʷʰ |
| 濁圓脣軟顎通音 | w | |

按照發音部位的劃分，粵語輔音的例子列舉於下。

（3）粵語輔音舉例

| 雙脣音 | [p] 爸　　[pʰ] 趴　　[m] 媽 |
|---|---|
| 脣齒音 | [f] 花 |
| 齒齦音 | [t] 打　[tʰ] 他　[ts] 渣　[tsʰ] 叉　[n] 拿　[s] 沙　[l] 啦 |
| 硬顎音 | [j] 也 |
| 軟顎音 | [k] 加　[kʰ] 卡　[ŋ] 牙 |
| 圓脣化軟顎音 | [kʷ] 瓜　[kʷʰ] 誇 |
| 圓脣軟顎音 | [w] 娃 |
| 聲門音 | [h] 哈 |

所謂"元音"，即"口腔內沒有完全閉塞或收窄程度不足以產生可聞摩擦時發出的音"（克里斯特爾 2000：384）。描述元音的主要特徵包括：舌位（tongue position）、圓脣（rounding）、複元音（dipthongs）。

舌位可以描述為前後高低等特徵，按照舌位，粵語元音（單元音）可以有以下的分類（Zee 1999），羅列於表（4）。在每個方格內，左邊的符號代表不圓脣元音（unrounded vowels），右邊的符號代表圓脣元音（rounded vowels）。"閉元音"（close）也稱為"高元音"，"開元音"（open）也稱為"低元音"。在這兩類之間的可細分為"次閉"（near-close）、"半閉"（close-mid）、"半開"（open-mid）、"次開"（near open）。在前元音和後元音之間的元音，稱為"央元音"（central）。

(4) 粵語單元音舉例

| | 前 | 央 | 後 |
|---|---|---|---|
| 閉 / 高 | [i] 思　[y] 書 | | [u] 夫 |
| 次閉 | [ɪ] 星 | | [ʊ] 鬆 |
| 半閉 | | [θ] 詢 | |
| 半開 | [ɛ] 些　[œ] 靴 | | [ɔ] 疏 |
| 次開 | | [ɐ] 身 | |
| 開 / 低 | [a] 沙 | | |

粵語元音有明顯圓脣不圓脣的對立，就是這兩組的例子："伊" [ji] 和"於" [jy]；"嘅" [kɛ] 和"鋸" [kœ]。[i] 和 [ɛ] 是不圓脣元音，[y] 和 [œ] 是圓脣元音。

粵語有十一個複元音（Zee 1999），如以下的例子。

（5）粵語複元音舉例

| [ɐi] 曬 | [ɵy] 需 |
|---|---|
| [ɐi] 細 | [ɔi] 腮 |
| [au] 筲 | [ui] 灰 |
| [ɐu] 收 | [iu] 消 |
| [ei] 四 | [ou] 鬚 |
| [ɛu] 掉（口語音） | |

聲調方面，粵語有六個"調類"，包括高平調、中平調、低平調、高升調、低升調、低降調。粵語這六種調類，用五度標記法，可以描繪為"55"（高平調）、"33"（中平調）、"22"（低平調）、"35"（高升調）、"13"（低升調）、"21"（低降調）。至於傳統的調類，跟這六種調類的對應關係為："陰平"、"陰入"為"55"（高平調）；"陰上"為"35"（高升調）；"陰去、中入"為"33"（中平調）；"陽平"為"21"（低降調）；"陽上"為"13"（低升調）；"陽去、陽入"為"22"（低平調）。至於國際音標的表示方式，高平調既可以寫成［⁵⁵］，又可以寫成［˥］；高升調既可寫成［³⁵］，又可寫成［˧˥］。不過，為了打印方便，看起來比較清楚，一般常用數字表示。

網絡流傳了不少粵語聲調的"口訣"，方便記憶。按"高平－高升－中平－低降－低升－低平"這樣的次序排列，這些例子如"朝早去晨吓運、三碗細牛腩飯、蕃茄醬牛腩麵、雙丸拼魚肚麵、中港澳尋買賣、三九四零五二"等，也挺有意思。

在早期的粵語，陰平聲還可以劃分為高平調"55"和高降調"53"，而且有辨義的作用，如"方糖"和"荒唐"的聲調是不同的，前者的"方"讀［fɔŋ⁵⁵］，屬高平調，後者的"荒"讀［fɔŋ⁵³］，屬高降調（張洪年 2007：6）。不過，高降調在當代的香港粵語基本上消失了，香港的年輕人已經很少使用。即使高降調偶有出現，也沒有辨義作用。在當代的香港粵語裏，"方糖" 的 "方" 和 "荒唐" 的 "荒"，聲調是一樣的，都是高平調 "55"。

不過，在當代的粵語裏，高平調和高降調的對立，仍然保留在少數的例子裏，如名詞 "車" 讀成高平調 $[ts^h\varepsilon^{55}]$，但感歎詞 "唓" 只能讀成高降調 $[ts^h\varepsilon^{53}]$。此外，粵語有兩個助詞 "先"，一個是（6）的事件助詞，表示事件發生的先後，另一個是（7）的疑問助詞，用於加強疑問語氣。事件助詞 "先" 讀高平調，疑問助詞只能讀作高降調。當兩個 "先" 連用，如（8），在前的事件助詞和在後的疑問助詞，聲調明顯不同，前者是高平調，後者是高降調。

（6）邊個去先 $[sin^{55}]$？誰先去？

（7）邊個去先 $[sin^{53}]$？到底誰去？

（8）邊個去先 $[sin^{55}]$ 先 $[sin^{53}]$？到底誰先去？

## 2.　粵語的音節結構

粵語的元音、輔音、聲調可以組合為 "音節"（syllable）。所謂 "音節"，就是一個發音的單位，音節結構就是上述的成分，按照一定的排列方式組合起來的結構。按照目前音系學的分析方法，音節可以劃分為 "音節首"（onset）和 "韻基"（rime）兩大部分，而韻基可以進一步劃分為 "音節核"（nucleus）和 "音節尾"（coda）。音節首，又稱為 "聲母"，是元音前的輔音，有些音節有音節首，有些沒有。韻基，又稱為 "韻母"，是音節首後面的部分，由音節核和音節尾構成。音節核是組成韻基的重要成分，也是組成音節的重要成分，往往不能缺少，而通常由元音來組成。用傳統漢語音韻學的術語來講，音節核又稱為 "韻腹"。音節尾是音節核後面的輔音，是可有可無的部分，並非必要的部分。用傳統漢語音韻學的術語來講，音節尾又稱為 "韻尾"。粵語的音節結構可以用圖（9）來表示。

(9)

　　上述（3）所提到的輔音，都可以充當音節首，成為粵語的聲母。單元音可以單獨構成韻基而沒有音節尾的例子，如（10）。至於複元音可做韻基的例子，可見（5）各例。

　　（10）思 [i]，書 [y]，些 [ɛ]，靴 [œ]，沙 [a]，夫 [u]，疏 [ɔ]

　　不能單獨組成韻基，往往後面緊接音節尾的單元音，如（11）。

　　（11）星 [ɪŋ]，詢 [ɵn]，身 [ɐn]，鬆 [ʊŋ]

　　粵語還有幾個元音，可組成複元音，如（12）。當中的 [ɐ]、[e]、[ɵ]、[o] 不能單獨成為韻基，而 [e] 和 [o] 後面不能接輔音，跟 [ɐ] 和 [ɵ] 不同（見（11）），[e] 和 [o] 只能形成複元音 [ei] 和 [ou]，作為韻基。

　　（12）細 [ɐi]，收 [ɐu]，四 [ei]，需 [ɵy]，鬚 [ou]

　　能夠用作音節尾的輔音，包括鼻音 [m]、[n]、[ŋ] 和塞音 [p]、[t]、[k]，如（13）和（14）各例。這兩套音節尾輔音，非常工整，即有相同發音部位的 [m] 和 [p]（雙脣音），[n] 和 [t]（齒齦音），[ŋ] 和 [k]（軟顎音）。按照傳統漢語音韻學的分析，以塞音作為音節尾的音節，稱為"入聲"。（14）的各個例子，也稱為"入聲字"。"□"表示所謂"有音無字"的情況，如"[ɛt⁵⁵] 都唔敢 [ɛt⁵⁵]"（連吭也不敢）的"[ɛt⁵⁵]"；睡覺時所發出的 "[kœt²¹][kœt³⁵] 聲"。至於 [ɛn]，可見於作為外來詞的"send"。

（13）以鼻音作為音節尾

| [m] | [im] 閃 [ɛm] 舐 [ɐm] 心 [am] 三 |
| [n] | [in] 先 [yn] 孫 [un] 寬 [ɛn]send [ɵn] 詢 [ɔn] 肝 [ɐn] 身 [an] 山 |
| [ŋ] | [ɪŋ] 星 [ʊŋ] 鬆 [ɛŋ] 腥 [œŋ] 商 [ɔŋ] 桑 [ɐŋ] 笙 [aŋ] 坑 |

（14）以塞音作為音節尾

| [p] | [ip] 攝 [ɛp] 夾 [ɐp] 濕 [ap] 颯 |
| [t] | [it] 舌 [yt] 雪 [ut] 闊 [ɛt] □ [ɵt] 恤 [œt] □ [ɔt] 喝 [ɐt] 失 [at] 煞 |
| [k] | [ɪk] 式 [ʊk] 叔 [ɛk] 碩 [œk] 削 [ɔk] 朔 [ɐk] 塞 [ak] 客 |

只有韻基，沒有音節首的例子，在粵語是允許的，如（15）。

（15）啊 [a]，安 [ɔn]，鴨 [ap]

粵語有兩個輔音，可以單獨成為音節，稱為自成音節的輔音，如（16）所示的兩例。國際音表的表示方式，就是在符號之下，加上代表成音節（syllabic）的下標 [ˌ]。

（16）唔 [m̩]，吳 [ŋ̩]

以粵語"星" [sɪŋ⁵⁵] 為例，這個音具備音節內各個部分，可以用（9）的圖來描述，如（17）。這個圖只表示音段的成分（segmental），聲調屬於超音段的成分（suprasegmental），不在這個圖的範圍內。

（17）

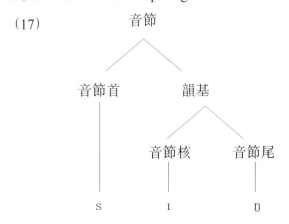

本書的名字《粵語語法講義》，用國際音標來標示，可以寫成 (18)。

(18) $[\,jyt^{22}\,jy^{13}\,jy^{13}\,fat^{33}\,ko\eta^{35}\,ji^{22}\,]$

## 3. 粵拼

上述所介紹的標音工具是國際音標，表示方式嚴謹，可作準確的記音工具，作為學術討論之用，尤其是語音學和音系學的討論。不過，國際音標在日常生活的應用，如語文教學、編寫字典、拼音排序等，似乎不太方便，而國際音標的不少特殊符號，在標準鍵盤找不到，不利輸入，也不利資訊科技的交流。因此，為粵語設計一套簡單易用的拼音系統，有實際的需要。

香港語言學學會設立專家小組，經過詳細比較和討論後，設計了一套名為"香港語言學學會粵語拼音方案"的拼音系統，簡稱"粵拼"，在 1993 年 12 月舉行的"第四屆國際粵方言研討會"上正式公佈。在英語的語境，這個拼音系統可稱為"The Linguistic Society of Hong Kong Cantonese Romanization Scheme"或"LSHK Cantonese Romanization Scheme"。更常見的叫法，就是用粵拼來拼寫"粵拼"二字"Jyutping"（來自粵拼的"jyut6 ping3"），直接用在英文裏。

粵拼這個系統見於 1997 年出版的《粵語拼音字表》和 2002 年出版的《粵語拼音字表 (第二版)》。粵拼的設計和推出，目的在於綜合國際音標、香港社會通行的"通俗式"英譯系統、漢語拼音這三個傳統，統一社會各界在粵語拼音使用上的混亂情況。有關粵拼設計的背景和過程，可詳見張群顯（2002）一文的介紹。

自從 1993 年正式公佈以來，粵拼已廣泛使用，有一定的認受性。如已獲國際學術界、香港教育界採用，香港多所大專院校以粵拼作為教授粵語拼音的工具，香港多所學校採用粵拼作為教授非華語學童學習中文的工具。國際學術論文（非語音學、音系學的論文，如語法學的論文），多數用粵拼為粵語語料標音。多個大型語料庫，如 "香港粵語兒童語資庫"、"香港雙語兒童語料庫"、"香港二十世紀中期粵語語料庫" 等，都以粵拼記音，作為檢索工具。香港特區政府教育局所出版的多本字典詞典，如 2007 年的《香港小學學習字詞表》、2012 年的《常用字字形表——二零零七年重排本附粵普字音及英文解釋》等，還有坊間出版的教科書、字典詞典、語文專書等，都採用粵拼作為標音工具。按照粵拼的道理所設計的中文電腦輸入法，發展相當成熟。粵拼已成為中文電腦的內置輸入法，對資訊科技的發展，有一定的貢獻。

　　根據粵語語音的分類方式，粵拼符號簡介如下。

（19）粵拼輔音舉例

| 雙脣音 | b 爸　p 趴　m 媽 |
|---|---|
| 脣齒音 | f 花 |
| 齒齦音 | d 打　t 他　z 渣　c 叉　n 拿　s 沙　l 啦 |
| 硬顎音 | j 也 |
| 軟顎音 | g 加　k 卡　ng 牙 |
| 圓脣化軟顎音 | gw 瓜　kw 誇 |
| 圓脣軟顎音 | w 娃 |
| 聲門音 | h 哈 |

（20）粵語單元音舉例

| | 前 | 央 | 後 |
|---|---|---|---|
| 閉 / 高 | i 思　　yu 書 | | u 夫 |
| 次閉 | i 星 | | u 鬆 |
| 半閉 | | eo 詢 | |
| 半開 | e 些<br>oe 靴 | | o 疏 |
| 次開 | | a 身 | |
| 開 / 低 | aa 沙 | | |

（21）粵拼複元音舉例

| | |
|---|---|
| aai 曬 | eoi 需 |
| ai 細 | oi 腮 |
| aau 筲 | ui 灰 |
| au 收 | iu 消 |
| ei 四 | ou 鬚 |
| eu 掉（口語音） | |

（22）以鼻音作為音節尾

| -m | im 閃　em 舓　am 心　aam 三 |
|---|---|
| -n | in 先　yun 孫　un 寬　en send　eon 詢　on 肝　an 身　aan 山 |
| -ng | ing 星　ung 鬆　eng 腥　oeng 商　ong 桑　ang 笙　aang 坑 |

（23）以塞音作為音節尾

| -p | ip 攝　ep 夾　ap 濕　aap 颯 |
|---|---|
| -t | it 舌　yut 雪　ut 闊　et □　eot 恤　oet □　ot 喝　at 失　aat 煞 |
| -k | ik 式　uk 叔　ek 碩　oek 削　ok 朔　ak 塞　aak 客 |

（24）　自成音節：m 唔，ng吳

（25）　粵拼聲調舉例 [1]

| 1 | 高平調 | 春天花開 | 江心孤舟 | 瑟縮哭泣 | 一曲祝福 |
| 2 | 高升調 | 港島好景 | 井水可飲 | 紙廠火警 | 斗膽小子 |
| 3 | 中平調 | 唱個痛快 | 醉看世界 | 各國作客 | 設法節約 |
| 4 | 低降調 | 和平繁榮 | 聞來無聊 | 斜陽微紅 | 錢塘狂潮 |
| 5 | 低升調 | 老婦買米 | 惹上螞蟻 | 每晚有雨 | 滿市美女 |
| 6 | 低平調 | 萬事順利 | 大路漫步 | 毒藥勿服 | 弱鹿莫逐 |

　　粵拼的特點之一，是所有的符號都可以在標準的鍵盤上直接輸入，即符合"美國信息交換標準碼"（American Standard Code for Information Interchange，簡稱"ASCII"）。沒有特殊符號、奇怪符號，沒有附加符號，也沒有上下標。表示聲調的數字，放在音節之後，不必上標，不必小寫，如"星"可寫成"sing1"，標調的"1"不必上標，不必小寫。

　　粵拼以兩套不同的符號區分送氣和不送氣的分別，即送氣的"p、t、k"和不送氣的"b、d、g"。至於作為音節尾的輔音，雖然不存在送氣的特徵，但仍用"p、t、k"表示，照顧一般人的習慣。圓脣和不圓脣的分別，粵拼用"kw、gw"表示圓脣，如"kwaa1"（跨）、"gwaa1"（瓜），用"k、g"表示不圓脣，如"kaa1"（卡）、"gaa1"（加）。表示圓脣特徵的"w"不必上標，也不必小寫。

　　除此之外，粵拼還有以下幾個特點。

　　**以"j"表示** [j]　粵拼用"j"代表硬顎通音 [j]，這個符號，就是沿襲自國際音標的做法，向國際音標靠攏，如"ji1"（衣）、"jaa5"（也）、"jung4"（容）。粵拼用"j"而不用"y"來代表 [j]，原因是"y"

---

1　同調詞語例子引錄自何文匯（1999：11-13）。

已借用為表示元音 [y]。為了避免"一符多音"（即同一個符號代表不同的讀音），[j] 用"j"來代表，而把"y"留給 [y]。

**以"z、c"表示 [ts][tsʰ]**　粵拼用"z、c"分別代表這一組塞擦音的不送氣音和送氣音，參考漢語拼音的做法，可謂向漢語拼音靠攏，如"zi1"（知）、"zaa1"（渣）、"ci1"（雌）、"caa1"（叉）。有些粵語拼音系統，用"dz"代表不送氣的 [ts]（如黃錫凌的《粵音韻彙》），用"ch"代表送氣的 [tsʰ]（如耶魯拼音）。粵拼的"z"和"c"，也可以當作"dz"和"ch"的省略。

**"aa"和"a"的對立**　粵語的 [a] 和 [ɐ]，理論上是兩個不同的元音，前者是開元音，後者是次開元音，分別佔據不同的舌位，但也可以理解為長短的不同（李行德 1985，Bauer and Benedict 1997，張群顯、張凌 2010 等）。在不新增符號或附加符號的原則下，粵拼借用長短元音的概念，用雙"aa"代表 [a]，用單"a"代表 [ɐ]，清晰體現粵語這兩組元音的差異，如（26）的例子所示。

（26）"長短"對立

| | |
|---|---|
| aai － ai | 拜－閉，街－雞，乖－龜，買－米，債－仔 |
| aau － au | 貓－貿，靠－扣，鬧－鈕，炒－臭，拗－嘔 |
| aam － am | 藍－林，參－侵，三－心，監－禁，咸－堪 |
| aan － an | 班－斌，攤－吞，餐－親，山－新，間－斤 |
| aang － ang | 橫－宏，爭－增 |
| aap － ap | 臘－立，雜－集，霎－十 |
| aat － at | 八－不，達－突，察－七，刮－骨，挖－屈 |
| aak － ak | 百－北，窄－則，客－黑 |

粵語基本上只有 [a] 可以單獨做韻基（即所謂"開尾韻"），而 [ɐ] 一般不行，如 [ka⁵⁵]（加）。即使在單元音做韻基的情況下，[a] 和 [ɐ] 沒有對立，為了盡量維持"一音一符"（即一個音只由一個符號代表）

的原則，粵拼仍採用雙字符"aa"來代表單獨做韻基的 [a]，如"gaa1"（加）。

做開尾韻的 [a] 在粵語一律寫成"aa"而不寫成"a"，好處是粵拼的"a"只代表 [ɐ]，不會兼顧 [a]。事實上，在某些情況下，[ɐ] 在粵語也可以做開尾韻，例如句末的"㗎啦"，一般讀成 [kɐ³³la⁵⁵]（或讀成 [kə³³la⁵⁵]），當中的"㗎"，是以 [ɐ] 做開尾韻，粵拼可以把"㗎啦"拼寫成"ga3 laa1"，"ga3"和"gaa3"是不一樣的，前者聽起來較為短，後者聽起來較為長（如"嫁"）。又例如連用助詞"喇噃"，一般讀成 [lɐ³³pɔ³³]（或讀成 [lə³³pɔ³³]），而不是讀成 [la³³pɔ³³]。粵拼就可以準確地拼寫成"la3 bo3"，"la3"和"laa3"是有區別的。

**"oe"和"eo"的對立**　粵拼用雙字符"oe"代表 [œ]，主要是模仿國際音標 [œ] 的形式。"oe"雖然是雙字符，但只是一個元音，並非兩個元音或複元音。[ɵ] 跟 [œ] 有點相似，都是位於中間的圓脣元音。由於音值接近，粵拼用相似的符號來代表。在不新增符號或附加符號的原則下，粵拼同樣借用"oe"，只不過把這兩個符號顛倒，寫成"eo"，用以代表 [ɵ]。

其他的粵語拼音系統，都把這兩個元音當作一個"音位"（phoneme），處於互補分佈，不認為它們有對立。在一般的情況下，[ɵ] 只出現在齒齦音的前面，如 [sɵn⁵⁵]（詢）、[sɵt⁵⁵]（恤），或構成複元音，如 [sɵy⁵⁵]（需）；至於 [œ]，則可以出現在其他的環境，分佈較廣。

事實上，這兩個音並非真正互補，[œ] 也可以在齒齦音前出現，例如用來形容睡覺時所發出的聲音"[kœt²¹][kœt³⁵] 聲"的 [œt] 韻；又如"打 [œt²¹]"（打嗝）的 [œt] 韻。張洪年（2002：34）記錄了 [ŋœt] 這個音，表示"豬叫聲"。此外，張洪年（2002：35）還注意到粵語有 [sœt] 一音，象聲表示快的意思，如"[sœt²¹][sœt³⁵] 聲"。雖然這些都是所謂"有音無字"的例子，但卻是粵語存在的事實，屬於粵語的語素,可以構成詞,不能否認。既然 [œ] 和 [ɵ] 都可以在齒齦音前出現,形成 [œt] 和 [ɵt] 的對立,作為科學的拼音系統,應把這兩個元音準確地區分開來。否則,[sœt](象聲) 和 [sɵt](如"術") 則無法區分。基於這些考慮,粵拼分別用"oe"和"eo"來代表 [œ] 和 [ɵ] 這兩個音,當作兩個音位來處理。表示象聲的 [sœt] 寫作"soet",而"術"寫作"seot",不會混淆。

粵拼這樣的區分雖然好像有點複雜,不過,優點是可以準確記錄粵語的音變,為描寫新興的讀音提供一個方便。張洪年(2002:35)注意到目前香港粵語的位於音節尾的軟顎音有讀成齒齦音的趨勢,如"江"[kɔŋ⁵⁵] 讀成 [kɔn⁵⁵],好像"肝"一樣。這種音變,也出現在以 [œ] 作為音節核的韻,如把"梁"[lœŋ²¹] 讀成 [lœn²¹],把"略"[lœk²²] 讀成 [lœt²²]。結果,"梁"和"輪"的音節尾都是齒齦鼻音,"略"和"律"的音節尾都是齒齦塞音。按照這樣音變的趨勢,將來勢必出現大量 [œn] 和 [œt],並且跟原來的 [ɵn] 和 [ɵt] 產生對立現象。粵拼把 [œ] 和 [ɵ] 當作兩個音位來處理,可謂一種"未雨綢繆"的做法,可以照顧新興的讀音,例如"梁"可寫作"loen4",跟"輪"(leon4) 有別;"略"可寫作"loet6",跟"律"(leot6) 有別。

**口語語音** [ɛ]  以元音 [ɛ] 組成的幾個韻,一直被過往的文獻所忽略,例如 [tɛu²²](口語化的"掉")、[lɛm³⁵](舔)、[kɛp²²](口語化的"夾")、[fɛn⁵⁵](來自英語的"friend")、[pɛt²²](軟)(張洪年 2002:34)。粵拼預留了"e"代表 [ɛ],也預留了"eu"代表複元音 [ɛu]。上述這幾個例子,在粵拼可以有很妥善的表示:"deu4、lem2、gep6、fen1、bet6",而不會產生混淆。

**以"yu"表示** [y]  粵拼用雙字符"yu"來代表元音 [y],如"syu1"(書)、"gyun1"(捐)、"jyut6"(粵)。用"y"這個符號,就是沿襲自國際音標的做法,向國際音標靠攏。不過,對於不諳國際音標的普羅大眾而言,很難理解"y"跟元音的關係;對認識英語或漢語拼

音的人來説，"y" 只能代表輔音。為了讓一般人容易掌握，粵拼在
"y" 之後補加了一個 "u"，成為一個雙字符 "yu"，用以突顯元音的
地位。粵拼的 "u" 本身是一個圓唇的閉元音（高元音）[u]，跟 [y]
的音質接近，作為 [y] 的補充符號，也有一定的道理。雖然 "yu" 這
樣的設計造成 "一音多符" 的現象，但為了讓一般人容易理解（即張
群顯 2002 所説的 "親和性"），這也是一個折衷的做法。

　　順帶一提，組成複元音 [ɵy] 的一個部分，本來跟這個 [y] 有
關。已知粵拼用 "eo" 代表 [ɵ]，用 "yu" 代表 [y]，按理來説，[ɵy]
應該寫成 "eoyu"。顯然，這樣的拼寫方法絕不會為一般人所接受。
粵拼根據音位的考慮，用 "i" 來代表這裏的 [y]，寫成 "eoi"，如
"keoi5" [kɵy¹³]（佢）、"seoi1" [sɵy⁵⁵]（需）。儘管違反了 "一音一符"
的原則，這樣的設計應較為普羅大眾所接受。

　　**以 "1" 至 "6" 表示聲調**　粵拼用 "1" 至 "6" 分別代表粵語的
六個調類。至於傳統漢語音韻學所講的 "入聲"，其實是音段層次的
特徵，即以塞音作為音節尾。有些粵語拼音系統，卻用了 "7、8、9"
分別代表陰入、中入、陽入（如香港教育署語文教育學院中文系所
設計的 "教院式"）。粵拼不把入聲作為獨立的聲調來處理，而把這
三個調分別歸為 "1"（高平調）、"3"（中平調）、"6"（低平調），優
點是處理所謂入聲變調，更為方便。例如 "手鈪"（鐲子）的 "鈪"，
本調是陽入，變調後讀成高升調。變調後的 "鈪" 屬於哪種入聲？
粵拼用 "1" 至 "6" 的方式，就可以迴避入聲變調的問題，直接用
"2" 來代表變調後的高升調，寫成 "aak2"。

　　以上述表（25）為例，"瑟縮哭泣，一曲祝福" 傳統稱為陰入
聲，調類跟陰平聲的 "春天花開，江心孤舟" 一樣，同屬高平調，
用 "1" 來代表；"各國作客，設法節約" 傳統稱為中入聲，調類跟
陰去聲的 "唱個痛快，醉看世界" 一樣，同屬中平調，用 "3" 來代
表；"毒藥勿服，弱鹿莫逐" 傳統稱為陽入聲，調類跟陽去聲的 "萬

事順利，大路漫步"一樣，同屬低平調，用"6"來代表。粵拼清晰地顯示了粵語的聲調只有六類，入聲並非獨立的調類。

本書採用粵拼作為粵語（香港粵語）的標音工具。由於只是標音的輔助工具，而不是拼音文字，本書不考慮連寫、專名的第一個字母大寫等屬於正詞法的書寫問題。本書所用的拼音，一律不連寫，專名的第一個字母不大寫。例如"香港"是一個詞，屬於專名，不考慮連寫、大寫的話，就寫成"hoeng1 gong2"。

本書的名字《粵語語法講義》，用粵拼來標示，可以寫成 (27)。

（27）jyut6 jyu5 jyu5 faat3 gong2 ji6

# 參考文獻

蔡建華。1995a。廣州話副詞的辨別。收錄於鄭定歐、潘小洛編：《廣州話研究與教學 (第二輯)》。廣州：中山大學學報編輯部，頁 28-31。

蔡建華。1995b。廣州話動詞後的 "先"。收錄於鄭定歐、潘小洛：《廣州話研究與教學 (第二輯)》。廣州：中山大學學報編輯部，頁 69-72。

蔡維天。2005。談漢語的蒙受結構。手稿，國立清華大學語言學研究所。

曹廣順。1995。《近代漢語助詞》。北京：語文出版社。

陳冠健。2014。粵語句首句末助詞結構的一些語法特徵及其所見之語法意義。香港中文大學中國語言及文學系專題研究論文。

陳慧英。1994。《實用廣州話詞典》。上海：漢語大詞典出版社。

陳前瑞。2008。《漢語體貌研究的類型學視野》。北京：商務印書館。

陳曉錦、林俐。2006。廣州話的動態助詞 "過"。《暨南學報 (哲學社會科學版)》第 4 期，頁 118-122。

陳曉錦。2008。馬、泰兩國粵語中的 "咗"。收錄於邵敬敏主編：《21 世紀漢語方言語法新探索——第三屆漢語方言語法國際研討會論文集》。廣州：暨南大學出版社，頁 24-28。

陳逸兒。2010。粵語祈使句 "先" 的一些語法特點。香港理工大學中國語言學文學碩士論文。

程祥徽、田小琳。2013。《現代漢語(修訂版)》。香港：三聯書店(香港) 有限公司。

鄧思穎。2000a。粵語量化詞 "得" 的一些特點。收錄於單周堯、陸鏡光編：《第七屆國際粵方言研討會論文集》。北京：商務印書館，頁 425-433。

鄧思穎。2000b。粵語被動句施事者的省略和 "原則與參數語法"。《中文學刊》第 2 期，頁 243-260。

鄧思穎。2001。粵語助詞 "翻" 的應用條件。《中國語文通訊》第 60 期，頁 50-55。

鄧思穎。2002a。經濟原則和漢語沒有動詞的句子。《現代外語》第 1 期，頁 1-13。

鄧思穎。2002b。粵語句末助詞的不對稱分佈。《中國語文研究》第 2 期，頁 75-84。

鄧思穎。2003a。《漢語方言語法的參數理論》。北京：北京大學出版社。

鄧思穎。2003b。粵語述語助詞 "嚟" 的一些特點。收錄於詹伯慧主編：《第八屆國際粵方言研討會論文集》。北京：中國社會科學出版社，頁 570-586。

鄧思穎。2004。作格化和漢語被動句。《中國語文》第 4 期，頁 291-301。

鄧思穎。2006a。粵語 "得滯、乜滯、咁滯" 是否屬於同一個家族？《中國語文研究》第 1 期，頁 1-11。

鄧思穎。2006b。粵語疑問句 "先" 的句法特點。《中國語文》第 3 期，頁 225-232。

鄧思穎。2006c。粵語框式虛詞結構的句法分析。《漢語學報》第 2 期，頁 16-23。

鄧思穎。2006d。漢語方言受事話題句類型的參數分析。《語言科學》第 6 期，頁 3-11。

鄧思穎。2007。粵語框式虛詞的局部性和多重性。收錄於張洪年、張雙慶、陳雄根主編：《第十屆國際粵方言研討會論文集》。北京：中國社會科學出版社，頁 262-276。

鄧思穎。2008a。漢語複合詞的論元結構。《語言教學與研究》第 4 期，頁 10-17。

鄧思穎。2008b。輕動詞在漢語句法和詞法上的地位。《現代中國語研究》第 10 期，頁 11-17。

鄧思穎。2008c。漢語被動句句法分析的重新思考。《當代語言學》第 4 期，頁 308-319。

鄧思穎。2008d。為甚麼問 "乜"？《中國語文研究》第 1 期，頁 9-19。

鄧思穎。2008e。粵語框式虛詞 "咪……囉" 的句法特點。《中國語言學集刊》第 3 (1) 期，頁 145-159。

鄧思穎。2008f。"形義錯配" 與名物化的參數分析。《漢語學報》第 4 期，頁 72-79。

鄧思穎。2009a。粵語句末 "住" 和框式虛詞結構。《中國語文》第 3 期，頁 234-240。

鄧思穎。2009b。"他的老師當得好" 及漢語方言的名物化。《語言科學》第 3 期，頁 239-247。

鄧思穎。2009c。粵語句末助詞 "罷啦" 及其框式結構。收錄於錢志安、郭必之、李寶倫、鄒嘉彥編：《粵語跨學科研究：第十三屆國際粵方言研討會論文集》。香港：香港城市大學語言資訊科學研究中心，頁 415-427。

鄧思穎。2009d。香港 "潮語" 構詞的初探。《中國語文研究》第 28(2) 期，頁 11-21。

鄧思穎。2009e。話題句的形成。收錄於程工、劉丹青主編：《漢語的形式與功能研究》。北京：商務印書館，頁 36-49。

鄧思穎。2010。《形式漢語句法學》。上海：上海教育出版社。

鄧思穎。2011。粵語句法學研究的原因、方法、課題。《中國語文研究》第 1-2 期合刊，頁 45-50。

鄧思穎。2012。言域的句法分析——以粵語 "先" 為例。《語言科學》第 1 期，頁 9-14。

鄧思穎。2013a。方言語法研究問題的思考。《漢語學報》第 2 期，頁 9-15。

鄧思穎。2013b。再談 "了₂" 的行、知、言三域——以粵語為例。《中國語文》第 3 期，頁 195-199。

鄧思穎。2014a。漢語複合詞的不對稱現象。《漢語學報》第 1 期，頁 69-77。

鄧思穎。2014b。粵語謂詞性語氣詞。收錄於何志華、馮勝利編：《繼承與拓新：漢語語言文字學研究》（下冊）。香港：商務印書館，頁 427-444。

丁思志。2006。粵語的 "據由" 助詞初探。《澳門理工學報》第 4 期，頁 105-113。

飯田真紀。2007。粵語句末助詞的體系。收錄於張洪年、張雙慶、陳雄根編：《第十屆國際粵方言研討會論文集》。北京：中國社會科學出版社，頁 377-385。

方小燕。2003。《廣州方言句末語氣助詞》。廣州：暨南大學出版社。

方秀瑩。2007。香港粵語“翻”的用法。收錄於林亦、余瑾主編：《第十一屆國際粵方言研討會論文集》。南寧：廣西人民出版社，頁283-291。

馮勝利。1997。《漢語的韻律、詞法與句法》。北京：北京大學出版社。

馮勝利。2015。聲調、語調與漢語的句末語氣。將刊於《語言學論叢》第51輯。北京：商務印書館，頁51-77。

甘于恩。1998。粵語判斷句式與判斷詞初探。收錄於鄭定歐、蔡建華編：《廣州話研究與教學 (第三輯)》。廣州：中山大學出版社，頁139-146。

高華年。1980。《廣州方言研究》。香港：商務印書館。

顧　陽。2008。時態、時制理論與漢語時間參照研究。收錄於沈陽、馮勝利編：《當代語言學理論和漢語研究》。北京：商務印書館，頁97-119。

何文匯。1999。《粵音平仄入門・粵語正音示例 (合訂本)》。香港：明窗出版社。

胡建華、石定栩。2005。完句條件與指稱特徵的允准。《語言科學》第5期，頁42-49。

胡明揚。1987。《北京話初探》。北京：商務印書館。

胡明揚、勁松。1989。流水句初探。《語言教學與研究》第4期，頁42-54。

胡永利。2010。香港粵語句末語氣詞及語調的聲學語音初探。《粵語研究》第6、7期，頁66-74。

胡裕樹等。1995。《現代漢語》(重訂本)。上海：上海教育出版社。

黃伯榮。1959。廣州話補語賓語的詞序。《中國語文》84，頁275-276。

黃伯榮。1993。廣州話後置成分較豐富。收錄於鄭定歐編：《廣州話研究與教學》。廣州：中山大學出版社，頁45-50。

黃伯榮主編。1996。《漢語方言語法類編》。青島：青島出版社。

黃伯榮等。2001。《漢語方言語法調查手冊》。肇慶：廣東人民出版社。

黃伯榮、廖序東。2007a。《現代漢語・上冊》(增訂四版)。北京：高等教育出版社。

黃伯榮、廖序東。2007b。《現代漢語・下冊》(增訂四版)。北京：高等教育出版社。

黃誠傑。2015。粵語詞尾“定”的語法特點。香港中文大學中國語言及文學系專題研究論文。

黃富榮。2009。“撞親”與“攝親”：補語還是詞尾？——粵語詞“親”研究綜論之一。收錄於錢志安、郭必之、李寶倫、鄒嘉彥編：《粵語跨學科研究：第十三屆國際粵方言研討會論文集》。香港：香港城市大學語言資訊科學研究中心，頁429-445。

黃海維。2007。早期粵語中的選擇問句。收錄於張洪年、張雙慶、陳雄根主編：《第十屆國際粵方言研討會論文集》。北京：中國社會科學出版社，頁164-172。

黃麗麗、周澍民、錢蓮琴。1990。《港台詞語詞典》。合肥：黃山書社。

黃正德。2007。漢語動詞的題元結構與其句法表現。《語言科學》第4期，頁3-21。

黃卓琳。2007。粵語“實”的體貌功能。香港理工大學中文及雙語學系畢業論文。

黃卓琳。2014。粵語複合助詞的研究。香港中文大學哲學博士論文。

374

蔣旻正。2014。粵語"好"的一些特點。香港中文大學中國語言及文學系專題研究論文。

克里斯特爾。2000。《現代語言學詞典》(沈家煊譯)。北京:商務印書館。

孔令達。1994。影響漢語句子自足的語言形式。《中國語文》第6期,頁434-440。

鄺永輝。1998。試析粵語"過"——兼談某些與"過"相關的句式。收錄於鄭定歐、蔡建華編:《廣州話研究與教學 (第三輯)》。廣州:中山大學出版社,頁158-170。

黎美鳳。2003。粵語"添"的一些語言特點。香港理工大學文學碩士論文。

李寶倫。2012。修飾語量化詞都對焦點敏感嗎?《當代語言學》第2期,頁111-128。

李寶倫、潘海華。2007。廣東話動詞詞綴"得"及其他量化詞綴的語義研究。收錄於林亦、余瑾主編:《第十一屆國際粵方言研討會論文集》。南寧:廣西人民出版社,頁300-316。

李敬忠。1994。《語言演變論》。廣州:廣州出版社。

李 榮。1989a。中國的語言和方言。《方言》第3期,頁161-167。

李 榮。1989b。漢語方言的分區。《方言》第4期,頁241-259。

李 榮主編。1998。《廣州方言詞典》。南京:江蘇教育出版社。

李如龍。2007。《漢語方言學 (第二版)》。北京:高等教育出版社。

李 煒。1993。"將"字句與"把"字句。收錄於鄭定歐主編:《廣州話研究與教學》。廣州:中山大學出版社,頁51-63。

李小凡、項夢冰。2009。《漢語方言學基礎教程》。北京:北京大學出版社。

李新魁、黃家教、施其生、麥耘、陳定方。1995。《廣州方言研究》。韶關:廣東人民出版社。

李行德。1985。廣州話元音的音值及長短對立。《方言》第1期,頁28-38。

李行德。1994。粵語"晒"的邏輯特點。收錄於單周堯主編:《第一屆國際粵方言研討會論文集》。香港:現代教育研究社有限公司,頁131-138。

梁仲森。1992。《香港粵語語助詞的研究》。香港理工學院哲學碩士論文。

梁仲森。2005。《當代香港粵語語助詞的研究》。香港:香港城市大學語言資訊科學研究中心。

林華勇。2014。《廉江粵語語法研究》。北京:北京大學出版社。

林慧莎。2005。粵語句末"住"的一些特點。香港理工大學文學碩士論文。

劉扳盛。2008。《廣州話普通話詞典》。香港:商務印書館。

劉丹青。2001。漢語方言的語序類型比較。收錄於史有為編:《從語義信息到類型比較》。北京:北京語言文化大學出版社,頁222-244。

劉丹青。2003。《語序類型學與介詞理論》。北京:商務印書館。

劉丹青。2008。《語法調查研究手冊》。上海:上海教育出版社。

劉丹青。2011。歎詞的本質——代句詞。《世界漢語教學》第2期,頁147-158。

劉 倩。2007。關於粵語句末助詞"嚜"的比較研究。收錄於張洪年、張雙慶、陳雄根編:《第十屆國際粵方言研討會論文集》。北京:中國社會科學出版社,頁370-376。

劉叔新。2003。廣州話的形態詞及其類別。收錄於鄧景濱主編：《第六屆國際粵方言研討會論文集》。澳門：澳門中國語文學會，頁 116-126。

陸儉明。1986。現代漢語裏動詞作謂語問題淺議。《語文論集》第 2 輯。北京：外語教學與研究出版社。

陸儉明。1993。《八十年代中國語法研究》。北京：商務印書館。

陸鏡光。1999。粵語"得"字的用法。《方言》第 3 期，頁 215-220。

陸鏡光。2002。廣州話句末"先"的話語分析。《暨南學報（哲學社會科學）》第 2 期，頁 41-44。

呂叔湘。1982。《語文常談》。香港：三聯書店。

呂叔湘主編。1984。《現代漢語八百詞》。北京：商務印書館。

呂叔湘、饒長溶。1981。試論非謂形容詞。《中國語文》第 2 期，頁 81-85。

馬志剛。2008。局域非對稱成分統制結構、題元角色和領主屬賓句的跨語言差異。《語言科學》第 5 期，頁 492-501。

麥　耘。1990。廣州話的特殊 35 調。收錄於詹伯慧編：《第二屆國際粵方言研討會論文集》。廣州：暨南大學出版社，頁 67-71。

麥　耘。1993。廣州話"先"的再分析。收錄於鄭定歐編：《廣州話研究與教學》。廣州：中山大學出版社，頁 63-73。

麥　耘。1995。廣州話的語素變調及其來源與嬗變。收錄於麥耘：《音韻與方言研究》。廣州：廣東人民出版社，頁 241-282。

麥　耘。2000。廣州話的聲調系統與語素變調。《開篇》第 20 卷。收錄於《著名中年語言學家自選集・麥耘卷》。上海：上海教育出版社（2012），頁 50-93。

麥　耘。2008。廣州話的句末語氣詞"來"。收錄於邵敬敏主編：《21 世紀漢語方言語法新探索——第三屆漢語方言語法國際研討會論文集》。廣州：暨南大學出版社，頁 196-205。

麥　耘、譚步雲。1997。《實用廣州話分類詞典》。肇慶：廣東人民出版社。

麥　耘、譚步雲。2011。《實用廣州話分類詞典》。香港：商務印書館。

莫　華。1993。試論"－晒"與"－埋"的異同。收錄於鄭定歐主編：《廣州話研究與教學》。廣州：中山大學出版社，頁 74-84。

莫　華。1995。粵語範圍副詞"晒"析。收錄於鄭定歐、潘小洛編：《廣州話研究與教學（第二輯）》。廣州：中山大學學報編輯部，頁 60-68。

歐陽覺亞。1993。《普通話廣州話的比較與學習》。北京：中國社會科學出版社。

歐陽偉豪。1998。也談粵語"晒"的量化表現特徵。《方言》第 1 期，頁 58-62。

歐陽偉豪。2008。《粵講粵法》。香港：明窗出版社。

歐陽偉豪。2012。《撐廣東話》。香港：明窗出版社。

潘秋平。2007。粵方言給予義雙賓語結構的來源。收錄於張洪年、張雙慶、陳雄根主編：《第十屆國際粵方言研討會論文集》。北京：中國社會科學出版社，頁 214-229。

彭小川。1999。廣州話的動態助詞"翻"。《方言》第 1 期，頁 64-69。

彭小川。2010。《廣州話助詞研究》。廣州：暨南大學出版社。

376

彭小川、趙敏。2005。廣州話"晒"與普通話相關成分的比較研究。收錄於鄧景濱、湯翠蘭主編：《第九屆國際粵方言研討會論文集》。澳門：澳門中國語文學會，頁 333-342。

片岡新。2007。19 世紀的粵語處置句："械"字句。收錄於張洪年、張雙慶、陳雄根主編：《第十屆國際粵方言研討會論文集》。北京：中國社會科學出版社，頁 191-200。

喬硯農。1966。《廣州話口語詞的研究》。香港：華僑語文出版社。

橋本萬太郎。1987。漢語被動式的歷史・區域發展。《中國語文》第 1 期，頁 36-49。

清水茂（Shigeru Shimizu）。1972。粵方言雙賓語の詞序。收錄於《鳥居久靖先生華甲紀念論集——中國の言語と文字》。天理：天理大學，頁 193-208。

丘寶怡。2007。談早期粵語選擇問句析取連詞"嗎"、"嗎係"。收錄於張洪年、張雙慶、陳雄根主編：《第十屆國際粵方言研討會論文集》。北京：中國社會科學出版社，頁 173-190。

饒秉才、歐陽覺亞、周無忌。1981。《廣州話方言詞典》。香港：商務印書館。

饒秉才、歐陽覺亞、周無忌。2009。《廣州話方言詞典（修訂版）》。香港：商務印書館。

單韻鳴。2012。廣州話用作連接成分的"得㗎"——兼論後置連接成分的語言普遍性。《中國語文》第 3 期，頁 256-263。

石定栩。2002。《喬姆斯基的形式句法——歷史進程與最新理論》。北京：北京語言大學出版社。

石定栩。2005。"被"字句的歸屬。《漢語學報》第 1 期，頁 38-48。

石定栩。2007。粵語句末助詞"先"和"住"的句法地位。收錄於張洪年、張雙慶、陳雄根編：《第十屆國際粵方言研討會論文集》。北京，中國社會科學出版社，頁 347-358。

石定栩。2010。"晒"的語義及句法功能。《粵語研究》第 6，7 期，頁 86-92。

石定栩、胡建華。2005。"被"的句法地位。《當代語言學》第 3 期，頁 213-224。

石定栩、邵敬敏、朱志瑜。2014。《港式中文與標準中文（第二版）》。香港：香港教育圖書公司。

施其生。1995。論廣州方言虛成分的分類。《語言研究》第 1 期，頁 114-123。

孫錫信。1999。《近代漢語語氣詞》。北京：語文出版社。

太田辰夫。1987。《中國語歷史文法》。北京：北京大學出版社。

譚雨田。2013。香港粵語"V 落"的語法特點。收錄於劉丹青主編：《漢語方言語法研究的新視角——第五屆漢語方言語法國際學術研討會論文集》。上海：上海教育出版社，頁 248-261。

湯廷池。1989。《漢語詞法句法續集》。台北：台灣學生書局。

湯廷池。1992。《漢語詞法句法三集》。台北：台灣學生書局。

田小琳。2009。《香港社區詞詞典》。北京：商務印書館。

王　力。1985[1943/1944]。《中國現代語法》。北京：商務印書館。

溫欣瑜。2013。論粵語中的"區別詞"。香港中文大學中國語言及文學系專題研究論文。

文映霞。2010。有關港式粵語"晒"的一些討論。《粵語研究》第 6、7 期，頁 93-98。

吳庚堂。1999。"被"字的特徵與轉換。《當代語言學》第 4 期，頁 25-37。

吳庚堂。2000。漢語被動式與動詞被動化。《現代外語》第 3 期，頁 249-260。

吳開斌。1991。《簡明香港方言詞典》。廣州：花城出版社。

吳開斌。1997。《香港話詞典》。廣州：花城出版社。

肖治野、沈家煊。2009。"了"的行、知、言三域。《中國語文》第 6 期，頁 518-527。

熊仲儒。2007。現代漢語與方言中差比句的句法結構分析。《語言暨語言學》第 8.4 期，頁 1043-1063。

徐　丹。2004。《漢語句法引論》（張祖建譯）。北京：北京語言大學出版社。

徐德寬。2007。基於最簡方案框架的漢語被字結構研究。《外語學刊》第 4 期，頁 60-63。

徐烈炯。2009。《生成語法理論：標準理論到最簡方案》。上海：上海教育出版社。

徐芷儀。1999。《兩文三語——語法系統比較》。台北：台灣學生書局。

嚴麗明。2009。廣州話表示"修正"的助詞"過"。《方言》第 2 期，頁 134-139。

嚴秋燕。2001。粵語"住"字的研究。香港理工大學中文及雙語學系文學碩士論文。

楊敬宇。2006。《清末粵方言語法及其發展研究》。廣州：廣東人民出版社。

游汝杰。2004。《漢語方言學教程》。上海：上海教育出版社。

余藹芹。1991。粵語方言分區問題初探。《方言》第 3 期，頁 164-181。

袁家驊等。1960。《漢語方言概要》。北京：文字改革出版社。

袁家驊等。2001。《漢語方言概要（第二版）》。北京：語文出版社。

袁思惠。2015。漢語句末助詞的聲調研究。香港中文大學中國語言及文學系專題研究論文。

袁毓林。1993。《現代漢語祈使句研究》。北京：北京大學出版社。

曾子凡。1989。《廣州話·普通話口語詞對譯手冊（增訂本）》。香港：三聯書店（香港）有限公司。

詹伯慧。1958。粵方言中的虛詞"親、住、翻、埋、添"。《中國語文》三月號，頁 119-122。

詹伯慧。1985。《現代漢語方言》。湖北教育出版社。

詹伯慧等。1991。《漢語方言及方言調查》。湖北教育出版社。

詹伯慧主編。2002a。《廣東粵方言概要》。廣州：暨南大學出版社。

詹伯慧主編。2002b。《廣州話正音字典》。廣州：廣東人民出版社。

張　斌等。1988。《現代漢語》。中央廣播電視大學出版社。

張伯江。2009。《從施受關係到句式語義》。北京：商務印書館。

張洪年。1972。《香港粵語語法的研究》。香港：香港中文大學。

張洪年。2002。21 世紀的香港粵語：一個新語音系統的形成。《暨南學報 (哲學社會科學)》第 2 期，頁 25-40。

張洪年。2007。《香港粵語語法的研究 (增訂版)》。香港：香港中文大學出版社。

張洪年。2009。Cantonese Made Easy：早期粵語中的語氣助詞。《中國語言學集刊》第 3 卷，第 2 期。北京：中華書局，頁 131-167。

張靜等。1980。《新編現代漢語 (上冊)》。上海：上海教育出版社。

張勵妍、倪列懷。1999。《港式廣州話詞典》。香港：萬里書店。

張　敏。2011。漢語方言雙及物結構南北差異的成因：類型學研究引發的新問題。《中國語言學集刊》第 4 卷，第 2 期。北京：中華書局，頁 87-270。

張慶文、鄧思穎。2011。論現代漢語的兩種不同保留賓語句。《外語教學與研究》第 4 期，頁 512-528。

張群顯。2002。香港語言學學會《粵語拼音方案》的緣起、設計原則和特點。收錄於香港語言學學會粵語拼音字表編寫小組編：《粵語拼音字表 (第二版)》。香港：香港語言學學會，頁 6-16。

張群顯、張凌。2010。粵語音節延長對韻複韻尾時長的影響。收錄於張洪年、張雙慶編：《歷史演變與語言接觸——中國東南方言》(Journal of Chinese Linguistics Monograph Series Number 24)，頁 145-161。

張世濤。1998。廣州話的體貌助詞 "緊" 與 "住"。收錄於鄭定歐、蔡建華編：《廣州話研究與教學 (第三輯)》。廣州：中山大學出版社，頁 120-128。

張雙慶。1989。說 "囉"。《中國語文通訊》第 2 期，頁 14-15。

張雙慶。1996。香港粵語動詞的體。收錄於張雙慶編：《動詞的體》。香港：香港中文大學中國文化研究所吳多泰中國語文研究中心，頁 143-160。

張雙慶。1997。香港粵語的動詞謂語句。收錄於李如龍、張雙慶編：《動詞謂語句》。廣州：暨南大學出版社，頁 247-262。

張雙慶。2000。香港粵語的介詞。收錄於李如龍、張雙慶主編：《介詞》。廣州：暨南大學出版社，頁 236-244。

張雙慶、郭必之。2005。香港粵語兩種差比句的交替。《中國語文》第 3 期，頁 232-238。

張振興。2003a。廣州話狀語後置的現象。收錄於詹伯慧主編：《第八屆國際粵方言研討會論文集》。北京：中國社會科學出版社，頁 506-514。

張振興。2003b。《方言》與方言語法的研究。收錄於戴照銘主編：《漢語方言語法研究和探索——首屆國際漢語方言語法學術研討會論文集》。哈爾濱：黑龍江人民出版社，頁 1-8。

趙偉鈞。2014。粵語 "X 嘛" 的語用功能探析。香港中文大學中國語言及文學系專題研究論文。

趙元任。2002。《語言問題》。收錄於《趙元任全集 (第一卷)》。北京：商務印書館。

鄭定歐。1990。粵語 "先" 分析。收錄於詹伯慧編：《第二屆國際粵方言研討會論文集》。廣州：暨南大學出版社，頁 189-192。

鄭定歐。1996。析廣州話嘗試體 "動 i ＋兩＋動 i" 式。收錄於胡明揚主編：《漢語

　　方言體貌論文集》。南京：江蘇教育出版社，頁 15-20。

鄭定歐。1997。《香港粵語詞典》。南京：江蘇教育出版社。

鄭定歐。1998a。語言變異——香港粵語與廣州粵語比較研究。《中國語文》第 1 期，頁 56-65。

鄭定歐。1998b。析廣州話動詞述語右置成分"落"。收錄於鄭定歐、蔡建華編：《廣州話研究與教學 (第三輯)》。廣州：中山大學出版社，頁 86-90。

植符蘭。1994。廣州方言的語綴。收錄於單周堯主編：《第一屆國際粵方言研討會論文集》。香港：現代教育研究社有限公司，頁 145-163。

周　薦。2005。《漢語詞彙結構論》。上海：上海辭書出版社。

周小兵。1995。廣州話的進行體標誌。收錄於鄭定歐、潘小洛編：《廣州話研究與教學 (第二輯)》。廣州：中山大學學報編輯部，頁 31-40。

朱德熙。1980。北京話、廣州話、文水話和福州話裏的"的"字。《方言》第 3 期，頁 161-165。

朱德熙。1982。《語法講義》。北京：商務印書館。

朱廣祁。1994。《當代港台用語辭典》。上海：上海辭書出版社。

朱　彥。2004。《漢語複合詞語義構詞法研究》。北京：北京大學出版社。


Au Yeung, Ben（歐陽偉豪）. 1997. A parametric analysis of Cantonese and Mandarin nominals. *Proceedings of Postgraduate Research Forum on Language and Linguistics,* 186-197. Hong Kong: Linguistic Society of Hong Kong.

Bach, Emmon, Eloise Jelinek, Angelika Kratzer, and Barbara H. Partee (eds.). 1995. *Quantification in Natural Languages.* Dordrecht: Kluwer Academic Publishers.

Bauer, Robert S., and Paul K. Benedict. 1997. *Modern Cantonese Phonology.* Berlin and New York: Mouton de Gruyter.

Bennett, Paul Anthony. 1978. Word order in Chinese. Doctoral dissertation, SOAS, University of London.

Bruche-Schulz, Gisela, and Alain Peyraube. 1993. Remarks on the double-object construction in Hong Kong Cantonese. Paper presented at the Fourth International Conference on Cantonese and Other Yue Dialects. City Polytechnic of Hong Kong.

Chambers, Jack, and Peter Trudgill. 1998. *Dialectology.* Cambridge: Cambridge University Press.

Chao, Yuen Ren（趙元任）. 1947. *Cantonese Primer.* New York: Greenwood Press, Publishers.

Chao, Yuen-Ren. 1968. *A Grammar of Spoken Chinese.* Berkeley and Los Angeles: University of California Press.

Cheng, Lisa L.-S.（鄭禮珊）, C.-T. James Huang（黃正德）, Y.-H. Audrey Li（李艷惠）, and C.-C. Jane Tang（湯志真）. 1999. Hoo, hoo, hoo: syntax of the causative, dative, and passive constructions in Taiwanese. In Pang-hsin Ting, ed., *Contemporary Studies on the Min Dialects, Journal of Chinese Linguistics Monograph 14,* 146-203.

Cheng, Lisa L.-S., and Rint Sybesma. 1999. Bare and not-so-bare nouns and the structure of NP. *Linguistic Inquiry* 30, 509-542.

Cheng, Lisa L.-S., and Rint Sybesma. 2004. Postverbal ʿcanʾ in Cantonese (and Hakka) and Agree. *Lingua* 114, 419-445.

Cheng, Siu-Pong（鄭兆邦）. 2011. Grammatical properties of "gam2/dim2…faat3" in Cantonese. Handout of talk presented at the Linguistic Society of Hong Kong Annual Research Forum.

Cheung, Lawrence Yam-Leung（張欽良）. 2009. Negative *wh*-construction and its semantic properties. *Journal of East Asian Linguistics* 18, 297-321.

Chin, Andy C.（錢志安）. 2009. The verb GIVE and the double-object construction in Cantonese in synchronic, diachronic and typological perspectives. Doctoral dissertation, University of Washington.

Chin, Andy C. 2010. Two types of indirect object markers in Chinese: their typological significance and development. *Journal of Chinese Linguistics* 38(1), 1-25.

Chin, Andy C. 2011. Grammaticalization of the Cantonese double object verb [pei$^{35}$]　畀 in typological and areal perspectives. *Language and Linguistics* 12(3), 529-563.

Chomsky, Noam. 1986. *Knowledge of Language: Its Nature, Origin, and Use.* New York: Praeger.

Chomsky, Noam. 1988. *Language and Problems of Knowledge: the Managua Lectures.* Cambridge, MA: The MIT Press.

Chomsky, Noam. 1995. *The Minimalist Program.* Cambridge, MA: The MIT Press.

Chu, Chauncey C.（屈承熹）. 1973. The passive construction: Chinese and English. *Journal of Chinese Linguistics* 1, 437-470.

Chui, Ka-Wai（徐嘉慧）. 1988. Topics in Hong Kong Cantonese syntax. MA thesis, Fu Jen Catholic University.

Cinque, Guglielmo. 1999. *Adverbs and Functional Heads: a Cross-Linguistic Perspective.* New York and Oxford: Oxford University Press.

Ernst, Thomas, and Chengchi Wang. 1995. Object preposing in Mandarin Chinese. *Journal of East Asian Linguistics* 4: 235-260.

Feng, Shengli（馮勝利）. 1990. The passive construction in Chinese. Ms., University of Pennsylvania.

Feng, Shengli. 1995. Prosodic structure and prosodically constrained syntax in Chinese. Doctoral dissertation, University of Pennsylvania.

Fromkin, Victoria, Robert Rodman, and Nina Hyams. 2011. *An Introduction to Language (Ninth Edition).* Wadsworth: Cengage Learning.

Fung, Roxana S.-Y.（馮淑儀）. 2000. Final particles in standard Cantonese: semantic extension and pragmatic inference. Doctoral dissertation, The Ohio State University.

Gu, Yang（顧陽）, and Jie Guo（郭潔）. 2015. On the internal structure of comparative constructions: from Chinese and Japanese to English. In Audrey Li, Andrew Simpson, and Wei-tien Dylan Tsai, eds., *Chinese Syntax in a Cross-Linguistic Perspective,* 334-374. Oxford and New York: Oxford University Press.

Gu, Yang, and Virginia Yip（葉彩燕）. 2004. On the Cantonese resultative predicate *V-can. Concentric: Studies in Linguistics* 30(2), 35-67.

Haegeman, Liliane. 1994. *Introduction to Government and Binding Theory (Second Edition).* Oxford and Cambridge, MA: Blackwell.

Hashimoto, Mantaro（橋本萬太郎）. 1969. Observations on the passive construction. *Unicorn* 5: 59-71.

Huang, C.-T. James（黃正德）. 1982. Logical relations in Chinese and the theory of grammar. Doctoral dissertation, MIT.

Huang, C.-T. James. 1984. On the distribution and reference of empty pronouns. *Linguistics Inquiry* 15, 531-574.

Huang, C.-T. James. 1988. *Wo pao de kuai* and Chinese phrase structure. *Language* 64(2), 274-311.

Huang, C.-T. James. 1992. Complex predicates in control. In Richard K. Larson, Sabine Iatridou, Utpal Lahiri, and James Higginbotham, eds., *Control and Grammar,* 109-147. Dordrecht: Kluwer Academic Publishers.

Huang, C.-T. James. 1993. Reconstruction and the structure of VP: some theoretical consequences. *Linguistic Inquiry* 24: 103-138.

Huang, C.-T. James. 1997. On lexical structure and syntactic projection. In Feng-fu Tsao and H. Samuel Wang, eds., *Chinese Languages and Linguistics* 3, 45-89. Taipei: Academia Sinica.

Huang, C.-T. James. 1999. Chinese passives in comparative perspective. *Tsing Hua Journal of Chinese Studies* 29(4), 423-509.

Huang, C.-T. James. 2015. On syntactic analyticity and parametric theory. In Audrey Li, Andrew Simpson, and Wei-tien Dylan Tsai, eds., *Chinese Syntax in a Cross-Linguistic Perspective,* 1-48. Oxford and New York: Oxford University Press.

Huang, C.-T. James, Y.-H. Audrey Li（李豔惠）, and Yafei Li（李亞非）. 2009. *The Syntax of Chinese.* Cambridge: Cambridge University Press.

Hwang, Jya-Lin（黃嘉琳）. 1998. A comparative study on the grammaticalization of saying verbs in Chinese. *Proceedings of the 10th North American Conference on Chinese Linguistics,* ed. Chaofen Sun. 574-584. Los Angeles: GSIL, University of Southern California. ˙

Kayne, Richard S. 2015. The silence of heads. Ms., New York University.

Kwok, Helen（郭張凱倫）. 1984. *Sentence Particles in Cantonese.* Hong Kong: Centre of Asian, University of Hong Kong.

Lai, Yin Yee（黎燕儀）. 2014. Temporal modification in Cantonese: the semantic study of the sentence-final particle *lei*4 in simplex and bi-clausal sentences. Doctoral dissertation, City University of Hong Kong.

Lam, Zoe Wai-Man（林慧雯）. 2014. A complex ForceP for speaker- and addressee-oriented discourse particles in Cantonese. *Studies in Chinese Linguistics* 35.2: 61-80.

Larson, Richard K. 2010. *Grammar as Science.* Cambridge, MA.: MIT Press.

Lasnik, Howard. 1995. Verbal morphology: Syntactic Structures meets the Minimalist Program. In Héctor Campos and Paula Kempchinsky, eds., *Evolution and Revolution in Linguistic Theory,* 251-275. Washington, D.C.: Georgetown University Press.

Lau, Sidney（劉錫祥）. 1972. *Elementary Cantonese 1.* Hong Kong: Government Printer.

Law, Paul（羅振南）. 2014. The negation *mou*5 in Guangdong Yue. *Journal of East Asian Linguistics* 23, 267-305.

Law, Sam-Po（羅心寶）. 1990. The syntax and phonology of Cantonese sentence-final particles. Doctoral dissertation, Boston University.

Lee, Peppina Po-lun. 2012（李寶倫）. *Cantonese Particles and Affixal Quantification.* Dordrecht: Springer.

Lee, Thomas Hun-tak（李行德）. 1995. Postverbal quantifiers in Cantonese. Ms., The Chinese University of Hong Kong.

Lee, Thomas Hun-tak, and Ann Law. 2001. Epistemic modality and the acquisition of Cantonese final particles. In Mineharu Nakayama ed., *Issues in East Asian Language Acquisition,* 67-128. Tokyo: Kuroshio Publishers.

Lee, Thomas Hun-tak, and Patricia Man（文玉卿）. 1997. Notes on an evidential conditional particle in Cantonese. Paper presented at the 1997 Y.-R. Chao Center Annual Seminar, City University of Hong Kong.

Lee, Thomas Hun-tak, and Carine Yiu（姚玉敏）. 1998. Focus and aspect in the Cantonese final particle ˈlei4ˈ. Paper presented at the 5th Annual Research Forum, YR Chao Center for Chinese Linguistics, University of California, Berkeley.

Lee, Thomas Hun-tak, and Carine Yiu. 1999. Temporal marking, verbalization and nominalization in the Cantonese particles ˈlei4ˈ and ˈge3ˈ. Paper presented at the Linguistic Society of Hong Kong Annual Research Forum 1999, Chinese University of Hong Kong.

Leung, Wai-mun（梁慧敏）. 2006. On the synchrony and diachrony of sentence-final particles. Doctoral dissertation, The University of Hong Kong.

Li, Boya. 2006. *Chinese Final Particles and the Syntax of the Periphery.* Utrecht: LOT.

Li, Charles N.（李納）, and Sandra A. Thompson. 1981. *Mandarin Chinese: A Functional Reference Grammar.* Berkeley and Los Angeles: University of California Press.

Li, Yen-hui Audrey（李豔惠）. 1990. *Order and Constituency in Mandarin Chinese.* Dordrecht: Kluwer Academic Publishers.

Li, Yen-hui Audrey. 2006. Chinese ba. In Martin Everaert and Henk van Riemsdijk, eds., *The Blackwell Companion to Syntax,* volume 1, 374-468. Oxford: Blackwell.

Lin, Jo-wang（林若望）. 2009. Chinese comparatives and their implicational parameters. *Natural Language Semantics* 17 (1), 1-27.

Lin, Tzong-hong Jonah（林宗宏）. 2009. Licensing ˈˈgaplessˈˈ *bei* passives. *Journal of East Asian Linguistics* 18, 167-177.

Liu, Chen-Sheng Luther（劉辰生）. 2010. The Chinese *geng* clausal comparative. *Lingua* 120, 1579-1606.

Liu, Godfrey K.（廖國輝）. 2002. The internal evidence of change in Cantonese comparative markers ˈˈbeiˈˈ and ˈˈguoˈˈ. In Godfrey K. Liu ed., *Studies in Cantonese Linguistics*（《粵語論文集》）, 131-145. Hong Kong: Lo Tat Cultural Publishing Company.

Lu, Hui-chuan（盧慧娟）. 1994. Preverbal NPs in Spanish and Chinese. Doctoral dissertation, University of California, Los Angeles.

Luke, Kang-Kwong（陸鏡光）. 1990. *Utterance Particles in Cantonese Conversation.* Amsterdam: John Benjamins Publishing Company.

Matthews, Stephen. 1998/2007. Evidentiality and mirativity in Cantonese: *wo3, wo4, wo5!* Paper presented at the Sixth International Symposium on Chinese Languages and Linguistics, Academia Sinica.

Matthews, Stephen, and Virginia Yip（葉彩燕）. 1994. *Cantonese: A Comprehensive Grammar.* London and New York: Routledge.

Matthews, Stephen, and Virginia Yip. 2011. *Cantonese: A Comprehensive Grammar (Second Edition).* London and New York: Routledge.

Mok, Sui-Sang（莫瑞生）. 1998. Cantonese exceed comparatives. Doctoral dissertation, University of California, San Diego.

Mui, Evelynne（梅基美）, and Wynn Chao. 1999. The *bei* passive construction in Chinese. Handout of talk given at the International Association of Chinese Linguistics Eighth Annual Conference, University of Melbourne.

Partee, Barbara H., Emmon Bach, and Angelika Fratzer. 1987. Quantification: a cross linguistic investigation. University of Massachusetts, NSF Proposal.

Peyraube, Alain. 1981. The dative construction in Cantonese. *Computational Analyses of Asian and African Languages* 16, 29-65.

Peyraube, Alain. 1997. Cantonese post-verbal adverbs. In Anne O Yue and Mitsuki Endo, eds., *In Memory of Mantaro J. Hashimoto,* 303-313. Tokyo: Uchiyama Shoten.

Pollock, Jean-Yves. 1989. Verb movement, Universal Grammar, and the structure of IP. *Linguistic Inquiry* 20: 365-424.

Qu, Yanfeng（曲延風）. 1994. Object noun phrase dislocation in Mandarin Chinese. Doctoral dissertation, The University of British Columbia.

Radford, Andrew. 2004. *Minimalist Syntax: Exploring the Structure of English.* Cambridge : Cambridge University Press.

Rizzi, Luigi. 1997. The fine structure of the left periphery. In Liliane Haegeman, ed., *Elements of Grammar,* 281-337. Dordrecht: Kluwer Academic Publishers.

Shi, Dingxu（石定栩）. 1997. Issues on Chinese passives. *Journal of Chinese Linguistics* 25, 41-70.

Shi, Dingxu. 2001. The nature of Chinese comparatives. In Haihua Pan, ed., *Studies in Chinese Linguistics II,* 137-157. Hong Kong: Linguistic Society of Hong Kong.

Shyu, Shu-ing（徐淑瑛）. 1995. The syntax of focus and topic in Mandarin Chinese. Doctoral dissertation, University of Southern California.

Sybesma, Rint, and Boya Li. 2007. The dissection and structural mapping of Cantonese sentence final particles. *Lingua* 117, 1739-1783.

Takashima, Ken-ichi（高島謙一）, and Anne O. Yue（余靄芹）. 2000. Evidence of possible dialect mixture in oracle-bone inscriptions. In Anne Yue and Pang-Hsin Ting, eds. *In Memory of Li Fang-Kuei: Essays on Linguistic Change and the Chinese Dialects,* 1-52. Seattle and Taipei: University of Washington and Institute of Linguistics, Academia Sinica.

Tang, Sze-Wing（鄧思穎）. 1992. Classification of verbs and dative constructions in Cantonese. Paper presented at the Linguistic Society of Hong Kong Annual Research Forum. The Chinese University of Hong Kong.

Tang, Sze-Wing. 1996a. On lexical quantification: the case of saai in Cantonese. In Brian Agbayani, Kazue Takeda, and Sze-Wing Tang, eds., *UCI Working Papers in Linguistics I,* 119-140. Irvine, CA: Irvine Linguistics Students Association, University of California, Irvine.

Tang, Sze-Wing. 1996b. A role of lexical quantifiers. *Studies in the Linguistic Sciences* 26（1/2）: 307-323.

Tang, Sze-Wing. 1998a. On the 'inverted' double object construction. In Stephen Matthews, ed., *Studies in Cantonese Linguistics,* 35-52. Hong Kong: The Linguistic Society of Hong Kong.

Tang, Sze-Wing. 1998b. Parametrization of features in syntax. Doctoral dissertation, University of California, Irvine.

Tang, Sze-Wing. 1999. The passive constructions in Cantonese and their agent argument. Ms., The Hong Kong Polytechnic University.

Tang, Sze-Wing. 2001a. A complementation approach to Chinese passives and its consequences. *Linguistics* 39, 257-295.

Tang, Sze-Wing. 2001b. The (non-)existence of gapping in Chinese and its implications for the theory of gapping. *Journal of East Asian Linguistics* 10: 201-224.

Tang, Sze-Wing. 2001c. Nominal predication and focus anchoring. In Gerhard Jäger, Anatoli Strigin, Chris Wilder, and Niina Zhang, eds., *ZAS Papers in Linguistics 22,* 159-172. Berlin: ZAS.

Tang, Sze-Wing. 2002. Focus and *dak* in Cantonese. *Journal of Chinese Linguistics* 30(2), 266-309.

Tang, Sze-Wing. 2003. Properties of ngaang and the syntax of verbal particles in Cantonese. *Journal of Chinese Linguistics* 31(2), 245-269.

Tang, Sze-Wing. 2006. A minimalist view on the syntax of BECOME. In Changguk Yim, ed., *Minimalist Views on Language Design,* 301-311. Seoul: Hankook Publishing Company/The Korean Generative Grammar Circle.

Tang, Sze-Wing. 2009. The syntax of two approximatives in Cantonese: discontinuous constructions formed with *zai*6. *Journal of Chinese Linguistics* 37(2), 227-256.

Tang, Sze-Wing. 2011. A parametric approach to NP ellipsis in Mandarin and Cantonese. *Journal of East Asian Linguistics* 20, 107-115.

Tang, Sze-Wing. 2015a. Cartographic syntax of pragmatic projections. In Audrey Li, Andrew Simpson, and Wei-tien Dylan Tsai, eds., *Chinese Syntax in a Cross-Linguistic Perspective,* 429-441. Oxford and New York: Oxford University Press.

Tang, Sze-Wing. 2015b. A generalized syntactic schema for utterance particles in Chinese. *Lingua Sinica* 1:3.

Tang, Sze-Wing, and Siu-Pong Cheng（鄭兆邦）. 2014. Aspects of Cantonese grammar. In C.-T. James Huang, Y.-H. Audrey Li, and Andrew Simpson, eds., *The Handbook of Chinese Linguistics,* 601-628. Malden, MA, and Oxford: John Wiley & Sons, Inc.

Tang, Sze-Wing, and Thomas Hun-tak Lee（李行德）. 2000. Focus as an anchoring condition. Handout of talk presented at the International Symposium on Topic and Focus in Chinese, The Hong Kong Polytechnic University.

Ting, Jen（丁仁）. 1995. A non-uniform analysis of the passive construction in Mandarin Chinese. Doctoral dissertation, University of Rochester.

Ting, Jen. 1998. Deriving the *bei*-construction in Mandarin Chinese. *Journal of East Asian Linguistics* 4, 319-354.

Ting, Jen. 2003. The nature of the particle suo in Mandarin Chinese. *Journal of East Asian Linguistics* 12, 121-139.

Ting, Jen. 2005. On the syntax of the *suo* construction in Classical Chinese. *Journal of Chinese Linguistics* 33(2), 233-267.

Ting, Jen. 2008. The nature of the particle suo in the passive constructions in Classical Chinese. *Journal of Chinese Linguistics* 36(1), 30-72.

Tsai, Wei-tien Dylan（蔡維天）. 1993. Visibility, complement selection and the Case requirement of CP. In Jonathan D. Bobaljik and Colin Phillips, eds., *MIT Working Papers in Linguistics* 18, 215-242. Cambridge, MA.: MITWPL.

Tsai, Wei-tien Dylan. 1994. On economizing the theory of A-bar dependencies. Doctoral dissertation, MIT.

Wakefield, John C. 2010. The English equivalents of Cantonese sentence-final particles: a contrastive analysis. Doctoral dissertation, The Hong Kong Polytechnic University.

Wong, Cheuk Lam Cherie（黃卓琳）. 2009. Word order and subjectivity in Cantonese. MPhil thesis, The Hong Kong Polytechnic University.

Wong, Cheuk Lam Cherie. 2012. Word order and subjectivity in Cantonese: a study of *gang*. 收錄於湯翠蘭主編：《第十五屆國際粵方言研討會論文集》。澳門：澳門粵方言學會，頁、292-313。

Wong, Colleen H（黃吳杏蓮）. 1994. The acquisition of *bei2* as a verb, coverb and preposition in a Cantonese speaking-child. In Jose Camacho and Lina Choueiri, eds., *Proceedings of the Sixth North American Conference on Chinese Linguistics,* Volume 2, 206-220. Los Angeles: GSIL, University of Southern California.

Xiang, Ming（向明）. 2005. Some topics in comparative constructions. Doctoral dissertation, Michigan State University.

Xu, Liejiong（徐烈炯）, and Alain Peyraube. 1997. On the double object construction and the oblique construction in Cantonese. *Studies in Language* 21: 105-127.

Yeung, Ka-wai（楊家慧）. 2006. On the status of the complementizer waa6 in Cantonese. *Taiwan Journal of Linguistics* 4.1, 1-48.

Yip, Moira. 1988. Negation in Cantonese as a lexical rule. *Bulletin of the Institute of History and Philology* 59, 449-477.

Yip, Moira. 1992. Prosodic morphology in four Chinese dialects. *Journal of East Asian Linguistics* 1, 1-35.

Yiu, Carine Yuk-man（姚玉敏）. 2001. Cantonese final particles 'lei', 'zyu' and 'laa': an aspectual study. MPhil thesis, Hong Kong University of Science and Technology.

Yiu, Carine Yuk-man. 2014. *The Typology of Motion Events: an Empirical Study of Chinese Dialects.* Berlin and New York: Walter de Gruyter.

Yue-Hashimoto, Anne（余藹芹）. 1971. Mandarin syntactic structures. *Unicorn* 8.

Yue-Hashimoto, Anne. 1993. *Comparative Chinese Dialectal Grammar.* Paris: CRLAO.

Yue-Hashimoto, Anne. 1997. Syntactic change in progress, Part I: the comparative construction in Hong Kong Cantonese. In Anne O. Yue and Mitsuaki Endo, eds., *In Memory of Mantaro J. Hashimoto,* 329-375. Tokyo: Uchiyama Shoten.

Zee, Eric（徐雲揚）. 1999. Chinese (Hong Kong Cantonese). *Handbook of the International Phonetic Association,* 58-60. Cambridge: Cambridge University Press.

Zhang, Ling（張凌）. 2014. Segmentless sentence-final particles in Cantonese: an experimental study. *Studies in Chinese Linguistics* 35(2), 47-60.

# 粵語用例索引

粵語例子按香港語言學學會粵語拼音方案(簡稱"粵拼")排序,右邊的數字為本書的頁碼。

| | | |
|---|---|---|
| a3 haa2 | 啊嗄 | 273 |
| aa1 laa4 | 吖嘑 | 269 |
| aa1 maa3 | 吖嘛 | 213 |
| aa3 | 啊 | 279, 290, 331 |
| aa4 | 呀 | 221, 234 |
| baa2 laa1 | 罷啦 | 259, 290, 297, 334 |
| bat1 dak6 zi2 | 不特止 | 134 |
| be6 | 噎 | 227, 348 |
| bei2 | 畀 | 169, 178 |
| bei2 | 比 | 189, 317 |
| bin1 | 邊 | 46 |
| bo3 | 嘴 | 257 |
| can1 | 親 | 99, 111 |
| dak1 | 得 | 38, 73 fn3, 84, 95, 116, 118, 144, 199 |
| dak1 gaa2 | 得㗎 | 229, 265, 332 |
| dak1 zai6 | 得滯 | 96 |
| dei2 | 哋 | 10, 98 |
| di1 | 啲 | 104, 124, 267 |
| dim2 | 點 | 50, 305 |
| dim2 gaai2 | 點解 | 237 |
| ding2 laa1 | 定啦 | 231, 333 |
| ding6 | 定 | 77, 148, 341, 350 |
| dou3 | 到 | 102, 145 |
| faan1 | 翻 | 74, 89, 122 |
| faat3 | 法 | 197 |

| ga3 laa1 | 㗎喇 | 227 |
|---|---|---|
| gaa3 | 㗎 | 159, 235 fn11, 244 |
| gaa4 | 㗎 | 235 |
| gam2 | 噉 | 10, 39, 50, 114 |
| gam3 | 咁 | 39, 50, 239 |
| gam3 zai6 | 咁滯 | 202, 283, 289, 294, 328 |
| gan2 | 緊 | 78 |
| gang2 | 梗 | 122 |
| ge2 | 嘅 | 237, 342 |
| ge3 | 嘅 | 10, 16, 37, 162, 235 |
| ge3 waa6 | 嘅話 | 154 fn9 |
| gei2 | 幾 | 44, 47, 50 |
| gik6 | 極 | 97, 112 |
| go2 | 嗰 | 46 |
| gung3 | 貢 | 80 |
| gwaa3 | 啩 | 220, 290, 329 |
| gwo3 | 過 | 77, 91, 189, 317 |
| gwo3 hei3 | 過氣 | 35 |
| gwo3 lung4 | 過龍 | 97 |
| gwo3 tau4 | 過頭 | 96 |
| haa2 | 吓 | 79 |
| haa2 | 嗄 | 242, 273, 286, 327, 343 |
| haa5 | 吓 | 94, 198 |
| haa6 maa5 | 吓嘛 | 247, 333 |
| haa6 waa5 | 吓話 | 247, 333 |
| hai2 laa1 | 係啦 | 267, 334 |
| hai6 | 係 | 156, 334 |
| hang4 saai3 | 衡晒 | 82 |
| he2 | 嚇 | 241, 286, 327, 343 |
| hei2 | 起 | 84 |
| hei2 san1 | 起身 | 83 fn13 |
| hei2 soeng5 lei4 | 起上嚟 | 83 |
| ho2 | 嗬 | 243, 327, 343 |
| hoi1 | 開 | 87 |
| hou2 | 好 | 33 fn3, 49, 51, 265 |

| hou2 gwo3 | 好過 | 191, 262, 334 |
| hou2 wo3 | 好喎 | 265 |
| kaai1 | 械 | 337 fn8 |
| la3 wei3 | 喇喂 | 271 |
| laa1 | 啦 | 249 |
| laa1 maa3 | 啦嘛 | 215 |
| laa3 | 喇 | 204, 235 fn11, 244, 289, 329 |
| laa4 | 嘩 | 235 |
| le4 | 咧 | 252, 261 |
| le5 | 咧 | 224 |
| lei4 | 嚟 | 44, 159, 166, 196, 203, 284, 289, 328, 339 |
| lei4...heoi3 | 嚟…去 | 92 |
| leng4 | 零 | 44 |
| lo1 | 囉 | 210, 290 |
| loeng5 | 兩 | 94 |
| lok6 | 落 | 77, 86 |
| lok6 heoi3 | 落去 | 84 fn14 |
| lok6 lei4 | 落嚟 | 84 fn14 |
| m4 | 唔 | 51, 73 fn3 |
| maa3 | 嗎 | 221, 232, 234, 330 |
| maai4 | 埋 | 102 |
| mai6 | 咪 | 211, 333 |
| mat1 | 乜 | 46, 240 |
| mat1 je5 | 乜嘢 | 19, 46, 62 fn7 |
| mat1 zai6 | 乜滯 | 195, 288, 328 |
| me1 | 咩 | 19, 233, 235, 290, 331 |
| mei6 | 未 | 205, 283, 289, 350 |
| mou5 | 冇 | 330 |
| mou5 gam3 nau1 | 冇咁嬲 | 264 |
| ne1 | 呢 | 209 |
| ni1 | 呢 | 46, 348 |
| ngaang6 | 硬 | 121 |
| o3 ho2 | 哦嗬 | 243, 343 |
| saai3 | 晒 | 105 |
| saang1 saai3 | 生晒 | 81 |

| | | |
|---|---|---|
| sat6 | 實 | 81 |
| sin1 | 先 | 194, 230, 240, 258, 281, 288 |
| sok3 sing3 | 索性 | 262 |
| sung1 di1 | 鬆啲 | 44 |
| tim1 | 添 | 195, 222, 282, 288, 327 |
| waa2 | 話 | 236, 331 |
| waan4 | 還 | 134, 155 |
| wei3 | 喂 | 272 |
| wo3 | 喎 | 257 |
| wo5 | 喎 | 254, 332 |
| zaa3 | 咋 | 206, 217, 235 fn11, 244, 285 |
| zaa4 | 喳 | 235 |
| zau6 hai6 | 就係 | 155 |
| ze1 | 啫 | 208, 217, 219, 285 |
| zek1 | □ | 279, 285 |
| zi1 maa3 | 之嘛 | 219 |
| zo2 | 咗 | 71, 76 |
| zoek6 | 著 | 100, 171 |
| zoeng1 | 將 | 173, 316 |
| zyu6 | 住 | 80, 200, 283, 288, 296, 328 |

# 後記

　　當代語言學研究以語法學為重，語法學研究離不開句子的組成。要認識漢語句子的語法特點，最好先抓住一些較"虛"而肩負起語法功能的成分，以這些成分作為窗口，窺探組成漢語句子的道理。相對於普通話而言，粵語有大量表示語法作用的動詞詞綴和助詞。粵語這些"虛"的成分，正好給我們提供了豐富的語言事實，作為語法學研究的上乘材料，也是認識粵語的最佳入門途徑，從而比較粵語和普通話、其他漢語方言的語法異同，更準確地了解漢語語法的面貌。撰寫拙著的念頭，就是萌起於此。

　　自張洪年先生劃時代巨著《香港粵語語法的研究》面世以來，學界已有多本描寫粵語語法的專書，對粵語語法整體的面貌有充分的介紹。拙著跟以往粵語語法專書的主要不同之處，在於拙著以動詞後綴和助詞等較"虛"的成分為綱，詳細描寫它們分佈的情況，突顯粵語語法這方面的特點。在此基礎上，進一步從理論的角度，把這些"虛"的成分連繫到語言學宏觀的層面，說明粵語能為人類語言研究補充豐富的語料，為語言學理論提供獨特的佐證。

　　拙著定名為《粵語語法講義》，一方面是仿效朱德熙先生的《語法講義》，嘗試以一個較為簡約、明晰的語法框架，介紹粵語語法的特點，方便初學者、有志者掌握。對已接觸過漢語語法學基本知識的讀者而言，也應容易閱讀；另一方面，拙著不少內容以筆者研究的成果和教學的講義為基礎，作了全盤整理和重新分析，希望以較連貫、有系統的方式，把粵語語法的特點呈現在讀者面前，作為研究和教學的參考材料，尤其是把那些表面看來好像零零碎碎、不怎麼顯眼的成分，串聯起來，找出規律，方便同行、同學參考，也希望由此能引起讀者的興趣，多觀察粵語的特點、多注意有趣的語言現象，多思考語言比較的問題，從而有更多的發現，對人類語言有新的體會。

在粵語研究的學術生涯中，得到不少前輩、同行的指正、學生的協助。要感謝的人，實在太多，難以一一盡錄。不過，以下幾位對拙著的撰寫幫忙至大，謹此表示謝忱。張洪年先生是粵語語法研究的巨擘，他的專著啟發了筆者對粵語的興趣，也引領筆者步入方言語法研究的殿堂。承蒙洪年先生慨允賜序，銘感無既。洪年先生提攜之恩，念茲在茲。商務印書館的葉佩珠女士、毛永波先生對筆者鼎力支持，感激萬分。拙著付梓之前，得到陳冠健和葉家輝兩位同學審閱全文，又蒙李雅婷和吳海欣兩位同學細心校稿，減少不少舛誤；黃誠傑同學為拙著設計封面，在此一併道謝。無庸贅言，家人的愛，是研究動力的泉源，筆者滿懷感恩之心。

拙著部分研究獲香港特別行政區研究資助局優配研究金（General Research Fund）項目 "On the Discontinuous Constructions in Cantonese"（編號：CUHK 5493/10H）的資助，特此致謝。

鄧思穎
2015 年 6 月記於香港中文大學